中国莎士比亚研究（第7辑）

李伟民 主编

四川外国语大学莎士比亚研究所
中国外国文学学会莎士比亚研究分会 主办

上海交通大学出版社
SHANGHAI JIAO TONG UNIVERSITY PRESS

内容提要

本书为莎士比亚在中国的学术研究文集。全书分为十大部分：特稿、莎士比亚与文学思潮、理论之维：域外莎学、莎士比亚与世界、中国高校莎士比亚戏剧演出与教学、纪念莎士比亚诞辰460周年、莎言莎语、续史贯珍、莎学书简和简讯。为纪念莎士比亚诞辰460周年，本书特别收录《知彼知己，走中国莎学之路》和《真善美是他永恒的追求——纪念莎士比亚诞辰460周年》等特辑文章，此外还包括对《泰尔亲王配力克里斯》和《李尔王》等莎士比亚戏剧的文本研究、域外莎学的相关翻译文章，以及莎学前辈的往来书信内容，期望给读者以启迪。本书适合莎士比亚研究学者参考使用。

图书在版编目(CIP)数据

中国莎士比亚研究. 第7辑 / 李伟民主编. -- 上海 ： 上海交通大学出版社，2025.3. -- ISBN 978-7-313-32172-5

Ⅰ. I561.073

中国国家版本馆CIP数据核字第2025ZA2655号

中国莎士比亚研究(第7辑)
ZHONGGUO SHASHIBIYA YANJIU(DI 7 JI)

主　　编：李伟民
出版发行：上海交通大学出版社　　地　　址：上海市番禺路951号
邮政编码：200030　　电　　话：021－64071208
印　　刷：上海盛通时代印刷有限公司　　经　　销：全国新华书店
开　　本：787mm×1092mm　1/16　　印　　张：21
字　　数：382千字
版　　次：2025年3月第1版　　印　　次：2025年3月第1次印刷
书　　号：ISBN 978－7－313－32172－5
定　　价：98.00元

《中国莎士比亚研究》编委会

中華药学

曹思题

說部叢書第四集
第二十編
天仇記
上
商務印書館發行

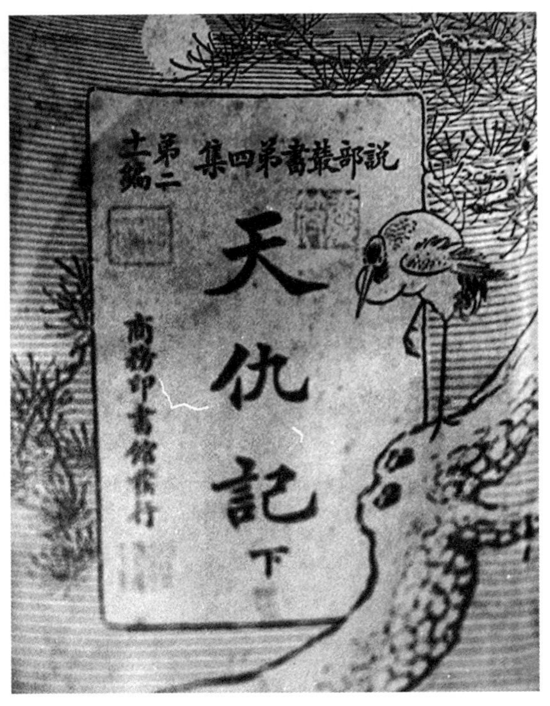
說部叢書第四集
第二十編
天仇記
下
商務印書館發行

少年中國學會叢書
莎翁傑作集
第六種
羅蜜歐與朱麗葉
上海中華書局印行

三千金
顧仲彝
世界書局印行
第一集
孔另境主編 劇本叢刊

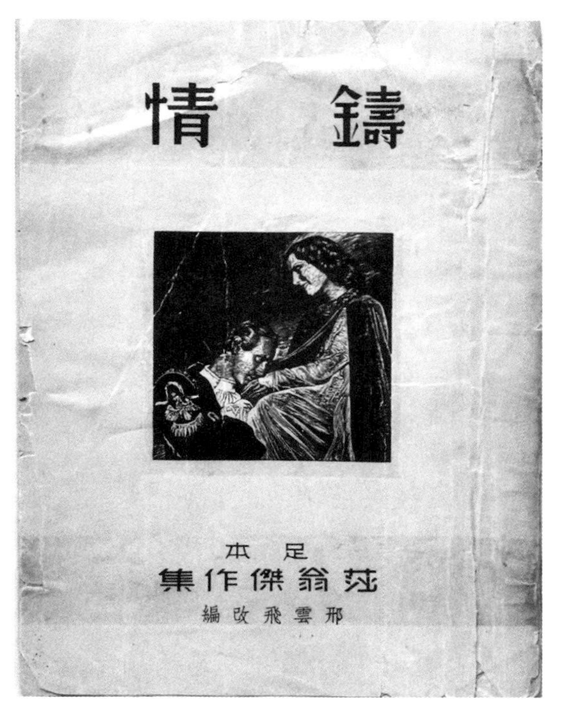

莎士比亚、中世纪与文艺复兴文学研究国际研讨会

“与莎翁相约”烛光诵读会（2024/9/20，浙江大学）

跨文化、语际、媒介的莎士比亚经典（复旦大学外国语言文学学科周，2024/4/23）

南京大学一伯明翰大学一凤凰出版传媒集团莎士比亚（中国）中心（2023/11/4）

目　录

特稿

第一编　莎士比亚与文学思潮

第二编　理论之维：域外莎学

第三编　莎士比亚与世界

第四编　中国高校莎士比亚戏剧演出与教学

第五编　纪念莎士比亚诞辰 460 周年

第六编　莎言莎语

第七编　续史贯珍

第八编　莎学书简

简　讯

附　录

特　稿

知彼知己，走中国莎学之路
——在 2024 年重庆市莎士比亚研究会学术研讨会暨莎剧演出大会上的致辞

黄必康

【摘　要】　此为作者在重庆市莎士比亚研究会年会、河北省莎士比亚学会年会上的致辞发言的主要内容，经作者综合整理成文。文中首先说明莎士比亚研究在数字科技和人工智能发展过程中的意义；此后综述了英语世界莎士比亚研究的六大趋势，即物化历史研究、古文书学研究、莎士比亚同时代剧作家和 17 世纪重要作家的比较研究、莎剧版本校勘新进展，非西方莎学的研究方向，莎剧演出的多样性；在此基础上，文中提出中国莎学何往的问题，指出中国莎学未来应立足文本语言、加强历史化研究、拓展中国经典戏剧文学研究、了解戏剧舞台艺术以及重视作为校园美育重要组成部分的学生莎剧演出等五个方面的研究。文中最后综述了中国莎学已经取得的成绩并展望了未来的努力方向。

【关键词】　莎士比亚；中国莎学；致辞

Shakespeare Studies with Chinese Characteristies: Speech at the 2024 Chongqing Shakespeare Research Society Symposium and Shakespeare Performance Conference

Huang Bikang

【Abstract】　The article firstly explains the significance of Shakespeare studies in the process of the development of digital technology and artificial intelligence; it gives an overview of the six major trends in

Shakespeare studies in the English-speaking world: reification of historical studies, research on paleography, comparative studies of Shakespeare's contemporaries and important writers of the seventeenth century, advances in proof-reading of Shakespearean plays, the research direction of non-Western Shakespearean studies, and the variety of Shakespearean plays. The article raises the question of where Chinese Shakespearean studies are going, pointing out that Chinese Shakespearean studies should be based on the text language in the future, strengthen the study of historicization, expand the study of classic Chinese drama and literature, understand the stagecraft of dramas, and pay attention to students' Shakespearean performances which are the aesthetic education of the campus. The paper concludes with an overview of the achievements of Chinese Shakespearean studies and looks forward to the direction of future endeavors.

【Keywords】 Shakespeare; Chinese Shakespearean studies; speech

各位与会领导，莎学同仁，各位老师和同学，上午好。

四月的山城重庆，孕育着夏日繁花齐聚的喜悦，同时也预示出大自然中的美艳终将逝去的淡淡忧愁。英格兰的四月也是春意盎然的时节，在感悟人间欢娱的诗人乔叟的笔下，四月大地回春，万物复苏，人心轻快，但在现代派诗人的视野中，四月却显出新旧生命更替过程中的残酷和悲凉。莎士比亚生卒皆在四月，他在其诗中也曾对四月的春意欢欣鼓舞："离愁逢春，四月天骄，万紫千红开遍。"（Sonnet 98），也对四季更替、好景不长表达了心中的惆怅："曾有三度四月流花香，尽在灼热的七月飘散。"（Sonnet 104），还发出对无情时光飞逝的感叹："时光去疾，有谁竟可来阻挡？谁来惜美免其殇"（Sonnet 65）。

今天，又是四月的一天，来自全国各地的莎学专家、学者、老师、同学和莎学爱好者齐聚在重庆这座历史文化名城，参加重庆市莎士比亚学会的年会，同堂研讨莎士比亚，交流莎士比亚研究、教学和演出的成果，观摩莎剧演出。此为中国莎学总结以往研究成果和经验，为未来不断发出中国莎学独特的声音的又一盛会。这是我国莎学鲜花盛开的时光。我们以此纪念莎士比亚生命的起点和终点，纪念莎士比亚这位具有世界意义的文学天才。莎士比亚既是一位立足于展示现实人生百态的戏剧家，又是一位不时眺望远方云中风景的诗人。他的诗歌里反复回旋着一个主题，那就是永在流逝、无波无粒、无形无情的时间。时间在人生的喜怒哀乐中停留片刻，又在我们猛然回首间飞快逝去，穿过多维的虚空，消失在茫茫宇宙的黑洞中。莎士比亚告诫我们，人生苦短，世事易变，但生生不息的生命在诗歌中永驻，人生百态在戏剧中不断上演，我们必须珍惜眼下的须臾，拥抱自然和社会，拥抱人文和艺术，让短暂的生命充满意义，让美的形态永驻人间。

今天，我们处在一个“媒介即信息”的数字化时代，传统的文化传媒方式受到了数字传媒技术的巨大冲击。互联网这一媒介方式改变了信息传播的方式，也影响着人们的理解、思考和判断。在瞬息万变的数字信息环境中，在被迭生的智能化技术不断渗透的生存境遇中，我们这些文学研究者、莎学研究者和莎剧爱好者仍然在坚守着历史传承、人文意义、艺术审美和文化交流的领地，力图在经典文学中，在莎士比亚戏剧中，获得些许主体“此在”、情感体验、内心修为的自在和乐趣。

在对人文意义和艺术美的追求过程中，我们可以忘却现实中时光的无情和岁月的流淌。谁说这不是生命的乐趣，存在的意义？一年的时光在不知不觉中过去。今天我们又聚会一处，欢声笑语中仿佛还在回味着去年四月在重庆大学召开的莎学年会上，或去年七月在河北工业大学召开的河北省莎士比亚研究会年会上所获得的思想乐趣和学术成果，转眼间我们如梦初醒，又在新的四月迎来了新的一年莎士比亚学术盛会。真可谓：人生如梦，梦在莎翁，忘却时光之须臾，感悟此在之欢娱。

我们在此盛会开幕之际，请允许我代表中国外国文学学会莎士比亚研究分会的全体同仁，向重庆市莎士比亚研究会会长罗益民教授及其团队，向重庆莎学全体同仁，向各位专家、学者、各位与会人士、各位同学表示十分的敬意和最诚挚的祝贺，你们在中国莎学研究领域深耕广种，换来了累累成果，在过去的16届莎士比亚年会中，形成了中国莎学研究在南方的一道亮丽风景，为中国莎学做出了重要的贡献。同时，我也借此机会代表中莎会向李正栓教授领导的河北省莎士比亚学会致以衷心的敬意，他们自20世纪80年代创建学会，几十年如一日，坚守莎士比亚研究阵地，每年举行莎学年会，汇聚中国莎学力量，筑成了中国莎学的北方重镇。几个月后的盛夏，我们又将齐聚河北，分享河北省莎士比亚学会新的一年展现出来的莎学成果，观赏莎剧演出的精彩。

424年前秋高气爽的一天，莎剧《裘力斯·凯撒》（*Julius Caesar*）在伦敦泰晤士河南岸新落成的环球大剧院上演。戏台上，一群谋逆者持刀一拥而上，不可一世的凯撒倒在血泊之中。莎士比亚让他的剧中人物Cassius在凯撒的血光之中面对惊惧的观众发出这样的感叹："从此，多少世纪中，我们这场壮烈的戏剧，不知还会在多少尚未诞生的国家，用多少我们现在未知的语言反复上演。（How many ages hence / Shall this our lofty scene be acted over / In states unborn and accents yet unknown!）"历史反复验证了莎士比亚的预言。莎士比亚的戏剧四百多年来在不同的国家深受人们喜爱，每年都有众多不同的语言在舞台上重现莎士比亚以生动的笔触写下的悲欢离合与喜怒哀乐。不仅如此，从来不写剧论文字的莎翁也没有预料到，几个世纪以来，他为了谋生而写的戏剧此后会让世界上的学者们逐字细读，皓首穷经，追本溯源，论著如山，从而产生了莎学这一所谓的"文化工业"，并且经过文化学者的论证，莎士比亚以其"审美自主性"，雄踞所谓"西方正典"的中心："莎士比亚已经成为检验全部过往西方作家的'试金石'，不论是戏剧家、抒情诗人，还是小说家，概莫能外。除了乔叟给过他一些启示，莎士比亚在刻画人物方面前无古人，他对人性各个方面的洞察和表现也影响了后世的每一位作家。"①对于今天的文学研究者，莎士比亚已经成为世界文学地图中高耸的奥林匹斯山。全世界的莎学家和莎剧爱好者们细读莎剧、演出莎剧、撰写莎剧论文，通感人类心灵，丰富人类的艺术精神，铸就人类的思想文化，也向往世界文化交流与文明互鉴的前景和未来。

不过，莎学浩如烟海，我们深叹学海无涯而生有涯。借此机会，我愿意与各位分享一些尚不成熟的想法，借此抛砖引玉，请教各位同仁。我先简略地谈谈我对国际莎学研究走向的认识，然后谈几点我对中国莎学未来走自己的道路而必须持续努力的方向，这也是对我本人的自勉，不当和错谬之处，请各位专家学者、老师同学们批评指正。

搞莎士比亚研究必须对当今国际莎学有较为全面的了解，并应用本位文化的思想资源和方法确立思想站位，确定研究范围和坐标，然后选定关键性题目深入考证，细读文本，严谨推论，如此方能生发出具有创新意义的思想观点和对文本有意义的解读。以我愚见，当今英语世界的莎学研究大致呈现出以下六大走向。

一

经过20世纪80年代以来文学批评理论和文化研究话语持续的冲击，莎学似乎开始逐渐挣脱各种文化理论话语过程中的文本征用，经新历史主义和文化唯物主义的路径又重新回归历史，走上了一条研究所谓"all way of life"，也就是研究英国乃至欧洲早

① Bloom, Harold. "Harold Bloom on Western Canon". See https://newlearningonline.com/literacies/chapter-4/bloom-on-the-western-canon

期现代社会文化的“物质状态”或“物性”(materiality)的道路。在近些年发表的莎学论著中,研究者们逐渐避开现成的、具有思想价值判断的“文艺复兴”“伊丽莎白时代”等文化历史标签,转而用“早期现代英国”,或干脆就用“16世纪、17世纪英国社会文化”这样的中性历史分期来标定莎学研究的历史范围。这些历史标示词语伴随在各个方面的主题词频繁出现,其中较为醒目的有文化传播方式、印刷业、剧场和社会机构、性别行为、种族习惯、情感倾向、幸福观、旅行、身体残缺、非人类生物、植物(医药,食用)等。比如,在此方面较为典型的有耶鲁大学大卫·卡斯顿(David Kastan)教授的《莎士比亚和书》(*Shakespeare and the Book*),聚焦16—17世纪印刷书籍的形成过程和成书状况,分析当时印刷商的动机,借此还原当时社会文化传播媒介和过程,以小见大,找到早期现代的文化过程和对后世的影响。这些现象都表明,西方莎学已经开始摆脱后结构主义以来产生的形式主义和各派文化理论的话语纠缠,潜心在构成文化的具体细部寻找意义关联,在物化的历史语境和文化存在中找到与当下现实联系的支点和早期现代的文化起源,用于解释莎士比亚之于现代性(modernity)的关系,进而解释后现代性进程中莎士比亚的文化意义。

二

与上述研究意趣相关的是古文书学(paleography)的兴趣。莎学研究者们干脆回到语言符号的历史形式,追溯其字体演化过程,从而揭示莎士比亚文本与古典文化关系和所受到的影响。研究者们在不同场合和机构举办各种古书展及研讨学习班等,展现出浓厚的文字考古学和古书鉴别的兴趣。研究文艺复兴时期英语的不同手写体和印刷体,在日常生活的文本材料(家庭账单、财产登记、年鉴手记等)中发现人们对当时生活的想象以及对现代社会的书写符号对文化的塑构作用。比如莎剧封面的拉丁文元素以吸引上层人士的读者,异常标点的使用怎样让普通读者(观众)读懂当时的数字、日期、缩写形式等,而这对研究各种流传的四开本十分有用。同时,他们也研究古代各种形式的书写工具。这类研究者认为,对书写文字形式的模糊细部的研究也是对抗占主导地位的宏大叙事研究的有效方法,这种所谓“微历史”(micro-historical)的研究可以逐渐渗透,乃至在一定程度上颠覆宏大理论叙事话语。

三

对于莎士比亚同时代和17世纪诗人、戏剧家的相关研究,一直是莎学研究的传统领域。大学里的英文系把莎士比亚研究视为研究16—17世纪早期现代社会、文学和文化的先决条件，以此出发对莎士比亚同时代的戏剧家群体加强了研究的力度，其方法主要通过传记式的历史考证，作品的源本关系，作家间借鉴、互文影响，合著关系等。如此的研究也同时延伸到17世纪中叶社会大动荡时期的诗人和剧作家。值得注意的是，在注重物化文本生产过程和古文书学研究的大背景下，剑桥大学古典文本研究室的杰森·斯各特-沃伦教授（*Jason Scott Warren*）于2019年在美国费城自由图书馆发现了一本经人手写详注的莎士比亚第一对开本，经仔细研究笔迹、拼写习惯和注记特点，并与弥尔顿本人注记现存的其他八本“名人摘录本”（commonplace books）进行比对，确定是大诗人弥尔顿早年的藏书，其中的剧头增补、行内标记和页边注解皆为弥尔顿本人所为。这一发现引起了莎学界的广泛关注和认可，弥尔顿研究的著名学者约翰·拉姆里奇（John Rumrich）认为，这项发现为弥尔顿研究提供了一个“具有全新资料支撑的研究视野，而在过去的四个世纪中，我们在这方面的了解大多建立在主观猜测臆想的基础上”。[①] 可以预见，随着英语文学界西方正典的逐渐回势，这一发现也将使对这两位历史上颇具影响力的英国诗人的比较研究再度受到应有的关注。

四

莎士比亚版本校勘持续发展，学者不遗余力。自1623年莎士比亚的同台演员约翰·海明亨利·康德尔首集三十六部莎剧对开本以来，也随着莎士比亚逐渐获得古典诗人名声后，莎剧校勘逐渐成为一门学问。18世纪莎剧校勘兴盛，1791—1799年，《莎士比亚全集》版本竟不下60余种。随后的各类新版本更是层出不穷。至21世纪，莎剧校刊愈盛，各家对于莎翁原作经剧院演出，辗转盈亏直至刊印的演变过程发微阐幽，不遗余力。其中著名版本有“新阿登版”“新剑桥版”等。20世纪70年代的权威版本要数“河畔版”。20世纪80年代著名莎学家斯坦利·威尔斯（Stanley Wells）和加里·泰勒（Gary Taylor）推出的“新牛津版”在谨慎校订前人成果的基础上，发掘人所未知，最终集成三大本“原始拼法版本”“现代拼法版本”以及“原作指南”。当今，莎剧校勘学者们借用当代科技手段不断挖掘、扩大莎士比亚的版本含量，翻新形式。比如斯坦利·威尔斯再度出山，联手莎士比亚出生地基金会的新秀保罗·埃德蒙森（Paul Edmonson），在2020年出版了新版莎士比亚十四行诗，以创作年代排序重新排列154首十四行诗，通过

① John Rumrich：《莎士比亚对青年弥尔顿的影响》，《中世纪与文艺复兴研究》2024年第10期，第5页。

鉴别所谓“内包”(embedded sonnets),把莎士比亚十四行诗增加至182首。再比如,近年来由美国现代语言协会组织编写出版的新汇集注本,钩玄提要,细大不捐,合集历史版本,在副文本上不遗余力,终成大部头。仅仅《李尔王》一部剧就合成共160万字的上下集。

五

在全球化态势和当代文化冲突危机的背景下,西方莎学也愈发关注世界性的生存问题,其中包括生态、气候,同时注意跨学科、多模态及其转化过程中的莎士比亚对当代大众文化的影响等议题。但最引人注目的有两个:一是在世界文学愿景的驱动下,西方莎学开始关注非西方的莎士比亚研究,包括翻译与接受演变、文化阐释等,比如2023年美国莎士比亚协会(SSA)年会就特别组织了西葡语系文明至上理念中的莎士比亚和亚洲国家语境中的莎士比亚的讨论分会,其中涵盖翻译、改编和文本阐释三个方面,我国莎学家还专门在大会上组织了一个分论坛,专门讨论全球化语境中莎士比亚戏剧在非英语国家和跨媒介传播问题,以及莎士比亚作为一个全球化“形象”在全球数智化和多模态状况下的传播和本土化阐释等问题。二是西方在政治正确导引中的种族和跨性别问题。美国莎士比亚协会副会长伊恩·史密斯(Ian Smith)的新书《黑色的莎士比亚》(*Black Shakespeare*)回到历史重读莎士比亚,指出白人性(whiteness)是如何在潜意识中主导着人们的阅读(误读)。这就是一个引领性的例子。此外,去年的美国莎学大会还有一场名为“光天化日:莎学中的白人性”的圆桌论坛,专门讨论白人种族是如何征用了莎士比亚构建了白人种族“合法”的文化和种族身份,建立了白人至上的权威,同时也成就了当代“白人莎士比亚”的文化形象。圆桌会议的召集人,加州大学的亚瑟·里特尔(Arthur Little, Jr)教授的新书《莎士比亚戏剧中的白人》(*White People in Shakespeare*)也是这个议题的集中反映。与种族问题关联的还有跨性别问题等,这些都是所谓新自由主义名目下“个人的心理矛盾选择”,也就是所谓的“双重心态”(ambivalence)在莎士比亚研究话语中的反映。

六

当然还有莎剧演出的研究。这是一种“内卷式”的研究,这派学者们认为舞台是莎学的重要基础,莎剧舞台演出研究在21世纪初成了莎士比亚研究的新风尚。到了2016

年，西方纪念莎士比亚逝世 400 周年，该研究更为兴盛。这一年，中英学者共同举办学术研讨会，以不同形式和剧种上演莎剧和汤显祖的传奇剧。世界莎士比亚协会也举办大会，专注演出，优选研究演出的论文，集为《莎士比亚概述》（*Shakespeare Survey*）2017 年的第 70 集。诚如莎士比亚笔下的哈姆雷特所言："自有戏剧以来，它的目的始终是反映自然，显示善恶的本来面目，给它的时代看一看它自己演变发展的模型。"莎剧演出堪称现实的一面镜子，它通过导演和表演者的意识和艺术滤镜，在舞台上展现出当下现实的人物，社会意识和矛盾冲突。2016 年在英国，仅就《辛白林》和《李尔王》的演出就达近 10 种。此外，莎剧演出持续地关注阶级、种族和性别等当下问题，起到彰显当下社会意识冲突的艺术表象作用，舞台上的莎士比亚戏剧是当代社会各类人群直接地或隐晦地发出自己声音的出口。

当然，当代莎士比亚研究和演出是多元多彩的，要获得一个全面而又准确的研究图景是十分困难的，以上几点不过本人的一孔之见，挂一漏万，提出来供各位专家学者参考指正。接下来的问题是，我们中国莎学之路何往，我们将走向何方。显然，文化和语言的独特性和差异性决定了我们走不了西方莎学的路子，我们如果要在国际莎学中占有一席之地，必须发出自己独特的文化和艺术的双重声音，那就是中国特色的莎学话语和独特的艺术审美与表现形式，这也是西方莎学界所期待的中国莎学之声。此处简略谈几点不成熟的想法，不揣浅陋，也提请各位专家学者批评指正。

第一，莎士比亚的戏剧语言是研究者和表演者的出发点。我们应不忘初心，不忘莎学的这个根本。莎士比亚戏剧首先是文字、文本，然后才是戏剧，才是文学，才是批评，才是文化，才是理论。1937 年，维吉尼亚·伍尔夫在接受英国广播电台的访谈时说"英语词语充满回声、记忆和联想"，是"最狂野，最自由散漫，最不负责任，所有事物中最不可教会东西"，词语的存在"最多样化，最令人生分，就如现实中人的生活一般"。① 这是一个被意识流困扰的现代派作家的真实体会。文学家对语言作为能指符号的不确定性感受最深，诗人尤是。而莎士比亚本人也对此深以为然。在莎剧《哈姆雷特》中，大臣波洛涅斯用话语试探装疯的哈姆雷特王子时问："大人，您在读什么？"王子直接怼道："Words，words，words！"字面上的意思是说，面对现实的礼崩乐坏，我一个学生能做什么？只能像罗伯特·伯顿（Robert Burton）那样，不厌其烦地面对书中空洞的语言文字，以治愈我心里的忧郁。不过，哈姆雷特王子除了用单调的词语重复来掩饰其内心的疑惧和愤怒之外，还有双关讽刺波洛涅斯人老话多，势必会误人误己。当然，如果深究

① Virginia Woolf. "On Craftsmanship" transcript from a BBC interview. 29 April, 1937.

下去，其中还有其他深意，比如克劳狄奥伪善词语遮蔽下的罪恶，或词语往往使人失去行动能力的隐喻等。莎士比亚的语言生动丰富，能指符号的自由嬉戏中让人生发丰富的联想，指向文学审美时空中的无限可能。我们要想理解莎剧的玄妙和精彩，深入莎学研究的境界，就必须熟读莎剧，感受细节，激活意象，在一定的文化语境中获得文字本身所载负的文学审美体验。

第二，熟悉西方中世纪、文艺复兴时代、英国伊丽莎白时代的思想主流、文学修辞特征，加强历史化能力，对莎士比亚戏剧创作的文化土壤有较为深入的翻耕，追本溯源，发现莎剧的现代性特征。比如我们需要扩大阅读，以了解当时各种流行的观念和人们关注的问题，了解当时的政治风向、文学批评主流、普遍的社会心理、道德风尚、宗教派系斗争，甚至对巫术和占星术，都要有所了解。此外还要研究伊丽莎白时代剧院内外部的构造，了解剧场习俗；各剧团的内部组织经济来源以及演出历史；演员的表演风格和个性；还有剧场观众和广大戏剧爱好者的审美趣味和积习偏好等。还要研究剧本原稿史实，考证最早的文本如第一对开本与其他四开本的源流关系、当时伦敦各家印刷坊的经济状况、运作方式和印刷方法、读者的层次和阅读习惯、出版审查制度等社会历史状况。如此的研究不完全是为了建构一个理解莎剧本身的历史背景或文化语境，其实也是从事莎学微观历史化研究的基础，同时也是中国莎学者立足本国历史文化进行跨文化文本比较的必要前提。

第三，深化本土文化历史学习，扩大中国经典文学的阅读，尤其是中国古典诗论、戏剧范式和诗曲韵律，以此建立并深化文化自信和语言自信，找到中国莎学者作为主体的文化立足点，在此基础上以文化持有者的主体身份，以文化交流与文明互鉴之精神，在广泛阅读西方莎评和研究前沿的基础上，有比较、有鉴别地建立自己的莎士比亚评论话语，用中国优秀的传统文化思想阐释莎士比亚作品中人类共通的文化现象，道人之所不道。如此，通过莎学学者集体长期扎实的研究，逐渐形成中国莎学的思想话语体系，这是我们努力的方向。

第四，莎士比亚是经典，其戏剧的舞台艺术的魅力一代代地感染了人类的思想和情感。这也是莎士比亚区别于其他经典作家的特征。人生入戏，戏如人生。我们在学习和研究莎士比亚的过程中，也应该具有戏剧意识，了解中西戏剧舞台艺术的审美特点，这样便可在阅读莎剧和莎学研究成果中获得戏剧舞台体验的维度，同时在中西戏剧的大背景下，融通莎士比亚戏剧与中国丰富优秀的戏剧艺术传统，书写出中国特色的莎学研究成果。

第五，我国莎学研究者和爱好者大多是高校或中学的教师，还肩负着在学校对青年学生进行美育教育的责任。戏剧艺术是校园美育的良好途径，而莎剧演出则是校园戏剧活动最佳的选择之一。在有选择地引导学生研读莎剧和排演过程中，莎剧老师们不仅能够十分有效地促进学生的英语学习和实际语言应用能力，而且还能够通过现场参与戏剧，使学生欣赏莎士比亚生动形象的戏剧语言和诗意，学习到文化知识，并感受到冲击灵魂的人生哲理。而更为重要的是，在排演莎剧的过程中，学生可以感受到人生处处是舞台，从而产生积极的主体自觉意识和人生的角色意识，在台前和幕后、主角和配角、演员和观众的转换中，感悟到角色自我定位和自我转换，并树立正确的群己观和合作意识。同时，学生在参与改编、翻译、排演莎剧的过程中，不论是用中文还是英文，都将获得发挥自我想象力和创造力的绝好机会。这样的校园戏剧活动借用莎士比亚的世界名声，以健康的文化和美的形式感染全体学生，使青年一代克服狭隘的个人主义倾向，树立起具有家国情怀的志向，形成积极向上的人生观并培养出健康的人格和心理素质。

各位莎学同仁，各位老师和同学，莎士比亚进入中国已逾百年，中国莎学老一辈莎学家和译家以其对莎学的学术热情和深厚的学养，在翻译、评介、阐发方面做出了不懈的努力，逐渐形成全国性的莎学研究和教学规模，当代的一批著名莎学家薪火相传，系统地整理了中国莎学的发展脉络，追溯中国莎学家们书信来往间的思想内涵和心路历程，为中国莎学注入了感染力，借此也阐发出中国莎学的文化意义，产生出具有中国文化底蕴的优秀莎学成果，并在世界莎学界产生了重要影响。我们也看到，中国莎学经历了 20 世纪 80 年代春天般的绚烂后，随着新的文化历史进程，进入一个借世界文学、比较文学和文学理论话语的兴盛和我国建设中国特色社会主义的文化繁荣而不断进取的新时代，也进入了随着高校英文系科的规模性拓展和提高形成一个逐渐自我建构的稳定时期。中国莎学研究界和教学界产生了一批学贯中西的莎学学者，在他们的引领下，中国莎学不论是理论分析、历史考证与诠释、文化排异和认同、文本阐释、翻译研究和校园莎演及研究各个方面都取得了长足的发展。同时，中国莎学也经历了机构重组和新老交替的过程。至今，中国莎学形成了以中莎会在京，重庆市莎士比亚研究会蓬勃于西南，南京大学莎士比亚研究所鼎立在东南，河南大学莎士比亚和跨文化研究中心和河北莎士比亚研究会雄踞中原的格局，东西相和，南北呼应，每年开展各种莎学研讨会和演出活动，共同带动中国莎学在新时代持续地向前发展。

同时，我们也必须看到，在新时代中国特色社会主义文化建设过程中，在日新月异的信息化和智能化过程中，我们也面临着如何建立和深化文化自信与语言自信；如何保持英语文学系/科在高校文科中的稳固地位；如何在莎士比亚研究领域生发出思想创新能力，借此拓宽研究领域并彰显特色；如何借莎士比亚弘扬我国优秀的传统文化，提高国际文化传播能力，开展文化交流与文明互鉴等一系列的新的问题；从更长远的角度看，我们也面临着如何汲取国际莎学和世界文学的优秀成果，逐步建立自己的莎士比亚研究和评论话语，形成中国莎学的学术话语体系的任务。因为我们知道，莎士比亚不灭的思想和艺术量子在无形中纠缠着我们，促使我们在世界莎学的时空中释放中国莎学的能量，合成出一个东方面孔的莎士比亚。

总之，中国莎学是世界莎学的组成部分，也是世界文学的重要成分。中国莎学未来具有中国文化特色的发展和话语建构，取决于各位同仁和青年一代莎学者及广大师生的共同努力，让我们在现实中一起向前，同时寄希望于未来。

最后，祝各位专家学者、与会师生年会期间充分享受思想的乐趣，收获多多，身体健康。预祝重庆市莎士比亚协会2024年年会圆满成功，预祝河北莎士比亚研究会年会筹备顺利，如期举行。

谢谢大家。

【作者简介】黄必康，北京大学教授，博士生导师，中国外国文学学会莎士比亚研究分会会长，主要从事莎士比亚与英国语言文学研究。

第一编

莎士比亚与文学思潮

《泰尔亲王配力克里斯》中的差异地理学与意识形态

郝田虎　吴亚蓉

【摘　要】　莎士比亚和乔治·威尔金斯合作的传奇剧《泰尔亲王配力克里斯》以其涉及的地理范围广大而著称。运用约翰·吉利斯的“差异地理学”概念解读该剧，对主人公到访的六个城市进行地理文化分析，由此发现，莎士比亚笔下的希腊和亚洲截然不同，希腊或欧洲的身份经由亚洲这一他者得以确立。《泰尔亲王配力克里斯》不仅在地理上，还在精神认知层面上，都倾向和旨归于希腊城邦潘塔波里斯。剧中，地理流动性为诗性地理学服务，诗性地理学涵括了地理流动性。此外，从当时的历史背景来看，地理流动性与贵族意识形态之间存在着复杂的交互作用。虽然《泰尔亲王配力克里斯》中的地理流动性强，但其意识形态基本上是保守的。莎士比亚和威尔金斯的戏剧实践代表了传奇剧这一体裁蕴含的丰富可能性。

【关键词】　《泰尔亲王配力克里斯》；传奇剧；差异地理学；意识形态

Geography and Ideology in *Pericles*, *Prince of Tyre*

Hao Tianhu　　Wu Yarong

【Abstract】 Shakespeare and George Wilkins's *Pericles*, *Prince of Tyre* is a romance outstanding in geographical scope. Analyzing the play through John Gillies's concept of "geography of difference", and conducting a geographical and cultural exploration of the six cities visited by Pericles, this essay argues that in Shakespeare's portrayal, Greece and Asia are starkly different, with Greek or European identity being established through its encounters with Asia. *Pericles* leans towards and aims at Pentapolis, the Greek city-state, not only physically and geographically, but also spiritually and epistemologically. In the play, geographical mobility subserves poetic geography, and poetic geography subsumes geographical mobility. Besides, in the larger contemporary contexts, geographical mobility interacts intricately with an aristocratic ideology. *Pericles* is basically a conservative play in ideology despite its geographical mobility. Shakespeare and Wilkins's dramatic practice illustrates the multiple possibilities contained in the genre of romance.

【Keywords】 *Pericles*; *Prince of Tyre*; romance; geography; ideology

莎士比亚和乔治·威尔金斯(George Wilkins)合作[①]的传奇剧(romance)《泰尔亲王配力克里斯》(*Pericles*, *Prince of Tyre*)(以下简称《配力克里斯》),[②]以其涉及的地理范围广大而著称。该剧共有二十二场戏,很少有连续两三场戏发生在同一个地点,除了两个核心场景发生在海上(3.1,玛丽娜出生;5.1,父女相认),主要人物泰尔亲王配力克里斯"在海面上载沉载浮""从一处海岸卷到另一处海岸"(2.0.34,2.1.6,291),[③]其漫游的范围遍及地中海东部和希腊的六个海港城市,地点的快速转换让读者目不暇接。这些城市在剧作中有着举足轻重的地位,据统计,安提奥克(Antioch)、泰尔(Tyre/Tyrus)、塔萨斯(Tharsus)、米提林(Mytilene)、以弗所(Ephesus)、潘塔波里斯

---

① 参见 *A Reconstructed Text of Pericles*, *Prince of Tyre*. The Oxford Shakespeare, ed. Roger Warren. Oxford: Oxford University Press, 2003, pp. 4–8.

② 1877年,Edward Dowden首先将《配力克里斯》和其他三部晚期莎剧一起称为"传奇剧",参见 Barbara A. Mowat, "'What's in a Name?' Tragicomedy, Romance, or Late Comedy," *A Companion to Shakespeare's Works*, ed. Richard Dutton and Jean E. Howard, 4 vols, vol. 4: The Poems, Problem Comedies, Late Plays. Malden, MA: Blackwell, 2006, p. 130. 关于《配力克里斯》是否被归为传奇剧是有争议的,但论者大都肯定了这一习惯分类的有用性。参见 Jeanie Grant Moore, "Riddled Romance: Kingship and Kinship in *Pericles*," *Rocky Mountain Review of Language and Literature* 57.1 (2003), p. 33 及注1。

③ 引自《配力克里斯》的幕、场、行数英文出自 DelVecchio 和 Hammond 合编的新剑桥版,参见 *Pericles*, *Prince of Tyre*. The New Cambridge Shakespeare, ed. Doreen DelVecchio and Antony Hammond. Cambridge: Cambridge University Press, 1998。除非特别注明,中译文页码都出自朱生豪的译本,参见 莎士比亚:《泰尔亲王配力克里斯》,《莎士比亚全集》(第六卷),朱生豪译,吴兴华校,北京:人民文学出版社,1994年,第267–364页。

(Pentapolis)这六个地名在剧中被反复提及,共计75次之多。[①]为了帮助读者适应和了解地点的变换,起着合唱队作用的故事叙述者高厄(Gower)在每一场独白中,都会明确点出剧中人物所在的地点,用他自己的话来说,"让我把你们的想像/带过了邦疆和国壤"(4.4.3-4,337)。

因此,理解和欣赏这部剧需要观众或读者具备剧作家拥有的特殊的空间想象力。地理在剧作中发挥着怎样的作用?笔者认为,一方面,"差异地理学"(geography of difference)在剧中有着鲜明的体现;另一方面,从当时的历史背景来看,地理流动性与贵族意识形态之间存在着复杂的交互作用,尽管《配力克里斯》呈现出极强的地理流动性,但其意识形态基本上是保守的。

笔者所谓"差异地理学"的概念来自约翰·吉利斯(John Gillies)的著作《莎士比亚与差异地理学》。[②]差异地理学在詹巴蒂斯塔·维科(Giambattista Vico)那里被称作"诗性地理学"(poetic geography)。意义的产生源自区分,地理上的隔绝导致差异,差异的两极化使得意义成为可能并被固定下来。排斥的逻辑表现在一系列的二分法中,如中心—边缘、文明—野蛮、秩序—混乱等;排斥的逻辑使他者非中心化,对自我的想象即由此建构而成。吉利斯通过解读古典文本中各种各样有关地形和人种的词语、比喻及神话,梳理出了差异地理学;进而,他认为,文艺复兴时期同样存在诗性地理学。文艺复兴时期的地理学与古典时代一样,是道德化的,包含着人文和戏剧意义,尤其是关于自我和他者的意义。

《配力克里斯》中,差异地理学的作用甚是微妙。潘塔波里斯迥异于其他五个城市,是《配力克里斯》和配力克里斯的终极目标,希腊和亚洲截然不同,希腊或欧洲的身份经由亚洲这一他者得以确立。由于剧中六个城市的重要作用,笔者对这部剧进行地理文化分析时,将按照配力克里斯的航程路线,对这些城市一一进行考察,力图勾勒出一个相对完整细致的希腊和亚洲图景。

一、罪恶的亚洲三城

《配力克里斯》一开场,英国中世纪的诗人高厄"从往昔的灰烬之中"(开场白2,271)

---

① Linda McJannet, "Genre and Geography: The Eastern Mediterranean in *Pericles* and *The Comedy of Errors*," *Playing the Globe: Genre and Geography in English Renaissance Drama*, ed. John Gillies and Virginia Mason Vaughan. Madison: Fairleigh Dickinson University Press, 1998, p. 87.

② John Gillies, *Shakespeare and the Geography of Difference*. Cambridge: Cambridge University Press, 1994.

复活，向我们娓娓道来这一古代的诗篇。他点明故事最初发生的场景是在"安提奥克这座城池"，它"乃是安提奥克斯建的主要都市/在全叙利亚是最壮观的一个"(开场白 18－19，梁 829)"。[①]

这座城市现在一般被称为安塔基亚(Antakya)或译作安条克，位于土耳其南部。20世纪的考古学证实，亚历山大大帝手下的一位将军塞琉古一世(Seleukos Ⅰ)在公元前300年创建了安提奥克，并以他的儿子兼继承者安提奥克斯(Antiochus Ⅰ)一世的名字命名这座城市。安提奥克是古代世界最伟大的城市之一，文化上很希腊化。希腊神话是其日常生活的一部分：在那里出土的一些私人住宅上的马赛克装饰描绘了狄俄尼索斯和赫拉克勒斯进行饮酒比赛，或者帕里斯裁判第一美女的情景。希腊语是安提奥克的通用语。安提奥克仅有一成富人和一成穷人，大多数人生活小康，主体是中产阶级社会。[②]自从本·琼生(Ben Jonson)以来，莎士比亚的地理学知识饱受诟病，[③]他或许只知道安提奥克是奥托曼帝国的一部分，而不清楚其文化性质的希腊化，但这无关紧要。该剧极大地削弱了安提奥克原本的希腊特征，而是将其塑造成希腊文化的绝对对立面，在亲子关系、两性关系、君臣关系以及主客之道上都与位于希腊的潘塔波里斯形成对照。[④]

安提奥克弥漫着危险与死亡的气息，埋骨在此的求婚者和国王父女的可怕结局——"一阵天火，把他们的身体烧成一堆可憎的黑灰"(2.4.9－10，303)——是这座城市死亡的具体化体现，国王对自然的人伦关系的违背象征着整个国家的腐化与政治的失序。将安提奥克作为配力克里斯游历的第一个城市极为合适，他在这里瞥见的不仅是某个人的罪恶，还第一次遇见了性(sexuality)的阴暗面，知晓了罪恶的存在、暴政的运转机制以及人的有限性，[⑤]在安提奥克的经历是配力克里斯终其一生要摆脱的阴影，安提奥克可谓黑暗与堕落的谷底。在文本层面上，违背历史、描写黑暗专制和灾难性的报应是诗性地理学的需要：这一他者即便并不符合史实，为了希腊自我也要被制造出来。

---

① 文中少数《配力克里斯》的中译文引自梁实秋的译本。参见莎士比亚：《波里克利斯》。《莎士比亚全集》(下卷)，梁实秋译，海拉尔：内蒙古文化出版社，1995年，第826－870页。

② 在《配力克里斯》中，安提奥克斯对希腊罗马神话很熟悉。他提及朱庇特、丘比特以及赫拉克勒斯的故事(1.1.8，39，28－30)。但这不会改变安提奥克作为潘塔波里斯他者的地位。关于安提奥克的历史和考古，参见 Deborah Weisgall, "Reading a Civilization through Its Ancient Shards," *New York Times* Nov. 19 2000. Section of art/architecture, p. 39, continued on p. 43。另，新剑桥版编者认为，安提奥克的命名得自其创建者塞琉古一世的父亲的名字安提奥克斯，其身份大约是马其顿贵族(DelVecchio and Hammond 83)。

③ Lisa Hopkins, "'The Shores of My Mortality': *Pericles*' Greece of the Mind," Pericles: *Critical Essays*, ed. David Skeele. New York: Garland, 2000, p. 228.

④ 笔者将在第三节"希腊的潘塔波里斯"中将两个城市再作细节上的对比。

⑤ Alexander Leggatt, "The Shadow of Antioch: Sexuality in *Pericles*, *Prince of Tyre*," *Parallel Lives: Spanish and English National Drama* 1580—1680, ed. Louise and Peter Fothergill-Payne. Lewisburg: Bucknell University Press, 1991, p. 170.

从地理空间上来说，泰尔与安提奥克相距不远。从安提奥克逃回来的配力克里斯回到自己的领地泰尔，却无法消除对那座罪恶之城的恐惧。发生在泰尔的三场戏都无法真正摆脱安提奥克的阴影笼罩。首先是对它的恐惧占据了配力克里斯的一切心思，最终逼迫他去远航(1.2)；其次是来自安提奥克的杀手追到泰尔的宫廷，那个黑暗城市的威胁以具象的形式再次显现(1.3)；最后是在泰尔，我们听到了有关安提奥克斯父女的可怕结局(2.4)。安提奥克不再是外在的地理名称，而是内化成配力克里斯自身的一部分，有学者甚至将泰尔与安提奥克、配力克里斯与国王安提奥克斯等同起来。国王的罪恶也成了配力克里斯的罪恶，国王对政治权力的腐蚀也牵连到配力克里斯。[①]例如，与安提奥克的政治腐化类似，泰尔在整部剧几乎都处于无主状态。“在配力克里斯逃避的众多事情当中，其中之一就是他执政的义务”，[②]一直到剧末他都没有再回到泰尔。在泰尔，配力克里斯的个人与其政治身份是割裂的，他想要履行的政治责任一直没有实现，在安提奥克受到伦理和政治冲击后便选择逃避主持国政，在寻找女儿并获知其(虚假的)死讯后更是形容枯槁，无心理政。这位合法执政者似乎从不称职，一直处于远游状态的他与泰尔的联系极其微弱，这里并非作为“泰尔亲王”的配力克里斯最终的归属之地。

准备逃脱危险的配力克里斯已经想好了他游历的目的地，“泰尔，现在我要和你暂时分别，向塔萨斯开始我的行程了”(1.2.114-115，282)。然而，第一幕第四场呈现的塔萨斯也不是理想之地，这里正经历饥荒，饿殍遍野。从地理空间上看来，塔萨斯位于安提奥克的西北，与安提奥克的距离最为接近。毫无意外，它也沾染了安提奥克的黑暗与沉沦。剧中没有哪个城市像塔萨斯这样，与安提奥克在地理和精神气质上如此密切相关。

在安提奥克，“吃”以及“吃人”(cannibalism)曾与乱伦联系在一起，例如，乱伦的女儿“饮我母血食母肉”(1.1.65-66；275)，但这更多地只是在隐喻意义上使用这一意象，到了遭遇饥荒的塔萨斯，“吃”则回归到字面意义上的饥饿，并颠倒了谜语中的意象，强调母亲对孩子的啃食。[③]如果说安提奥克的腐败体现在国王的乱伦与暴虐，塔萨斯则直接让我们目睹了人民的哀号惨状与自然人伦的再次破坏。

配力克里斯给经历饥荒的塔萨斯带来了生的希望，但他对这座罪恶之城的解救只是暂时的，他施舍的谷物或许暂时阻止了母亲因饥饿吃掉自己的孩子，但无法改变人们

---

① Constance C. Relihan, “Liminal Geography: *Pericles* and the Politics of Place,” *Philological Quarterly* 71.3 (1992), p. 286.

② Stephen Dickey, “Language and Role in *Pericles*,” *ELR* 16 (1986), p. 556.

③ Anthony Lewis, “‘I Feed on Mother's Flesh’: Incest and Eating in *Pericles*,” *Essays in Literature* 15 (1988), p. 158.

邪恶的心性。这里正酝酿着另一场对孩子的谋杀。克里翁(Cleon)的女儿菲罗登(Philoten)与玛丽娜一起长大,却相形见绌。母亲狄奥妮莎(Dionysa)因妒成憎,决心将玛丽娜谋杀。由此可见,塔萨斯在许多方面都是对安提奥克黑暗的重复与加增。克里翁夫妇颠覆了两人的两性角色,并且以德报怨,违背了待客之道。安提奥克的巨大阴影也笼罩着塔萨斯,这里同样存在违背伦常的家庭关系。我们将在剧末看到,他们如同安提奥克的国王父女一样人神共愤,“全城民众激起公愤,把阖家烧成了灰烬;虽然他们蓄意未遂,一念之差终遭天弃”(5.3.11-14,364)。克里翁的两次自我咒诅终于一一应验。

安提奥克、泰尔以及塔萨斯这三个位于地中海东部沿岸、叙利亚境内的亚洲城市在许多方面存在共同点,在政治秩序与人伦礼仪上都存在着颠覆性。它们是主人公配力克里斯竭力逃离的地方。相较于这三个亚洲城市组成的危险“同盟”,配力克里斯接着游历的潘塔波里斯、米提林和以弗所要神圣得多。他从亚洲到小亚细亚再到希腊的旅程,是不断上升的精神之旅。

二、小亚细亚的米提林与以弗所

米提林和以弗所这两个位于小亚细亚(或附近)的城市,在地理上处于安提奥克、泰尔以及塔萨斯这三个亚洲城市与希腊的潘塔波里斯之间。它们一开始有着剧中东方城市的堕落特征,如米提林的妓院再现了安提奥克放纵的性欲,但随着玛丽娜的到来,它逐渐剥离了原本的堕落,显现出一丝神圣性。以弗所原本也是供奉异教女神的所在地,在泰莎到来之后,也同样具有了基督教的神圣。它们是配力克里斯最终归属于希腊的潘塔波里斯的先声。

米提林的第一场戏(4.2)就发生在腌臜之地:妓院的院主、鸨妇和龟奴哀叹近来生意惨淡。这个港口城市的国际贸易非常繁荣,各国旅客齐聚于此,但与此相联系的却是过度放纵的性欲。如果说,在安提奥克,“吃”与乱伦联系在一起;在塔萨斯,“吃”与违天悖理的母亲食子联系在一起;在米提林,“吃”或者食物的意象则与妓女的营生、放纵的性欲相联系。这里的罪恶与那两个城市相比相差无几,弥散着堕落、疾病、死亡以及性的胁迫。

但这种堕落状态,在玛丽娜到来之后有所改善。当剧情再回到米提林时(4.5),只见那些嫖客满面羞惭地离开妓院,玛丽娜“高谈神圣的真理”(4.5.4,自译),使得前来寻花问柳的绅士们改邪归正。她可以冷却灼热的性欲,用布道规劝人心,使魔鬼变成清教徒,浪荡子变成修道士(4.5.15-17)。而她言语的劝说力量,在米提林总督拉西马卡斯

(Lysimachus)身上得到最大的发挥。有许多学者注意到其中基督教的指涉,将玛丽娜比作圣徒。例如,她和公元3世纪的圣阿格尼丝(St. Agnes)一样,都在妓院中经受住了对贞洁的考验。[①]不同于后者依靠神圣力量的帮助,玛丽娜完全依靠自己的教养与美德自救,并像使徒一样,试图通过布道与劝说,拯救这个道德败坏的城市。

在天意的指引下,配力克里斯一行人飘荡至米提林。拉西马卡斯在了解配力克里斯消沉缄默的缘由后,想到玛丽娜的言辞或许可以打开他的心扉。不过在父女相见之前,还有个细节值得注意。赫力堪纳斯(Helicanus)提出请求:"因为我们航海日久,食物虽然不缺,但是味道不鲜,令人生厌,所以我们想要出钱向贵处购办一些食物,不知道阁下能不能允许我们?"拉西马斯卡欣然应允,"要是我们不愿意尽这一点点的地主之谊,公正的天神一定会在我们每一颗谷粒中降下一条蛀虫,使我们全境陷于饥馑的"(5.1.47-53, 351-352)。吃和食物的意象终于在此时恢复了它最本初的含义,与健康的生理需求和地主之谊联系在一起,切断了与之前在安提奥克、塔萨斯以及米提林的妓院中,与乱伦、食子、纵欲等罪恶的联系。

在配力克里斯父女相认的场景中,类似安提奥克的那则指涉乱伦的谜语"我虽非蛇而有毒,饮我母血食母肉……夫即子兮子即父,为母为妻又为女"(1.1.65-70, 275)再次回响,"那曾经生育你的,现在却在你的手里重新得到了生命"(5.1.185,357),玛丽娜同样集合了女儿和母亲的形象,但这一重复却是反转性的,曾经悖逆的伦理秩序,此刻在配力克里斯父女的关系中得到恢复。

自配力克里斯一行人及革新后的总督拉西马斯卡走后,米提林会是什么样子?它或许很难继续保持短暂的神圣性,其本质并没有改变,妓院的交易可能会继续扩散疾病与罪恶。[②]从政治角度来看,剧末提到拉西马斯卡与玛丽娜将会继承泰尔的王位(5.3.83, 363),这个如安提奥克、泰尔、塔萨斯一样需要清明统治的城市最后仍是无主的状态。但这个一开始纵欲的堕落之地,自玛丽娜"降临",其实已经得以革新和上升;在父女相认后,更是成为神意显灵的神圣之地。虽然米提林的宗教指涉是明确异教的,但已经蕴含着走向神圣的可能。配力克里斯在这里听到的天上传来的音乐,已经暗示出人与宇宙秩序开始恢复联结。

以弗所可以说是全剧中除却潘塔波里斯,最具有神圣性的地方,它是狄安娜女神神殿的所在地,泰莎在这里死而复生,并成为神殿中的祭司。之后,失散多年的配力克里

---

① Jeanie Grant Moore, "Riddled Romance: Kingship and Kinship in *Pericles*," pp. 40, 45.

② 有学者持这样悲观的观点,参见 Constance C. Relihan, "Liminal Geography: *Pericles* and the Politics of Place," p. 289.

斯一家人在此团聚，整部剧在幸福的氛围中结束。在以弗所发生的一切都充满了奇幻的色彩。

在上文分析的四个城市中，要么由代表着悖理和堕落的角色进行开场（安提奥克乱伦的国王安提奥克斯，以及米提林的皮条客），要么展现了一番凄凉悲惨的景象（配力克里斯在泰尔的忧郁，以及塔萨斯的饥荒），但以萨利蒙（Cerimon）的呼唤作为开场的以弗所充满了人道主义的温情和勃勃生机。

尽管萨利蒙在剧中只有寥寥几十句台词，许多学者却注意到他作为引导者和典礼者（master of ceremonies）的作用，其名字 Cerimon 来自英语单词 ceremony，拉丁语中的 *caerimonium* 意指“庄严的、神圣的”，因而他出现的几场戏都极为隆重、奇幻，与神意息息相关。[①]当装有泰莎的棺材被打开后，他命人奏起“粗浊而忧郁的音乐”（rough and woeful music，3.2.85 - 86，319），从而奇迹般地将她“复活”。学者 F.伊丽莎白·哈特（F. Elizabeth Hart）注意到这一有违常理的 rough music（许多编者认为这个词有误，而应改为更符合情境的 still music），将其与弗里吉亚（Phrygia）盛行的库柏勒（Cybele）母神崇拜（mother-worship）相融合。库柏勒女神的祭司被称为加利（galli），多是阉割的男性，他们蓄着长发，穿着女性的服装。此外，在库柏勒女神的祭祀活动中常常有刺耳的音乐，与她相关的图像也总是出现各种乐器。在罗马人看来，库柏勒崇拜及其相关的祭司活动和音乐都是“野蛮的”。因而萨利蒙用“粗浊音乐”这一“神秘技艺”，暗示了他可能是库柏勒的男性祭司，展现了多种宗教融合的亚洲式的神秘仪式。[②]

此外，相比于这部剧的来源素材，剧中异教的狄安娜女神出现的次数也要频繁得多。在原素材高厄的《情人的忏悔》（*Confessio Amantis*）和特恩（Lawrence Twine）的传奇《苦难历险记》（*Pattern of Painful Adventures*）中，只提及她两次，而《配力克里斯》中，共提及这位女神十多次。[③]此外，在高厄笔下，造访阿波罗纽斯的“天神”并没有明确是哪个神，可能是异教的（朱庇特），也可能是基督教的上帝，但“他”显然是个男性。在特恩的基督教版本的故事中，指引阿波罗纽斯去往以弗所的是个天使。在这个故事的原始拉丁版本中，也是“看起来像个天使”的形象指引他去往以弗所。[④]只有在莎士比亚

---

① Murray L. Levith, *What's in Shakespeare's Names*. London: George Allen & Unwin, 1978, p. 103.

② 参见 F. Elizabeth Hart, “Cerimon's ‘rough music’ in *Pericles*, 3.2,” *Shakespeare Quarterly* 51.3 (2000): 313 - 331.

③ Caroline Bicks, “Backsliding at Ephesus: Shakespeare's Diana and the Churching of Women,” Pericles, *Critical Essays*, ed. David Skeele. New York: Garland, 2000, p. 205.

④ Elizabeth Archibald, Appollonius of Tyre: *Medieval and Renaissance Themes and Variations*. Cambridge: St Edmundsbury, 1991, p. 173.

笔下，这位异教的狄安娜女神才占据如此重要的作用，他特意强调了以弗所的异教氛围。以弗所虽然充满了神圣的宗教氛围，但此地综合了各种小亚细亚的异教信仰，并不是配力克里斯一家人的归属。他和泰莎还要继续漫游，回到潘塔波里斯。

三、希腊的潘塔波里斯

上述五个城市在早期基督教历史上都较为重要，与《使徒行传》和新约中的书信也有深切的关联，但细读文本就会发现，这些城市中的基督教指涉并不是非常明显，并且将这部剧与原素材——高厄的《情人的忏悔》及特恩的《苦难历险记》——对比就会发现，剧中的基督教指涉要远远少得多。剧作家似乎有意将五个亚洲（及小亚细亚）城市中的基督教指涉略去不提，在“差异地理学”的影响下，注重它们的东方和异教特征：安提奥克专制堕落；泰尔政治秩序混乱；塔萨斯充满饥馑与背叛；父女相认的米提林肉欲横行（虽有狄安娜女神的短暂显现）；神圣的以弗所则完全崇拜异教神祇，充满神秘的巫术。不过，相比于前三个城市，米提林和以弗所显然已经有了神圣的可能性。

这部传奇剧始于泰尔和安提奥克，终场时，拉西马卡斯和玛丽娜将在潘塔波里斯完婚，配力克里斯和泰莎将统治潘塔波里斯。泰尔亲王四处漂泊，四海为家，历尽颠沛流离，终于要前往潘塔波里斯，把亚洲和东方抛在身后：乱伦的安提奥克斯及其女儿受到了应有的惩罚。塔萨斯的公民把邪恶的克里翁和狄奥妮莎烧成了灰烬。泰尔将会有新的国王和王后主政，而新王后有一半希腊血统。这样，整个叙述恰如其分地终结于潘塔波里斯。“现在戏文已经终场，敬祝列位快乐无疆！”（收场白 18，364）。希腊子嗣和希腊式统治带来和谐、清新和快乐，潘塔波里斯是《配力克里斯》和配力克里斯的终极目标。

这种希腊化倾向最突出地表现在安提奥克和潘塔波里斯之间明显的有意的对比。安提奥克斯独裁专制，而潘塔波里斯的子民自发地称其国王为“善良的西蒙尼狄斯”（2.1.90，294）。为了赢得他们女儿的芳心，许多王子、骑士纷至沓来，各逞技艺，但是结果迥然相反：一个是混乱和死亡，“害多少英才受戮”（开场白 39，273）；一个是快乐和欢宴，“准备欢乐罢，因为宴会是宜于欢乐的”（2.3.6，梁 842）。安提奥克斯阴沉沉的威胁有力衬托了西蒙尼狄斯轻松的快乐。无名的公主与父亲安提奥克斯乱伦，其关系是违背人伦的，反自然的，基本的亲属概念被打乱了。精心设计的谜语（谜底是父女乱伦）处于可言说与不可言说的边界，它间接地说出了自己，答案却无可言说。它暴露的同时又在遮掩。同理，公主露了面，但无名无言（整部剧只有两行是她的台词：1.1.60－61），她与父亲的关系见不得天日。与此相对照，泰莎和她父亲自然亲热地对话，毫无忌讳，他们欣然同意选择配力克里斯作女婿(例如 2.5.17 - 18)。安提奥克与其他城邦不同,出场后便没有再现;罪恶的场景被永远地埋葬了。向泰莎求婚、来自安提奥克的第三个骑士盾牌上的铭语"造光荣之极峰"(2.2.31, 298)恰恰是对安提奥克斯命运的反讽,因为他和他的女儿在华车之中被天火烧死。反自然的罪恶遭到自然力的惩罚是恰如其分的。安提奥克虽然号称"在全叙利亚是最壮观的一个"(开场白 19,梁 829),功用上却是潘塔波里斯的哈哈镜,是希腊自我的他者。对配力克里斯来讲,潘塔波里斯补偿了他在安提奥克受到的不公正待遇,给了他纯洁、美丽和贤淑的妻子。

《配力克里斯》中的女儿形象也遵循着诗性地理学的范式。除了拉西马卡斯在剧终时尚未成婚外,剧中所有的国王或亲王都有一个女儿:玛丽娜是配力克里斯的女儿,她母亲泰莎是西蒙尼狄斯之女,菲萝登是克里翁和狄奥妮莎的女儿,安提奥克斯有个无名公主。前两个女儿有希腊血统,是贞洁和耐心的象征;而后两个亚洲女儿是罪恶的工具,包括嫉妒、乱伦和谋杀。希腊血统在才华和道德方面都很优越:"这菲萝登好胜心强,她总想争一日之长;无奈她乌鸦的羽毛,怎么能和白鸽比皎?"(4.0.30 - 33,324)。另外,亚洲女儿几乎不说话(菲萝登没有出场,只有名字,而安提奥克斯的女儿没有名字,只有两行台词),而泰莎和玛丽娜能言善辩。每一个前来寻欢的嫖客都被玛丽娜说服改造了,正如拉西马卡斯所证实的:"我没有想到你竟有这样动人的口才;这真是出我意料之外。即使我抱着一颗邪心到这儿来,听见你这一番谈话,也会使我幡然悔改"(4.5.94 - 97,344)。进而,在父女相认那场戏中,玛丽娜话语的疗救力量起了重要作用,父女因此重新相聚,配力克里斯得以重生。如果说亚洲女儿造成伤害和损失的话,玛丽娜和泰莎则有治疗恢复的效用。《配力克里斯》一剧的性别描写中包含着地理差异。

配力克里斯在海上漂泊、受尽磨难的过程是以希腊化为旨归的。配力克里斯"这位好君王"(2.0.33,梁 838),是坏蛋安提奥克斯的受害者,两者无法认同;配力克里斯和克里翁也无法认同,因为后者背叛了他的誓言,欺骗了前者。配力克里斯好像不应该待在亚洲,于是他逃离了这块大陆,在海上漂泊。海难中他侥幸活命,来到潘塔波里斯海滨,又湿又冷,不得不向渔夫乞讨。他沉思道:"我已经忘记我的过去,可是穷困使我想到我现在是谁"(2.1.65 - 66,294)。[①]窘迫的处境使他有可能重新认识自我。一个重要的细节是,配力克里斯的父亲遗赠给他的甲胄是在希腊土地和国王的名字宣布以后失而复得的,而这副甲胄是他从前身份的唯一遗留。进而,配力克里斯在西蒙尼狄斯身上看到了他父亲的影子:"那位国王的仪表很像我的父亲,使我回想起他当年也是同样的煊赫;列

① 这里的译文在朱译的基础上有所改动。

邦的君主像众星一般拱卫在他的宝座的周围，他就是为他们所朝拜敬礼的太阳；无论什么人站在他的面前，都会变成黯淡的微光，向他那灿烂的威焰免冠臣服”（2.3.36－41，300－301）。记忆苏醒了，宇宙秩序（太阳-众星）和血统都表明希腊的优越。配力克里斯将自我和自我的延续置放到了希腊的承续中，将他的渊源地从亚洲转移到了希腊。他与泰莎的婚礼标志着他新的希腊身份的诞生。配力克里斯不仅得到了妻子，而且得到了新的自我。所以，他选择前往潘塔波里斯为女儿操办婚礼，并在那里安度余生。

因此，《配力克里斯》不仅在地理上，也在精神认知层面上，都倾向和指归于希腊城邦潘塔波里斯。泰尔亲王同时经历了外在流浪和内在旅行，目的地都是希腊：他只有在希腊才能恢复他的祖产和地位，他与泰莎的婚姻表明，他的家族之树只有在希腊的土地上才能结果。希腊对非希腊（亚洲）的优越体现在它的同化力上，能把非希腊的他者吸纳进希腊的自我。自我就在他者中，这既适用于古典差异地理学，也适用于配力克里斯在地理流动性中的改变。地理流动性为诗性地理学服务，诗性地理学涵括了地理流动性。莎士比亚和威尔金斯的文本隐秘而积极地参与了差异地理学的意识形态。

四、《配力克里斯》中的意识形态

以上关于《配力克里斯》中诗性地理学的分析建立在吉利斯的模型之上，使我们注意到文本中此前被忽视的角落，揭示出一个古老的内在模式。但是，对剧本进行背景研究时仅使用这一模型是远远不够的。事实上，文艺复兴时期地理学，或曰一般地理学不仅是诗性问题，它还是社会、政治、经济、科学等问题。我们不能把地理学与其复杂的时代背景相隔离。为了弥补和修正诗性地理学这一范式的缺陷，本文将在这一部分讨论该剧的贵族意识形态。

在《冒险的意识形态》一书中，米夏埃尔·内利希（Michael Nerlich）讨论了宫廷文学中资产阶级倾向的辩证过程。虽然资产阶级或商业冒险“与冒险的宫廷意识形态针锋相对”，但它“自己也披着宫廷意识形态的外衣”。[①]结果，资产阶级“逐渐‘重新改造’了（re-functioned）宫廷意识形态，进而攻击它（部分武器是在重新改造过程中取得的，即从被吸收和被改变的文化中取得）”。[②] 贵族阶级和资产阶级的重新改造带来社会流动，但在《配力克里斯》中，贵族意识形态抗拒了地理流动性。

---

① Michael Nerlich, *Ideology of Adventure: Studies in Modern Consciousness*, 1100—1750, vol. 1, trans. Ruth Crowley, 2 vols. Minneapolis: University of Minnesota Press, 1987, pp. 60－61.

② Ibid., p. 61.

弗雷德里克·詹姆逊(Fredric Jameson)正确地指出,莎士比亚的传奇剧"将'想象力'的幻影汇集与其周围繁忙的商业活动相对立"。[①]《配力克里斯》在意识形态上保守,正是因为它"发霉的故事"(本·琼生语)[②]刻意与当时地中海贸易的现实保持距离。正如史蒂文·马拉尼(Steven Mullaney)所言,"《配力克里斯》代表着一种极端的努力,将大众舞台与其文化背景及戏剧产生的基础相分离。"[③] 1592 年,显赫的黎凡特公司(Levant Company)正式成立,为此后几十年英国在地中海贸易的霸权铺平了道路。《配力克里斯》创作和上演的时候,[④]剧中提到的亚洲城市均为重要的贸易中心。[⑤]但该剧的视角是反贸易的,意识形态是贵族的。

当然,从一般意义上说,《配力克里斯》一剧与剧院和交易市场不可分割,也不可能不存在贸易和交换,比如配力克里斯用满船粮食作为礼物赈济塔萨斯的灾民,而"礼物标志着一个强制的交换系统的开始"。[⑥]另外,海盗们把玛丽娜卖给了妓院;玛丽娜出卖技艺以谋生;配力克里斯用一颗宝珠从渔夫那里买了骏马和罩袍(2.1.140-914,296-297);王朝婚姻(配力克里斯与泰莎,玛丽娜与拉西马卡斯)也是某种形式的贸易等。因此,《配力克里斯》并不能够完全避免贸易和交换,但其反贸易视角和摆脱交换的企图是清晰可见的。

一方面,乱伦的谜语无从进入交流和贸易的领域,因为谜底不可言说;于是猜谜招亲实质上是把公主排除在了婚姻制度之外。换言之,安提奥克斯保留女儿供自己享用,而不把她交换给别人。因此,本剧从一开始就是反贸易的,如果"贸易"作广义解的话。[⑦]安提奥克斯自我生产(实则不生产:安提奥克斯死时并无继承人)、自我消费和自我

---

① Fredric Jameson, *The Political Unconscious, Narrative as a Socially Symbolic Art*. Ithaca: Cornell University Press, 1981, p. 148.

② 转引自 Introduction to *Pericles, Prince of Tyre*. The New Cambridge Shakespeare, ed. Doreen DelVecchio and Antony Hammond. Cambridge: Cambridge University Press, 1998, p. 17.

③ Steven Mullaney, "'All that monarchs do': The Obscured Stages of Authority in *Pericles*," Chapter 6 of *The Place of the Stage: License, Play, and Power in Renaissance England*. Chicago: University of Chicago Press, 1988, p. 147.

④ "虽然《配力克里斯》在繁忙的 1606 年创作并上演不是没有可能,但更有可能的是,它写于 1607 年,1608 年初首次上演"(DelVecchio and Hammond, Introduction, 1)。

⑤ 关于黎凡特公司和文艺复兴时期英国的地中海贸易,参见 Robert Brenner, *Merchants and Revolution: Commercial Change, Political Conflict, and London's Overseas Traders, 1550—1653*. Princeton: Princeton University Press, 1993, pp. 51-91. 以及 Ralph Davis, "England and the Mediterranean, 1570—1670," *Essays in the Economic and Social History of Tudor and Stuart England*, ed. F. J. Fisher. Cambridge: Cambridge University Press, 1961, pp. 117-37.

⑥ Steven Mullaney, "'All that monarchs do': The Obscured Stages of Authority in *Pericles*," p. 139.

⑦ 参见《牛津英语词典》(*OED*),commerce, *sb*.2a"人生事务中的交往;交易"。从另一个角度看,婚姻可以视为男人与男人在商品的意义上对女人所做的交易。

毁灭。

另一方面，对性交易的否定更显著地表现于希腊女儿的贞洁上。泰莎在以弗所的狄安娜神庙做了十四年的女祭司。玛丽娜在米提林的妓院里苦苦支撑，在遍地的性交易中她出淤泥而不染。这位美丽的女性不幸遭海盗绑架，卖给了妓院，成为“一个出卖色相的女子”(4.5.73,343)。米提林具有高度的地理流动性，聚集着来自各国的风流公子。例如，一个西班牙人和一个法国骑士对龟奴的广告充满浓厚兴趣(4.2.80,84,333)。在这样一个充斥着交易和流动性的地方，玛丽娜却以坚如磐石的贞操抵御着交易。“要是火是热的，刀是尖的，水是深的，我要永远保持我的童贞的完整”(4.2.145－146,334)。她不仅成功逃避了性交易，而且用名誉的说辞感化了每一个嫖客，几乎让妓院的皮肉生意停顿。嫖客们的地理来源愈是多样，玛丽娜愈显贞洁。莎士比亚用地理流动性来提升贞洁的品质，而贞洁本质上是反交易的。

女性贞洁是男性荣誉(honor)的对应物，而荣誉是贵族意识形态的标志性特征。西蒙尼狄斯和泰莎经常谈论荣誉(例如，2.2.14－16,2.5.11)。对西蒙尼狄斯来说，荣誉是上天也是君王的准则。他把君王定义为“具备上天的品德，为人伦的仪范”(2.2.11,297)，并宣布，“我爱的是荣誉，厌弃荣誉的人，也就是厌弃天神”(2.3.20－21,300)。配力克里斯聪明地援引西蒙尼狄斯的准则，他说，“我来到您的宫廷是为了寻求荣誉”(2.5.59，梁 845)。泰莎和玛丽娜遵循着女性荣誉的准则。而且，玛丽娜利用男性荣誉的武器来保护她的贞洁，女性荣誉。贵族荣誉的男性和女性形式联合起来，共同抵制流动性和贸易。

配力克里斯“在文学、武艺两方面，都受过相当的教养”(2.3.78,302)，他的文武双全是文艺复兴时期廷臣的标准教育(典型者如英年早逝的菲利普・锡德尼爵士)。他对王室子嗣的寻求最终推动了剧情的发展。在父女相认那场戏中，本来可以成为泰尔总督的赫力堪纳斯的下跪肯定了王家子嗣与生俱来的权威。剧终时，王室内部重新分配了权力。配力克里斯称拉西马卡斯为“我们的儿子”(5.3.78，自译)而非女婿，表明他很高兴终于找到了王室子嗣。尽管存在地理流动性和社会不稳定性，效忠王权的贵族意识形态仍在剧中占据了中心地位。封建等级制度完整无缺，社会结构并无改变。《配力克里斯》这一传奇剧的一个突出特征是社会流动性并不伴随地理流动性。

综上所述，本文从文本细节出发，借用约翰・吉利斯的“差异地理学”概念，对《配力克里斯》中的地理问题和意识形态进行了分析。从地理上说，这部传奇剧涉及西方和东方(中东)的碰撞与对比，表现出浓厚的欧洲中心主义和东方主义的色彩。在 21 世纪的全球化时代，在后“9・11”时代，对于欧洲中心主义和东方主义的揭露和批判显得尤为迫切。此外，为了弥补和纠正差异地理学范式的缺陷，本文在米夏埃尔·内利希《冒险的意识形态》一书的启发下，解读了这部剧作中贵族意识形态与地理流动性之间的相互关系，从意识形态上说，《配力克里斯》基本上是保守的，尽管其地理流动性强。莎士比亚和威尔金斯的戏剧实践代表了传奇剧这一体裁蕴含的丰富可能性。

【作者简介】郝田虎，浙江大学求是特聘教授、博士生导师、中世纪与文艺复兴研究中心主任，教育部青年长江学者（2016 年度），长江学者特聘教授（2021 年度），主要从事早期现代英国文学、比较文学、英文手稿研究等。

吴亚蓉，安徽大学外语学院讲师，浙江大学英文系博士，主要从事早期现代英国文学研究。

从《李尔王》管窥莎士比亚的疯癫隐喻

戴丹妮　伦文文

【摘　要】　莎士比亚的戏剧中描绘了许多疾病元素，引起了众多学者的研究兴趣。以《李尔王》中的疯癫现象为研究对象，将剧中的诸多疯癫现象归为逼疯型疯癫、职业型疯癫、装疯型疯癫和惩罚型疯癫四种类型，基于文本深入分析这四种疯癫的成因与表现症状，旨在从政治、经济、文化与社会等方面探索这些疯癫现象在莎士比亚创作年代所代表的隐喻意义。

【关键词】　《李尔王》；人文主义；疯癫；隐喻

Glimpsing the Madness and Its Metaphors in *King Lear*

Dai Danni　Lun Wenwen

【Abstract】　A great number of disease elements are depicted in Shakespearean plays, which has aroused the interest of lots of scholars. Focusing on the most significant disease element, madness, in William Shakespeare's tragedy *King Lear*, this paper divides the madness phenomena in the play into four types, which includes forced madness, professional madness, feigning madness, and punitive madness. Then based on the text itself, this paper analyzes intensively the causes and symptoms of different kinds of madness, aiming to explore the madness metaphors in Shakespeare's Age from the perspectives of politics, economy, culture and society etc.

【Keywords】　*King Lear*; humanism; madness; metaphor

莎士比亚的戏剧中描绘了许多疾病元素，本文主要聚焦于《李尔王》中最重要的疾病元素——疯癫。在现代语境中，“疯癫”是一种需要通过精神分析治疗的精神疾病。《现代汉语词典》将“疯癫”定义为“神经错乱；精神失常”，[①]这是一般意义上的理解。法国哲学家米歇尔·福柯在《疯癫与文明》中指出“疯癫”不仅是一种精神病变，更是文明或文化的产物，通常与人的弱点、错觉和欲望相关。[②] 基于这一理论视角，根据《李尔王》中疯癫人物的不同表现症状和原因，将戏剧中的疯癫现象分为四种类型，包括逼疯型疯癫、职业型疯癫、装疯型疯癫和惩罚型疯癫，[③]并分析莎士比亚时代“疯癫”背后的政治、文化、经济和社会隐喻，以此挖掘莎翁进行戏剧创作时的深刻意图。

一、逼疯型疯癫

“逼疯型疯癫”是指一种医学上的精神疾病，即精神疯癫，患者会在精神状态上和行为举止上表现出疯癫。逼疯型疯癫的代表人物是李尔王。李尔王是一个传统的古典统治者，视道德为政治权力的附庸。一方面，他脾气暴躁，任意妄为。另一方面，他对他的女儿和臣民的伦理道德要求非常严格，尤其要求女儿对其孝顺，臣民对其尊崇。

1. 症状：一般病理特征

心理方面，李尔王精神错乱，记忆混乱，情绪失常，偶尔产生幻象，体现出疯癫的正常病理特征。他时常忘记生活常识和时间概念，只想要“到早上再去吃晚饭”[④]。疯癫之际他仍然记得两个女儿对他所犯下的恶行，一心想要审判她们的罪行，却把埃德加扮成的疯丐视为法官，将弄人认作执法官，将肯特认作陪审官：

> “我要先看她们受了审判再说。把她们的罪证带上来。（向埃德加）你这披着法衣的审判官，请坐。（向弄人）你，他的执法的同僚，坐在他的旁边。（向肯特）你是陪审官，你也坐下。”[⑤]

行为方面，他的行为与陷入疯癫之前大相径庭，总是做出无法让人理解和不符合逻

① 中国社会科学院语言研究所：《现代汉语词典》（第6版），商务印书馆2012年，第411页。

② ［法］米歇尔·福柯：《疯癫与文明》，杨远婴译，生活·读书·新知三联书店2019年，第25页。

③ 关于疯癫类型的具体名称，本人主要参考胡俊飞的研究成果，详见胡俊飞：《莎士比亚四大悲剧中的“疯癫形象”探析》，《四川戏剧》2008年第6期，第64－67页。

④ ［英］威廉·莎士比亚：《李尔王》，朱生豪译，译林出版社2013年，第66页。

⑤ 同上，第64页。

辑的行为举止。他时常眼睛睁得大大的或是呆呆地站着。失去理智之后，他不再关注自己的外表，身上总是蹭满杂乱的花草。再见到考狄利娅时，神志不清的他以为女儿是一个鬼魂，甚至一度忘记了作为国王和父亲的尊严，想要向女儿下跪。戏剧中，逼疯型疯癫是由权力旁落而引起的。李尔王失去理智并陷入疯癫的根本原因是他的父权和王权受到了长女和次女的严重挑战。

李尔王仅凭三个女儿是否对其甜言蜜语、表面孝顺，便随意任性地分割国土和王权，最终所托非人，大权旁落，陷入疯癫。在他把国土和权力都分配给了戈纳瑞和里甘后，却不得到女儿的敬爱和尊重。戈纳瑞心中认为父亲已经退位让贤了，就不该拥有太多制衡她的力量，于是在短短半个月内撤销了李尔王一半的卫士，而次女里甘甚至想要遣散父亲所有的骑士，防止父亲反悔。同时，戈纳瑞故意对父亲不敬，还纵容管家奥斯华德对其冷眼相待。里甘和康沃尔甚至私自将李尔王的信使肯特关进了监狱想要对其处严刑。最终两人在暴风雨之夜将李尔王流放，无法接受现实的李尔王失去理智，陷入疯癫。

2. 隐喻：理性回归与人性复苏

《李尔王》乃莎士比亚创作于1606年的剧作，当时正值伊丽莎白一世和詹姆斯一世统治交替之际，英国社会发生了巨大的变化，各种社会矛盾尖锐。[①] 其间，埃塞克斯伯爵发动叛乱，加深了社会动荡。当王权或国家权威受到挑战时，社会控制失效，由此造成整个国家和社会愈加不稳定。

李尔王的疯癫所引发的混乱表明，社会控制的失败会带来严重的不良后果。李尔大权在握时，女儿和臣民对其十分尊崇，国家受其控制井然有序，而他也可以按照自己的喜好做任何事情。权力交接给女儿们后，他跟随戈纳瑞和里甘生活，却并不受尊重，甚至惨遭放逐，沦为疯子。除此之外，戈纳瑞和里甘为了一个男人而姊妹相残，埃德蒙为了得到父亲格洛斯特伯爵的爵位和财产而陷害哥哥埃德加，还助纣为虐残害父亲使其失去了眼睛。

对于逼疯型疯癫者而言，疯癫是一种获得透彻的智慧和洞察现实的能力的途径，意味着理性的回归和人性的复苏。[②] 李尔王曾经只是一位喜怒无常、肆意妄为的国王，精神错乱之后，他变得更为善良也学会了反思自我。他意识到科迪莉亚的直言不讳才是真心的孝顺，肯特的辛辣谏言方为忠诚。他也幡然悔悟长女和次女的言行不一。

---

① 钱乘旦、许洁明：《英国通史》，上海社会科学院出版社2002年，第125页。

② 胡俊飞：《莎士比亚四大悲剧中的“疯癫形象”探析》，《四川戏剧》2008年第6期，第64-67页。

作为文艺复兴时期最杰出的英国剧作家和诗人之一，莎士比亚深受当时盛行的人文主义思想的影响，这也在他的戏剧中得到了深刻的体现。李尔王发疯后表现出对生活的反思和对底层人民的关怀，这实际上反映了文艺复兴时期的人文主义和解放思想。虽然陷入疯癫，但他意识到了社会的不公，并开始对那些底层人民表现出人文关怀，象征着理性的回归和人性的复苏。暴风雨夜中，肯特请求李尔王进屋避雨，李尔王却只让肯特和弄人进屋，自己要淋雨，因为他痛苦地意识到："衣不蔽体的不幸的人们，无论你们在什么地方，都得忍受着这样无情的暴风雨的袭击，你们的头上没有片瓦遮身，你们的腹中饥肠雷动，你们的衣服千疮百孔，怎么抵挡得了这样的气候呢？啊！我一向太没有想到这种事情了。"①

二、职业型疯癫

职业型疯癫者以"疯癫"为职业，通过装疯卖傻（或者真疯）来实现幽默效果取悦他人。职业型疯癫者虽言行看似疯癫，却暗含智慧和哲理。《李尔王》中的职业型疯癫代表形象为弄人。

1. 症状：智慧与哲理

弄人是李尔王的仆人，虽然地位低下不受待见，却一直忠实陪伴着李尔王，用看似疯疯癫癫、粗俗不堪、天真荒唐和尖酸刻薄的言语和举止帮助或是启示李尔王。

忠诚的肯特被李尔王放逐之后还要乔装打扮成陌生人再次来到李尔王身边，为其驱驰效力。于是弄人把他雇了下来还要将他爱的鸡头帽送给肯特，因为肯特愿意帮助失势之人，这实际上以貌似天真可笑的方式表达了弄人对肯特忠诚不渝的行为的赞赏：

> 因为你帮了一个失势的人，要是你不会看准风向把你的笑脸迎上去，你就会吞下一口冷气的。来，把我的鸡头帽拿去。嘿，这家伙撵走了两个女儿，她的第三个女儿倒是很受他的好处，虽然也不是出于他的本意；要是你跟了他，你必须戴上我的鸡头帽。②

有时候看见李尔王因为长女的亏待而苦闷不已时，他还会通过唱歌讽刺李尔王一

① ［英］威廉·莎士比亚：《李尔王》，朱生豪译，译林出版社2013年，第57页。

② 同上，第21页。

意孤行听信长女和次女谎言而任性分割权力和国土的行为：

> 老伯伯，自从你把你的女儿当作了你的母亲以后，我就常常唱起歌儿来了；因为当你把棒儿给了她们，拉下你自己的裤子的时候——她们高兴得眼泪盈眶，我只好唱歌自遣哀愁，可怜你堂堂一国之王，却跟傻瓜们做伴嬉游。[①]

当李尔王在长女戈纳瑞府邸中饱受冷待之后想去二女儿那寻求慰藉，弄人用疯癫的语言精准预言了李尔王未来的遭遇："你到了你那另外一个女儿的地方，就可以知道她会对你多么好，因为虽然她跟这一个就像野苹果跟家苹果一样相像，可是我可以告诉你我所知道的事情。"[②]

弄人之所以被视为疯癫人物是因为李尔王作为王权的象征，用自身话语权将其定义为"弄人""傻瓜"。在极权主义君主制下，李尔王的意志就是臣民的意志。基于此，无论弄人表现正常还是疯癫，他都会被认为是一个疯癫的形象。在弄人出现之前，李尔王就问一个侍从，"我的弄人呢？你去叫我的弄人来……这家伙怎么说？叫那蠢东西回来。喂，我的弄人呢？全都睡着了吗？怎么！那狗头呢？"[③]因此，骑士回答李尔王："陛下，自从小公主到法国去了以后，这傻瓜老是郁郁不乐。"[④]当弄人用"疯言疯语"暗示他给他建议时，肯特也非常不以为意，只是说："傻瓜，这话一点意思也没有。"[⑤]当弄人讽刺甘纳雷时，戈纳瑞完全无视他，只对李尔王说："父亲，您这一个肆无忌惮的傻瓜不用说了。"[⑥]

2. 隐喻：人性的真善美

弄人用近乎荒唐、怪诞而又令人无法理解的话语道出事实真相，直击人性深处的善恶，揭示人生哲理，实是大智若愚，并非一味疯癫。弄人疯癫却充满智慧的这一形象，代表了疯癫超越理性的境界，体现了文艺复兴时期的人文主义和思想解放，也体现了莎士比亚及文艺复兴时期的许多作家通过疯癫和愚蠢来寻求理性和真理，从而使社会在文学里实现内在和谐统一这一目的。弄人赞赏肯特虽然遭受不白之冤仍能对君主忠诚的行为，鼓励其忠诚不移的美好品质；而弄人在李尔王跌入逆境、陷入疯癫之际仍不离不

---

① ［英］威廉·莎士比亚：《李尔王》，朱生豪译，译林出版社 2013 年，第 23、24 页。
② 同上，第 29 页。
③ 同上，第 19 页。
④ 同上，第 20 页。
⑤ 同上，第 22 页。
⑥ 同上，第 24 页。

弃，一路陪伴；他还对埃德加佯装的生活穷苦的疯丐抱有深深的同情之心，弄人这一"疯癫"形象恰恰揭示了人性真善美的一面。

三、装疯型疯癫

装疯型疯癫，顾名思义，是指精神健康的人因受到权力等不可抗衡力量的压迫而不得不装疯卖傻。装疯型疯癫人物多是权力的受害者，疯癫于其而言，是一种避难的必要手段。装疯型疯癫的代表人物是埃德加。埃德加是格洛斯特伯爵的嫡长子，为人正直善良，孝顺父亲、友爱兄弟，不料受庶出弟弟埃德蒙的设计陷害，无奈只能装疯卖傻活命，最终与埃德蒙决斗并获得胜利。

1. 症状：权力的压迫

精神状态方面，埃德加仍然是一个有理智且有智慧的正常人。独处时，埃德加表现正常，感叹世道炎凉和自身的命运多舛：

> 与其被人在表面上恭维而背地里鄙弃，那么还是像这样自己知道为举世所不容的好。一个最困苦、最微贱、最为命运所屈辱的人，可以永远抱着希冀而无所恐惧；从最高的地位上跌下来，那变化是可悲的，对于穷困的人，命运的转机却能使他欢笑！[①]

为求自保，他扮作卑贱穷苦、疯疯癫癫的乞丐，外表邋里邋遢，"用污泥涂在脸上，一块毡布裹住腰，把满头的头发打了许多乱结，赤身裸体，抵抗着风雨的侵凌"[②]。为了不引起他人的怀疑，埃德加还要确保自己行为举止也要与邻近的疯丐一般无二：

> 这地方本来有许多疯丐，他们高声叫喊，用针哪、木锥哪、钉子哪、迷迭香的树枝哪，刺在他们麻木而僵硬的手臂上，用这种可怕的形状，到那些穷苦的农场、乡村、羊棚和磨方里去，有时候发出一些疯狂的咒诅，有时候向人哀求祈祷，乞讨一些布施。我现在学着他们的样子，一定不会引起人家的疑心。可怜的疯叫花！可怜的汤姆！倒有几分像；我现在不再是埃德加了。[③]

---

① ［英］威廉·莎士比亚：《李尔王》，朱生豪译，译林出版社2013年，第71页。

② 同上，第40页。

③ 同上，第40页。

此外，读者也能从埃德加的言语中一窥他所佯装的疯癫角色：

> 可怜的汤姆，他吃的是泅水的青蛙、蛤蟆、蝌蚪、壁虎和水蜥。恶魔在他心里捣乱的时候，他发起狂来，就会把牛粪当作一盆美味的生菜；他吞的是老鼠和死狗，喝的是一潭死水上面绿色的浮渣；他到处给人家变大，锁在枷里，关在牢里。[①]

他总是自称“可怜的汤姆”，还总说他身后跟着一只邪恶的“魔鬼”。魔鬼一直追逐、压迫着他：

> 谁把什么东西给可怜的汤姆？恶魔带着他穿过大火，穿过烈焰，穿过水道和旋涡，穿过沼地和泥泞，把刀子放在他的枕头底下，把绳子放在他的凳子底下，把毒药放在他的粥里，使他心中骄傲，骑了一匹栗色的奔马，从四英寸阔的桥梁上过去，把他自己的影子当作了个叛徒，紧紧追逐不舍。[②]

埃德加不得不佯装疯癫的原因之一是他本性单纯善良，过于相信心术不正的埃德蒙。埃德加是格洛斯特伯爵的嫡长子，他孝顺并深爱着他的父亲。同时，他也深爱着他同父异母的弟弟、父亲的私生子埃德蒙。然而，埃德蒙为了夺取属于合法婚生子埃德加的爵位和家产，设计陷害埃德加，称其想要弑父杀弟。格洛斯特伯爵信以为真，于是联合康沃尔公爵想要抓捕埃德加。

此外，埃德蒙的阴谋诡计使他遭受王权和父权的双重压迫。听信了埃德蒙的谎言，埃德加慌忙出逃。在封建家长制社会中，哪怕是嫡长子，失去了父亲的信任就相当于失去了身份地位。更为糟糕的是，格洛斯特伯爵还请求不列颠的最高统治者之一康沃尔公爵对他的逆子埃德加实施追杀令。绝对君主体制下，王权高于一切，君主的意愿就是整个王国的意愿。为了躲避父亲和康沃尔公爵的追杀令，埃德加不得不扮作一个疯疯癫癫的乞丐。

2. 隐喻：寻求自保

自文艺复兴以来，宗教改革逐渐削弱了天主教信仰在英国人心中的地位。民众不

---

① ［英］威廉·莎士比亚：《李尔王》，朱生豪译，译林出版社2013年，第60页。

② 同上，第58页。

再一味信赖教会，而是接受了新贵族和新资产阶级建立的极权君主制，神权不断削弱，王权不断加强。[①] 对装疯型疯癫者来说，疯癫是一种自保，保护自己免受权力迫害。在王权和父权的双重压迫下，埃德加被迫假扮成一个疯癫的乞丐，体现了封建君主专制下王权和父权的至高无上。

16 世纪，随着英国手工工厂的出现和工业的不断繁荣发展，资本主义开始萌芽。资本家为扩大利益，迫切需求大量劳动力和土地，由此加剧了伊丽莎白一世统治末期的圈地运动。于是大量自耕农和小地主失去了土地，陷入极度贫困。此外，英国在 16—18 世纪经历了一个小冰河期。这一时期，英国气候寒冷，全年飘雨，夏季气温也极低，冬季常有霜雪。[②] 恶劣的气候导致农业减收，饥荒遍地。由于圈地运动和饥荒，英国的乞丐和流浪汉数量剧增。1601 年，英国通过了《济贫法》，将乞丐和流浪汉驱赶到工厂为资本家工作，并允许资本家任意鞭打乞丐和流浪汉。[③] 埃德加假扮成一个疯狂的乞丐“可怜的汤姆”而非任何其他角色，这实际上反映了莎士比亚对当时乞丐和流浪汉悲惨生活的关注与同情，表现出莎剧的人文主义思想，并间接批评了当时《济贫法》的不足之处。从埃德加的口头禅“冷风还是打山楂树里吹过去”[④]和“汤姆冷着呢”[⑤]来看，莎士比亚在写《李尔王》时显然关注到恶劣的生态环境。此外，埃德加佯装疯癫时常说起一直压迫追逐着他的邪恶的“魔鬼”。不难看出，“魔鬼”在这里暗指的是封建贵族和资本家所代表的剥削阶级力量。

四、惩罚型疯癫

惩罚型疯癫并非医学意义上的精神疯癫。惩罚型疯癫指的是人受到利益、欲望、权力或地位等诱惑后，做出丧心病狂、严重违反伦理道德准则的行为，不是疯癫却胜似疯癫，且最终都会遭遇惩罚，走向悲惨结局。《李尔王》中这类角色主要包括戈纳瑞、里甘和埃德蒙。

戈纳瑞和里甘分别是李尔的长女和次女，同时也是不列颠王国的公主，姊妹两人最终为得到埃德蒙的爱而自相残杀死去。埃德蒙是格洛斯特伯爵的私生子、埃德加的弟弟，本无继承伯爵爵位可能，后设计谋害哥哥和父亲并窃取爵位，最终死于与埃德加的

① 钱乘旦、许洁明：《英国通史》，上海社会科学院出版社 2002 年，第 97 页。
② 张军：《小冰期与莎士比亚戏剧研究》，吉林大学出版社 2020 年，第 35 页。
③ 戴丹妮：《莎士比亚戏剧与西方社会》，武汉大学出版社 2021 年，第 145 页。
④ ［英］威廉・莎士比亚：《李尔王》，朱生豪译，译林出版社 2013 年，第 59 页。
⑤ 同上，第 61 页。

决斗中。

1. 症状：伦理道德的失落

惩罚型疯癫的主要表现为伦理道德方面的丧心病狂。作为女儿，戈纳瑞和里甘既可以为了得到权力而用甜言蜜语哄骗父亲李尔王，也会为了权力不顾其死活放逐他，非常不孝。为了攫取尽可能多的国土和权力，戈纳瑞称自己最有孝心，言辞极尽夸张谄媚：

> 父亲，我对您的爱，不是言语所能表达的；我爱您胜过自己的眼睛，整个的空间和广大的自由；超越一切可以估价的贵重稀有的事物，不亚于富有淑德，健康，美貌和荣誉的生命；不曾有一个儿女这样爱过他的父亲，也不曾有一个父亲这样被他的儿女所爱；这一种爱可以使唇舌失去能力，辨才失去效用；我爱您是不可以数量计算的。[①]

里甘也不甘落后，甚至称自己对父亲的孝顺超越姐姐：

> 我和姐姐是一样的，您凭着她就可以判断我。在我的真心之中，我觉得她刚才所说的话，正是我爱您的实际的情形，可是她还不能充分说明我的心理：我厌弃一切凡是敏锐的知觉所能感受到的快乐，只有爱您才是我的无上的幸福。[②]

然而在继承权力和财产后，两人立刻翻脸，为了保住权威和地位不被父亲剥夺，开始共同出谋划策削弱父亲的权威：

> 他年轻的时候性子就很暴躁，现在他任性惯了，再加上老年人刚愎自用的怪脾气，看来我们只好准备受他的气了。他把肯特也放逐了，谁知道他心里一不高兴起来，不会用同样的手段对付我们？……让我们同心合力，决定一个方策；要是我们的父亲顺着他这种脾气滥施权威起来，这一次的让国对于我们未必有什么好处。我们还要仔细考虑一下。我们必须趁早想个办法。[③]

---

① [英]威廉·莎士比亚：《李尔王》，朱生豪译，译林出版社 2013 年，第 4 页。

② 同上，第 5 页。

③ 同上，第 11 页。

最终两人撤销了李尔王的卫士、监禁他的信使、打压他的忠臣，还放逐了李尔王，李尔王无法承受这样的局面也因此神经错乱，陷入疯癫。作为妻子，戈纳瑞因为对埃德蒙的一时激情想要杀害丈夫奥尔巴尼公爵；而里甘在丈夫逝世不久后也很快移情别恋，枉为人妻。作为姊妹，戈纳瑞为了得到埃德蒙的爱而毒害妹妹里甘，而里甘也为了男人对戈纳瑞拔刀相向，毫无姐妹情谊。埃德蒙作为弟弟，面对信任且深爱他的哥哥埃德加，毫无兄弟情谊。由于嫉妒长兄和自身自卑，他不甘咆哮，一心想要取其而代之：

> 为什么我要受世俗的排挤，让世人的歧视剥夺我的应享的权利，只因为我比一个哥哥迟生了一年或是十四个月？为什么他们要叫我私生子？为什么我比人家卑贱？我的壮健的体格、我的慷慨的精神、我的端正的容貌，哪一点比不上正经女人生下的儿子？为什么他们要给我加上庶出、贱种、私生子的恶名？贱种，贱种，贱种，难道在热烈兴奋的奸情里生下的孩子倒不及用着一个毫无欢趣的老婆在半睡半醒之间制造出的那一批蠢货好，合法的埃德加，我一定要得到你的土地……好听的名词，“合法”！……瞧着吧，庶出的埃德蒙将要把合法的嫡子罩在他的下面——那时候我可要扬眉吐气啦。[①]

于是他费尽心机用阴谋诡计陷害兄长，先是伪造信件，设计陷害兄长想要弑父继承爵位，又在自残之后称伤势是埃德加所为。格洛斯特伯爵信以为真，于是联合康沃尔公爵想要追杀埃德加。作为儿子，埃德蒙为了尽早继承家产和爵位，向康沃尔公爵告发了父亲，因为他认为：

> 你违背了命令去献这种殷勤，我立刻就要去告诉公爵知道；还有那封信我也要告诉他。这是我献功邀赏的好机会，我的父亲将要因此而丧失他所有的一切，也许他的全部家产都要落到我的手里。老的一代没落了，年轻的一代才会兴起。[②]

同时对父亲因其告发而被迫受刑挖去眼睛无动于衷，甚至助纣为虐，毫无孝心。为了进一步获得更多的权力和更高的地位，他还将两位公主玩弄于股掌之间，当戈纳瑞向他表达爱意时，他并不拒绝，而是蓄意勾引；当里甘要求他不要亲近她的姐姐时，埃德蒙

---

① [英]威廉·莎士比亚：《李尔王》，朱生豪译，译林出版社 2013 年，第 12 页。

② 同上，第 56 页。

只叫她不要担心：

> 我对这两个姐姐都已经立下爱情的盟誓，她们彼此互怀嫉妒，就像被蛇咬过的人见不得蛇的影子一样，我应该选择哪一个呢？两个都要？只要一个？还是一个也不要？要是两个全都留在世上，我就一个也不能到手；娶了那寡妇，一定会激怒他的姐姐戈纳瑞的；而且她的丈夫一天不死，总是我前途的一个障碍。现在我们还是要借他做号召军心的幌子，等到战事结束以后，她要是想除去他，让她自己设法结果他的性命吧。[①]

马基雅维利主义者认为政治与道德是相分离的，因此为实现自己的政治目标可以不择手段。[②] 在《李尔王》中，戈纳瑞、里甘和埃德蒙是典型的信奉马基雅维利主义的统治者，同时也是权力的受奴役者，为了获取权力和满足欲望抛弃了个人道德伦理。

戈纳瑞和里甘之所以陷入了貌似疯癫的状态，是因为她们对权力的渴望和对埃德蒙的爱意，而忽视了伦理道德。分封之时，她们通过甜言蜜语欺骗李尔王，希望能获取更多的权力和领土。后来，为了保持自己的权力和地位，两人一同撤销了李尔王的一大半骑士，以此削弱了他的权威防止权力被收回，最终还将其流放。这些所作所为表明两人没有为人子女的基本道德——对信任和疼爱她们的父亲李尔王的孝顺和敬爱之心。最终两人为了争夺埃德蒙的爱而互相残杀，这表明两人为了个人私欲可以放弃同胞姐妹情谊。

埃德蒙过于自卑，他认为自己是社会所鄙夷的“私生子”，迫切想要抛弃“庶出、贱种、私生子”这些标签，所以他希望通过获得权力、荣誉和地位来证明自己，为达目的他可以不择手段，由此陷入类似疯癫的状态。但他的丧心病狂远不止于此：为了早日获取家族财产和格洛斯特伯爵的荣誉与地位，他罔顾父子之情、毫无孝顺之心，向戈纳瑞、里甘和康沃尔等人告发了疼爱他的父亲，致使父亲眼目被剜。

2. 隐喻：稳定统治与合法王位

都铎王朝（1485—1603）持续了 118 年。然而，仅在 1547—1558 年短短 11 年间，英国就见证了四位国王的更迭。频繁的王位更替和皇家斗争给英国的政治、经济和文化等带来了诸多问题，百姓遭受了巨大的痛苦。直到伊丽莎白一世登基，英国才逐渐重新

---

① ［英］威廉·莎士比亚：《李尔王》，朱生豪译，译林出版社 2013 年，第 96 页。

② 戴丹妮：《莎士比亚戏剧与西方社会》，武汉大学出版社 2021 年。

发展，之后迎来了繁荣的伊丽莎白时代。[①] 在这样的历史背景下，莎士比亚倡导温和的古典政治，并追求维护封建君主制的稳定统治秩序和合理合法的王位继承制度。

埃德蒙的疯癫是由于争夺权力地位和继承伯爵头衔而引起的。作为一个没有继承权的私生子，埃德蒙渴望得到不属于他的东西，希望通过阴谋手段继承家族的财富和荣誉。最终他死于与埃德加的决斗，这反映了莎士比亚对谋朝篡位者的强烈谴责与反对。与科迪莉亚和奥尔巴尼面对名利时表现的真善美相比，戈纳瑞、里甘和埃德蒙的惩罚型疯癫深刻地揭示了人性在面对名利私欲时的邪恶一面。诚然，人们追求利益、权力、荣誉和地位是很正常的，但是一味渴求私欲而忽视伦理道德就容易扭曲人性，导致不良后果。埃德蒙、戈纳瑞和里甘都为了个人私欲忽视道德而陷入了不是疯癫胜似疯癫的状态，最终因此而死，这提醒人们需要在追求个人理想和欲望与遵守社会伦理道德之间实现平衡。

于惩罚型疯癫者而言，疯癫是攫取权力的手段，也是自我毁灭的催化剂。他们为了得到权力名利和个人私欲而不择手段，沦为权势的奴隶，最终走向死亡。这些不是疯癫胜似疯癫的人物悲惨结局表达了莎士比亚对王朝更迭和继承过程的合理合法性的赞扬和对谋朝篡位者的强烈反对。与此同时，莎士比亚也倡导君主的政治智慧和道德品质应该是统一和谐的。在《李尔王》中，这种最佳的君主模型应该是与马基雅维利主义统治者形成鲜明对比的奥尔巴尼公爵。[②]

自中世纪以来，英国人非常重视秩序，这一传统一直延续至今，而戏剧中的"疯癫"现象正是对这种秩序传统的颠覆。然而，从文艺复兴到伊丽莎白一世登基前，社会秩序遭受了严重的破坏，只在繁荣的伊丽莎白时代得到了短暂的恢复。百年战争结束后，英国又陷入了玫瑰战争。英国人民在国内外频繁的战争和持续的王朝更迭中饱经沧桑，整个国家渴望统一稳定。社会现实的混乱或无序带来的后果在莎士比亚的《李尔王》中得到了鲜明体现。当李尔王掌权时，他是国家意志和秩序的体现，社会秩序一切正常。当他大权旁落陷入癫狂时，整个国家的秩序失控：臣逆君、女逐父、弟害兄、子弑父、妻杀夫、姐杀妹。

莎士比亚在剧中描绘了四种疯癫的表现，可能是他对自文艺复兴以来英国社会混乱的反思，对人文主义理想思想和古典主义温和政治的推崇，以及他对一个稳定的英国社会的期望。他对社会无序感到无比痛心，并期待未来会有君主能够像伟大的伊丽莎

① 钱乘旦、许洁明：《英国通史》，上海社会科学院出版社 2002 年，第 212 页。

② 戴丹妮：《莎士比亚戏剧与西方社会》，武汉大学出版社 2021 年，第 145－146 页。

白一世一样，恢复社会秩序，带领英国走向繁荣。

【作者简介】戴丹妮，武汉大学外国语言文学学院副教授，戏剧影视文学博士，主要从事莎士比亚、翻译理论与实践、跨文化研究。

伦文文，武汉大学外国语言文学学院英语语言文学专业硕士研究生，主要从事英美文学、莎士比亚、英语诗歌研究。

【基金项目】本文为武汉大学自主科研项目（人文社会科学）“莎士比亚戏剧与节日文化研究”研究成果，得到“中央高校基本科研业务费专项奖金”资助，为武汉大学核心通识课“莎士比亚与西方社会”、武汉大学一般通识课“莎士比亚戏剧导读”、武汉大学规划教材项目“莎士比亚戏剧与西方社会”、武汉大学研究生导师育人方式创新项目“中国大学莎剧教学与研究生助教创新模式探索”、武汉大学与南京大学横向项目“莎士比亚戏剧在中国大学舞台上的演出研究”、武汉大学本科教育质量建设综合改革项目：“英语一流本科专业建设：规划教材建设项目《莎士比亚戏剧赏析》”的阶段性成果。

个性的展示和人生的示范
——莎传与莎剧的同构

刘艳梅

【摘　要】　莎士比亚在世界范围内持续地受到更加广泛的关注，在21世纪，又有多部莎传文学作品出版发行，包括斯坦利·韦尔斯的《万世莎翁》(2002)、彼得·阿克罗伊德的《莎士比亚传》(2006)和格雷姆·霍德尼斯的《莎士比亚的九种人生》(2011)等。为了达到吸引读者的目的和实现示范的教育功能，它们都对莎士比亚进行了个性化的描写，并且使之与莎剧产生了潜在而活跃的同构关系，塑造了莎士比亚在婚姻、友谊和家庭等方面行事果断、知恩图报和理智谨慎的个性特点，在此基础上，展现了普遍的人性。

【关键词】　莎士比亚传记；莎士比亚戏剧；同构性；独特的个性；普遍人性

The Display of Personality and the Demonstration of Life—Isomorphism of Biographies and Plays of Shakespeare

Liu Yanmei

【Abstract】　Shakespeare continuously attracts more and more attention around the world. In the 21st century, a number of biographies of Shakespeare have been published, including *Shakespeare*: *For all Time* (2002) by Stanley Wells, *Shakespeare the Biography* (2006) by Peter Ackroyd and *Nine Lives of William Shakespeare* (2011) by Graham Holderness. In order to attract readers and realize the educational function of biography, the biographies of Shakespeare all depict the distinct personality of Shakespeare and make it have a potential and active isomorphic relationship with Shakespeare's plays in order to create the positive role of Shakespeare in marriage, friendship and family relationship showing universal humanity and producing exemplary significance.

【Keywords】 biographies of Shakespeare; plays of Shakespeare; Isomorphism; personality; universal humanity

作为"最古老的文学表现形式之一",传记"吸收各种材料来源、回忆和一切可以得到的书面的、口头的、图画的证据",以记录和推出某公众人物的传奇故事。[①] 传记写出传主独特的个性以及其体现的普遍人性是它更高的追求。[②] 传记诞生之初,一般对传主个性的描述并不重视。现代读者大多对古典传记逐渐失去兴趣,其重要原因之一就是对传主的个性描述过于"简单化"。随着传记的发展,书写个性已经成为传记鲜明的特征。现代传记中,有越来越多展现传主个性的描述。有的传主,其本身就是作家,比如莎士比亚,他本身就创作了不少作品。"传主的作品对认识传主有重要的参考价值"[③],那么莎士比亚的作品自然就成了后来莎传作者参考的重要材料。事实上,莎传大多也都是后来人根据其作品撰写而成。相较于其他文学作品,传记有它独特的功能——人生的示范。[④] 传记通常给读者提供人生的榜样,教导读者如何合乎德行地度过一生。[⑤] 普鲁塔克把传记当作一面镜子,"照那些人物的善行为楷模指导自己的一生"。[⑥] 西方传记更是"将教育置于首位",把"教育人"和"感化人"作为主要内容。像其他的文学作品一样,传记的创作是为了吸引观众。"对传主个性的描述,是一部传记能够吸引读者的关键。"[⑦]莎士比亚笔下的故事提倡自由恋爱,赞美真诚友谊,宣扬人类之爱。当莎传着墨于传主的个性,尤其是与莎剧中人物形成同构的优秀个性时,人们体悟到的就是莎士

---

① *New Encyclopedia Britannica*, 15th edition, Vol.23, Chicago: University of Chicago, 1989, p. 195.

② 杨正润:《现代传记学》,南京大学出版社 2009 年,第 103 页。

③ 同上,第 265 页。

④ 同上,第 203 页。

⑤ 同上,第 203 页。

⑥ Plutarch, "Timoleon", *The Lives of Noble Grecians and Romans*, John Dryden, trans. New York: Modern Library, 1932, p. 293.

⑦ 杨正润:《现代传记学》,南京大学出版社 2009 年,第 103 - 104 页。

比亚积极向上的精神，莎士比亚也更容易成为楷模式的人物，其吸引读者的目的就达到了，予人示范的功能也实现了。

莎士比亚在世界范围内持续地受到更加广泛的关注，在21世纪，又有多部莎传文学作品出版发行，包括斯坦利·韦尔斯（Stanley Wells）的《万世莎翁》（*Shakespeare: For all Time*，2002）、彼得·阿克罗伊德（Peter Ackroyd）的《莎士比亚传》（*Shakespeare the Biography*，2006）和格雷姆·霍德尼斯（Graham Holderness）的《莎士比亚的九种人生》（*Nine Lives of William Shakespeare*，2011）等。为了达到传记的创作目的和实现其教育功能，它们都对莎士比亚进行了个性的描写，并且使之与莎剧产生了潜在而活跃的同构关系，塑造了莎士比亚在婚姻、友谊和家庭等方面行事果断、知恩图报和理智谨慎的个性特点及其展现的普遍人性。个性体现“群性”①是莎传故事极具感染力的表现，它能引起共鸣，激发深思，它能让人们在其中寻得榜样、汲取“思想的营养与动力”②，从而获得人生的教诲和启示以建立自己优秀卓越的思想。

一、关于爱情

1.《皆大欢喜》式的丘比特之箭

莎士比亚喜剧中的爱情都始于一见钟情，恋人们也都是闪婚一族。在《皆大欢喜》中，刚见面的奥利佛和西莉娅“一瞧就相爱”③。在向西莉娅讲述了自己被不记仇的弟弟奥兰多仗义相救的经历后，奥利佛就“突然求婚”，西莉娅也“突然允许”。④ 而他们的婚礼就在第二天。因为奥兰多在和公爵的拳师摔跤中获胜，罗瑟琳就立刻主动把自己的贴身项链相赠，并和奥兰多互称被对方“征服了”⑤。当罗瑟琳用“从来不曾有这么快的事情”⑥感叹前一对恋人爱情进行的速度时，她自己也突然宣布与奥兰多要和他们一起举办集体婚礼。当然，“突然而又猛烈”的爱情并非《皆大欢喜》的专属，它其实是很多莎氏喜剧共同的特点。比如在《无事生非》中，贝特丽丝和培尼狄克一见面就互相贬损的行为也恰好凸显出他们初识便已坠入爱河。贝特丽丝说培尼狄克是一个“言语无味

① 梁启超：《作文教学法》，《梁启超全集》（第七册），北京出版社1999年，4080页。

② 杨正润：《现代传记学》，南京大学出版社2009年，第202页。

③ ［英］威廉·莎士比亚：《皆大欢喜》（英汉对照读本），朱生豪译，世界图书出版社2014年，第215页。

④ 同上，第213页。

⑤ 同上，第39页。

⑥ 同上，第215页。

的傻瓜”[①];培尼狄克则说贝特丽丝是“母夜叉的变相”[②]。但经他人有意撮合之后,培尼狄克说他和贝特丽丝之间只是“无关痛痒的舌丸唇弹”,还称他人口中所说贝特丽丝“长得漂亮”和“品行很好”都是真的。[③] 显然,这两点都是无需他人说明、自己先前就已经评判肯定了的。而贝特丽丝用“人家说你值得我的爱,可是我比人家更知道你的好处”[④]也表达了早已倾心于对方的事实。所以,培尼狄克和贝特丽丝初时言语上的互损正是“打是亲来骂是爱”。当迫在眉睫的污蔑总督之女“幽会他人”一事圆满解决之时,培尼狄克立刻主动向神父请愿要和贝特丽丝“就在今天正式成婚”[⑤]。

《皆大欢喜》和《无事生非》皆创作于16世纪末。虽21世纪的莎传作品距离这些喜剧的创作已有400余年,但莎传作者笔下婚恋中的莎士比亚仍然沿用和秉承了“快”的风格。霍德尼斯在《莎士比亚的九种人生》中有这样的描述:1582年11月底,只有18岁的威廉·莎士比亚和安妮·海瑟薇(Anne Hathaway)突然结婚。他们没有按照惯例吟诵教堂发出的结婚公告,就拿到了特殊的结婚许可证,并且快速举行了简单的仪式,这让人始料未及。[⑥] 阿克罗伊德在他的《莎士比亚传》中也用“快马加鞭”“匆匆赶往”[⑦]等描述来表明他们当时奔向结婚许可证颁发地的状态。莎传作者们用他们文学的想象和创作,让恋爱与结婚的速度在剧本与传记之间产生了对话与互动,让莎剧中闪电般快速的丘比特之箭也在莎传中发射,凸显出传主在婚恋一事上雷厉风行的个性特点。“突然相爱”表现了他们对爱情敏锐的觉察力和捕捉能力。他们都和自己一见钟情的人两情相悦、彼此欣赏。他们以最快的方式宣告爱情,即举行婚礼。霍德尼斯在他的莎传作品中直言不讳:莎士比亚有“行事果断”的优质特点。[⑧] 看来,为了在内容上吸引眼球,在功能上博得称赞,传记作者不仅写好了论据,也明确了论点。

2.《威尼斯商人》之失去的戒指

莎传通过“失去的戒指”这一同构物件来描写莎士比亚“珍视婚姻”的性格特点。在《威尼斯商人》中,博学雄辩的鲍尔萨泽博士在法庭上搭救了商人安东尼奥的性命,他要求安东尼奥的朋友巴萨尼奥把他的戒指作为礼物相赠,并对此不依不饶。对此,巴萨尼

① [英]威廉·莎士比亚:《无事生非》(英汉对照读本),朱生豪译,世界图书出版社2014年,第49页。
② 同上,第59页。
③ 同上,第91页。
④ 同上,第105页。
⑤ 同上,第223页。
⑥ [英]格雷姆·霍德尼斯:《莎士比亚的九种人生》,孟培译,黑龙江教育出版社2018年,第105页。
⑦ Peter Ackroyd, *Shakespeare: The Biography*. London: Vintage Books, 2006, p. 87.
⑧ [英]格雷姆·霍德尼斯:《莎士比亚的九种人生》,孟培译,黑龙江教育出版社2018年,第114页。

奥先说戒指是个“不值钱的玩意儿”，又说愿意另外搜访威尼斯“最贵重的一枚戒指”相送，而后，不得已说出了戒指是自己的妻子鲍西娅所给，不能把它“出卖、送人或是遗失”的真相与原委。巴萨尼奥一再拒绝，但最后当安东尼奥劝他看在他们之间的“交情”上答应博士时，巴萨尼奥却立刻同意。[①] 对巴萨尼奥而言，他与安东尼奥之间的友情真的重于与他与鲍西娅之间的爱情吗？显然不是。他和安东尼奥之间最大、最好的“交情”莫过于成全其终身大事的“交情”。博士在法庭上搭救之人安东尼奥正是巴萨尼奥能够成功娶妻的鼎力资助者。而安东尼奥也正是因为巴萨尼奥娶妻才陷入了与犹太高利贷者夏洛克的法庭之辩。当博士所帮之人、所帮之事正好直接关乎自己的“大事”之时，巴萨尼奥才可能以代表婚姻、象征爱情的信物——戒指相赠。安东尼奥言语中的“交情”实际上恰好对巴萨尼奥做出了提醒：博士所救之人是他婚姻的贵人。在莎剧恋人的眼中，唯有爱情才能与爱情本身相匹配。所以，与其说巴萨尼奥用戒指报答友情，不如说他是用爱情回馈爱情。

科尔奈留·杜米丘（Corneliu Dumitriu）说巴萨尼奥“愿为所爱放弃一切”。[②] 在戒指事件中，无论是之前的一再推托，还是最后的爽快答应，都是巴萨尼奥珍视鲍西娅的一致表现。这是莎士比亚的作品对珍视婚姻、维护婚姻的表达。为了表达这一高尚主题和人物个性，莎传中记录了如出一辙的“失戒”情节。在韦尔斯所写的《万世莎翁》中出现了这样的语句：存放在莎士比亚出生地博物馆的一枚标注了日期是16世纪的金戒指被当地的文物专家认为，“那个时候的斯特拉特福，最有可能拥有这枚戒指的就是莎士比亚”。[③] 而《莎士比亚传》中也有与此呼应的描述：这是1810年3月16日一名工人的妻子在斯特拉特福附近的教堂后院的墓地上发现的一枚金戒指。它上面装饰了一个寓意永恒爱情的“同心结”。[④] 在此，莎传作者们协力借“失去的戒指”表达传主莎士比亚对其妻海瑟薇的爱意，凸显出莎士比亚珍视婚姻的形象。

有意思的是，21世纪的莎传似乎在相互佐证以增强读者对莎士比亚的认可程度。保罗·埃德蒙森（Paul Edmondson）就在《如何邂逅莎士比亚》（*Shakespeare：Ideas in Profile*）中表明了莎士比亚行事果断不仅是快，它是在有思考、有论证、有把握的基础上果敢决断、快速执行的结果，是他权衡考量、细心研判之后的果断行为。他对双方家庭是有观照的。在书中，埃德蒙森写道：莎士比亚的母亲玛利（Mary Arden）是家里八个女

① ［英］威廉·莎士比亚：《威尼斯商人》（英汉对照读本），朱生豪译，中国宇航出版社2016年，第80页。

② ［罗］科尔奈留·杜米丘：《莎士比亚戏剧词典》，宫宝荣等译，上海书店出版社2011年，第86页。

③ Stanley Wells，*Shakespeare：For all Time*. London：Macmillan Publishers，2002，p. 269.

④ Peter Ackroyd，*Shakespeare：The Biography*. London：Vintage Books，2006，p. 86.

儿中最小的一个，是最受父亲宠爱同时也是最能干的孩子，她在1556年继承了其父的绝大部分巨额财产，包括两间农舍和100英亩土地。[①] 而在《莎士比亚传》中，也有对莎士比亚父亲的描述：约翰·莎士比亚（John Shakespeare）年纪轻轻就仕途升迁、履历惊人，他在“1558—1559年担任治安官，1561—1563年担任参事，1565年当上了市议员，1568—1569年10月1日出任市政官一职”[②]。再看莎士比亚的妻子海瑟薇，《莎士比亚传》记录如下：海瑟薇的父亲是一个殷实的户主，有农场、有房产。他两次婚姻所带来的小孩也多。作为家中老大的海瑟薇除了承担了家中许多的家务，还要照顾年幼的弟妹们。[③] 毫无疑问，这样的经历成了后来她独自在家乡抚养小孩、莎士比亚却依然能够安心在伦敦闯荡事业的基础。霍德尼斯说海瑟薇是一个“独立而有主见”的“不一般”的女人。[④] 传记之间相辅相成，共同打造了这样一个莎氏大家庭形象：女性都有思想、有责任感、都能为家庭分担压力；男性都有人生的追求和拼搏事业的胸怀，都能够担负起家庭的重任。他们认可勤劳、勇敢和独立的品格。与此同时，这些传记也共同佐证了莎士比亚突然成婚并非冲动而为，他是在确认了双方“门当户对”之后的率性举动。这提升了莎士比亚的形象，给传主成为楷模加注了筹码。

梁启超说：凡记人的文字，唯一职务在描写出那个人的个性。[⑤] “群性”有好有坏，有美有丑，有善有恶，有粗俗有崇高。个性可以展现群性。在现实社会中，只要两情相悦又门当户对，有一致的人生观、价值观，当事人双方一般都会选择尽快成婚。与此同时，婚姻是严肃的、神圣的，它是人生中非常重要的一项无形资产。幸福的婚姻就是一笔丰厚的财富。所以，珍视婚姻乃人之常情。阿克罗伊德在他的莎传中说莎士比亚的“一贯作风”就是“以认真的态度对待世间的一切事情”。[⑥] 传记中的莎士比亚闪婚却不忘准备爱情的信物，他“快”却不草率，这是他的优良个性，同时也是世间珍视婚姻的人们的美好群性。

二、关于友情

1.《威尼斯商人》之情义两心知

情义无价在《威尼斯商人》中的安东尼奥和巴萨尼奥之间体现得淋漓尽致。安东尼

① [英]保罗·埃德蒙森：《如何邂逅莎士比亚》，王艳译，四川人民出版社2017年，第6页。

② Peter Ackroyd, *Shakespeare: The Biography*. London: Vintage Books, 2006, p. 25.

③ Ibid., p. 83.

④ [英]格雷姆·霍德尼斯：《莎士比亚的九种人生》，孟培译，黑龙江教育出版社2018年，第111页。

⑤ 梁启超：《作文教学法》，《梁启超全集》(第七册)，北京出版社1999年，第4080页。

⑥ Peter Ackroyd, *Shakespeare: The Biography*. London: Vintage Books, 2006, p. 84.

奥是一位大商人，他有遍布海外各国的生意，且乐于助人。他“借钱给人不取利钱”[①]，对朋友巴萨尼奥，他更是出手大方、肝胆相照。就在他的全部身家还押在命运未卜的出海商船上时，他不惜冒失去“一磅肉”之险，借高利贷从而帮巴萨尼奥解决求婚之急。法庭上，眼见安东尼奥即将性命不保，巴萨尼奥愿用天价替友还债。“我愿意签署契约，还他（夏洛克）十倍的数目，倘若不能如约，他可以割我的手、砍我的头、挖我的心”[②]是巴萨尼奥的原话。

《威尼斯商人》中两人的友情给凸显莎士比亚有情有义、知恩图报的优秀品格奠定了基础。《维纳斯与阿多尼斯》和《鲁克丽丝受辱记》是莎士比亚所写众多诗歌中的两首长篇叙事诗。《莎士比亚传》中写道：前者撰写、发行于1593年，当时伦敦城恰逢瘟疫肆虐，剧院被迫关闭。莎士比亚所在的彭布洛克供奉剧团还因此解散，莎士比亚失业。[③]霍德尼斯在他的《莎士比亚的九种人生》中引用了尼古拉斯·罗尔在《威廉·莎士比亚的人生片段》（1709）中的话：南安普敦伯爵亨利·赖厄斯思利帮助了莎士比亚，他借给了莎士比亚足足1000英镑。[④]《莎士比亚传》还写道，莎士比亚分别在《维纳斯与阿多尼斯》的献词和《鲁克丽丝受辱记》的赠言里对南安普敦伯爵表示了感谢。其中，莎士比亚在《维纳斯与阿多尼斯》中的献词清楚地列了出来。

> 仆以此拙劣之诗献于阁下，不知其冒昧干渎为何如也，亦不知时人将以区区柔条妄附高木而责我也。此作若能幸博大人一粲，仆当深以为荣，并矢志再用余霞作更为凝重之篇什，冀扬大人令名。
>
> 大人百役之仆　威廉·莎士比亚[⑤]

在献词里，莎士比亚称对方为“大人”，自称为“仆”，表明其自知两人身份、地位悬殊；落款“大人百役之仆”简短，却也明确透露出莎士比亚愿为对方尽各种力、服各种“役”的诚挚。南安普敦伯爵是一位文学爱好者，欣赏文学、资助文学创作是其兴趣爱好。这从《莎士比亚传》中，对包括南安普敦伯爵在内的英国戏剧界四大赞助人曾多次

---

① ［英］威廉·莎士比亚：《威尼斯商人》（英汉对照读本），朱生豪译，中国宇航出版社2016年，第15页。

② 同上，第72页。

③ Peter Ackroyd, *Shakespeare: The Biography*. London: Vintage Books, 2006, pp. 189–190.

④ ［英］格雷姆·霍德尼斯：《莎士比亚的九种人生》，孟培译，黑龙江教育出版社2018年，第126页。

⑤ 此段文字为孙法理先生译文。转引自彼得·阿克罗伊德：《莎士比亚传》，覃学岚主译，北京师范大学出版社2018年，第228页。

齐聚一堂、共同讨论伊丽莎白时代的戏剧就可见一斑。[①] 在上面的献词里，“博大人一粲”（意为“博大人露齿笑”）正好表达了迎合对方的兴趣，让对方开心满意之意；“矢志再用余霞作更为凝重之篇什”（意为“用多余的、更多的文学禀赋认真而严谨地搞创作”）也表明了如果对方对此诗满意，会再接再厉写出新篇。那么，随后一年莎士比亚便用《鲁克丽丝受辱记》兑现了承诺。阿克罗伊德在《莎士比亚传》中对莎士比亚报恩的原因做了总结。他说正是这次资助让《维纳斯与阿多尼斯》能够顺利出版，也让莎士比亚在戏剧行当困难期敲开了诗歌的大门。戏剧和诗歌两栖作家的身份让莎士比亚在不同时期有了自由切换的谋生方式。[②] 这变相说明了莎士比亚写诗创作、投其所好的报恩之举。

2.《威尼斯商人》之赠人玫瑰手留余香

在《威尼斯商人》中，安东尼奥的善行也让他一举两得。除了加深友情，安东尼奥的事业也间接受益。他知道即便巴萨尼奥选匣失败，他仗义相助的行为也会维护和巩固他乐善好施的大商人、大慈善家的形象。这对他事业的发展可谓有百利而无一害。[③] 安东尼奥和巴萨尼奥之间大有“我帮你娶妻，你帮我圈粉”之意。在这一点上，《莎士比亚传》中的南安普敦伯爵之于莎士比亚像极了《威尼斯商人》中的安东尼奥之于巴萨尼奥。阿克罗伊德在书中提到：作为宫廷贵族，南安普敦伯爵非常重视自己的形象和名声。南安普敦伯爵的善举是“双向的”。[④] 他帮助莎士比亚的同时也为自己树立了“扶持学术和诗歌”的正面形象。[⑤] 而莎士比亚借献词“冀扬大人令名”正好弘扬了其美好声誉。

莎传与莎剧就“资助”事件产生了同构，凸显出了传主知恩图报的优良品格。戏剧中的巴萨尼奥以自己最珍贵、最不愿意失去的婚戒报恩，传记中的莎士比亚亦用称颂的、恭维的文字赠予恩人，彰显了莎士比亚知恩图报、重情重义的正面形象。如莎传所示，对于自己的恩人，语言大师莎士比亚是绝不会吝啬其夸赞之词，他以其最擅长的、同时也是对方最钟爱的方式——美妙的文字来表达感激。莎士比亚在报恩一事上有明确的目标，知道自己该怎么做、该怎么说才能起到最好的报恩效果。知恩图报的需求是人类的优秀品质。钱债易还，情债难还，迎合恩人的爱好、满足恩人的需求是人们大多认可并且竭力奉行的报答方式。莎传中莎士比亚的个性是人类的共性，它是礼节、是应酬、是恩惠、是情谊、也是习俗。对于南安普敦而言，是赠人玫瑰，手留余香，对于莎士比

① Peter Ackroyd, *Shakespeare: The Biography*. London: Vintage Books, 2006, p. 197.

② Ibid., p. 191.

③ 刘艳梅：《雨果“美丑对照”原则下看〈威尼斯商人〉的正剧性》，《中国莎士比亚研究通讯》2017年第1期，第88－91页。

④ Peter Ackroyd, *Shakespeare: The Biography*. London: Vintage Books, 2006, p. 229.

⑤ Ibid., p.192.

亚又何尝不是呢?

三、关于亲情

1.《威尼斯商人》之值得信赖的女儿

《威尼斯商人》中的女主人公鲍西娅被誉为“女性的光辉典范”[①]。她是一个孝顺的女儿。虽非常中意巴萨尼奥,但她还是遵从父亲的遗嘱选匣成婚;她柔肠百转、行动坚定。她让新婚的丈夫带上巨款,立刻出发,去搭救危难中的朋友;她能言善辩、才智过人,假扮成“鲍尔萨泽博士”出席庭审,略施计谋,巧妙引用威尼斯的法律让夏洛克一败涂地,挽救了安东尼奥的性命。这样一个熠熠生辉的女性角色给书写莎传带来了灵感。

1616 年 4 月 23 日莎士比亚辞世。《莎士比亚传》中记录:他的遗嘱执行人不是其妻海瑟薇,取而代之的是其长女苏珊娜·莎士比亚。[②] 传记中这般描写莎士比亚在遗嘱问题上的处理方式是为了体现他妥善处理家事的能力。海瑟薇很有可能并不识字。欧洲文艺复兴时期的女性通常“不受欢迎而且被忽略”[③];为了省钱,女孩比男孩更快、更突然地断奶,她们也比男孩更常常被送往相对省钱的乡下哺育;[④]更早被打发去做“冗长繁重的工作”[⑤]的也是女孩。海瑟薇在家中排行老大,她要承担家务,照顾弟妹。而在成为人妻后,海瑟薇在斯特拉特福家中一人带着苏珊娜、双胞胎哈姆尼特和朱迪思三个小孩,也不太会有时间学习。莎传所展现的海瑟薇没有机会接受教育和读书认字。遗嘱执行人是执行遗嘱内容,将遗嘱付诸实施的人,其主要职责包括将遗嘱人的遗产清理登记并造册、保管各类遗产、依遗嘱的指定对遗产进行分割等。所以,对于海瑟薇来说,这是她无法胜任的工作和不可能完成的任务。再看苏珊娜,所谓虎父无犬子,《莎士比亚传》中写道:在她的墓碑上有“超越性别的才华”和“拯救灵魂的智慧”这样的文字。[⑥] 这说明了苏珊娜具有足够强大的并且值得父亲信任的办事能力。

2.《温莎的风流娘儿们》之来自法国的医生

在《温莎的风流娘儿们》中,有一个叫凯易斯的人物。他来自法国,是一位医生。他和史量德以及范通三人同时追求温莎小镇上富农裴琪的女儿安痕。其中,史量德是一

---

① [罗]科尔奈留·杜米丘:《莎士比亚戏剧词典》,宫宝荣等译,上海书店出版社 2011 年,第 521 页。
② Peter Ackroyd, *Shakespeare*: *The Biography*. London: Vintage Books, 2006, pp. 426 - 427.
③ [美]马格丽特·金:《文艺复兴时期的妇女》,刘耀春、杨美艳译,东方出版社 2008 年,第 33 页。
④ Klapisch-Zuber, *Childhood in Tuscany*. Chicago: University of Chicago Press, 1985, pp. 138 - 139.
⑤ Ibid., pp. 106 - 107.
⑥ Peter Ackroyd, *Shakespeare*: *The Biography*. London: Vintage Books, 2006, p. 426.

个说得出“以前的子孙”和“以后的祖先”，对于自己的婚姻，只要法官叔父点头他也就毫无微词的傻子。[①] 范通是一位毫无家世背景、时而要恳求媒人帮忙的“规规矩矩”[②]的人；而凯易斯大夫，精通医学，擅长剑术，可谓文武双全。除此以外，他还勇于挑战。听说有人和他一样在追求安痕，他敢于立刻奉上“挑战书”[③]。莎士比亚笔下的三个爱情追求者给人们留下的是三种截然不同的形象：傻子、懦夫和勇者。显然，法国医生是后者。这个医生角色在莎传中也能找到匹配。

在《莎士比亚传》中，阿克罗伊德除了交代莎士比亚的长女苏珊娜为遗嘱执行人外，还特别提到莎士比亚为其安排了一个得力帮衬，见证遗嘱的执行。这个人就是其丈夫约翰·霍尔。传记对霍尔的描述如下：霍尔是一位医生，也来自法国。曾就读于剑桥大学，在那里获得了学士和硕士学位。这样一个有身份地位、有学识才华的人特别地受到莎士比亚的赏识，时常陪同莎士比亚前往伦敦。[④] 莎士比亚把遗嘱事务委托给这两位，自然比让目不识丁的海瑟薇来承担要令人放心许多。所以，同构莎剧、莎传传递的信息是，莎士比亚选对了人，他让包括海瑟薇在内的家人的合法权益能够得到更好的保障和维护。

莎士比亚把剧中的离世父亲的女儿和一位法国医生刻画成了勇者，传记中的莎士比亚也让其女儿和医生成为家里挑重担的勇士。在这里，传记同构戏剧凸显的是传主莎士比亚妥善处理家庭事务的能力和其小心谨慎的个性特点。霍德尼斯在《莎士比亚的九种人生》中也明确表示，生活中的莎士比亚就是一个“谨慎”“明智”的人。[⑤] 通常，遗嘱除涉及法律问题以外，还包括遗产的具体分配额、分配方法和附加遗嘱继承人的义务等一系列具体而烦琐的事情，对于名门望族，它更是关乎家族财富的传承与规划。莎士比亚对于自己遗嘱相关事宜的安排和决策是他谨慎明智的表现。在物质生活极度丰富的今天，人们的财富呈现出极速增长的态势，财富形式也日益多样化，既有不动产，也有动产；既有现金，也有诸如保险、基金、理财、股权等形式。即便是普通百姓也会留下遗产。如果是人丁兴旺的大家族，继承人的数量可能会变得非常庞大。在此情况下，为了更稳妥完善地处理好家庭事务，为了让家人更加地团结和睦，人们都会小心谨慎地选择相对有文化、有能力、能胜任执行遗嘱相关任务的家庭成员。

莎士比亚笔下的人物鲜活而有个性，歌德感叹莎士比亚对人性了解得“竭尽无余”，

---

① [英]威廉·莎士比亚：《温莎的风流娘儿们》，朱生豪译，中国青年出版社2013年，第4页。

② 同上，第30页。

③ 同上，第28页。

④ Peter Ackroyd, *Shakespeare: The Biography*. London: Vintage Books, 2006, pp. 426 - 427.

⑤ [英]格雷姆·霍德尼斯：《莎士比亚的九种人生》，孟培译，黑龙江教育出版社2018年，第114页。

英国诗人德莱登评价莎士比亚“有一颗通天之心，能够了解一切人物和激情”。[①] 莎剧中的很多男性角色更是得到了高度认可和赞美。《皆大欢喜》中的奥兰多被称为“真正的男子汉”[②]，《威尼斯商人》中的巴萨尼奥被认为是“一个学者和战士”[③]，即便是“魔鬼般的”夏洛克也被认为有“善”的一面，因为他体现了高傲的民族气节，哪怕像哈姆雷特这样的悲剧角色也给人们留下了胸怀大志、不畏惧奸恶等特点。他们的灵气、才气、勇气和骨气一一锋芒毕露，直抵人心。这些优秀的男性角色和他们的故事给莎传作者以灵感，他们同构莎作、打造了楷模式的莎传人物，实现了传记“人生的示范”这一功能。作家亦舒说，人生试题一共四道，学业、事业、婚姻和家庭。对于没有多少求学经历的莎士比亚，莎传向我们展示的青年莎士比亚婚姻中行事果断、壮年莎士比亚事业上知恩图报和晚年莎士比亚家庭中谨慎理智的个性特点显然起到了人生示范的作用。这是莎传创作者们的功劳和意图。显然，也是莎作本身巨大的贡献。

莎传自然是根据传主的一些相关材料和传记作者天马行空的想象编撰而成的文学作品，有虚构的部分，但基于作家的担当和传记的功能，我们还是更愿意相信书写莎传的良好用意。评论家贾斯汀·卡普兰说：“无论有什么过度或不足，传记都是孤独的解药和隔膜的恢复剂。”[④]约翰生说：“我尊敬传记，因为它提供给我们的是一种向我们走近的东西，我们也可以转而运用它们。”[⑤]21 世纪的莎传所体现的莎士比亚生动的个性不仅就在你我身边，还会潜移默化地指引着我们人生的方向，那就是用积极的、善良的、理智的方式朝着更加美好的生活而努力。

【作者简介】刘艳梅，四川传媒学院副教授，香港中文大学英语系东西方戏剧专业硕士，主要从事莎士比亚戏剧研究。

---

① 李伟民：《对莎士比亚的开掘、守望与精神期待——纪念莎士比亚诞辰 440 周年》，《西华大学学报（哲学社会科学版）》2004 年第 5 期，第 26 – 29 页。

② ［罗］科尔奈留·杜米丘：《莎士比亚戏剧词典》，宫宝荣等译，上海书店出版社 2011 年，第 481 页。

③ 同上，第 86 页。

④ Justin Kaplan, "Culture of Biography", Dale Salwak, ed., *The Literary Biography: Problems and Solutions*, Iowa City: University of Iowa Press, 1996, p.2.

⑤ J. Boswell, "Journal of A Tour to the Hebrides", J.L. Clifford, ed., *Biography as an Art: Selected Criticism* 1560—1960, New York: Oxford University Press, 1962, p.47.

第二编

理论之维：域外莎学

莎士比亚在中国的复兴

菲利浦·勃劳克班克 著 翟全伟 邓鸥翔 译

【摘 要】 自晚清莎剧译入中国以来，中国莎学历经了四个转型阶段，莎士比亚研究在20世纪90年代逐渐摆脱了停滞不前的局面。作者在1986年来到中国后，观看了在北京、上海等地举办的首届中国莎士比亚戏剧节，认为戏剧节在呈现莎士比亚剧本时一方面保留了原剧的精神，另一方面则展现了中国化的特色与风采，取得了相当大的成功。作者预测莎剧在中国的传播与发展将进入繁荣发展的“春天”。从“他者”视角出发，管窥了中国社会和思想层面在20世纪90年代的变革与发展，对了解改革开放后莎剧在中国的接受与影响有一定价值。

【关键词】 勃劳克班克；复兴；首届莎士比亚戏剧节；中国化

Shakespeare Renaissance in China[①]

J. Philip Brockbank

【Abstract】 Since the translation of Shakespearean plays into China during the late Qing Dynasty, it has undergone four transformative stages. The study of Shakespeare gradually emerged from a period of stagnation in the 1990s. In 1986, the author attended the inaugural Shakespeare Festival

---

① 本文译自 Philip Brockbank, “Shakespeare Renaissance in China”, *Shakespeare Quarterly*, Vol. 39, No. 2 (1988): 195 - 204. 勃劳克班克的这篇文章，在发表以前曾经寄给了张泗洋先生，勃劳克班克说，准备发表在第二年美国的《莎士比亚季刊》上。该文经张泗洋先生以《莎士比亚在中国新生》译出，后来发表于张泗洋、孟宪强、徐斌主编的《莎士比亚三重戏剧：研究·演出·教学》，于1988年由东北师范大学出版社出版。本文所译是勃劳克班克正式发表于《莎士比亚季刊》的全文。

of China held in Beijing, Shanghai, and other cities. The festival successfully preserved the essence of Shakespearean scripts while showcasing distinctive Chinese characteristics and styles, marking a significant achievement. The author predicts a prosperous "spring" for the dissemination and development of Shakespearean drama in China. Approaching the subject from an external perspective, the article provides insights into the societal and intellectual changes in 1990s China, shedding light on the reception and influence of Shakespearean drama in the post-Reform and Opening Up era.

【Keywords】 Brockbank; Renaissance; First Shakespeare Festival of China

1986 年春季,北京某大学的张教授结束了在欧洲和美国的访问后返回中国,他说"莎士比亚在西方病了,急需传统中医治疗"。在上海的一个郊区剧院,早上 9 点,约 600 名来自各行各业的人们欣赏了由浙江绍兴剧团[①]演出的《冬天的故事》[②],观众中有学生、艺术家、工匠、诗人、士兵和教授等。在开场白中,我讲述了莎士比亚的故事,我认为莎剧在英国处于寒冬,而在中国则像是进入了蓬勃发展的春天。[③] 回顾 1986 年 4 月的中国莎士比亚戏剧节,似乎是在为 1990 年的文化活动做准备和宣传。

我是在柏林参加国际莎士比亚协会世界大会后,作为中国莎士比亚协会的嘉宾,受邀前往中国的。此次费用由英国文化协会承担。临行前,我认为此次中国行定会激动人心,让人耳目一新,但实际的体验超乎想象。对我来说,这是对莎士比亚艺术新真理的启示性发现。我见证了中国莎士比亚复兴的时刻,其规模、丰富性和多样性引人注目,具有鲜明的中国特色,同时又与伊丽莎白和詹姆斯时代的英格兰紧密相连。这就像是两条伟大河流的汇合,一条源自欧洲,另一条则源自遥远的亚洲。很显然,传统中国

① 原文为 Zhe Jiang Shao Xing Opera Troupe,经查阅李伟民教授发表的相关文献,此处应为浙江杭州越剧团。—译者注。

② 请查阅查培德,田佳(音译)发表在本期的文章,其中讨论了越剧版《冬天的故事》和话剧版《冬天的故事》。昆剧版《麦克白》的照片可参考《莎士比亚季刊》第 39 卷(1988 年)第 81 页。勃劳克班克教授和查培德论文中对中文名字的英语化拼写处理略有不同,我们选择保留每位作者偏爱的拼写,没有进行统一。—编者注。

为了还原文中涉及的国人姓名,本文在翻译过程中主要参考了《中国莎学简史》中的内容,孟宪强:《中国莎学简史》,东北师范大学出版社,1994 年。查培德、田佳的论文可查阅,查培德、田佳:《中国传统戏剧中的莎士比亚》,《莎士比亚季刊》1988 年第 2 期,第 204 - 211 页。—译者注。

③ 原文是 while it was winter for him in England it appeared to be spring in China. —译者注。

戏剧需要莎剧的魅力，莎剧中充满了力量和异域风情，兼具宫廷风格，深受大众喜欢。不难发现，北京颐和园中的剧院和伦敦时运剧院在设计上非常相似，都有露天场地、高顶棚舞台、专属拱廊、表演舞台，以及专供皇帝使用、与舞台相对的宝座。生活的有趣之处在于，在模仿他人的过程当中我们才能发现自己。在莎士比亚时代，英格兰文艺复兴之所以繁荣，是因为它具有与自身截然不同的传统相融合的强大能力。例如，在《错中错》中，莎士比亚就借鉴了古罗马喜剧、中世纪传奇和保罗《新约》中的诸多要素。往更大范围来讲，英国文化不仅只是传承了“意大利的时尚”，还是对柏拉图时代的古希腊、奥古斯都时代的古罗马、彼特拉克时代的佛罗伦萨、亨利·纳瓦尔时期的法国和菲利普二世时期的西班牙等文化的模仿和再创造。目前，中国的剧院和音乐厅也对其他时代和地方的文化表现出强烈兴趣，渴求在回应传统的同时创造出新的秩序。

此次庆典于 4 月 10 日在北京开始，23 日在上海结束，其中有几天的活动重叠在一起，因此莎剧爱好者无法观看全部的 28 台剧目，因为其中有 12 台在北京上演，16 台在上海上演。大约 20 个剧团在十几个剧院演出了 18 种不同的剧目，包括《泰特斯·安特洛尼克斯》《雅典的泰门》和《终成眷属》等，这在莎士比亚戏剧和节庆的历史上绝无先例。[①] 我总共看了 10 场，每一场都被邀请上台，分享我的看法。

关于中国戏剧传统，其实我是没有资格谈的，因为我的信息来源有限且杂乱。我看过张振先于 1951 年在莎士比亚研究所完成的论文[②]，遗憾的是，他未能亲眼见证之后莎剧在中国的繁荣。我曾与 20 多位学者交谈，其中一些曾是张振光的同事，我也听取了演员和导演的意见，阅读了一些英译资料，但这是远远不够的。所以，下面的评论主要还是基于我个人对莎剧的理解。

无论是老人还是孩子，每次都会被演出深深吸引，像济慈所说，经典故事中蕴含着“强大力量”和“简单直白”的叙述。就像第一次演出时那样，观众们屏住呼吸，当他们看到已成雕塑的埃尔米奥娜复活时，全都惊叹不已。当然，观众的反应也是对演员精湛技艺的赞赏。在中国戏剧传统中，人们通常习惯性地区分四种技能（四功），即唱、念、做、打（有时不太准确地被译为“杂技”）——以及五种手法（五法）：手、眼、身、法、步。“四功五法”之间的相互作用使我想起“动作”与“情感”之间的联系。我惊讶地发现，听用普通话演出的剧目（汉语我一窍不通）对我来说毫无违和感，我在看莎剧时并未感到陌生或

---

① 《中国莎学简史》一书说法略有不同，书中称首届“莎剧节”共演出 25 台莎剧，剧目 16 个。参见孟宪强：《中国莎学简史》，东北师范大学出版社 1994 年，第 123 页。—译者注。

② 此处的论文是指张振先于 1951 年在伯明翰大学完成的硕士论文，参见：Chang Chen-Hsien, Shakespeare in China, M. A. thesis: University of Birmingham, 1951. —译者注。

突兀，也没有感觉到有任何必要去回想英语莎剧中的措辞，就好像是“动作”的艺术感已经代替了语言中的微妙之处，同语言融合在一起并传递给感官。

在中国和在英国一样，戏剧曾经是贵族阶层的消遣活动。在大多数表演中，观众脑海中会浮现出诸如和谐、对称、节奏、连续性、优雅等象征文艺复兴时期秩序和快乐的意象。优美的造型、完美的节奏和动作让人沉醉其中，有时让人回味无穷。但剧中的呈现需要现实的回应，要对接于人类世界中的平凡人。我们有理由相信，通俗剧就像一面镜子，映射的不仅是对世界的想象，还是对世界本来面目的再现。通过宫廷剧则可以管窥国王或皇帝的雄心壮志与现实情况。中国，如同叶芝时期的爱尔兰一样，“有些暴烈而痛苦的人”请来了建筑家和艺术师，使他们在石头上培育出“众人昼夜渴望的优美形象”①。凯旋的凶残武士们将建造和谐之门以及象征和平的庙堂。同样的讽刺艺术也出现在中国的戏剧艺术中，通过莎剧，中国戏剧找到了前所未有的批评自由。

我观看的第一场莎剧是由中国儿童艺术剧院演出的《理查三世》，由周来执导，演出比预期要好，思路清晰。更值得称赞的是，它似乎保留了熟悉的传统，而非执着于创新。但是该剧的流行（山东话剧团也在上海上演了该剧）可能是因为它完美地展现了中国传统戏剧中的“四功五法”。该剧中的观众与演员之间的关系结构，相互关联的独白、哀叹、场景和动作等都完美地融入了中国风格和传统。理查很愿意与观众分享他的机智，特别是当黑斯廷斯像旁观者那样嘲笑那场毁灭他的表演时，他对受害者的掌控达到了高潮。从演员的眼神和脚步中，我们可以看到独白者失去了对观众的吸引力，如同他忘掉了历史事件那样。但是，不管是理查这位“比变色龙更会变色”的演员，还是白金汉这位“能够伪装成深沉的悲剧演员”，在玛格丽特女王（她是一个强大而危险的人物，从前人人怕，如今人人欺，有极端的复仇心理）的花言巧语方面以及遗孀们的呜呼噫嘻面前，都略逊一筹。开头的文本中写道，“王后披头散发，嚎哭”；做出“鲁莽暴躁的样子”，并充分运用“五法”演出了一场“悲惨自杀”的一幕。在长篇文本中的删节方面（有时是得体的，比如不展示亨利流血的尸体），《理查三世》保持了莎士比亚式风格和模式的平衡。该剧的自我意识在某种程度上归功于它的历史剧题材；哈尔说，民众看着在贝纳德城堡发生的一系列事件，就像看“国王的游戏”那样害怕“打乱了戏剧的秩序”。黄佐临在1950年向上海观众询问：“在任何时候，世界上哪个戏院能像中国的‘全武行’一样，打斗表演处理得这么溜，这么带劲？它是舞蹈和杂技完美的结合，节奏、身体掌控都恰到好

① 原文出自叶芝《灯塔》(*Tower*)诗选，此处“bitter and violent men”来自《灯塔》诗集中的第二首“Meditations in Time of War”《内战时期的沉思》。此处的译文借鉴了《英诗经典名家名译：叶芝诗选》（袁可嘉译，外语教学与研究出版社 2012 年）。小节中还有一句为“和谁也没听说过的温柔品性”。—译者注。

处，高度模式化。”理查在战斗中趾高气扬、策马扬鞭，但当他从马上掉下来时，鞭子掉了下来，他乘势向后做了一个翻筋斗。无论这是否是一种刻意的效果，军人般的气势在整个剧中都有所体现——当然这部分是因为导演没有经济上的压力，无需削减演职人员。保留韵脚和重音节奏的做法由来已久，就像乔治・科诺德尔（George Kernodle）在文艺复兴时期所做的那样，也提升了表演效果。王座高耸，占据中心主导地位，公共事件在舞台上轮番上演，而舞台边缘的独白者似乎随时准备加入观众行列。

中国经济的变革或许会使得剧场商业化，赋予债权人和富裕乡村新的意义。中国青年艺术剧院版本的《威尼斯商人》充满了典型的欢庆氛围。当我问导演张奇虹从哪里学到创造出剧中美妙绝伦、中西兼容并蓄式样的人物时，她的回答让我有些惊讶，她说："我在莫斯科艺术剧院接受了六年的培训。”这使我不由得想起了俄罗斯电影版的《第十二夜》，它对宫廷做作的渲染比任何一部西方电影都更让人触景生情。中国青年艺术剧院版的《威尼斯商人》采用了中国特有的艺术，演员们动作优美，就像船在水中漂浮那样，凸显了博大无边的意象。剧中融入了京剧中的场景，在一条几乎可以听见拍打声的运河上，船夫和宫廷人物们摇摆、晃动，表征安东尼奥“在海洋上翻腾”的心理活动，用“咆哮的海水” 表征萨勒里奥忧心忡忡的想象。中国人对犹太人和基督徒一直以来都缺乏兴趣，但中国文化中并不缺少债主和收债的故事（将来也还会有）。在一场安东尼奥和鲍西娅联手智斗夏洛克的场景中，夏洛克一边与安东尼奥讨价还价，一边还瞥了一眼左边为顾客服务的店主——他是屠夫，秤是公平的。

没有西方对犹太人歧视的先入之见，张奇虹执导的这个版本使这出喜剧的元素更加和谐。可以看到巴萨尼奥通过选择铅匣却赢得了金子，而在法庭上，他比鲍西娅更愿意用钱来安抚罪犯，但在装模作样方面，他还有很多要向鲍西娅学习的地方。在莎士比亚的戏剧中，富商通常会为追求他女儿的财富猎人们设定考验；他必须能够解读谜语，以便传达人类社会广泛赞誉的价值观，而这种价值观与在里亚尔托岛上的“金钱本位”截然不同。但是，任何一个头脑简单拘泥于现实的追求者，在这个复杂的世界中，不太可能有机会去贝尔蒙特。在那里，富有的绝色佳人们陶冶“高尚的情操”，聆听动人的乐曲。巴萨尼奥足够机智、有风度，才能够做出正确的选择。然而，他并没有像十年后《雅典的泰门》中的泰门那样憎恨金钱，而只是抨击徒有虚表的行为。在 20 世纪 80 年代的中国，铅匣和金匣各有其价值，都能找到回应。由于对文艺复兴时期的廷臣有了清晰的了解，巴萨尼奥的扮演者没有停留在对文本的改造中，而是重构了表演和动作，使他的角色关注到了对财富和情感的双重追求。我无法辨别汉语文本中漏掉了哪些台词，但我相信 “昨晚我梦见了钱袋” 这句还是被保留了［这句台词在 1987 年皇家莎士比亚剧院安东尼·谢尔(Antony Sher)的表演中被删除，安东尼对受迫害的犹太人深表同情]。

中国青年艺术剧院塑造的夏洛克，虽然某种程度上也是受害者，但他显然充分利用了威尼斯商人所面临的风险，并通过操纵契约损害了人类社会及家庭之间的纽带。显然，该剧在表演时用幽灵般的老债主替代杜伯尔的戏份是为了赢取中国观众的喜爱。尽管是一位出色的戏剧表演者，剧中的夏洛克明显爱钱胜过自己的女儿，尤其憎恨基督徒，因为他们无偿借钱，降低了威尼斯的高利贷利率。夏洛克家庭的解体[朗塞洛特·戈博(Launcelot Gobbo)的真知灼见]显然与他对人类价值的蔑视有关。你大可以说“铅匣的价值”，因为在求爱场景中，铅匣由穿着朴素的农家女孩拿着，她首次出场时的身份是里亚尔托岛上默默无言的旁观者。与之形成鲜明对比的是，金匣由东方腹舞女郎承载[1]，选择它的王子被演绎成令人捧腹大笑的小丑。在贝尔蒙特法庭演奏音乐那幕戏中，最后一幕的戒指戏引出的高潮恰当而且自然。显然，中国观众很容易就能将鲍西娅的美德和真情与她在舞台上高超的表演联系起来。观众们似乎很高兴，因为鲍西娅在智胜夏洛克的同时，也戏弄了巴萨尼奥。在这部作品中，这是一个相当大的成就。

由杨宗镜导演的中央实验话剧院版的《温莎的风流娘儿们》对中国观众来说，异域风情十足，舞台布景采用了半木结构，演员们身着伊丽莎白时代的服装。像1985年在英国斯特拉特福[2]演出的那样使用了转台，方便从街道到酒馆再到房屋场景的转换，但舞台陈设更简化并采用了中国风格，呼应了优雅的表演。孙家琇教授是该剧的文学顾问，她告诉我，剧中为了适当地影射时事笑话，进行了一些改编，但她认为改编后的效果更加出色，而且它的社会复杂程度明显高于原有的英文本。演员们的演技在脏衣篮上下了不少功夫，起初抬不动，最后由福斯塔夫用腿顶了起来。但这部剧大放异彩主要还是归功于它的通俗性和喜庆风格。孩子们拿着万圣节风格的灯笼和面具，精心装扮成仙女或怪物，一边玩一边跳舞。这时，福斯塔夫会出现在舞台中央，头上长着角，恶魔般的样子让孩子们感到一阵阵的恐惧。通过娴熟的演奏，他从大众想象中的神话般的、危险的世界走出，回到了熟悉的家庭生活中。在节庆高潮时表现出的姿态和外表，暗示着永恒而超自然的力量，象征着人类世界的荒谬与脆弱。但对于观众来说，就像温莎市民一样，剧中展现出的机智、活力和勇气已足够吸引人，至于剧中的贵族道德观则不置

---

① 可理解为青年艺术院将剧中“选匣”场景进行的人格化处理，把原作中放在桌上固定不变的三个匣子分别变成三个侍女，让她们顶着匣子出场，在音乐中，金、银、铅三个侍女变换着队形，用不同的舞姿推动着剧情的发展。—译者注。

② 坐落于埃文河畔(River Avon)，在美丽而充满田园风光的沃里克郡(Warwickshire)乡间，莎士比亚的故乡。—译者注。

可否。

导演熊源伟在中国煤炭文工团排演的《仲夏夜之梦》节目说明中，宣称他要创作一部中国式的《仲夏夜之梦》，让外国人看到其中的中国元素，而中国人能看到其中的异域风采。他说，年轻男女从城市到森林中是为了爱情，而工人离开城市则是为了艺术。虽然自然和童话世界的宁静，就像人间的宁静一样，并不纯粹，但所有的不和谐都将化解成一首仅在梦中呈现的和谐夜曲。熊导希望用"东方的审美趣味和现代的节奏""再现莎士比亚的情感，使之成为舞台上流动的诗歌"。其想法和呈现方式都和几个星期前在东柏林德意志剧院国际莎士比亚协会年会上演出的剧目迥然不同。在北京的演出中，孩子们笑了，老人们笑了，恋人们(毫无疑问)也惊叹不已。一位中国同事告诉我，中国版的剧目没有受到德国的影响，但也如同詹·科特(Jan Kott)[①]所说(像许多欧洲剧目那样)，蕴含着黑暗和复杂的元素。《仲夏夜之梦》这部剧极具浪漫色彩，淡化了人、神界的痛苦，展现了人、神与自然和谐共处的美好世界。在北京的演出中，演员们的活泼与灵动使剧中的冲突更加凸显，精准地触碰到了剧中隐含的矛盾与冲突。

森林里的混乱为京剧技巧的运用提供了空间，演员们展示了黑暗、雾和隐身等多个场景，在空中搏斗，站立着睡觉。仙女们主要由舞蹈演员扮演，更像是 19 世纪的欧洲芭蕾舞演员，这一点从节目单上基本看不出来。据说，熊导以擅长话题插入而闻名，但我只注意到了最显眼的一幕——剧中用一只现代化的电子表代替了"小仙童"。我很好奇地询问这是不是体现了中国人刚刚燃起的消费热潮，熊导却说这只不过是一个无关紧要的玩笑。文工团排演剧中的一些元素让人想起彼得·布鲁克[②]在《仲夏夜之梦》中的设定(用一系列白色丝带构成森林)，但剧中的叙述超越了天马行空的想象，表达了对人类情感的信心，一定程度上摆脱了莎士比亚文本的限制。《仲夏夜之梦》的叙述中有足够多的幻象使观众像希波吕忒一样在"心灵的变形"和"幻想的意象"中徘徊，也许这正如科特所说，在失意恋人的经历中，做梦的心灵既有创造性，也有破坏性。

《黎雅王》在海报上标为"中国古代戏剧"，但实际上是由孙家琇等人改编的《李尔王》得来，保留了莎士比亚原剧中的大部分故事、情节和人物性格，由北京中央戏剧学院演出。对比来看，辽宁人民艺术剧院上演的上海版文本的翻译更贴近西方传统(我没能

---

① 詹·科特，波兰戏剧评论家和学者，以其对莎士比亚戏剧的现代主义解读而闻名，著有《我们当代的莎士比亚》(*Shakespeare Our Contemporary*，1964)一书。—译者注。

② 彼得·布鲁克(Peter Brook)，备受推崇的英国戏剧和电影导演，以其在戏剧领域的创新和开创性工作而闻名，在皇家莎士比亚剧团执导多部名作如《李尔王》和《仲夏夜之梦》等。布鲁克使用"白色丝带"表征着剧中迷人的魔法森林。白色通常与纯洁和魔法相联系，而丝带的迷宫般质地可能象征着在戏剧中发生的角色之间的错综复杂的关系、误解和浪漫纠葛。—译者注。

看到在天津人民艺术剧院上演的第三个版本)。《黎雅王》在场面和动作上清晰、凄美、细腻,可能更能让西方剧迷对该剧的意义有一种全新的认识,而在辽宁上演的版本,对那些对西方传统不那么熟悉的中国人来说则是震撼和神秘的。《黎雅王》最初的布景让人不由得想起了颐和园里的皇家剧院,有着对称的装饰和高高矗立在戏台上的宝座。国王走下王座,温柔地抱了抱科迪莉亚,然后接着安排"爱的竞标"的正式程序。当小女儿说"我没有话说"时,国王又走了下来,试图再次让自己变得风趣和充满爱意;他第二次回到王位上,表现出了强大而不容置疑的权力,不带有人类情感。一旦被放逐,肯特的对手挥舞着他的斗篷,从朝臣变成流浪汉。权力让位后,高台旋转,在舞台上形成一个黑暗的楔形,帝国的辉煌所剩无几,但保留了足够的象征性力量以表达大女儿的得势。当大女儿与丈夫从舞台上进入后,国王则降到了侍从层面。在荒原的场景中,平台下开了一个洞作为棚屋用作十几个疯人院乞丐的巢穴。乞丐们跳的舞蹈透露出绝望和奴性,舞蹈动作很有表现力,适合宫廷剧场的表演,正如老国王在位时可能曾经享受到的那样。在最后一个乐章中,舞台恢复了它的旧意义,私生子埃德蒙耀武扬威地登上舞台,之后,舞台旋转进行了场景切换,展示出垂死的老国王、死去的小女儿,达到了剧情的高潮。在辽宁版中,没有使用常见的暗转换景,呈现了权力的在场和消失所带来的残酷现实;在由尖刺木桩围起来的王国里,国王戴着尖顶王冠,坐在尖顶宝座上。改编展示了演员(李尔王由大名鼎鼎的演员李默然扮演)驾驭西方剧本的能力。当《黎雅王》中的愚人被冻死,双手和身体都呈现虚弱和疲惫状态时,中国莎剧的叙事模式似乎更接近莎士比亚剧作的精髓。

上海人民艺术剧院获香港美孚石油公司赞助,由来自兰卡斯特的导演高本纳(Bernard Goss)执导《驯悍记》。这种合作也是近年来西方剧作进入中国的模式之一。演员们摆脱了常规,展示出多样的风格和行为,以取悦粗鄙、喝醉了的克里斯托弗·斯莱(Christopher Sly)。高本纳,就像迈克尔·博格达诺夫(Michael Bogdanov)执导的皇家莎士比亚剧团版那样,拒绝接受对悍妇驯服的理念,站在解放女性的一方,背离了原剧的主题。博格达诺夫在最后一场戏中将凯瑟琳彻底羞辱,但戈斯则将这一场戏分离出来,由卢森西奥(如果我没记错的话)以合唱的方式来进行演说。我与扮演主要角色的演员交谈时,发现他们两人都对这一改动表示遗憾,他们认为不该删掉戏中的高潮部分。剧情的发展需要彼特鲁乔和凯瑟琳在最后一幕中占据主导地位,他们已经学会了一同出色表演,并运用传统的婚姻智慧,完全压倒了其他竞争对手,顺便还赢得了一笔赌注。就像《聪明律师》中的波西亚(另一个中国传统莎士比亚剧名)那样,他们善于穿上伪装,并知道如何利用传统的道德观念使自己处于优势。

京剧《奥赛罗》由郑碧贤领导的北京实验京剧团改编，极具中国莎剧特色。奥赛罗这位英雄战士（马永安饰）出场时迈着高高的弓起的步伐，手持明晃晃的宝剑，主宰了整个剧场。他的动作，象征着权力、气度和关怀，建立了城市保护者的形象，保护着城市的参议员和处女们免受恶龙般敌人的侵害。奥赛罗在苔丝狄蒙娜父亲家里向她求爱时（剧中叙述，但在舞台上呈现[①]），凭借优美的手势和抒情的嗓音把苔丝狄蒙娜、勃拉班旭和观众都吸引住了。奥赛罗在面对旗官伊阿古时，情感流动非常有想象力（“就像从高高的天上坠下幽深的地狱一般”“化为绕指的柔情”[②]），也让情节更动人。暴风雨和平静、暴力和温柔的双重性在剧中是常见的主题，但不管是本·金斯利（Ben Kingsley）和大卫·苏切特（David Suchet）在1984年皇家莎士比亚剧团的作品中扮演的奥赛罗和伊阿古的破坏性亲密关系中，还是唐纳德·辛登（Donald Sinden）和鲍勃·派克（Bob Peck）在斯特拉特福德的早期版本中扮演的驻军城镇生活场景中，这种冲突都很难在舞台上表现出来。剧中的人物设定较为复杂，罗德利歌求爱被拒，有时扮演戴面具的小丑，而卡西奥身份地位很高，举止优雅，极有可能引起奥赛罗和伊阿古的嫉妒。手帕的悲剧被奥赛罗渲染得更加尖锐，他在惊奇和喜悦中短暂地停顿了一下，讲完“我给你的那一方（手帕）”这一句后陷入崩溃。《奥赛罗》还有一个话剧版，由上海交响乐团合唱团演出两幕，在北京由中国铁路文工团用汉语演出，在上海由上海戏剧学院内蒙古班用蒙古语演出。铁路文工团的表演呈现了英雄的壮观场面，强大而威严。

《无事生非》中勇士们的呈现方式较为独特，该剧由蒋纬国导演，由安徽黄梅戏剧团在上海演出，演绎得极为出色。黄佐临曾经提到过亚狄生（Addison）在《观察家》上对复辟时期演员的评论：

> 创造英雄的常见做法，一般会往他的头上插一堆羽毛，有时候弄得头顶的高度竟然比下巴到脚底的长度还长。有时观众会认为伟人往往个子比较高，但这让演员相当为难，他得在说台词的时候保持头部纹丝不动。不管他声称为了他的情人、国家或朋友有多么的担忧，从他的动作中可以看出，他最大的关切就是头上的羽毛别掉下来。

黄佐临说：“中国舞台上的英雄们头上戴的羽毛，就像希腊人佩戴头饰一样，旨在为

---

① 原文为 reported in the play but staged in the opera，意思是说在剧本中由角色描述，但在歌剧中通过视觉和舞台呈现来展示特定元素，这种做法让观众能够亲眼见证事件，视觉效果突出。—译者注。

② 台词译文选自朱生豪译《奥赛罗》。—译者注。

人物增添身高，显示身份的高贵。但是，与英国复辟时期的演员不同的是，中国演员绝不允许自己因头饰上的失误而招人耻笑，因为佩戴羽毛不仅仅是他的工作，也是他严格培训的一部分，佩戴的头饰不但不能妨碍动作，还应该融入动作本身，成为动作的一部分。”在黄梅戏版《无事生非》的开场戏中，贝特丽斯和希罗在培尼狄克和克劳狄奥未上场前，在舞台上用表演的形式嘲讽了二人的虚荣心。培尼狄克头戴的两米长孔雀羽毛做工考究、色彩斑斓，凸显了人物的机智和声誉。克劳狄奥稍后进场，佩戴不同色彩的羽毛，做着不同的动作，誓要胜过培尼狄克，赢取女士们的芳心。斗争并未对他们的精湛技艺和自尊心产生任何损害。即使对方不屑一顾，贝特丽斯和希罗还是通过艺术的方式显现了斗争的策略。所有的骄傲最终都化成了爱；当培尼狄克喊道，“爱我！哎哟，我一定要报答她才是”，他头饰上的羽毛变得凌乱，而贝特丽斯随之的跳跃也有失尊严。道格培里也好不到哪里去，他被写成蠢蛋，尊严荡然无存，崩溃大哭。与《仲夏夜之梦》和《威尼斯商人》一样，《无事生非》的喜剧没有变色。当西尼德·库萨克和德里克·雅各比演出“杀死克劳狄奥”“哈，决不为整个世界”这几句台词时，演员们担心观众会笑（有时确实如此）。但是黄梅戏的表演者在削减角色搞笑成分的同时，突出了喜剧效果。从培尼狄克的脸上可以看到他在情人的柔软、朋友的忠诚和军人的果断之间来回的挣扎。当他最终面对克劳狄奥时，心神不定，有一刻触碰了对手的宝剑，唯恐被刺穿。莎士比亚的文本提供了对婚姻更深刻的解剖，我们在这部剧中可以窥见，克劳狄奥确有过错但不至于触犯法律，剧本相信慷慨的人性有能力战胜人类对荣誉、男性傲慢和虚伪爱情的妄念。

当帕特里克·斯图尔特（Patrick Stewart）在1984年斯特拉特福德季的《冬天的故事》中扮演莱昂提斯时，他同时在一部电视连续剧中扮演一名心理治疗师。多年的孤独和失落，加上偏执的嫉妒，似乎把国王和王后都变成了石头。在由杭州越剧院制作的上海版中，人们却看不到病态的演变痕迹。它的欢乐形式用季节变换来呈现（“欢迎到这里，就像春天到了大地一样”），但莱昂提斯和赫迈欧尼的容颜却未受影响。戏剧效果在技巧和愉悦中实现，没有对善恶的演变、流动等进行深入自发的探讨。赫迈欧尼向波利克西尼斯展示了温馨而优雅的好客之情，完全在社交亲密关系界限内（该剧全都是女性演员），但显然能够引发性嫉妒，而莱昂提斯的独白在被折磨的孤立自我、困惑的儿子和剧场观众之间回响。背景中熊的出现使得安提贡纳斯因恐惧而逃跑，他被熊撕碎，仅剩一堆衣服，被小丑带走。小丑和奥托利克斯是杂技和戏法表演的工具，但这些表演并没有分散对第四幕中花卉节所表现出的对抒情主义的关注。莎士比亚在舞台之外保留下来的一些情节，例如波利克西尼斯在西西里法院的欢迎场面，玛米丽乌斯的死亡以及两位国王的会面场景等(当时“人们抬头仰望,抬起手,表情痛苦重重”)增强了故事的影响力。王后与儿子之间的母子关系通过温柔的性情和手袖的动作表达出来(有一瞬间,他想象中的眼泪落在了玛米丽乌斯的脸上),但即使在剧末似乎被遗忘,父亲的残酷和权力(显然国王的威严需要臣民服从)在当时也表达得清清楚楚。

不幸的是,我没能看到郑拾风导演的昆剧版《麦克白》(*Macbeth*),这部删节版作品呈现了中国化风格,1987年秋在伦敦演出过。郑拾风认为昆曲是中国戏剧传统的巅峰,与莎士比亚戏剧一样,都不过分追求豪华的装饰和布景,保持了行动的连续性。至于其他十四部戏剧制作,我只能简短列出,以此对戏剧节的广泛涉猎及其创新精神表达敬意,从中也可窥探演出剧团的丰富多样性。两部《雅典的泰门》中的一部由北京第二外国语学院用英语演出,我有幸通过导演文普林提供的录像进行了观摩。开场白讲述了故事的前半部分并阐释了其意义,然后通过泰门对雅典(“以金钱为导向的社会”)的摒弃展开了序幕。这出悲剧,修辞无情且严厉,并不适合欢快式的风格。场景既受到欧洲表现主义的影响,又受到中国传统的影响——富有且有权势的参议员们戴着薄纱面具,就像是斯特林伯格(Strindberg)《幽灵奏鸣曲》中的活死人。观众们会觉得它在精神上与《威尼斯商人》表现的乐观主义相去甚远,这部剧对人类社会中的机智和感情能否消除社会中广泛存在的金钱本位和信用缺失现象心存疑惑。

以上这些回忆汇聚成了我对中国更为全面的体验。中国的莎剧繁荣似乎正处于转变时刻:一方面,社区群众对莎剧由衷喜爱(在每条街道和每个聚会中都能感受到这种热情),另一方面,重新探索市场和消费欲望也带来新自由和新机遇。在此背景下,各种高水平的艺术作品在百姓中广受欢迎(据报道,戏剧节期间,雪莱的诗集在两周内售出60万册)。在所有大城市中,似乎都建有规模宏大的戏剧学校,这些学校作为学术和社区的交流场所都开设了口头表达、舞蹈、歌唱和视觉艺术等多门课程。学校和数百个表演团体也都得到了人民和政府的热情支持,这种支持充满了对艺术的赞誉,但也保持了批判的精神。在西方,做文学研究的官员或有钱人不多。如果中国能够在尊重人类价值观的同时,允许百姓以创造性的方式参与其中,那么莎士比亚在中国的复兴就不会是昙花一现,这将有助于在中国当代戏剧领域激发新的创意。否则,这种复兴很可能会被引进的无聊视频和迪斯科舞蹈的嘈杂声淹没,消逝在流行文化中。与此同时,1990年戏剧节的筹备工作已经开始,迹象表明在著名剧作家曹禺的领导下,中国莎士比亚协会定能保持现有的欣欣向荣的局面,并吸引世界各地莎士比亚学者的支持。

中国莎士比亚戏剧节演出列表[①]

城市	类别	剧目
北京		1.《威尼斯商人》(英文),中国人民解放军艺术学院。导演:何有;设计:付晓迪。 2.《雅典的泰门》(英文),北京第二外国语学院。 3.《雅典的泰门》,北京师范大学北方话剧社。 4.《奥赛罗》,中国铁路文工团。 5.《李尔王》,天津人民艺术剧院。 6.《第十二夜》(全女班),北京师范大学北国剧社。 7. *《李尔王》,中国戏曲《黎雅王》。北京中央戏剧学院,1986 年 4 月。改编:孙家琇等;导演:冉杰、刘木铎、郦子柏;李尔王:金乃千饰;舞台设计:齐牧冬。 8. *《京剧奥赛罗》,北京实验京剧团。导演:郑碧贤;奥赛罗:马永安;服装设计:李克瑜;舞美设计:姚振环。 9. *《温莎的风流娘儿们》,中央实验京剧团。导演:杨宗镜;福斯塔夫:张家声饰;设计:王培森、严龙。 10. *《仲夏夜之梦》,中国煤矿文工团。导演:熊源伟;设计:季乔。 11. *《威尼斯商人》,中国青年艺术剧院。艺术顾问:曹禺;导演:张奇虹;设计:周正、毛金刚。 12. *《理查三世》,中国儿童艺术剧院。导演:周来。
上海	话剧	1.《威尼斯商人》,中国青年艺术剧院。 2. *《李尔王》,辽宁人民艺术剧院。 3. *《驯悍记》,上海人民艺术剧院。 4.《奥赛罗》,上海戏剧学院内蒙古班。 5.《哈姆雷特》,上海戏剧学院教师班。 6.《泰特斯·安德洛尼克斯》,上海戏剧学院研究办公室。 7.《温莎的风流娘儿们》,武汉话剧团。 8.《凡事皆大吉》,西安话剧团。 9.《理查三世》,山东话剧团。 10.《驯悍记》,山西人民艺术剧院。 11.《安东尼与克莉奥佩特拉》,上海青年话剧团。
	歌剧	12.《奥赛罗》(两幕),上海歌剧院,交响乐团和合唱团。
	地方戏剧	13. *《无事生非》,安徽黄梅戏剧团。 14.《麦克白》,上海昆曲剧团。 15.《第十二夜》,上海绍兴剧团(译者注:应为上海越剧院)。 16. *《冬天的故事》,浙江绍兴剧团(译者注:应为杭州越剧院)。

*表示在本文中提到并实际观看过的剧目。

① 姓名回译参考了曹树钧、孙福良:《莎士比亚戏剧在中国舞台上》,东北师范大学出版社 2014 年。—译者注。

【作者简介】菲利浦·勃劳克班克(J. Philip Brockbank),曾任国际莎士比亚协会主席,英国伯明翰大学莎士比亚研究院院长,曾于1986年4月应邀专程来中国参加"首届莎士比亚戏剧节"。

【译者简介】翟全伟,湖北汽车工业学院副教授,四川外国语大学翻译学院博士生,硕士生导师,主要从事翻译史研究。

邓鸥翔,四川外国语大学英语学院副教授,博士,硕士生导师。主要从事英美现代主义文学研究。

【基金项目】本文为重庆市教育委员会人文社会科学研究"女性解放与诗歌现代转型:英美现代主义诗歌群体女诗人研究"(21SKGH135)的阶段性成果。

《亨利四世(下篇)》中的暴力文化

德里克·科恩 著 周 璐 朱 斌 译

【摘 要】 《亨利四世(下篇)》是由英国著名剧作家威廉·莎士比亚创作的戏剧,首次出版于1598年。本文以该部戏剧为例,讨论了权力阶层对穷人的操控和虚伪统治,反映权力与贫困之间的巨大鸿沟。作者从该剧中寻求根据,讨论了这部戏剧中所体现的暴力文化以及在不同阶层中暴力文化的不同体现方式。

【关键词】 戏剧;威廉·莎士比亚;《亨利四世下篇》;暴力文化

The Culture of Violence in 2 *Henry* Ⅳ[①]

Derek Cohen

【Abstract】 2 *Henry* Ⅳ is a play written by the famous English playwright William Shakespeare and first published in 1598. This article takes this play as an example to discuss the manipulation and the hypocritical rule of the power class over the poor, reflecting the huge gap between power and poverty. The author also seeks evidence from the play to discuss the culture of violence in the play and different ways in which the culture of violence manifests itself in different classes.

【Keywords】 drama; William Shakespear; 2 *Henry* Ⅳ; culture of violence

① 本文译自 Derek Cohen, "The Culture of Violence in '2 Henry IV'", *Shakespeare Studies*, 21(1993):55-71.

一

《亨利四世（下篇）》（2 *Henry* Ⅳ）中散文世界和诗歌世界情节之间的分裂，是该剧作为父权制工具所体现的政治维度的一个指标。在认识到这些情节之间差异的作用时，我们更倾向于运用理解意识形态概念的方式，即追溯“符号化与合法化之间的文化联系”。[①] 无论是否有意为之，也无论是否模棱两可，戏剧本身就是一种直接的宣传手段，服务于创造它的社会形态里统治阶层的利益。从戏剧最初问世的几个世纪以来，它的使用证明了它所服务的社会在吸纳、吸收和利用其成员的个人和集体劳动成果方面所具有的巨大能力。在剧中将喜剧世界和宫廷世界区分开来，通常是为了支持其产生以及传授社会的父权价值体系。大卫·马戈利斯（David Margolies）指出，莎士比亚作品中对霸权力量的使用“体现于戏剧整体，在于它们如何自然归化到主流意识形态中”。[②] 虽然一些最具对抗性和批判性的政治观点确实是由剧中的普通人物用方言表达出来的。正如玛格特·海涅曼（Margot Heinemann）断言，统治阶级为了维持其在商业和意识形态上对剧作的控制，经常将这些“低级”角色呈现为“粗俗、愚蠢、鲜有人性的流氓、荡妇和头发上插着稻草的奴才。观众可以嘲笑他们的滑稽行为，但不要指望观众能够认真对待他们的评论。实际上，罗姆郡方言和过时笑话的结合，常常让人难以理解他们的评论。[③]

依斯特溪泊（Eastcheap）的政治价值和戏剧价值是该剧评论的一个既定特征。依斯特溪泊象征着对威斯敏斯特政治秩序的践踏和颠倒，从而为现今主导的政治世界提供了一种潜在的替代统治方案。它揭示了英格兰的真实面貌，表明英格兰的普通人也和贵族一样，拥有心灵、灵魂和思想。然而，人们在依斯特溪泊纵情享乐的同时，这里还充斥着暴力、贫困和腐败。我想谈的正是该剧的这些方面。我认为，关于该剧“低俗”喜剧的大多数讨论的结论和分析都是保守的。也就是说，对该剧“低俗”喜剧的讨论很大程度上取决于格林布拉特（Greenblatt）所说的“单一”学术方法，而这种学术方法本身就

---

① Jonathan Dollimore, "Introduction: Shakespeare, Cultural Materialism and the New Historicism," *Political Shakespeare*. Ithaca and London: Cornell University Press, 1985, p.5.

② "Teaching the Handsaw to Fly: Shakespeare as a Hegemonic Instrument," *The Shakespeare Myth*, ed. Graham Holderness. Manchester: Manchester University Press, 1988, p. 52.

③ Margot Heinemann, "How Brecht Read Shakespeare," *Political Shakespeare: New Essays in Cultural Materialism*, edited by Jonathan Dollimore and Alan Sinfield. Ithaca: Cornell University Press, 1985, p.225.

是从剧中解读出来的。[①] 戏剧界和批评界普遍认为,《亨利四世(下篇)》中的"低俗"喜剧是该剧等级制和父权制结构的重要体现。批评界更是将这种结构视为该剧的核心主题,认为它反映了当时社会等级制度和父权制观念的普遍存在。多佛·威尔逊(Dover Wilson)的《福斯塔夫的命运》(*The Fortunes of Falstaff*)[②]可能是关于这个主题最具影响力的分析之一。他的观点为哈尔王子开脱,并为其行为提供了一种解释,这个观点至今仍然是大多数此类论点的基础。人们普遍认为,散文世界的喜剧场景为宫廷场景提供了另一种行为选择。也就是说,散文世界的喜剧场景通过模仿和共生的方式,与那些高度严肃的诗歌世界场景直接联系起来。这两个世界都不是独立存在的。喜剧场景需要宫廷场景给自己提供一些可以模仿的东西。然而,这些相互需求比单纯的戏剧性需求更为深刻。权力结构总是存在于纵向关系中。换句话说,宫廷需要喜剧来烘托,而喜剧也需要宫廷而存在,且喜剧是剧中贫穷的同义词。

在《亨利四世(下篇)》中,宫廷与酒馆之间的联系远不像许多传统读物所描述的那样,是构成作者设计的统一世界的一部分。相反,这部剧的诙谐之处在于,它所描述的世界与政治权力的世界格格不入,彼此分离。政治权力依赖暴力和镇压作为其工具,通过这些手段,权力所有者将穷人的不满和反动情绪束缚在一个物质福利的纵向结构中,而穷人处于这个结构的底层。随着我们对剧中喜剧世界的深入了解,其内部关系就显得愈发错综复杂,同时它与"严肃"世界的分离也变得更加明显。这并不是要否定和质疑各种情节之间相互关联的批判性观点。相反,我想强调的是,剧中各个情节之间的关系都是暂时且具有偶然性的,就像"底层"人物看待他们与权力世界的关系一样。权力所有者通过在贫穷世界创造条件,要求穷人发展出最终由他们控制的社会和政治实践,从而操纵穷人,进一步加剧两个世界的分离。

二

虽然《亨利四世(下篇)》中的散文世界很复杂,但它显然是用来作为加深权力阶层与贫穷阶层鸿沟的一种手段。布莱恩·维克斯(Brian Vickers)指出散文世界的作用是"传达特定人物的信息,这些人物缺乏诗歌世界的人所具有的尊严与规范"[③]。剧中散文

① Stephen Greenblatt, ed., *The Power of Forms in the English Renaissance*. Norman, Okla.: Pilgrim Books, 1982, p. 5.

② J. Dover Wilson, *The Fortunes of Falstaff*. Cambridge: Cambridge University Press, 1964.

③ Brian Vickers, *The Artistry of Shakespeare's Prose*. London: Methuen, 1979, p. 6.

与诗歌世界的人很少相遇，但当他们碰到一起时，则会发生激烈的对峙。例如在福斯塔夫被哈尔王子抛弃的这一场戏中，代表散文世界的福斯塔夫就遭到挫败。同样，上篇中在什鲁斯伯里，当华斯特和国王以诗歌的形式进行激烈对话时，福斯塔夫竟敢插嘴，也恰恰展示了这种交锋：

华斯特　陛下，请听我说。以我自己而论，我是很愿意让我的生命的余年在安静的光阴中间消度过去的；我声明这一次发生这种双方交恶的现象，绝对不是我的本意。

亨利王　不是你的本意！那么它怎么会发生的？

福斯塔夫　叛乱躺在他的路上，给他找到了。

亲王　别说话，乌鸦，别说话！（5.1，22－29）①

福斯塔夫打断对话和哈尔的反应表明了社会的复杂性。福斯塔夫大胆插嘴，对权威进行质疑，他的诙谐和厚颜无耻的回答打破了原本顺利进行的对话，使得整个交流变得复杂和混乱。这样一来便嘲弄了叛乱和君主制，而哈尔不论是出于尴尬还是愤怒，他的反应始终旨在阻止福斯塔夫扰乱秩序，维护君主制，支持既有权威，并且一定会奏效。直到亨利王和华斯特离开之后，福斯塔夫才再次开口。

下篇中的喜剧是从福斯塔夫试图打入权力阶层开始的。他的愤世嫉俗和贪婪，在他决心“把疾病变成商品”中表现得淋漓尽致，令一些评论家欣喜不已，他们认为他的坦率与宫廷的虚伪形成了鲜明对比，也算是一种美德。然而这种对福斯塔夫坦率的赞美本身就是在维护既定的社会秩序。几百年来，只要不危及这种秩序，它就能承受一定程度的自我批判（甚至颠覆），已经形成足够的韧性。赞美福斯塔夫只能在社会秩序本身能够接受的形式下进行。然而，福斯塔夫终究还是失败了；他的雄心也只能成为一种妄想。尽管他具有颠覆权力的可能性，但冲动还是摧毁了他，同时摧毁了他潜在胜利中所暗示的政治、司法、社会、心理和经济动荡。但是，该剧通过交替的行为描写或福斯塔夫的幻想来展现他的统治愿景或许是错误的。当他提议封夏禄为贵族可以随便骑走别人的马匹时，当他宣称英格兰的法律都听命于他时，他只提出了一种统治愿景。福斯塔夫的话粗暴地挑战和重构了既定秩序，成为一部公开的政治宣言。他的戏剧功能被局限在剧中早已确立的对立范围内，比如他与王家法庭大法官的对立。有人可能会嘲笑福

---

① ［英］莎士比亚：《莎士比亚历史剧集》（下），朱生豪、曾胡译，外文出版社 2000 年。译文皆出自该译本，下文不再一一注明。

斯塔夫妄想成为统治阶层的想法，也有人可能会对此感到恐惧。然而，有些人可能认为，这个想法下的世界与现实世界并没有太大的区别。尽管其他各种可能的统治方案比比皆是，但问题的关键在于它们是否能够提供可行的解决方案。尤其是国王对混乱的预言性描述总是片面的，总是以静态和等级制的价值观为基础。例如，剧中没有人提出君主制可能会被推翻并被无等级制度的共产主义取代的观点。这种统治方案或许是可以想象的，但剧中的对话里却没有任何暗示或线索，也没有适当的历史参照物来赋予其想象的现实性。因此，作为一种选择，它只能存在于某些读者的想象中。

在第四幕第五场中，国王对哈尔的讲话是被引用较多的秩序统治替换方案：

> 亨利五世已经加冕为王！起来吧，浮华的淫乐！没落吧，君主的威严！你们一切深谋远虑的老臣，都给我滚开！现在要让四处各方游手好闲之徒聚集在英国的宫廷里了！邻邦啊，把你们的莠民败类淘汰出来吧；你们有没有酗酒谩骂、通宵作乐、杀人越货、无所不为的流氓恶棍？放心吧，他不会再来烦扰你们了；英国将要给他不次的光荣，使他官居要职，爵登显秩，手握大权，因为第五代的亨利将要松开淫奢这条野犬的羁勒，让它向每一个无辜的人张牙舞爪了。（120－132）

哈尔的统治理念将与当前的统治方式截然不同。显然，他面临着一个选择：是追随父亲的脚步，还是为国家开创一个新的方向。然而，剧中所展现的无序结构只是众多道德混乱的表现之一，其目的是为根深蒂固的统治阶层服务。剧中的所有角色都建立于犯罪和罪犯的统治之上，展现了一个国家如同野蛮的狗，充斥着暴乱、罪恶，街上满是跳舞和喝酒的流氓的景象。这个由道德狂人统治国家的概念具有政治性和修辞性，尽管它指的是“伊丽莎白时代和雅各布时代英格兰的掌权者”经常表达的一种担忧，即不满情绪可能升级为有组织的反抗。[①] 实际上也提出了一种观点，即由剧中的穷人来治理政府。亨利对酒馆的看法揭示了特权阶层对潜在反对势力的一种典型妖魔化。这种看法将他统治下所产生的混乱和问题的责任转移到社会最没权没势的人身上，而他们往往最容易受到这种指责的影响。巴伯（C. L. Barber）曾指出，像狂欢节受到审判这种语言上的颠倒，实际上是对社会潜在破坏力的负面展示。[②] 国王警告王子不要与他现在交往

① Jonathan Dollimore, “Transgression and Surveillance in *Measure for Measure*” *Political Shakespeare*, p. 77.

② C. L. Barber, *Shakespeare's Festive Comedy*. Princeton: Princeton University Press, 1972, p. 214.

的人为伍，并用轻蔑的词语表示他们的无足轻重。如果这种观点是正确的，那么依斯特溪泊将面临一个重大挑战，它代表着什么？又将何去何从？

当然，哈尔王子在选择支持君主制和其父的传统时，他的言语中明确表达了对父权制和既有秩序等保守政治价值观的责任。在剧中王子即位这一最隆重庄严的时刻，他提到了父亲的价值观，并决心将其延续下去：

> 不是阿木拉继承另一个阿木拉，而是哈利继承哈利。（5.2.48－49）

并对大法官这样说：

> 但愿你的荣誉日增月进，直到有一天你看见我的一个儿子因为冒犯了你而向你服罪，正像我对你一样。那时候我也可以像我父亲一样说。（105－108）

三

哈尔的话确实是对依斯特溪泊及其价值观提出否定。观众和读者对哈尔的转变感到欣慰，这并不奇怪。因为剧里的底层世界已经陷入混乱，种种状况令人担忧。尽管该剧有时候会颠覆性地赞美其中的欢快和愉悦，但也清楚地展现了它那宛如灾难的政治道德。这完全不是亨利统治的可行方案。此外，有着政治和军事实力的叛军，对国王的地位构成了真正的威胁。然而，这种威胁并不可怕。叛军的潜在统治并不是混乱的统治，也不是噩梦般的颠倒现有制度。保王党清楚地认识到，叛军的统治将是一种替代性统治。正如艾略特·克里格（Elliot Krieger）在谈到上篇时所指出的："叛军反对的国家不只是以亨利国王为首的国家，他们想在他们之间瓜分这个国家本身，但不反对权力原则。"[①]与现有的君主制相同，他们仍然维持既定的等级价值观结构。叛军统治下的阶层将继续分裂，诗歌和散文世界的划分足以说明这点。然而，依斯特溪泊则不一样，它是对整个等级制度的威胁。

---

① Elliot Krieger, *A Marxist Study of Shakespeare's Comedies*. London: Macmillan, 1979, p. 133. 我不太认同克里格的观点，即福斯塔夫是权威形象和制度的反对者，对他马基雅维利式的权力本能有着完全的信心，他错误地选择了狡猾的王子来作为他获取权力的手段。

现在国王作为国家末日的预示者，但他却从未预示过依斯特溪泊的未来。我相信，与过去两三个世纪的大多数莎士比亚观众和读者一样，他对酒馆生活和贫穷的看法主要是通过文学作品和想象形成的。与那个世界保持距离很重要，这并不意味着他对那个世界的看法就是错误或正确的，而是说他与那个世界的分离让他摆脱了因了解而产生的责任，从而释放了他的想象力。依斯特溪泊的确是另一个"世界"，不仅是存在于戏剧意义上的另一个"世界"。语言上的不同只是其中一个特点。乔纳森·戈德堡(Jonathan Goldberg)在讨论《以牙还牙》(*Measure for Measure*)时指出，该剧中的每个人进入监狱，"从而得以重建他们的世界，抹去与监狱围墙外的世界的界限"[①]。哈尔王子通常被认为是连接《亨利四世》中两个世界的纽带，弥合两者之间的鸿沟。然而，在下篇中我们并未看到这两个世界真正地融合和消除差异。哈尔王子熟谙酒馆用语，在上篇中他曾夸耀道："我能随意和任何锅匠用他们的土话把酒言欢。"(第二幕第四场)这一表述有力地维持了权力阶层与无权阶层之间必要的分离结构。

第一场专门以依斯特溪泊为背景，从快嘴桂嫂、爪牙和罗网受雇逮捕欠债的福斯塔夫开始。罗网害怕福斯塔夫，"因为他会拔出剑来刺人"(2.1.11)。这种恐惧引发了剧中最著名的双关语之一，桂嫂说：

> 哎哟！你们可得千万小心，他在我自己屋子里也会拔出剑来刺我，全然像一头畜生似的不讲道理，不瞒两位说，他只要一拔出他的剑，什么事情都干得出来；他会像恶鬼一样逢人乱刺，无论男人、女人、孩子，他都不会留情的。(2.1.13－27)

这段话除了是以散文的形式表达外，还包含了表明说话者的阶层和其所处世界的元素。虽然莎士比亚笔下的一些女主角会说荤话，但她们的名声和地位并没有因此受损，而这与其他例子有很大的区别。首先，从意识层面上来说，当苔丝狄蒙娜(Desdemona)、罗莎琳德(Rosalind)或鲍西亚(Portia)说荤话时，她们是带着智慧，并且完全知道这样说的意义。而快嘴桂嫂言辞中值得注意且有趣的一点是，她似乎不明白自己在说什么。除非在演员或导演的操纵下，否则观众根本无从知晓她知道些什么。难道她认为罗网对福斯塔夫的恐惧是关于性方面的？如果是这样，她的言外之意就变得离谱，不合逻辑。此外，如果她同我们一样认为福斯塔夫用刀和剑刺人的倾向让罗网

① Jonathan Goldberg, *James I and the Politics of Literature*: *Jonson*, *Shakespeare*, *Donne and Their Contemporaries*. Baltimore: Johns Hopkins University Press, 1983, p. 236.

害怕，那么她的言辞从另一个角度看来也变得离谱了。她说他在她家刺伤了她，如果她是在证实罗网怕被剑刺的恐惧是合理的，那么她的意思就是他把刀或匕首插进了她的肉里。这真让人忍俊不禁，因为这里很明显使用了性暗示以达到喜剧效果。

然而，这种含糊其词的表达方式实为一种巧妙的暗示，由智者设计出来。它取决于观众的认同，赋予了观众极大的权力。他们的笑声表明了人们欣然接受依斯特溪泊世界里暴力、性和愚蠢的交融。喜剧效果源于观众或读者之间潜意识的共识。这样的设置让我们意识到桂嫂的话以一种独特的方式自相矛盾。我们注意到这一矛盾，因此嘲笑她，部分原因还在于她自己都没有意识到这一点。然而，爪牙和罗网同样没有注意到这一矛盾。毕竟，他们自己就是这个无视法律、充满恐惧的世界的一部分。这个笑话的精妙之处在于，它用简单的方式加深了剧中两个世界之间的分裂，让观众与宫廷和权力这一无趣世界达成一致。它依赖于观众对这一智慧的认同，而剧中人却没有认识到这一点，与我们不同，他们太过愚蠢而不能理解其中奥妙。

当福斯塔夫现身并与他人发生激烈争吵时，诙谐的气氛瞬间跃然纸上。只见他怒火中烧，骇人地威胁道"拔出剑来，巴道夫，替我割下那混蛋的头；把这泼妇扔在水沟里"(45－46)。这句话似有一种喜剧动画中的狂野与荒谬，让人发笑。他们以及他们周围嘈杂、困顿、混乱的环境，孕育了暴力的倾向，但实际上却不可能真正发生暴力事件。与之前的双关语不同，这段情节的幽默感源于一个事实，即好的结局本身就是初始条件之一。这是通过对隐含手势和语言的夸张运用，以及观众对未来形态的合理预期来实现的。

然而，有趣的是，我们看到了暴力是如何被制止，秩序又是如何被重建的。王家法庭大法官和他的手下闯入现场，秩序和权力力量的到来，再次展现了他们遏制暴乱和谋杀的能力。然而，秩序的恢复至少带来了两个重要的社会结果。其一是重申了父权制和等级制的价值——社会需要有听命于它的武力镇压工具。另一结果是遏制了贫困。依斯特溪泊充斥着潜在的暴力，面临着严重的社会动荡威胁，因此需要当局介入。事实上，亲王和大法官可以随意进出依斯特溪泊，但这个贫民窟的居民却被完全排除在权力世界之外。例如，我们看到福斯塔夫是处于依斯特溪泊和宫廷世界之间模糊的中下层阶级，因不遵守宫廷法规而受到责罚。他拒绝受惩的这一幕更是清楚表明了遵守规则的必要性。

宫廷的存在具有偶然性。它需要依靠军事力量来维持其存在，也需要维持其自身社会必要性的假象。人民需要相信，为了他们的福祉，社会需要强大且有必要存在。同样，在完全不同的条件下，依斯特溪泊的存在也具有偶然性。但它继续存在的首要条件是服从于宫廷。我们注意到，除非是与亲王有关的事，否则宫廷毫不在意依斯特溪泊发生了什么。在这个贫民窟中，人们随意谈论暴力、欺诈和骗术，这是穷人世界的日常生活写照，而且，这很大程度上会一直持续下去，除非影响到国家的运作，例如牵扯到亲王的时候。远瞻的条件至关重要。当局需要注意依斯特溪泊，这样才能遏制其权力结构的发展。在剧中，这种远瞻性是通过多重系统、社会和心理结构来维持的。

有一种心理结构，既是社会形成的动机，也是推动力，推动部分权力结构的形成，那就是贫富世界分化的物质条件迫使人们形成不同的群体。将自发形成的穷人群体视为权力阶层对穷困阶层阴谋的一部分，未免有些偏执，但我们不应忽视这种形成群体的趋势是如何为权力体系服务的。不同集体为什么以及在什么条件下，会根据一种意识形态而不是另一种意识形态组织起来，这一重要问题是由剧中权力阶层与穷困阶层的分裂产生的，表现为明显的分化模式，如语言和话语形式。权力阶层往往能够操纵穷困阶层。我们注意到，在《亨利四世（下篇）》中，权力阶层可以随意侵扰和遏制依斯特溪泊。大法官干涉所产生的效果就说明了这一点。尽管福斯塔夫在这场戏中与他唇枪舌剑，但大法官的最后一句话“现在上帝宽恕你吧，你这个大傻瓜”（190）非常清楚地表明了他在穷人世界中的巨大权威。

四

语言和地点可以有效地隔绝贫穷，使其更容易被识别和控制。正如我所提出的，语言的部分功能是使贫穷变得滑稽，甚至让人身暴力也变得滑稽。在下篇中，依斯特溪泊第一幕中的暴力闹剧在酒馆这一主要场景（即第二幕第四场）中得到了全新的诠释。整部剧具有一种压倒性的政治力量，其目的不仅在于边缘化福斯塔夫，更在于遏制和隔离整个依斯特溪泊。隔离作为一种政治控制手段，其价值在很大程度上取决于依斯特溪泊中人身暴力的表现形式。格林布拉特认为，在文艺复兴时期的文化中，“同时期的掌权者们试图遏制或在遏制行不通的情况下选择直接摧毁”，这在当局与依斯特溪泊之间的关系中得到了验证。[①] 从叙事的角度看，这一幕中暴力的影响主要是由于讽刺性地中和利用性暗示来维持滑稽效果。虽然在某种程度上，身体伤害确实可能发生，但在另一个层面上，这种可能性却被这种威胁的转移抹杀。如果剑或匕首同样也是阴茎，如果强奸是一个酒馆笑话（它从来不是宫廷世界的笑话），那么用剑攻击的想法就会自动分成

① Stephen Greenblatt, “Invisible Bullets: Renaissance Authority and its Subversion, *Henry IV* and *Henry V*,” in *The Power of Forms*, p. 28.

两种可能性——一种有害，一种无害；一种严肃，一种滑稽。两组矛盾立即联系在一起，从而削弱或中和了其可怕性。

毕斯托尔的登场引起了观众的热烈反响，他的言辞中充满了暴力元素。他说要“进攻”(119)桃儿姑娘，接着引发了她的恶毒咆哮和警告：“要是你敢对我放肆无礼，我要把我的刀子插进你那倒霉的嘴巴里去。”(126－127)这句话出现在滑稽的谩骂中，但其背后的含义却并不轻松。它提醒我们，在依斯特溪泊这样的环境中，暴力不仅是一种习惯，还是一种解决问题的手段，会对社会造成现实危害。

依斯特溪泊有两种暴力语言表现形式。一种是模棱两可的暴力语言，在这种语言中，暴力的身体伤害等同于性行为，两者被画上等号。在这种语境下，其潜在伤害和危险往往为其含有的性意味所掩盖。另一种是直接的暴力语言，它直接、蓄意且精准。“我要把刀子插进你那倒霉的嘴巴里去”之所以不像玩笑话，主要是因为它描述得细致入微、精确无误。这句话采用了一些现实主义的手法，并带有地方特色，因此颇具效果。它没有任何潜台词或喜剧意味，使得其中的威胁显得更加真实。

哈尔和波因斯偷听到福斯塔夫向桃儿姑娘自夸。当他们任由福斯塔夫继续吹嘘时，还相互配上旁白，体现了依斯特溪泊中这种直接而不加掩饰的暴力语言：

> 亲王　这家伙想要叫人家割掉他的耳朵吗？
>
> 波因斯　咱们当着那婊子的面揍他一顿吧。(253－255)

哈尔的威胁虽然表现出他的愤怒，以及想要对这个奸诈的老恶棍施以极度惩罚的愿望，但这种威胁显得抽象和臆测，带有一些喜剧色彩。然而，波因斯的提议却是一个真实可行的办法：他提议把福斯塔夫揍一顿，并在桃儿姑娘面前动手，以加重对他的羞辱。这两种惩罚的结合展示了一种暴力结构，这种结构几乎是通过重复而被认定的。波因斯提议用肉体上的痛苦和当众羞辱来教训福斯塔夫。他似乎在论证这种暴力形式的社会效果。这样的台词只出现在剧中散文世界的场景中，其暴力的精确性使它们显得真实可信，比宫廷场景中宏大的暴力语言更加可怕。例如，在上篇中，哈尔答应杀死霍茨波时，他告诉国王，他将穿上一件血衣，将他的恩惠染成血色面具。在见到霍茨波时，他说他并不是要把剑插入他的内脏，而是要把霍茨波的荣誉剪下来当作花环戴在身上。波因斯和哈尔在偷听时所说的话表明了他们之间在阶级上的差异，他们真正所处的世界的差异。哈尔用夸张的言语来显现能力，但没人会认为他会割掉福斯塔夫的耳朵。而波因斯提出的则是武力报复，能够真正实现。他的提议在某种程度上几乎是合理的，且有例可循。他属于这个充满罪恶的、说着散文的世界，他对在妓女面前殴打福斯塔夫这种惩罚的了解，让丑恶之事更快到来，令人不悦。①

下篇中，诗歌场景里的语言威胁在诺森伯兰对流血精神的召唤中表现得最为明显：

> 让秩序归于毁灭！让这世界不要再成为一个相持不下的战场！让该隐的精神统治着全人类的心，使每个人成为嗜血的凶徒，这样也许可以提前结束这残暴的戏剧！让黑暗埋葬了死亡！（1.1.154－160）

毫无疑问，字里行间表达的都是对暴力和复仇的狂热。诺森伯兰展示出他有能力，甚至渴望将刀剑刺入他人的身体，砍下他们的头颅扔进沟壕。然而，对这类细节的描述在这种时刻、这种场合并不恰当。在宫廷世界、实权的世界、潜在君主制的世界，必须维持政府和自治的假象。尽管诺森伯兰对武力报复的构想可能是残酷的，但桃儿姑娘把刀插进皮斯托尔嘴巴里这一想法更令人厌恶。在诺森伯兰的构思中，秩序的对立面是谋杀的自由。秩序，即政治控制。

尽管宫廷暴力通常以政治和社会价值为理由作为掩饰，但如果说它是以一种纯洁的形式呈现的，那未免太过夸张。因此，当诺森伯兰的朋友们对他“紧张的激情”（1.1.161）提出抗议时，他们抗议的是诺森伯兰要求毁灭的方式剥夺了他们事业的社会和政治价值及有效性。诺森伯兰所描述的毁灭世界与国王眼中的流氓统治极为相似，那种世界充满了混乱和不公。在诗歌世界中，除开诺森伯兰这一悲痛的父亲暂时是个例外，人们普遍认为酒馆及其居民，即剧中的穷人，必须与宫廷分开。为了世界的治理，必须保持阶级的区别，必须遏制和控制穷人。即使是反叛的政府也比社会革命更为可取。反叛者所信奉的秩序意识形态表明，他们希望延续既定的等级制和父权制的政治实践，而充满骚乱和暴力的酒馆则是唯一真正对这种秩序的反对。我们看到的农村贫民是不团结的，他们完全服从权力，甚至认可权力的职能，费布尔（Feeble）著名的爱国言论有力地表明了这一点。

五

诺森伯兰在召唤该隐的灵魂时间接提到的谋杀，其实只存在于酒馆中。在第五幕

① 上篇中在盖兹希尔的情节之后，福斯塔夫认为哈尔和波因斯是懦夫。哈尔故作糊涂，而波因斯则表现出更为直接的愤怒，好像在玩笑中有些事是不能拿来嘲笑的，并且淡淡威胁道：“他妈的！你这胖皮囊，你再骂我懦夫，我就用刀子戳死你。”（2.4.141－142）

第四场中，差役们以谋杀罪逮捕桃儿姑娘和快嘴桂嫂。差役甲在说假怀孕的笑话时提到了谋杀：

桂嫂　主啊！但愿约翰爵士来了就好了；他今天要是在场，一定会叫什么人流血的。但愿上帝能让她肚子里的孩子小产下来。

差役甲　要是小产下来，你就又得揣起一打枕头了，这会儿才不过揣着十一个。来，我命令你们两人跟着我去；因为被你们和毕斯托尔殴打的那个人已经死了。(12–18)

这让人不寒而栗。这些我们原以为只是供人嘲笑的人物，他们所说的话竟然一直都是真的。他们真的会杀人。刺杀和砍头不再是先前场景中戏谑的夸张手法，遏制穷人世界的需要变得更加迫切。比起诺森伯兰诅咒中所提及的大型神话，这种殴打杀人的情景更能触动我们的心弦：一个人被两个看似普通的人殴打致死，而这两个人其实比所有的国王、亲王和伯爵都要平凡且更为脆弱。[①]

在戏剧的层面上，我们成功地遏制了暴力发生的可能性。在这个充斥着谋杀和犯罪的世界，我们得以进入到另一个相对稳定的世界。随着内侍入场宣布时间，伴随着典礼的声音，仪式和秩序得以恢复。喇叭声响起，新国王从舞台上走过。他的出现向人们宣告着他所拥有的权力。他的随从里有那些决定着国家方向、执行国家法律、掌握国家安全的人物，大法官和他的兄弟约翰都在他身边。后者的出现以及他准备拥抱哈尔证实了格林布拉特的说法，即英国王权的道德权威"建立在虚伪的基础上，虚伪到伪君子自己都信以为真的程度"。[②]

国王亨利五世在政治大权者们的簇拥下，庄重地走过舞台。随后，舞台转向福斯塔夫这边，快嘴桂嫂正满怀期待地指望福斯塔夫能将她从谋杀指控中解救出来，她自己甚至懒得否认这一指控。当哈尔国王转过头时，福斯塔夫突然出现，带着兴奋和期待，他告诉皮斯托尔，"他——福斯塔夫，将把桂嫂从谋杀罪名中解救出来。"正如多佛·威尔逊(Dover Wilson)颇为合理地描述的那样，这是一种寻找仇人的疯狂和傲慢。[③]

---

① 当然，这是一种断言，即接受了在莎士比亚戏剧中散文比诗歌更为现实的观点，比起诗歌，散文更像是对普通英语口语的模仿。

② Greenblatt, "Invisible Bullets," p. 41.

③ Wilson, *The Fortunes of Falstaff*, p. 118.

六

哈尔国王的虚伪，是权力维持对穷困阶层道德支配的必要条件，就连福斯塔夫都能看出来。但是，福斯塔夫被自己自欺欺人的生活蒙蔽，无法认识到哈尔的虚伪是其坐拥权力的条件。他本能地感知到哈尔抛弃他“只是一种伪装”(5.5.84)；他怎能感知不到呢？福斯塔夫具有敏锐的直觉和智慧。但他已耗费半生的时间和精力来冲破权力阶层和穷人之间的界限，并期望在此刻实现。他冒着生命危险，向国王喊话，声称国王是：“我的王上”(41)，“我的好孩子！”(42)，“我的国王！我的天神！我在对你说话，我的心肝！”(46)。在这个公共场合，当着整个国家的面，在国家的权力和力量与酒馆里衣衫褴褛的小混混这一鲜明对比之间，福斯塔夫请求国王做出选择，在全国人民面前宣告国家的命运。

在福斯塔夫看来，哈尔抛弃他的那番话无疑是一种虚伪。然而，哈尔说完后他说的第一句话就表明了他的挫败感：“夏禄先生，我欠您一千英镑钱。”(73)但又很快用“他会暗地里叫我去见他”(77)这句话来掩饰，这并没有消除他开始意识到被哈尔排斥后的失落感，观众和读者所知的先前发生的事已经在戏剧上和政治上证实了这一点。正是在他提到欠夏禄的债时，福斯塔夫才承认父权政体的最终胜利以及他被排斥在外的事实。毕竟，他欠夏禄的钱不能从国库中拿，还得自掏腰包。福斯塔夫已经脱离了那些维持权力的机构，被贬到离国王十英里远的地方。权力阶层对贫穷和暴力正式下发逐客令，它们又回到了那个更为安全、只能被远远看到的地方。

公开驳斥福斯塔夫和其他被哈尔戏称为“误导者”的人，是雄辩的政治话语。这种话语虽然可能被视为虚伪，但其作为政治秩序话语范例的卓越功效却不容忽视。它是为渴望秩序的公众设计的表演的一部分。哈尔作为领导者的一个天分就是让他们喘不过气来。他在他的臣民中散播他们对革命的恐惧，对散文和诗歌以及它们分别代表的世界的合并或颠倒的恐惧。但哈尔抛弃福斯塔夫及其所代表的世界，又让他们完全打消了那种恐惧。只有国王才是权力的拥有者。虚伪的统治等同于秩序统治这一观点已经变得稳固。哈尔的话是遏制并与穷困阶层分离的典型案例。他说“我早就梦见过这样的人”(49)，是一种将虚幻与现实分离的行为。它重新架构了“真实”，将国王的自我分为真实和虚幻。当哈尔宣告成为国王后，他回到了现实世界，在这个世界里，贫穷和父权制是分开且本应分开的。他说，“我鄙视我的梦”(51)，强化了他以前的自我是一个虚幻的短暂的自我这一观点。现在，这才是真正的我。当然，他还进一步明确了这一点,“不要以为我是过去的我”(56)这句话只针对台下的听众,他们还不知道哈尔王子已经改变的事实。这些观众需要得到哈尔的保证,即权力阶层没有改变目的,它的利益与那些帮助它维持到现在的利益是一样的。欺骗、友谊、忠诚等道德问题都是为了解决剧中所涉及的重大问题,即权力识别和遏制反抗与暴力的能力,以及在此过程中延续自身并巩固自身体制的能力。正如结尾清楚表明的那样,剧中的权力机构在识别暴力反抗的威胁时,成功地将自己的暴力冲动和失败推卸给那些最无力回应的人。

【作者简介】德里克·科恩(Derek Cohen)是加拿大约克大学的学者。他专注于研究莎士比亚戏剧与西方暴力文化之间的关系。

【译者简介】周璐,四川外国语大学翻译学院研究生,主要从事文学翻译研究。

朱斌,四川外国语大学商务英语学院副教授,博士,硕士生导师,主要从事翻译与文化研究。

莎士比亚的早期戏剧[①]

罗伯特·阿杰·劳 著 黄群群 朱 斌 译

【摘 要】 彼得·亚历山大教授在其新作《莎士比亚的亨利六世与理查德三世》中提出，1623年出版的《亨利六世（第二和第三部分）》对开本与1594年和1595年分别出版的四开本版本的时间与事实不符，并称对开本的发行时间要早于四开本。通过对莎士比亚早期作品的分析，本文就亚历山大的一些说法提出商榷，为莎士比亚戏剧研究提供一些新的见解。

【关键词】 莎士比亚；亚历山大；戏剧

Shakespeare's Earliest Plays

Robert Ader Law

【Abstract】 In his latest publication, *Shakespeare's Henry VI and Richard III*, Professor Peter Alexander posits that the folio edition of *Henry VI Part II and III*, which was published in 1623, predates the quarto edition published in 1594 and 1595 respectively. Through the analysis of Shakespeare's early works, this paper discusses some of Alexandre's statements and provides some new insights for the study of Shakespeare's drama.

【Keywords】 Shakespeare; Alexander; play

① 本文译自 Robert Ader Law. "Shakespeare's Earliest Plays", *Studies in Philology*, No. 4(1931): 631 - 638.

在1929年克利夫兰现代语言协会的莎士比亚小组会议上(Shakespeare Group of the Modern Language Association of America),彼得·亚历山大教授(Peter Alexander)强调了每年出版莎士比亚学术书籍和发表学术文章的必要性。他着重强调,每个莎士比亚学者都应该重视这一举措,因为这样的出版物对于推动莎士比亚研究的发展至关重要。彼得·亚历山大教授在著作《莎士比亚的亨利六世和理查三世》(*Shakespeare's Henry VI and Richard III*)中对这一理念进行了深入阐释。此书被众人视为该领域的典范之作,在学术界产生了深远的影响。

亚历山大教授在书中挑战了关于《亨利六世(第二和第三部分)》(*Second and Third Parts of Henry the Sixth*)[①]的普遍理论。通过细致的研究和比较,他几乎证明了该书的对开本早于四开本——通常被称为《争论》(*The Contention*)和《真正的悲剧》(*The True Tragedy*),而非基于后者。为了支持自己的观点,亚历山大教授不仅与许多现代莎士比亚编辑的观点产生了冲突,还与埃德蒙·K.钱伯斯爵士(Sir Edmund K. Chambers)、A. W. 波拉德(A. W. Pollard)先生和塔克·布鲁克(Tucker Brooke)教授等人的公开评价产生了分歧。然而,他坚定地接受了这一挑战,展现出了学者应有的勇气和决心。

这一观点的提出引起了学术界的广泛关注。许多学者开始重新审视自己的观点,并承认自己在此问题上的错误。波拉德先生在亚历山大一书的导言中表示:"我被邪恶出版商的老旧观念催眠了。"[②]而塔克·布鲁克则认为自己的错误是"轻微的,并归咎于对现有知识的无知。"[③]埃德蒙·钱伯斯爵士在他1930年出版的著作《威廉·莎士比亚》(*William Shakespeare*)中直接表示:"我以前接受这种观点,但在研究了亚历山大的学术论文和格雷格的作品之后,我改变了我的看法。[④]"荷兰学者B. A. P. 范达姆教授(B. A. P. van Dam)在他的一篇题为《莎士比亚的问题即将解决》[⑤]的文章中也对亚历山大

---

① 一般来说,这些剧本的各种最新版本的导言都会说明这一点。然而,1927年,T. W. 鲍德温(T. W. Baldwin)在《莎士比亚剧团的组织和人员》(*The Organization and Personnel of the Shakespearean*)第40页,就表示"希望证明""《第一争论》和《第二争论》(*The First and Second Contention*)只是根据损坏的手稿印制的《亨利六世》(*Henry VI*)第二和第三部"。1928年,玛德琳·多兰(Madeleine Doran)女士再次向爱荷华人文研究大学(University of Iowa Humanities Studies)投稿,分析了《亨利六世》(*Henry VI*)的第二和第三部分,她通过与亚历山大略有不同的论证思路得出了相同的结论。但亚历山大在1924年《泰晤士报文学副刊》(*Times Literary Supplement*)上发表了一系列文章,公布了他的研究成果和得出这些成果的大致过程,多兰小姐对此表示感谢。另一方面,亚历山大与同样研究这一问题的英美学者并不熟悉。

② *The Organization and Personnel of the Shakespearean*, p. 4。

③ 见《英语和日耳曼语言学杂志》(*The Journal of English and Germanic*),第29期,第443页(1930年)。

④ 同上,第1期,第281页。

⑤ 《英语研究》(*English Studies*),1930年第12期,第81-97页(1930年)。

的这本书进行了评论。面对亚历山大的激烈辩论，许多学者纷纷表示忏悔："我犯罪了，我犯罪了。"

然而，如果人们认为亚历山大的主要论点正确，即《亨利六世》的对开本在创作上早于四开本，那么这可能会掩盖他论点的不足，这也是他继续探讨的原因。他通过对比《争论》和《真正的悲剧》，认为它们是《亨利六世（第二和第三部分）》的四开本，但这样的推断可能会引起对其他作品的不当解释。例如，他暗示《驯悍记》是莎士比亚创作的《驯悍记》（*The Shrew*）的四开本，这种假设增加了更多的混乱。此外，他还暗示相信对《约翰王的混乱统治》（*The Troublesome Reign of King*）、失传的《哈姆雷特》以及早期的《李尔王》（*King Lear*）的类似解释。这些猜测无疑增加了更多的不确定性和混乱。

在《第一时期》这一章中，亚历山大写道："虽然无法确定第一阶段的开始日期，但可以认为《泰特斯·安德罗尼科斯》（*Titus Andronicus*）和《错误的喜剧》（*The Comedy of Errors*）是开启第一阶段的作品，时间大约在 1589 年之前。"[①]这一陈述代表了亚历山大的看法，但在我看来，事实并非如此。显然，亚历山大先生的结论基于以下四种假设。首先，他认为编辑赫明（Hemings）和康德尔（Condell）将每个剧本都收录在《第一对开本》中，这就证明了其中的每一句话都是莎士比亚独立创作的，未经修改。其次，亚历山大先生认为莎士比亚在成为剧作家之前是一名乡村校长，所以他最早的作品——《泰特斯·安德罗尼克斯》《错误的喜剧》和《维纳斯与阿多尼斯》（*Venus and Adonis*）的主题都是古典主题。再次，亚历山大先生认为凯德、马洛和莎士比亚都是彭布罗克剧团（Pembrokes company）的演员，凯德在没有彭布罗克介入的情况下被关进监狱并遭受酷刑，莎士比亚可能因此离开了剧团。最后，亚历山大先生认为《亨利六世》与马洛的《爱德华二世》（*Edward the Second*）有相似之处，证明马洛有意识地模仿莎士比亚。有大量的证据否定上述四个观点，针对每一观点进行简单的讨论就能证明这些观点是错误的。

第一，亚历山大的观点存在一些问题。他过于绝对地认为所有对开本的剧本都是莎士比亚独立创作的，这个观点过于武断。亚历山大拒绝接受老一辈评论家的观点，认为《亨利六世》中的每一句话都是莎士比亚、马洛、格林或皮尔所创作，这个观点也存在问题。因为戏剧创作是一个复杂的过程，一部剧本可能由多人共同创作完成。虽然亚历山大拒绝接受新派瓦解者的理论，但波拉德先生在本卷的导言中对赫明和康德尔的

---

① 《英语研究》（*English Studies*），1930 年第 12 期，第 200 页。参见第 198 页："琼森（Jonson）提到了时间……这无疑进一步证实了《错误的喜剧》和《泰特斯·安德罗尼克斯》（如他们对普劳图斯和塞内加表示的致谢显示）是这位来自沃里克郡（Warwickshire））的校长在 1586 年创作的最早作品的说法"。

保证表示怀疑。[①] 这表明,对于剧本的作者身份,人们的看法并不一致。埃德蒙·钱伯斯爵士在其最新的著作中提出,《亨利六世(第一部)》[②]《泰特斯·安德洛尼克斯》[③]《驯悍记》(*The Taming of the Shrew*)[④]、《麦克白》(*Macbeth*)[⑤]、《雅典的提蒙》(*Timon of Athens*)[⑥]、《辛白林》(*Cymbeline*)[⑦]和《亨利八世》[⑧]的作者身份可能存在分歧。这意味着,这些剧本的作者可能并非只有莎士比亚一人。无论是威廉·莎士比亚还是赫明和康德尔都认为,至少在莎士比亚戏剧生涯的初期和末期,他都是现在以他的名字命名的戏剧的修订者或合著者。这说明,莎士比亚在戏剧创作过程中可能起到了重要作用,但并非所有作品都是他独立完成的。亚历山大的论点前后矛盾,他一会儿强烈主张四开本的扉页上没有莎士比亚的名字并不意味着什么,一会儿又主张对开本中有他名字的剧本就意味着一切。就我个人而言,我还不确信《亨利六世(第一部)》或《泰特斯·安德罗尼克斯》是由莎士比亚创作的。

第二,莎士比亚是否曾是乡村校长仍待证实。尽管约瑟夫·亚当斯教授(Joseph. Q. Adams)推测这位校长将《错误的喜剧》带到了伦敦,但这一说法缺乏确凿证据。反对者认为,一位没有舞台经验的乡村校长不可能创作出卓越的表演剧。[⑨] 然而,亚历山大认为《错误的喜剧》《泰特斯·安德罗尼克斯》和《维纳斯与阿多尼斯》的创作可归功于这位校长受到的古典训练。有关亚历山大在1589年之前创作的这些戏剧,稍后将进一步探讨。关于《维纳斯》,亚历山大认为它是莎士比亚受阅读拉丁语作品启发而创作的首部作品。这首诗与《泰特斯·安德罗尼克斯》在风格、主题和处理上存在紧密联系。然而,这一说法不足以证明他初到伦敦的目的是追求古典题材。[⑩] 1593年4月18日,《维

---

① 《英语研究》(*English Studies*),1930年第12期,第23页。

② William Shakespeare,第1期,第290页。

③ 同上,第320页。

④ 同上,第324页。

⑤ 同上,第481页。

⑥ 同上,第472页。

⑦ 同上,第486页。

⑧ 同上,第497页。写完上述内容之后,我饶有兴趣地阅读了埃德蒙爵士在《1929年英国研究年鉴》(*The Year's Work in English Studies for 1929*)第176－177页中对亚历山大著作的评论,他针对双方的辩论为自己的立场进行了有力的辩护。

⑨ 如下所示,鲍德温在《威廉·莎士比亚改编绞刑》*William Shakespeare Adapts a Hanging*(1931)一书中所列举的全部论据都与这一推测相悖。莎士比亚一定是在1588年10月抵达伦敦后的这段时期,看到或听说过这起绞刑事件。

⑩ 同前,第140－141页。

纳斯与阿多尼斯》在文具商登记簿上登记，现代评论界普遍认为其创作时间早于出版一年。[①] 这首诗在很大程度上受到洛奇 1589 年出版的《西拉变形记》(*Scillaes Metamorphosis*)的影响。因此，这首诗无法证明莎士比亚在 1586 年左右初到伦敦时对古典题材产生浓厚兴趣。

第三，根据扉页信息，我们知道马洛的《爱德华二世》是由彭布罗克剧团演出的，但我们没有确切的证据表明马洛为这些演员创作过其他剧本。有观点认为基德与彭布罗克剧团有关联，原因在于基德在写给约翰·帕克林爵士(Sir John Puckering)的信中提及了马洛曾为一位"勋爵"的演员创作。然而，博厄斯、格雷格、钱伯斯、坦南鲍姆和布鲁克等学者都对这封信是否指的是彭布罗克勋爵提出了质疑。[②] 波拉德在亚历山大一书的导言中也对此表示了疑虑。[③] 对于这三位戏剧家的关系，有一种观点认为那位神秘的勋爵可能因马洛的无神论观点而解雇了他，这是布鲁克在坦南鲍姆之后提出的理论。布鲁克推测，如果马洛曾考虑让阿勒林担任他早期戏剧的主角，那么《爱德华二世》与其他早期戏剧的明显差异就能得到解释，尽管《爱德华二世》是为一个没有阿勒林的剧团创作的。此外，莎士比亚在当时可能是某个重要人物的资助对象，这一情况在后来也肯定存在。

第四，马洛是剑桥大学文科硕士、女王枢密院的秘密代理人，也是《坦伯莱恩大帝》(*Tamburlaine*)、《浮士德》(*Faustus*)和《马耳他的犹太人》(*The Jew of Malta*)的作者。他极具叛逆精神，秉持"我永远不会坚信缺乏奇迹的理性"。虽然格林可能也会这样做，但马洛从未这样做过。莎士比亚可以向马洛学习，他的作品《理查德三世》和《理查德二世》就很好地证明了这一点。马洛于 1593 年去世，他是一位戏剧家，同时也是一位诗人，那时他的声誉远远超过威廉·莎士比亚。在有人提出充足的否定理由之前，人们仍坚持这一长期以来被接受的理论。亚历山大表示，在对《亨利六世》剧作的起源有了新的了解之后，他对"莎士比亚的第一时期"有了更多新的认识。然而，这一说法需要进一步的证据来支持。由于莎士比亚可能并不是所有对开本戏剧的唯一作者，所以他并没有以校长身份开始创作古典题材的作品，没有与马洛和皮尔一起加入彭布罗克的公司，当然也没有被马洛模仿。尽管亚历山大并不是第一次通过《争论》和《真实的悲剧》来解释其观点，这个观点也并非完全错误。然而，我们需要更多的证据来证实。难道《错误

① 卡尔顿.布朗(Carleton Brown)，《都铎莎士比亚》(*Tudor Shakespearean*，1913)，第 7－8 页；亚当斯(Adams)，《莎士比亚生平》(*Life of Shakespeare*)，第 147－149 页；塔克·布鲁克(Tucker Brooke)，《斯特拉福特的莎士比亚》(*Shakespeare of Stratford*)(《耶鲁莎士比亚集》，*Yale Shakespeare*，1926)，第 120 页。

② 见布鲁克的《马洛生平》(*Life of Marlowe*，1930)，第 45－47 页，其中对这一棘手问题作了清晰而及时的讨论。

③ 同前，第 12 页。

的喜剧》和《泰特斯·安德罗尼克斯》是莎士比亚在其第一阶段的初期——1589 年前相当长的一段时间内——独自创作的？我们需要对这两部剧作分别进行讨论以确定其创作时间和作者。

在过去五年，有三篇对《错误喜剧》进行批判分析的学术文章。1926 年，南加州的埃里森·高（Allison Gaw）教授发表了一篇题为《〈错误的喜剧〉的发展历程》（"*The Evolution of The Comedy of Errors*"）[①]的论文，对该剧进行了详细的研究。尽管我并未完全接受他关于该剧文本创作前得出的所有结论，但我认为他在论文开篇对该剧结构及其与拉丁文来源关系的解释非常清晰，令人钦佩。他有力地论证了该剧出色的结构技巧。得克萨斯州的艾玛·吉尔（Erma Gill）博士在两篇已发表的文章中进一步研究了莎士比亚在塑造人物形象和构思情节结构时对其普劳廷语来源的使用，并在最后对作者在该剧中展现的高超技巧给予了高度评价。[②]

最近，伊利诺伊州的 T. W. 鲍德温教授通过他发表于 1928 年的学术版《雅顿莎士比亚》（*Arden Shakespeare*）以及其他作品，有力地证明了《错误戏剧》的实际创作时间为 1589 年 12 月。鲍德温教授的论证主要基于三个方面：莎士比亚在剧情中设计的包络动作的位置、伊丽莎白时代剧院的历史以及已知发生在 1588 年 10 月的真实事件。三位权威学者对他的研究进行了分析，并一致认为，鲍德温教授的论证有力地证明了莎士比亚在创作这部喜剧时的技术造诣。此外，这些学者还推翻了任何将创作时间置于莎士比亚抵达伦敦之前或之后的说法。他们认为，莎士比亚在创作《错误戏剧》时充分利用了他对戏剧结构和舞台技巧的精湛知识，展现了他作为戏剧大师的才华。

《泰特斯·安德罗尼克斯》首次出版于 1594 年，关于这部戏剧的创作过程，我们所知的信息相对较少。然而，亚历山大曾对该剧的恐怖元素呈现给予高度评价，认为它比马洛的戏剧"更加流畅"[③]。值得注意的是，这种流畅感在莎士比亚早期创作的戏剧中并不常见。从剧情结构到人物塑造，这部作品都展现出了作者卓越的才华。这使得许多人认为它不可能是莎士比亚的早期作品。虽然该剧收入证明了对开本出自莎士比亚之手，但并不能确定他是唯一的作者。目前，我们没有任何证据表明该剧的创作时间早于 1589 年。

《泰特斯·安德罗尼克斯》这部戏剧尽管对其创作过程着墨不多，然而，亚历山大精

---

① 《剑桥核心》（*Publication of the Modern Language Association*），第 67 期，第 620－666 页。

② "《错误的喜剧》中的人物与《梅纳奇米》（*Menachmi*）中的人物的比较"，《得克萨斯英语研究》（*Texas Studies*），第 5 期（1925 年），第 90－94 页；以及"《错误的喜剧》的情节结构"，《得克萨斯英语研究》，第 10 期（1930 年），第 13－65 页。吉尔教授正着手准备关于该剧的其他文章。

③ 同上，第 205 页。

准地指出，该剧恐怖情节的流畅叙事方面甚至比马洛的戏剧更为出色。这一点在莎士比亚的早期作品中并不常见。《理查三世》和《罗密欧与朱丽叶》（*Romeo and Juliet*）同样展示了莎士比亚的精湛技巧，这两部作品大约在1595年创作。相比之下，《亨利六世》和《爱的徒劳》（*Lovers Labors Lost*）在技巧上缺乏类似的流畅性。

当我们考虑《错误的喜剧》时，其情节编排的巧妙性是显而易见的，但该剧中存在的一些难以理解和干扰剧情发展的愚弄行为也是不容忽视的。除非有其他证据提供相反的证明，否则我们可以合理地认为，如果莎士比亚对这些戏剧的现有形式负责，那么《亨利六世》和《爱的徒劳》可能代表了他的早期作品，而《罗密欧与朱丽叶》和《理查三世》则体现了他的成熟技巧和艺术典范。通过进一步研究这些剧作，并结合对《仲夏夜之梦（*A Midsummer Nights Dream*）》的研究，我们有望解开"第一时期"的谜团。

【作者简介】罗伯特·阿杰·劳（Robert Adger Law），莎士比亚学者和大学教授，1873年3月8日生于南卡罗来纳州斯帕坦堡。1898年获得沃福德学院文学学士学位，1902年获得三一学院（后为杜克大学）文学硕士学位，1905年获得哈佛大学博士学位。曾担任《得克萨斯评论》（*Texas Review*）的编辑。

【译者简介】黄群群，四川外国语大学翻译学院2023级MTI研究生，主要从事文学翻译研究。

朱斌，四川外国语大学商务英语学院副教授，博士，硕士生导师，主要从事翻译与文化研究。

第三编

莎士比亚与世界

莎士比亚在德国
——《莎士比亚与德意志精神》译者序

彭建华

【摘　要】　17—19 世纪,在创建德意志民族文学的种种努力之中,英国文学(包括莎士比亚戏剧)被现代德语作家借鉴和借用。莎士比亚传入德意志地区的动因在不同时期是不同的,莎士比亚戏剧往往被不同传播者赋予全然不同的时代意义。在 1762 年之前,莎士比亚戏剧只有三次不完整的翻译尝试,莎士比亚戏剧的德语翻译主要出现在 18 世纪 60 年代之后,译者采用了不同的英语版本,德语译本分别包含 36、37、43 个戏剧作品。莎士比亚戏剧在德意志地区的表演方式是多种多样的,包括英格兰喜剧演员的表演、木偶戏表演、学校戏剧和城市公共剧院的表演,这些表演使德意志民众广泛地了解了莎士比亚。不同的时期,不同的社会媒介,决定了观者和读者的接受过程及其结果,也决定了舆论宣传、社会参与、引导或教育民众等方面,莎士比亚戏剧在德意志(德国)的效果是复杂多样的。

【关键词】　莎士比亚戏剧;德语翻译;英格兰喜剧演员;木偶戏;学校戏剧;城市公共剧院

The Reception of Shakespeare's Plays in Germany

Peng Jianhua

【Abstract】　In efforts to create German national literature during the 17th to 19th centuries, English literature (including Shakespeare's plays) was borrowed and used for reference by modern German writers. The

* 本文为国家社科基金一般项目“莎士比亚戏剧的早期版本研究”(18BWW082)的阶段性成果。

reasons for Shakespeare's introduction into Germany differ in diverse periods, and Shakespeare's plays are often endowed with disparate epochal significance by different disseminators. Before 1762, there were only three incomplete translations of Shakespeare's plays. Most Shakespearean translations appeared after the 1760s, consisting of 36, 37, or 43 dramas based on different English versions. There are various ways in which Shakespeare's plays were performed in the German region, including performances by English comedians, puppet shows, school drama, and urban public theaters. These performances made Shakespeare widely known to Germans. The periods and social media fix on the acceptance process and results of audiences and readers, as well as public opinion, social participation, and the guiding/educating of the public. The effects of Shakespeare's plays on Germany are complex and diverse.

【Keywords】 Shakespeare's plays; German versions; English comedians; puppet plays; school plays; city public theaters

自公元前1世纪以来,欧洲各民族文化、文学之间的交流便利且频繁。民族文学的形成创作往往要经历较长的阶段,德意志民族文学在欧洲形成较晚。古典希腊罗马文学成为德语作家学习的典范,一些受过良好的外语教育、生活在方便对外交流的城市的德语作家往往会借鉴、移用现代外国文学(意大利、法国、西班牙、英国等)。17—19世纪,在创建德意志民族文学的种种努力之中,维兰德、奥古斯特·威廉·施莱格尔和路德维希·蒂克对莎士比亚戏剧进行了翻译,莱辛的《汉堡剧评》对莎士比亚作了论述,歌德的《诗与真》和他的莎士比亚演说词对莎士比亚作了论述,弗里德里希·施莱格尔对莎士比亚作了论述,克洛普施托克和格林兄弟则较少把眼光投向外国文学。

莎士比亚传入德意志地区的动因在不同时期是不同的,莎士比亚戏剧往往被不同传播者赋予差异悬殊的时代意义。17世纪对于德意志是一个急剧变革的时代,戏剧、小说则以革新的力量恣狂地冲击着摇摇欲坠的传统文学和文化。德意志地区的戏剧改良活动与社会革新相互促进,已成为中国现代化(运动)的显著方面。17世纪初期莎士比亚戏剧传入德意志各地区,英格兰喜剧演员(旅行剧团)以成熟的表演艺术、生动灵活的戏剧形式，活跃在封建领主的宫廷中。18世纪随着文法学校、大学的普遍出现，莎士比亚是英国文学的象征，多种莎士比亚戏剧德语译本方便了德意志读者的阅读，并在德意志民族文学的建设中提供了无限的精神与艺术启发。从“风暴与压力”运动到浪漫主义，人们越来越深入地了解莎士比亚，施莱格尔兄弟的文学与戏剧评论批判性地发现莎士比亚，促使德意志文学与戏剧自身的超越。

一、莎士比亚戏剧的德语翻译

莎士比亚戏剧传播的路径简略地分为从英语译入德语、从法语译入德语，瑞士、尼德兰或者奥地利的德语学者翻译与研究传入德意志（德国）；法国启蒙运动思潮的冲击，尤其是伏尔泰的莎士比亚戏剧翻译和评论，从法语译入的作品往往有启蒙色彩，戈特舍德、莱辛、维兰德、克莱斯特等都受到了来自法国的影响。莎士比亚时代的英语对18世纪德意志读者来说常常是陌生的，德语翻译往往比原初的伊丽莎白英语更现代；莎士比亚戏剧包含近20种英语诗体，德译本主要是散文体翻译，更方便人们阅读。

在1762年之前，莎士比亚戏剧只有三次不完整的翻译尝试，安德烈亚斯·格里菲乌斯（Andreas Gryphius，1616—1664）较早翻译了莎士比亚戏剧的部分场景，这位巴洛克诗人的德语翻译可能表示莎士比亚戏剧在格洛高宫廷受到欢迎。1756年出版了《理查三世》片段的散文体译本。[①] 莎士比亚戏剧的德语翻译主要出现在18世纪60年代之后，维兰德是从亚历山大·蒲柏编辑的《莎士比亚作品集》（The Works of Shakespeare in Six Volumes，1725）翻译成德语的。后来的德语译者则较多选用第一、第三对开本（F1，F3），甚至追溯到早期的四开本（Quartos），而且丰富的翻译注释便于读者更深入了解莎士比亚剧作的原初文本形态。[②]

Shakespeare	1760—	1780—	1800—	1820—	1840—	1860—	1890—
Hamlet	1766	1798		1826，1839		1870	1903
Romeo	1762，1766，1778，1779	1797	1812，1813，1818	1825，1839	1849	1867，1868，1869	1891

① Oliver Bach，Astrid Dröse ed.，Andreas Gryphius：Zwischen Tradition und Aufbruch，De Gruyter，2020：340.

② F. W. Meisnest. “Wieland’s Translation of Shakespeare”，*The Modern Language Review*，Vol. 9，Iss. 1，1914，pp. 12 - 40.

（续表）

Shakespeare	1760—	1780—	1800—	1820—	1840—	1860—	1890—
Much	1778		1818	1825，1839		1867	
Lear	1762，1778，1779	1783	1819	1825，1839		1869	
Macbeth	1765，1777，1779	1783	1801，1810	1825，1839		1867	
Sturm	1763	1780，1796		1825，1839		1870	
Cäsar	1764，1779	1785，1797		1825，1839		1871	
Richard 2	1764，1779	1782，1799		1826，1839		1869	
Amor	1774，1778			1825，1839		1870	
Venedig	1763，1777，1779	1799		1825，1839		1868	
Cymbelin	1779		1810，1811	1825，1839		1871	
Winter	1778		1811，1812	1825，1839		1870	
Coriolan	1779		1811，1812	1825，1839		1868	

《罗密欧与朱丽叶》有最多的德语翻译版本，最通行的德语译本是 A. W. 施莱格尔（1797，1849，1891）的翻译，18—19 世纪其他德语翻译，包括维兰德（1762—1766）、埃申布尔格（Eschenburg，1778—1783）、伦茨（1774）、约翰·沃斯（Johann Heinrich Voß，1812，1818）、本达（Johann Wilhelm Otto Benda，1825）、奥特勒普（Ernst Ortlepp，1839）、马尔巴赫（Oswald Marbach，1867）、波登司德特（Friedrich Bodenstedt，1869）。①

《李尔王》是一部很受欢迎的剧作。1778 年弗里德里希·路德维希·施罗德（Friedrich Ludwig Schröder）翻译了莎士比亚的《李尔王》（*König Lear：ein Trauerspiel in fünf Aufzügen*），②1783 年 G. A. 比尔格（Gottfried August Bürger）翻译了莎士比亚的《麦克白》（*Macbeth：ein Schauspiel in fünf Aufzügen*），1819 年翻译了莎

① Friedrich Gundolf. Shakespeare und der Deutsche Geist，Berlin：Georg Bondi，1927.

② Berthold Litzmann. Friedrich Ludwig Schröder. Ein beitrag zur deutschen litteratur-und theatergeschichte，Zeitschrift für deutsches Altertum und deutsche Literatur，vol. 40，1896，pp. 196 - 208.

士比亚的《李尔王》(*König Lear*)。[①]

除了各剧作的早期四开本,莎士比亚戏剧集还有众多版本,分别包含36、37、43个戏剧作品。1623年伦敦书商布伦特(Edward Blount)和伽噶德(William Jaggard)出版了第一对开本《莎士比亚喜剧、历史剧和悲剧集》(*Mr. William Shakespeare's Comedies, Histories & Tragedies*)包含36个作品,但目录中不包括《特洛伊罗斯与克瑞西达》(*Troilus and Cressida*)。1632、1663年第二、第三对开本中的剧作与第一对开本相同。1664第三对开本第二次印刷时增加了《伯利克里斯》(*Perikles, Prinz von Tyrus*)、《约克郡的悲剧》(*Ein Trauerspiel in Yorkshire*)、《靡费奢华的伦敦人》(*Der Londner Verschwender*)、《洛克林悲剧》(*Lokrin, ein Trauerspiel*)、《约翰·奥尔德卡斯特》(*Sir John Oldcastle, Erster Theil*)、《托马斯·克伦威尔的生平与死亡》(*Leben und Tod Thomas Lord Cromwell's*)、《女清教信徒》(*Die Puritanerinn, oder die Witwe in der Watlingstrasse*)等7个作品,共计43个作品,除了《伯利克里斯》,其他6个都是伪作。1685年伦敦书商亨利·赫林曼(Henry Herringman)、R.本特利(R. Bentley)第四对开本(F4)是基于1664年第三对开本印刷的,共计43个剧作。1709年伦敦书商雅各布·彤松(Jacob Tonson)出版了尼古拉斯·罗基于第四对开本编辑的插图版莎士比亚作品集,首次确认37个莎士比亚戏剧,包含严谨的校对与注释、表演指示和场景划分,并放弃了对开本这一早期形式;1714年修订版增加了莎士比亚的诗歌作品。1723—1725年亚历山大·蒲柏编辑《莎士比亚作品集》选取了36个剧作和1709年N.罗写作的《莎士比亚传》(*Some account of the life, &c. of Mr. William Shakespear*),由于对原作的早期现代英语拼写的标准化修改,蒲柏编辑的版本受到了刘易斯·西奥博尔德(Lewis Theobald)等学者的严厉批评。[②] 1634年伦敦印刷商托马斯·科特斯(Thomas Cotes)出版了《两个高贵的亲戚》(*The Two Noble Kinsmen*),剧作者是约翰·弗莱彻(John Fletcher)和莎士比亚。德语翻译者维兰德、埃申布尔格、奥古斯特·威廉·冯·施莱格尔、路德维希·蒂克等分别从不同的英语版本翻译了莎士比亚戏剧集,由于追求更广泛地介绍莎士比亚戏剧,则将混入了一些伪作;另一方面则将愈来愈严格地对莎士比亚创作的戏剧本身进行辨别。

(1) 维兰德《莎士比亚戏剧作品》(*Shakespear theatralische Werke*)是从A.蒲柏编

---

① Karl G. Rendtorff. "Shakespeare in Germany", *Monatshefte für deutsche Sprache und Pädagogik*, vol. 17, iss. 6, 1916, pp. 189-195.

② Joseph Candido. "Prefatory Matter(s) in the Shakespeare Editions of Nicholas Rowe and Alexander Pope", *Studies in Philology*, vol. 97, iss. 2, 2000, pp. 210-228.

辑的《莎士比亚作品集》翻译的，包含A. 蒲柏《序言》（*The Preface of the Editor*）、《莎士比亚传》（*Einige Nachrichten Von den Lebens-Umständen des Herrn Willhelm Shakespear*）和7个喜剧《仲夏夜之梦》（*Ein St. Johannis Nachts-Traum*）、《皆大欢喜》（*Wie es euch gefällt*）、《一报还一报》（*Maaß für Maaß*）、《错误的喜剧》（*Die Irrungen, oder die Doppelten Zwillinge*）、《无事生非》（*Viel Lermens um nichts*）、《如愿》《冬天的故事》（*Das Winter-Mährchen*），4个历史剧《约翰王》（*Leben und Tod des Königs Johann*）、《理查二世》《亨利四世》第一、二部，11个悲剧《李尔王》（*Das Leben und der Tod des Königs Lear*）、《奥赛罗》（*Othello, der Mohr von Venedig*）、《哈姆雷特》《麦克白》《暴风雨》《威尼斯商人》《维罗纳的二绅士》《罗密欧和朱丽叶》《雅典的泰门》《朱利乌斯·凯撒》《安东尼乌斯和克里奥帕特拉》等22个戏剧及其注释，苏黎世格斯纳出版的维兰德德语译本为德语读者提供了较为翔实的作者与作品信息。伏尔泰、博德默对莎士比亚的批评观点影响了维兰德，1762年的《仲夏夜之梦》是采用诗体翻译的，而后其余剧作则是用散文体翻译的，这些译作一时成为典范，维兰德通过对"莎士比亚戏剧"的模糊化而获得了更大的影响力，莎士比亚广泛地为德意志读者所知。维兰德的翻译往往会改写或删略戏剧场景，作为一个富有创造力的译者，其德语译作表现出鲜明的个体色彩。[①]

（2）埃申布尔格《威廉·莎士比亚戏剧集》（*Willhelm Shakespears Schauspiele*）是从尼古拉斯·罗编辑的《莎士比亚作品集》翻译的，1664年书商菲利普·彻特温德（Philip Chetwinde, fl. 1653—1674）出版的第三对开本（F3）第二次印刷版新增了7个剧作。埃申布尔格的德语译本首次包含了莎士比亚的37个剧作，还明确地指出德莱顿改编莎士比亚戏剧而被错误增加的，避免了不必要的误解。第1册附录"莎士比亚生平简介"（Kurzer Lebensbegriff des Willhelm Shakespear, 1780），第14册附录"关于李尔王的生平与死亡"（Über Leben und Tod des Königs Lear, 1779），第20册附录加布里埃尔·埃克特（Gabriel Eckert）的批评性注释，第21册附录埃申布尔格对德莱顿改编莎士比亚戏剧而被苏黎世Orell, Geßner und Füßly误认的序言。[②]

（3）1797—1810年柏林书商约翰·弗里德利克·翁格尔（Johann Friedrich Unger）出版了A. W. 施莱格尔翻译的《莎士比亚戏剧作品集》（*Shakspeare's Dramatische Werke*）

---

① George Leuca. "Wieland and the Introduction of Shakespeare into Germany", *The German Quarterly*, vol. 28, iss. 4, 1955, pp. 247–255.

② Bianca Theisen. "The Drama in Rags: Shakespeare Reception in Eighteenth-Century Germany", *MLN*, vol. 121, No. 3, German Issue (Apr., 2006), pp. 505–513.

包含了莎士比亚的 17 个剧作，包括《约翰王》《理查二世》《亨利四世》第一二部、《亨利五世》《理查三世》《亨利六世》第一、二、三部等 9 个历史剧。A. W. 施莱格尔可能也是从 1623、1632 年第一、第二对开本翻译的，他特别偏爱莎士比亚的历史剧。

（4）1810—1812 年维也纳出版商安东·皮希勒（Anton Pichler）出版了 A. W. 施莱格尔、埃申布尔格翻译的《莎士比亚戏剧作品集》（*Shakspeare's dramatische Werke*），A. 皮希勒参考了 1664 年第三对开本第二次印刷版中的 43 个戏剧，还新增了伪作《埃德蒙顿快乐的妖精》（*Der lustige Teufel von Edmonton*），该集包括《莎士比亚传记》（*Über Shakspeare's Lebensumstände*，1810）。1608 年伦敦印刷商亨利·巴拉德（Henry Ballard）出版了《埃德蒙顿》（*The merry deuill of Edmonton*），拥有该剧版权的是圣保罗大教堂的书商亚瑟·约翰逊（Arthur Iohnson），这是一个匿名作家的剧作，1608 年之前由国王剧团在环球剧院演出。该剧在 17 世纪 30 年代被误认为是莎士比亚的作品（*Shakespeare*，Vol. 1），该剧另有多个四开本（1612，1617，1626，1631，1655），1653 年伦敦书业公会登记簿首次将该剧列为莎士比亚的作品。[①]

（5）施莱格尔-蒂克译本是现代最流行的德语翻译本，1825—1833 年柏林出版商乔治·雷美尔（Georg Reimer）出版了 A. W. 施莱格尔、蒂克翻译的《莎士比亚戏剧作品集》（*Shakspeare's dramatische Werke*），包括《爱的徒劳》（*Liebes Leid und Lust*，1833）等 37 个戏剧，G. 雷美尔显然是参考了尼古拉斯·罗编辑的插图本《莎士比亚作品集》。1796 年路德维希·蒂克（Johann Ludwig Tieck）翻译了《暴风雨》（*Der Sturm. Ein Schauspiel von Shakspear*），1811 年路德维希翻译的《约翰王》（*König Johann von Engelland*）和《李尔王》（*Lokrine*）在柏林出版，[②]此后路德维希翻译了 11 个莎士比亚戏剧，1831—1833 年沃尔夫·鲍迪森（Wolf Heinrich von Baudissen）和多萝西·蒂克（Dorothea Tieck）在路德维希的指导下翻译了 6 个作品，路德维希、多萝西、鲍迪森合作翻译作品集中的 20 个作品。此外，多萝西还翻译了莎士比亚的十四行诗集。1839—1841 年雷美尔出版了 A. W. 施莱格尔、蒂克翻译的《莎士比亚戏剧作品集》（*Shakspeare's dramatische Werke*），只包括 35 个作品，参考了 1623 年第一对开本（F1）的目录。1843—1844，1850—1851，1867 年雷美尔出版了 A. W. 施莱格尔、蒂克翻译的《莎士比亚戏剧作品集》（*Shakspeare's dramatische Werke*），只包括 36 个剧作，参考

---

① F. Andrew Brown. "Shakespeare in Germany: Dryden, Langbaine, and the Acta Eruditorum", *The Germanic Review: Literature, Culture, Theory*, vol. 40, iss. 2, 1965, pp. 87 - 95.

② Alt-Englisches Theater. Oder Supplemente zum Shakspear. 2 Bände, Realschulbuchhandlung, Berlin, 1811.

了 1623，1632 年第一、第二对开本(F1，F2)。[①]

(6) 1825—1826 年出版了约翰 · 本达(Johann Wilhelm Otto Benda)翻译的《莎士比亚戏剧作品集》(*Shakspeare's dramatische Werke*)，包括 37 个戏剧，另附录"莎士比亚传"(Über Shakespear，1826)。J. 本达是从尼古拉斯 · 罗编辑的《莎士比亚作品集》翻译的。

(7) 1839 年莱比锡的出版商格奥尔格 · 维甘德(Georg Wigand，1808—1858)出版了阿道尔夫 · 伯特格尔等翻译的《莎士比亚戏剧全集》(*William Shakspeare's sämmtliche dramatische Werke*)，包括 37 个戏剧。G. 维甘德也是从尼古拉斯 · 罗编辑的《莎士比亚作品集》翻译的。

(8) 1838—1842 年斯图加特的出版商 L. F. 瑞格尔(František Ladislav Rieger)出版了恩斯特 · 奥特莱普(Ernst Ortlepp，1800—1864)翻译的《莎士比亚戏剧作品集》(*W. Shakespeare's dramatische Werke*)，这是一部莎士比亚戏剧和诗歌全集，包括第一对开本中的 36 个戏剧作品，和增补的 7 个戏剧作品，并附录所有的莎士比亚诗作。E. 奥特莱普也是从 1664 年第三对开本第二次印刷版翻译的。1891 年再版，增加了(Justus Wilhelm Öchelhäuser，1820—1902)写作的序言。奥特莱普是从尼古拉斯 · 罗编辑的《莎士比亚作品集》(The Works of Mr. William Shakespear; Revis'd and Corrected，1714)翻译的。

(9) 1867—1871 年出版了弗里德里希 · 博登施泰特等翻译的《莎士比亚戏剧全集》(*William Shakespeare's Dramatische Werke*)，包括 37 个戏剧，和博登施泰特翻译的《莎士比亚传》(*William Shakespeare Ein Rückblick auf sein Leben und Schaffen*)，博登施泰特是从尼古拉斯 · 罗编辑的《莎士比亚作品集》翻译的。1890 年莱比锡出版了博登施泰特等翻译的《莎士比亚戏剧集》，包括 36 个戏剧，则是参考了第一、第二对开本。

(10) 弗里德里希 · 贡多尔夫主编的 10 卷本《莎士比亚德译本》(*Shakespeare in deutscher Sprache*，1908—1918)由柏林的格奥尔格 · 邦迪出版社出版，包含 34 个剧作，部分作品是贡多尔夫重译的，其中有梅尔奇奥尔 · 莱希特(Melchior Lechter)的插画。1920—1922 年该书以 6 卷本再次印刷，包含 35 个剧作，并增加了《维纳斯与阿多尼斯》

① Christa Jansohn. "Ludwig Tieck as the Champion of Shakespeare's Apocrypha in Germany", *Cahiers Élisabéthains*, vol. 48, iss. 1, pp. 45 - 51.

(Venus und Adonis)、《卢克雷西亚》(Lucretia)、《十四行诗集》(Sonette)的德译本。[①]

二、莎士比亚戏剧在德意志地区的表演

莎士比亚戏剧在德意志地区的表演方式是多种多样的,包括英格兰喜剧演员的表演、木偶戏表演、学校戏剧和城市公共剧院的表演,尤其是莎士比亚戏剧的德语译者、剧作家(维兰德、蒂克、贡多尔夫等)的编剧与表演,加深了人们对莎士比亚戏剧的了解。

首先谈谈英格兰喜剧演员的表演。克雷泽纳赫指出,德意志的英格兰喜剧演员首先是商业化的演艺人,他们的戏剧首先是身体表演,而不是文学成就。不必混淆戏剧表演和戏剧作品。"喜剧演员"这个词本身就提醒我们,在他们的职业中,笑话和跳舞Sprünge比严肃的表演更重要。旅行的剧团所表演的一些戏剧,剧团四处走动,不是表演戏剧,即传播精神的材料或形态,而是为了感官的愉悦而去进行艺术的表演。因为,最重要的可能是,大多数观众甚至对用英语表演的戏剧作品的内容一无所知,所以即使在这里,它本质上是表演、服装和滑稽剧(Pantomime)的问题,后来越来越多的喜剧表演走到前台:它从不否认其起源于面部表情的表达方式。只要喜剧演员用英语表演,他们甚至可能不会过多地歪曲文本。这更方便他们以自然的方式,且常常以完美的形式再现,不必太多考虑德意志民众的趣味,他们首先要求的是生动活泼的动作、服装、感官刺激、措辞,不管它们是好是坏,而且理解甚少。

英国喜剧演员旅行剧团持续活跃的演出活动是莎士比亚戏剧在德意志地区传播的主要方式,尤其是在德意志大公、公爵、伯爵的宫廷中演出。一方面,这些宫廷戏剧主要是为了服务于宫廷的娱乐,其表演基本保持了优雅的风格,除了更为雅致的道具、服装和布景,还增添了舞蹈和音乐,例如,受到意大利歌剧影响的合唱诗,甚至改编成音乐剧,显著区别于民间的滑稽剧,后者总是表现出扮鬼脸、血腥场景、强烈情感和恐怖场景。另一方面,英语很难被普遍接受,喜剧演员的表演根本不是基于莎士比亚的戏剧本身,它们与莎士比亚之间的距离是极其明显的,莎士比亚戏剧仅仅为这些表演的德语改编提供一个故事/情节结构而已。贡多尔夫认为,"第一,作为一个整体改编自莎士比亚戏剧故事。第二,改编自个别莎士比亚的主题或者一组主题并与外国母题连接在一起

---

① 参考(1) Matthew W. Black. "Shakespeare in Germany: 1590 - 1700 by Ernest Brennecke, Henry Brennecke", *Shakespeare Quarterly*, vol. 16, iss. 4, 1965, pp. 353 - 354; (2) W. E. Yates. "The Critical Reception of Shakespeare in Germany 1682 - 1914: Native Literature and Foreign Genius by Roger Paulin", *The Modern Language Review*, vol. 101, iss. 1, 2006, pp. 308 - 309; (3) J. B. Leishman. "Shakespeare in Germany, 1740 - 1815 by R. Pascal", *The Review of English Studies*, vol. 16, iss. 62, 1940, pp. 242 - 243.

所创造的新'戏剧'表演。"

英国喜剧演员(Englische Komödianten),泛指任何一个 16 世纪末和 17 世纪在德语国家巡回演出的来自英国的旅行剧团,主要表演流行的伊丽莎白和雅各布戏剧,它们对德意志戏剧的最初形成产生了重要影响。[①] 最早访问欧洲的英国剧团之一是由罗伯特・布朗(Robert Brown)领导的剧团,他曾是伍斯特伯爵剧团(Worcester's Men)的演员,其赞助者是第四世伍斯特伯爵爱德华・索梅塞特(Edward Somerset, 1553—1628)。1591 年布朗的剧团在尼德兰的莱顿演出,1592 年萨克维尔(Thomas Sackeville)和布拉德斯特雷德(Johann Bradstread)受到德意志布伦瑞克公爵海因里希・朱利叶斯(Heinrich Julius of Brunswick)的赞助。其他几个英国旅行剧团随后在中欧各地巡回演出,英国喜剧演员凭借其精心制作的服装、舞台道具和完整的新剧目,立即在德意志观众中取得了成功。[②]

"理查三世"是伊丽莎白时期流行的一个历史剧主题,1597 年莎士比亚的《理查三世》(*The Tragedy of King Richard the Third*)的第一四开本由伦敦印刷商瓦伦汀・西姆斯(Valentine Sims)出版,拥有该剧版权的是圣保罗大教堂的书商安德鲁・怀斯(Andrew Wise),该剧可能在 1596 年演出。在莎士比亚之前,1579 年托马斯・莱吉(Thomas Legge)的拉丁语戏剧《理查三世》(*Richardus Tertius*)在剑桥演出,1594 年匿名作者《理查三世的真实悲剧》(*The True Tragedy of Richard III*)由伦敦印刷商托马斯・克利克(Thomas Creede)出版,拥有该剧版权的是新门市场的书商威廉・巴利(William Barley),该剧是女王剧团(the Queenes Majesties Players)的表演剧目。1592—1594 年朱利叶斯公爵创作的戏剧被认为包含了莎士比亚《理查三世》的一些戏剧情节,然而莎士比亚《理查三世》出现在 1596—1597 年,因而这是一种误解。同样,1602 年莎士比亚《温莎的风流娘儿们》(*The Merry Wiues of Windsor*)由伦敦印刷商托马斯・克利克(Thomas Creede)出版,拥有该剧版权的是圣保罗大教堂的书商阿瑟・约翰逊(Arthur Iohnson),该剧可能在 1601 年演出,由于朱利叶斯公爵的戏剧创作活动已在 1600 年结束,因而贡多尔夫认为朱利叶斯的戏剧中包含了莎士比亚《温莎的风流娘儿们》的一些戏剧情节,这也是一种误解。

克雷泽纳赫《英格兰喜剧演员的戏剧作品》所列举的莎士比亚戏剧,1600—1610 年

① R. Pascal. "The Stage of the 'Englische Komödianten': Three Problems", *The Modern Language Review* vol. 35 iss. 3, 1940, pp. 367 - 376.

② Colin Franklin. "The Reception of Shakespeare in Eighteenth-Century France and Germany by Kenneth E. Larson", *Eighteenth-Century Studies*, vol. 26, iss. 3, 1993, pp. 521 - 525.

包括《罗密欧与朱丽叶》和《威尼斯商人》的三次表演。1604 年莎士比亚的《罗密欧与朱丽叶》在德意志巴伐利亚的诺德林根演出，这是较早有明确记载的莎士比亚戏剧表演。1597 年《罗密欧与朱丽叶》第一四开本(Q1)由伦敦印刷商约翰·丹特(Iohn Danter)出版，稍早该剧由“亨斯顿勋爵剧团”(the L. of Hunsdon his Seruants)演出，1599 年印刷商托马斯·克利克出版了第二四开本(Q2)，拥有该剧版权的是大集贸市场(the Exchange)的书商库斯伯特·伯比(Cuthbert Burby)，莎士比亚剧团已经更名为“宫内大臣剧团”。1607 年《威尼斯商人》在下巴伐利亚的帕绍(Passau)演出，1608 年该剧在奥地利的格拉茨(Graz)演出。1600 年《威尼斯商人》第一四开本(Q1)由伦敦印刷商詹姆斯·罗伯特(James Roberts)出版，拥有该剧版权的是圣保罗大教堂的书商托马斯·海耶斯(Thomas Heyes)。

英格兰喜剧演员对莎士比亚戏剧的表演在 1620—1630、1660—1670 年较为活跃，《威尼斯商人》《李尔王》《尤利乌斯·凯撒》《提图斯·安德洛尼库斯》表演的次数更多些，贡多尔夫部分解释了这些戏剧更受欢迎的原因；其他演出的剧目是《哈姆莱特》《奥赛罗》《罗密欧与朱丽叶》《错误的喜剧》《驯悍记》，1611—1619、1630—1639、1640—1649、1680—1689 年英格兰喜剧演员则很少表演莎士比亚的戏剧。1777 年弗朗兹·约瑟夫·费歇尔(Franz J.Fischer)改编的莎士比亚的《麦克白》《威尼斯商人》在布拉格演出。

1600—1610	1611—1619	1620—1629	1630—1649	1650—1659	1660—1669	1670—1679	1680—1700
Comedy					1660		
1607，1608	1611	1626				1674	Venice
Shrew				1658		1678	
Titus		1620			1669		1699
1604		1626	1646				Romeo
Caesar		1626，1627	1631	1651	1660		
Hamlet		1626					
Othello					1661		
Lear		1626			1660，1666	1676	1692

英格兰喜剧演员表演的一些英国戏剧(尤其是莎士比亚戏剧)更多的是为了取悦德语观众，而不是为了严谨地坚持保留原初的戏剧文本。贡多尔夫认为，在德意志的莎士

比亚戏剧表演中，面部表情艺术的衬托与借口，动作和言语艺术的进程等，这些都会根据机会、酬谢和偶然因素而改变。剧场的裁缝师和布景师与作家一样重要。贡多尔夫指出，“这些作品大多是匿名的。对于‘这些改编的’作品，作者没有起到什么作用，莎士比亚作为诗人并不存在。这些戏剧文本是一种精神的个人表达，没有进入英格兰喜剧演员的头脑中。”

由于喜剧演员无法熟练使用德语演出，便大量使用哑剧、粗俗的闹剧、粗暴的动作和夸张的表情，后来喜剧演员使用多语种的混合语言（macaronic）。一个显著的现象是，英国小丑特别受欢迎，Th. 萨克维尔常常表演小丑约翰·布塞特（Johan Bouset）。罗伯特·雷诺兹（Robert Reynolds，1610—1640）常常扮演滑稽人物皮克尔-赫林（Pickelhering）。1592—1659 年英格兰喜剧演员（旅行剧团）来到德意志地区，其中滑稽搞笑的人物 Pickelheringe 指身体纤瘦的、笨拙的仆人，或者脸上长有粉刺的扒手。皮克尔-赫林身穿喜剧性的仆人服装，即穿着大的荷叶领上衣、短腿裤和背心、太大的鞋子，或戴着画满粉刺的面具，该人物往往说多语种的混合英语，或者进行滑稽的哑剧表演。

其次，当英格兰喜剧演员的表演迅速衰落时，德意志的国家节日戏剧、狂欢节戏剧和木偶戏（Puppenspiel）得到了新的发展。在德意志/德国，木偶戏表演与莎士比亚戏剧的结合是一个有趣的现象，一般的，莎士比亚戏剧只是为木偶戏表演提供一个简单的故事情节，由于缺乏足够的文献记载，人们无法完全了解木偶戏所表演的莎士比亚戏剧。木偶戏表演与狡猾的乡下仆人汉斯·沃斯特（Hanswurst）这一喜剧角色/小丑有密切的关系，17 世纪末期奥地利木偶戏中的滑稽人物卡斯佩尔（Kasperl，Kasper）就是从汉斯·乌斯特发展而来。

尤其是 19 世纪，木偶戏（marionette，puppenspiel，puppenkomödien）是德意志/德国文化中极其重要的艺术形态。1806 马尔曼《木偶戏表演》（*Marionettentheater*）、1862 年马宁《欧洲木偶戏历史》（*Histoire des marionnettes en Europe*）、1874—1879 年恩格尔《德意志木偶戏》（*Deutsche Puppenkomödien*）记载了丰富的德意志木偶戏的演员与事件。加斯东、查万斯《木偶戏历史》（*Gaston Baty*，*René Chavance*. *Histoire des Marionnettes*，1959）提供了一份重要的现代研究。整个中欧和西欧的木偶戏主要是从亚洲（波斯、安纳托利亚）引进的文化，赫尔曼·赖希（Hermann Reich，Der Mimus，1903）、伯托尔德·劳弗尔（Berthold Laufer，Chinesische Schattenspiele，1915）等认为，亚洲木偶戏的传统与希腊文化有关。德国的理查德·皮舍尔（Richard Pischel）认为，印度是木偶戏的发源地。1211 年法国阿尔萨斯的圣奥迪勒女修道院院长 Herrad von Landsberg 的《欢乐花园》(*Hortus deliciarum*)手稿第一次提到木偶戏(marionnette à la planchette),1340/1344 年佛兰德手稿中第一次展示木偶戏的图画,1364 年尼德兰-巴伐利亚伯爵 Albrecht 给木偶戏师傅的第一份付款登记,表明木偶戏已经出现了。1510 年以来德意志舞台上的机械道具被广泛运用,尤其是在《基督受难记》《耶稣诞生记》《约拿书》等宗教戏剧中。17 世纪木偶戏传入欧洲,1650 年由故事讲述者和表演者组成的意大利旅行剧团已经使用金属提竿的提线木偶(Marionettenspieler),1666 年意大利演员彼得罗·阿吉斯蒙蒂(Pietro Agismondi)首次在德意志地区表演木偶戏,木偶戏舞台被称为"小丑城堡"(Possenburg)。随后,荷兰的希尔维尔丁(Hilverding)家族的乔里斯·格奥尔格(Jorius Georg)、约翰·彼得(John Peter)、约翰·巴普斯特(Johann Baptist)三代人经营"旅行喜剧演员"剧团,表演木偶戏常演剧目,以弦乐器伴奏,例如,浮士德博士、圣经故事《迷失的儿子》或者西班牙故事"唐璜"等。奥地利演员约瑟夫·安东·斯特拉尼茨基(Joseph Anton Stranizky,1676—1726)在木偶戏表演上的贡献是不可忽视的。1687 年斯特拉尼茨基在维也纳或者萨尔茨堡认识约翰·巴普斯特(Johanne Baptist)和别的希尔维丁家族剧团成员,1699—1702 年斯特拉尼茨基作为木偶戏演员,出现在奥格斯堡和慕尼黑,1703—1706 年海因里希·纳夫策(Heinrich Naffzer)领导的维也纳旅行剧团(Hoch Teutsche Commedians)在萨尔茨堡的新市场(Neues Markt)有一座喜剧小屋,斯特里茨基和约翰·巴普斯特·希尔维丁是该剧团的喜剧演员,斯特里茨基复兴了汉斯·沃斯特这一小丑形象。1705 年斯特里茨基以一名喜剧演员的身份在维也纳参加城市戏剧比赛。1708 年斯特拉尼茨基在维也纳创作了独立的木偶戏。1719 年德意志木偶戏演员德尔森巴赫(Delsenbach)在丹麦的哥本哈根演出了莎士比亚《提图斯·安德洛尼库斯》,换言之,该剧在德意志地区已经是个受欢迎的木偶戏剧目。1727—1750 年莱比锡剧院总监、大公的孤儿剧团经理弗里德里克·卡罗琳·诺伊伯(Friederike Caroline Neuber,1697—1760)发起了废除英国喜剧演员的运动,滑稽人物汉斯·沃斯特被废止,并由法国古典主义、启蒙运动的戏剧取代。喜剧演员约翰·拉罗什(Johann Laroche,1745—1806)创作了一个新的滑稽人物卡斯佩尔(Kasperl,Kasper),更改了乡下仆人服装,但保留了汉斯·沃斯特的精神,1800 年左右卡斯佩尔被木偶戏演员广泛采用。1830 年以后,木偶戏作为一种流行的民众性娱乐,在乌尔姆、斯特拉斯堡、科隆和柏林建立了永久的木偶戏剧院,工匠、行会甚至退伍军人等主导了木偶戏剧院的演出,克里斯托夫·温特斯(Christoph Winters,1772—1862)在科隆采用格林童话故事演出木偶戏,1858 年约瑟夫·莱昂哈德·施密德(Josef Leonhard Schmid,1822—1912)创建了慕尼黑木偶戏剧院，塑造了胡说八道的卡斯佩尔（Kasper Larifari）这一小丑形象；同时，德意志地区依然活跃着一批木偶戏旅行剧团，尤其是家族式的木偶戏旅行剧团等，木偶戏被认为是真正的德意志艺术和文化的重要组成部分。浪漫主义作家克莱门斯·布伦塔诺、阿希姆·冯·阿尼姆、约翰内斯·丹尼尔·福尔克和奥古斯特·马赫曼是第一批著名的弦乐提线木偶作家。路德维希·蒂克在戏剧《泽比诺王子》中推崇木偶戏。1800 年蒂克《关于莎士比亚的通信》（Briefe über Shakespeare）中认为，莎士比亚的作品“构成了我们真正的民族戏剧，因为它们是如此地道的德国人……1810 年海因里希·冯·克莱斯特《木偶戏剧院》（Über das Marionettentheater）对提线木偶戏表达了异乎寻常的惊喜，“我曾几次惊奇地发现他出现在一个木偶戏剧院里，这个剧院建立在市场边上，用微型的滑稽戏剧人物、歌声和舞蹈交混着逗乐民众”。贡多尔夫《莎士比亚与德意志精神》指出，18 世纪初旅行的木偶演员把木偶戏带到德意志，例如著名的“浮士德”木偶戏，这里有一个时间误解。贡多尔夫强调，与人类演员细微差别的表演比较，在木偶戏中，作为表演道具的木偶被使用的材料必然使严肃性本身变得怪诞。

再次，直到 18 世纪，德意志国家节日戏剧的剧作家和演员对莎士比亚戏剧的表演才开始流行起来。与优雅娱乐的宫廷戏剧不同的是，无论是宗教题材还是世俗主义主题，民众性的戏剧表演较为集中在宗教节日，甚至旅行剧团（又称旅行剧团）的戏剧表演也往往选择宗教节日，以方便民众的观看。随着世俗的拉丁学校、文法学校、地方大学的普遍建立，德意志各地区逐渐建立起公共剧院，莎士比亚戏剧表演便出现在公共剧院和校园中，各地区活跃的校园剧团在一定程度上超越了旅行剧团，而公众的注意力可能已经从观看演员表演转移到了戏剧作品上。贡多尔夫写道：在德意志的莎士比亚戏剧“是从国家节日戏剧和木偶戏中形成的，有些糟糕的粘合，美妙的生命体，是鲜活的，出现在我们面前。”贡多尔夫强调了学校舞台对莎士比亚戏剧的重要性，“很可能产生一种戏剧化的文学，而不可能产生一种文学化的戏剧表演，为了再现的场景创作在根本上是依赖学校舞台的。”例如，（哥廷根、法兰克福）“风暴与压力”运动的戏剧大多是学校戏剧，“风暴与压力”群体都是通过维兰德的作品才对莎士比亚有了清晰的认识。约翰·格奥尔格·哈曼写作了《学校戏剧通信》（*Schul-dramabriefen*），广泛谈论了学校舞台的戏剧表演。1773 年，Heufeld 在维也纳演出的《哈姆雷特》获得了较大的成功。1776 年 Danch 使施罗德翻译的《哈姆雷特》在汉堡声名显赫。

直到 19 世纪中期，分裂的德意志在文学艺术上是传统的、保守的、滞后的。贡多尔夫指出多种影响德意志戏剧的外国力量，“理性主义必然经历整个一圈的模仿，自然，英格兰舞台表演不得不跟随在西班牙、意大利、荷兰和法国舞台表演的模式之后。恰恰是英国喜剧演员本质上所代表的那种衰落，因而首先是自觉和不自觉地转向了文学改革。”在法国古典主义—启蒙主义戏剧的德意志戏剧发生了巨大的变化，贡多尔夫将之称为“新戏剧运动”（neuen Theaterbewegung），后者替代了迅速衰落的英格兰喜剧演员的表演。法国的古典规则和伏尔泰的莎士比亚批评深刻影响了德意志“新戏剧运动”。对于莎士比亚戏剧，18 世纪德意志美学和文艺批评的分裂变得日益明显，有的评论者反对莎士比亚，有的评论者与莎士比亚和解，有的评论者利用莎士比亚。戈特舍德推崇/追随法国新古典主义和依赖于它的英格兰新古典主义，清楚地认识到从文学重新获得舞台的可能性。“通过对法国模式的模仿而创立古典主义，戈特舍德消除了混合的形式、近似的形式和似是而非的形式，这是模仿意大利和荷兰巴洛克模式的结果，不符合严格的和一致的理性主义，通过严格的规则来反对魏舍式的混为一谈，再次强化了戏剧表演对规则的遵从；通过文学阅读的组织安排，创造了一个新的中心，以促进交流；通过收集和观看戏剧作品和过去的文学作品，在继承中，也给博物馆带来了秩序：然而，在德意志文学中，出现了他所期望的全局观、纯洁性和正确性。”

落后的德语方言，频繁的欧洲战争和宗教分歧加剧了德意志与法国之间的民族差异，公共剧院和校园剧团自觉地致力于德意志民族戏剧的建立。贡多尔夫认为，“在法国古典主义中，他有一种模式，允许他在没有强迫、自欺和重新解释的情况下进行模仿……明晰、凝练、紧凑、秩序、得体和自然最终得以实现，并成为一种形式……德意志人的气质（这种气质抑制了 17 世纪德意志文学）是逻辑的和非理性的，因为知识和意愿从来不会创造形式。因此在德意志，理性主义通过暴力的行为占据统治地位，中断了不同方向的生活；在法国，它是逻辑的、基于古罗马人的整一和秩序的，甚至指向更大确定性的精神的逐渐发展，它是宫廷和社会形式的文化表达。”

G. E. 莱辛在卡门茨拉丁语学校接受了学校戏剧的启发，而后在莱比锡大学接受了戈特舍德的教学（虽然他对此感到失望），莱辛、克里斯蒂安·菲利克斯·韦瑟（Christian Felix Weiße）与诺伯旅行剧团（Neuberschen Schauspieltruppe）有密切的接触，1749 年以后莱辛计划全面探索自古以来的欧洲戏剧传统，自觉地为民族戏剧而努力。他是理性的，亲历了七年战争（Seven Years' War，1756—1763），对莱比锡学派（戈特舍德）和苏黎世学派，对法国古典主义—启蒙主义戏剧有深刻的反思。《汉堡剧评》常常提及莎士比亚，主要论及莎士比亚的《哈姆雷特》《奥赛罗》《李尔王》《罗密欧与朱丽叶》《理查三世》和《温莎的风流娘们儿》等 6 部喜剧、历史剧和悲剧，他对莎士比亚喜剧的了解可能非常有限，他也可能还了解莎士比亚的《暴风雨》《威尼斯商人》等。莱辛承认人们确实可以从莎士比亚那里学习，但必须有节制和判断力。一个人可以借用一个面部表情、一个人物，或者最多借用一个群体，并将其作为一个独立的单位。“如果我没有学会谦虚地借用外国的珍宝，用外国的火焰取暖，用艺术的眼镜来加强我的眼睛，我就会变得如此贫穷、如此冷漠、如此近视。”“莎士比亚‘戏剧’可以被研究，而不是被掠夺。如果我们有天才，莎士比亚对我们来说就必须像暗箱照相机是风景画家一样：他勤勤恳恳地观察它，以了解自然界在任何情况下都是如何将自己投射在表面上的；但他没有从中借到任何东西。”“我会借用莎士比亚的作品，至少在后来，作为镜子，擦去我的眼睛无法直接识别的所有污渍。”莱辛关于莎士比亚的评论，很长时间影响了德意志/德国理解和接受莎士比亚戏剧的立场。F. W. 梅斯内斯特的《莱辛与莎士比亚》(*Lessing and Shakespeare*，1904)指出，评论者往往高估了莱辛对莎士比亚戏剧的理解，和向德意志译介莎士比亚的作用，“紧随其后的是著名的第 17 封《无名者通信》(*Niemand Brief*)，这一通信以对戈特舍德的攻击开始，但显然是针对伏尔泰和法国学派的(1759 年)。在这封通信中，莱辛建议翻译莎士比亚的杰作，但要‘稍作改动’，并以其对我们激情的影响力，将《奥赛罗》《李尔王》和《哈姆雷特》排列在索福克勒斯的《俄狄浦斯》之后。”像阿尔布雷希特《莱辛的仿制/伪造》(*Lessings Plagiate*，1708—1777)指出的那样，莱辛在《亨兹》(*Henzi*，1753)、《重获自由的罗马》(*Das Befreite Rom*，1756/1757)、《菲洛塔斯》(*Philotas*，1759)、《阿尔西比亚德斯》(*Alcibiades*，1760)、《明娜·冯·巴恩赫姆》(*Minna von Barnhelm*，1766)和《艾米丽娅·加洛蒂》(*Emilia Galotti*，1772)中借用、移植、模仿了莎士比亚戏剧。

弗里德里希·乌尔里希·施罗德(Friedrich Ludwig Ulrich Schröder，1744—1816)是德意志职业演员、戏剧导演和“风暴与压力”运动的剧作家。1771—1780、1786—1796、1811—1813 年他是汉堡剧院的编导，1780—1785 年是维也纳城堡剧院的导演。作为莱辛的追随者，施罗德是那个时代最重要的戏剧改革者，他将戏剧看作为开明理性道德的道德学校。其最大的贡献是为德语舞台发现莎士比亚，1773—1780 年在汉堡剧院表演了《麦克白》《亨利四世》(福尔斯塔夫)、《威尼斯商人》《哈姆雷特》《奥赛罗》《一报还一报》和《李尔王》等。1780 年，《李尔王》在维也纳的城堡剧院演出，而后表演了别的莎士比亚戏剧。此外，莱辛还在柏林、慕尼黑和曼海姆等地旅行演出。

1686 年建立的上斯瓦比亚的比伯拉赫戏剧院是一座市民剧院，1736 年维兰德随父亲移居比伯拉赫，在图宾根、苏黎世、伯尔尼等地生活之后，1760 年 4 月他被选为比伯拉赫市长，而后成为议会的新教派议长和斯塔迪翁伯爵的亲密朋友，他在比伯拉赫担任公职持续到 1769 年。同时，维兰德还担任新教派“福音喜剧团”(Evangelische Komödiantengesellschaft)的导演，1761 年他改编了《暴风雨》(Der erstaunliche

Schiffbruch)，并在比伯拉赫戏剧院首次演出，比伯拉赫戏剧院的表演活动激发了1762—1766 年维兰德对 22 部莎士比亚戏剧的德语翻译。

蒂克是一个优秀的剧作家、编剧和莎士比亚戏剧的译者。海因里希·比肖夫(Heinrich Bischoff)、鲁道夫·施泰纳(Rudolf Steiner)、克里斯蒂安·克莱门特(Christian Clement)等认为，需要客观地评价蒂克与戏剧文学和戏剧表演的关系。作为卓越的浪漫主义诗人，蒂克最初翻译莎士比亚戏剧是被 A. W. 施莱格尔激发的，1810年蒂克在《关于莎士比亚的通信》(*Briefe über Shakespeare*)中认为，莎士比亚是最伟大、最经典的剧作家，因为莎士比亚拥有自然的、真正的诗意。1825—1841 年，蒂克在德累斯顿的宫廷剧院(Hoftheater)担任编剧，也是一位著名的戏剧评论家。1825—1833 年，柏林印刷商 G. Reimer 出版了《莎士比亚戏剧集》(Shakspeare' s dramatische Werke)，其中蒂克的翻译正好是他参与戏剧表演活动的时期，这些德语译作是为了舞台演出而产生的；1842 年，普鲁士国王弗里德里希·威廉四世(Friedrich Wilhelm IV)任命他为宫廷枢密官，并担任柏林皇家剧院(kgl Theater Berlin)的编剧。与 A. W. 施莱格尔的戏剧观点近似，蒂克基于莎士比亚戏剧和希腊悲剧，反对德意志的命运悲剧。

三、莎士比亚戏剧的传播效果研究

莎士比亚戏剧在德意志地区，首先是一种表演行为。戏剧文学的传播是常见的大众传播的形式，它可能作为宫廷娱乐，也可以作为木偶戏剧团、旅行剧团的商业演出，也可能是城市公共剧场的商业演出，在拉丁语学校/文法学校、大学普遍建立之后，也可能是校园戏剧的业余者表演。

由于活字印刷术带来的便利，莎士比亚戏剧的德语翻译有利于人们的广泛阅读。自 18 世纪下半期以来，直接阅读莎士比亚戏剧的英语版本的读者越来越多，不同的莎士比亚戏剧的英语现代编辑本开始流行起来，读者与莎士比亚可能更容易形成主体的心灵/精神交流。莱辛、维兰德、赫尔德尔、歌德、席勒、威廉·施莱格尔、弗里德里希·施莱格尔、蒂克、诺瓦利斯等德意志作家和评论家对莎士比亚的理解逐渐变得深刻。浪漫主义作家克莱斯特的创作借鉴了维兰德、威廉·施莱格尔翻译的《哈姆雷特》，1864 年成立的德意志莎士比亚学会(die Deutsche Shakespeare Gesellschaft，DSG)是一个不可忽视的文学现象。

除了对外国文化的好奇之外，17 世纪英国戏剧对于封建分裂的德意志而言表现出更成熟的舞台表演技艺和更完善的戏剧结构，为德意志文学带来了新的滋养。作为外来文学，意大利、西班牙、法国文学与英国戏剧在德意志既可以相互接纳，也可能处在激烈的相互竞争关系之中，英国舞台表演跟随在西班牙、意大利、荷兰和法国舞台表演的模式之后。尤其是在法国理性主义、西班牙的巴洛克风格（卡尔德隆）之后，莎士比亚戏剧表现出不同的真实性。18 世纪上半期，也许由于正在形成中的德意志民族戏剧过于弱小，尽管法国古典主义新建立的戏剧规则对德意志戏剧有极大的促进作用，这些表现的有些专制的规则同时遭遇了极大的反对力量。不同的社会媒介，决定了观者和读者的接受过程及其结果，也决定了舆论宣传、社会参与、引导/教育民众等方面，这些直接的参与活动远未能使观者和读者对莎士比亚戏剧达到一般共识，人们对特定的外国文学可以采取积极的接纳和借鉴的态度，也可以理性或者感性地批评与质疑，甚至可以部分或者完全消极地拒绝接受，因而戏剧传播的效果是复杂多样的。格斯滕贝格（Gerstenberg）和赫尔德尔详细地指出了莎士比亚作为世界创作者的天才。自 1770 年以来，"风暴与压力"运动的作家（歌德、伦茨、克林格尔、比希纳、格拉比等）大多在向莎士比亚学习，并以莎士比亚为中心。

首先谈谈莱辛与莎士比亚。莱辛作为一位剧作家、评论家，对德意志民族文学的创建作出了不容置疑的贡献。至少在 1753 年之前，莱辛对莎士比亚的实际了解仅限于博克（Caspar Wilhelm von Borck，1704—1747）翻译的《尤利乌斯·恺撒》。同时，他刚刚翻译了伏尔泰的《哲学通信》（*Lettres philosophiques*），伏尔泰的观点在很大程度上决定了莱辛的批评立场。1753 年，一篇强烈抗议戈特舍德观点的评论出现在《知识和快乐的新扩展》（*Neue Erweiterungen der Erkenntnis und des Vergnügens*）上，1755 年尼古拉大胆地为英国舞台的不规则性辩护，显然莱辛接受这些意见，他的兴趣在于英国戏剧表现了"共同生活的悲剧"。1757 年，他部分回归到亚里士多德和希腊古典戏剧，他认为在打动人们的激情和效果上，莎士比亚而不是高乃依，对于德意志民众来说具有明显的亲和性，莱辛希望德意志剧作家能够通过模仿莎士比亚戏剧来帮助他自己的民族戏剧：莎士比亚尽管不遵守戏剧规则，但实际上是一位更伟大、更符合亚里士多德的诗人。1766 年出版的《拉奥孔：诗与画的界限》（*Laokoon: oder über die Grenzen der Mahlerey und Poesie*）极少提到莎士比亚，至少在此莱辛没有把莎士比亚作为主要的考察对象，或许他对莎士比亚戏剧还不是特别熟悉。其后的《汉堡剧评》（*Hamburgische Dramaturgie*，1767）则明显从法国戏剧转向英国戏剧，由于过度推崇希腊古典戏剧的原则，莱辛称赞仅有英国戏剧是规则的真正代表，而法国戏剧是违反规则的。莱辛并没有完全超出伏尔泰的批评观点，通过英国新古典主义作家约翰·德莱顿的评论作为中介，他更多地了解到莎士比亚。值得指出的是，在莱辛与门德尔松·尼古拉关于戏剧的性质和目的的大量通信中几乎没有论及莎士比亚。自莱辛和赫尔德尔以来，莎士比亚就被认为是希腊诗人的同侪诤友，作为高级悲剧风格的代表人物。

其次谈谈歌德与莎士比亚。歌德的整个创作生涯一直保持着与莎士比亚或显或隐的关系：在歌德学习成长的阶段，莎士比亚深入到他的文学世界，W. F. 席尔默《在莎士比亚与青年时代的歌德》（*Shakespeare und der Junge Goethe*, 1947）中指出，"风暴与压力"时期的歌德是莎士比亚热情的追随者和模仿者；在歌德最伟大的、完全成熟的时期，他成为莎士比亚的评论者，成为与莎士比亚并立的、把前者融合到自身的创作者；在歌德充满争议的后期，他把莎士比亚看作一个伟大的精神，依然热情地赞赏莎士比亚，却走上与前者不同的德意志民族文学之路，《浮士德》第二部甚至向希腊古典文学回归。R. 帕斯卡尔的《歌德对莎士比亚观点的持续性与变化》（*Constancy and Change in Goethe's Attitude to Shakespeare*, 1964）认为，1820 年歌德在短诗《两个世界之间》（*Zwischen beiden Welten*）中承认莎士比亚和冯·斯泰因夫人对他一生的决定性影响。与莱辛比较，歌德可以读到更多莎士比亚戏剧的德语译本（歌德特别推崇维兰德的德译本），歌德也阅读到莎士比亚的英语版本，有时他会引用莎士比亚的整个段落。至少在歌德的中后期，他已经有较好的英语阅读能力，在《诗与真》中讲到他学习英语的情形，包括在斯特拉斯堡大学（1770—1771）学习英语。1787 年，歌德的《伊菲格尼亚》（*Iphigenia*）在莱辛的《智者纳旦》之后采用了素体诗，素体诗是莎士比亚戏剧最重要的诗体。1812 年，歌德为魏玛剧院改编了《罗密欧与朱丽叶》，显然人们对这一法国趣味的改编有较多的争议。此外，歌德似乎有些偏爱《哈姆雷特》，曾分别依据维兰德-埃申堡译本、施罗德的编译本、施莱格尔的译本三次担任该剧的编导。

歌德在精神上是一个世界主义者，也是一个合乎道德的智慧传达者，古典希腊文学、法国文学和意大利文学对歌德有较大的、持久的影响；同时，歌德也认为生活、人、世界在莎士比亚身上呈现出自然且真实的样子，莎士比亚是一个有力量做到自然、展现自我的诗人。1771 年，歌德的《莎士比亚纪念日的演说词》（*Rede Zum Schäkespears Tag*）向莎士比亚致敬，"我读到他的第一页使我成为了他一生中的那个人。当我读完第一页时，我站在那里，就像一个失明的人，一只神奇的手瞬间将他的脸呈现给这人。我意识到，我最真切地感受到了我的存在和无限的扩展，一切都是新的，未知的，不寻常的光线让我的眼睛发疼。"1813 年歌德的评论《莎士比亚与永无止境》（*Shakespeare und keine Ende*）称莎士比亚为"最伟大的诗人之一"，莎士比亚实现了"最高目标"，他意识到自己的态度和思想。诗人必须具备这种知识，才能为自己提供"将亲密知识带入他人思想的手段"。他是少数能够感知世界、表达他们的愿景并让读者充分分享世界意识的人之一。“莎士比亚现在充分表达了我们的内心感受；同时，通过它，想象的图像世界活跃起来，从而产生了一种完全的效果。”“莎士比亚让世界对我们来说是完全透明的；他不是为了眼睛而写作”。莎士比亚对歌德的影响鲜明地体现在《葛兹》（*Götz von Berlichingen*，1773）、《埃格蒙特》《威廉·迈斯特的学习时代》《威廉·迈斯特的漫游时代》等作品上，歌德在莎士比亚戏剧中发现自己所需要的各种元素与技巧，这是一种敏锐的选择与融合。1771 年赫尔德尔在阅读《葛兹》手稿后在写给歌德的信中提到，莎士比亚对他的影响是直接和深刻的。R. G. 阿尔福德《〈葛兹〉两个版本中的莎士比亚要素》（*Shakespeare in Two Versions of "Götz Von Berlichingen"*，1890）进而比较了 1771 年《葛兹》原稿与 1773 年刊印版关于莎士比亚的差异。詹姆斯·波伊德的《歌德与莎士比亚》（*Goethe und Shakespeare*，1962）认为，莎士比亚的《哈姆雷特》《尤利乌斯·凯撒》《安东尼与克里奥帕特拉》和《麦克白》部分被模仿或移用，融入《葛兹》之中，每一个人物形象、每一个细节、每一场景都像马赛克式的精确地绘制在该作品的相应位置。由于对莎士比亚的极度推崇，《尤利乌斯·凯撒》最有力地吸引着歌德，它深刻地影响了《埃格蒙特》，两者在精炼的语言、情感、部分情节上有很多相似之处。艾克曼的《歌德谈话录》（*Gespräche mit Goethe in den letzten Jahren seines Lebens*）记录了 1825 年 12 月 25 日歌德关于莎士比亚的谈话，“他不是一个戏剧诗人，他从未想过舞台，舞台对他的伟大精神来说太狭窄了；甚至整个可见的世界对他来说都太狭窄了。”“我用我的《葛兹》和《埃格蒙特》把他从我的脖子上取下来了”，莎士比亚的影响在《威廉·迈斯特》上得到了最后的表现，这部小说至少有 16 章全部或部分叙述了对哈姆雷特的讨论。M. 贝尔的《“这是一个伟丈夫！”歌德的〈埃格蒙特〉和莎士比亚的〈尤利叶斯·凯撒〉》（*"This was a man!" Goethe's Egmont and Shakespeare's Julius Caesar*，2016）认为，席勒、丹尼尔·雅各比（Daniel Jacoby）分别指出了两者相似的场景和段落，而且两者在政治观点、继承问题、结构特征有较多的相似性，“歌德通过与《凯撒》的互文性关联建立了这种关系”。歌德在《威廉·迈斯特》中以莎士比亚的评论者而不是崇拜者的身份出现，反思莎士比亚的精神和整个本质。也许赫尔德尔、拜伦启发了歌德为了保持自我的特性作为一个自然的创作者而离开莎士比亚。C. 李的《歌德的〈浮士德〉与莎士比亚的〈暴风雨〉之间的亲和性》（*"Durch Wunderkraft erschienen": Affinities between Goethe's Faust and Shakespeare's The Tempest*，2012）指出，两者以惊人的相似方式处理了魔法主题、剧中人物爱丽儿（Ariel）以及现实的幻景等。

接着谈谈席勒与莎士比亚。席勒在斯图加特军事专科学校学习时期感受了“风暴与压力”运动的文学震撼，他由此接受了莎士比亚的作品，历史、独白和莎士比亚的代际冲突对席勒早期的文学作品产生了影响。莎士比亚从来不是席勒创作的唯一典范。1781年席勒以匿名的方式出版了《强盗》，在他的充满激进色彩的序言中推崇并模仿了莎士比亚的戏剧。1781年7月21日，克里斯蒂安·弗里德里希·蒂姆(Christian Friedrich Thimme)在《埃尔福特学报》(*Erfurtische Gelehrten Zeitung*)对此剧的评论认为，“充满戏剧性的语言，词语表达和构成中的激情，思想的迅速发展，大胆的旅行想象，一些闪烁其词的、不够深思熟虑的表达，诗意的宣告，不是抑制的精彩思想，而是说出一切可以说出的话的倾向，所有的特点是属于一个年轻剧作者，他热血澎湃，想象力丰富，有一颗温暖的心，对美好的事业充满激情和渴望。如果我们曾经期待过莎士比亚，那就是这个。……在序言中，作者表示，他不希望自己的剧作按照亚里士多德和巴托克(Batteux)的规则来评论，而是被看作一个戏剧化的故事。”因此，蒂姆宣称席勒是“德语中的莎士比亚”(Haben wir je einen teutschen Shakespear zu erwarten, so ist es dieser.)。贡多尔夫指出，“卡尔·摩尔(Karl Moor)的独白(《强盗》第四场第五幕)，‘谁将成为我的保护人’在内容和思想上模仿了哈姆雷特的独白‘存在或不存在’(Sein oder Nichtsein)。因此，这可能是最适合作比较的。两者都是关于自杀作为一种向未确知的彼岸(Jenseits)逃避。”莎士比亚的《理查德二世》的情节结构为《强盗》提供了部分范例，例如，《理查德二世》中第三场第二幕、第四场第十三幕、第五场弗朗茨的对话等。1788年，席勒在《埃格蒙特》的评论中指出歌德模仿了《尤利叶斯·凯撒》，这表明席勒对莎士比亚《尤利叶斯·凯撒》一剧十分熟悉。

莎士比亚的历史剧取得了极大的成就，在18世纪90年代关于崇高和悲剧的理论论文中，席勒对《理查德三世》(Richard III)的极高赞誉，表明他在莎士比亚历史剧中发现理想的英雄、悲惨的命运、邪恶人物的范例。席勒作为一个历史剧作家、历史编撰者，由于其出身与时代更接近莎士比亚而不是希腊罗马的古典戏剧，虽然《唐·卡洛斯》中的人物没有一个能与《理查三世》相比，但是两者偶尔在邪恶人物的细节描述上有相似之处。《华伦斯坦》《威廉·退尔》中的情形也类此，席勒描写了普通人物的生活场景，并没有忽视莎士比亚自然且生动的典范。尽管《奥尔良少女》全然不是一部莎士比亚式的戏剧，但它广泛的形式更多地受到了莎士比亚的启发。

席勒《格言诗》(*Xenien*)中的《莎士比亚的影子》(Shakespeares Schatten)是用英雄双行诗体写作的，“我终于看到了赫拉克勒斯的强大力量，他的影子”。这首滑稽模仿的讽刺诗表明席勒阅读过较多莎士比亚戏剧。席勒用《麦克白》看门人的场景创作了一首《晨歌》“黑夜一去不复返”。1800年，席勒翻译了莎士比亚的悲剧《麦克白》(*Macbeth, ein Trauerspiel*)。贡多尔夫特别关注席勒翻译的《麦克白》，指出其翻译是一种译者风格鲜明的翻译。

在传统的旧时代里，人们会认为戏剧是一种民众性的文学宣传媒介，或者“戏剧应该是道德世界的学校”。在德国和英国的文学关系史上，莎士比亚占据了突出的地位。莎士比亚戏剧是一种世俗题材的戏剧，因而莎士比亚戏剧容易成为人们的兴趣中心。16 世纪末、17 世纪初英国喜剧演员主要因为商业的兴趣来到德意志各地，莎士比亚及其戏剧逐渐传入德意志地区，除了宗教和政治的审查制度，战争和瘟疫对喜剧表演有着深刻的影响。18 世纪莎士比亚戏剧的演出、翻译和评论最初出现在德意志戏剧改良运动中。同时，莎士比亚的生平/传记已经广泛见于各种文学史和各汉译本的译者序言，然而我们还是可以感觉到，19 世纪以前人们对莎士比亚的认识依然是不确定的。16 至 19 世纪，只有较少的德语作家和评论家具有熟练的英语阅读能力，因此主要依赖莎士比亚戏剧的德语翻译；在剧烈变化的德意志社会中，由于不同的立场与态度，人们对莎士比亚产生了差异显著的批评观点。由德语散文体话剧演出的情况可以看出，德意志/德国舞台大多局限于《李尔王》《麦克白》《暴风雨》《罗密欧与朱丽叶》《威尼斯商人》《凯撒》等改编的戏剧。这些改译的莎士比亚戏剧在很大程度上模糊了莎士比亚原本的英国文化特性，融入德意志/德国的现代文学/戏剧建设进程中。

【作者简介】彭建华，福建师范大学教授，博士，主要从事欧洲文学研究。

《莎士比亚商籁》中多元不定的人物关系及人物身份

胡茂盛

【摘　要】　关于《莎士比亚商籁》中的人物关系和人物身份，读者多沿袭爱尔兰莎学家爱德蒙·马隆1780年提出的二分法，即前126首献给一位美男子，后28首献给一位黑肤女子。通过研究《莎士比亚商籁》中人物指称的性别并解读其中的人物关系和人物身份，本文指出，《莎士比亚商籁》中的人物关系及人物身份呈现多元不定的特征，马隆二分法提倡的人物对应关系及身份值得进一步商榷。"我"与美男子、黑肤女子以及诗敌之间的关系在文本之中以及文本之外均表现得变动不居，形成了莎氏商籁人物关系及人物身份的多元不定。此外，《莎士比亚商籁》致辞中的获致者 Mr. W. H.及出版信息中的作者身份确认也存有若干疑点，这也让读者在诗作人物关系及身份的解读上难以获得唯一确定的答案。

【关键词】　《莎士比亚商籁》；人物关系；人物身份；多元不定

Multiplism and Indeterminacy of the Character Relationships and Identities in *Shakespeare's Sonnets*

Hu Maosheng

【Abstract】　On the nature of character relationships and identities in *Shakespeare's sonnets*, readers of different generations have accepted the Malonian duology that inscribes the first one hundred and twenty six sonnets to a fair young man and the remaining twenty eight to a dark lady. However, by examining the reference gender and interpreting the character relationship and identities in Shakespeare's sonnets, the author of this paper finds the determinacy in Malonian duology negotiable and argues that character relationships and identitities in Shakespeare's sonnets feature multiplism and indeterminacy, under which the first person "I" develops fickle and complex relationships with the fair young man, the dark lady the rival poet. There are also doubts and uncertainties revolving the identification of "the onlie begetter" Mr. W. H. in the dedication and that of the poet in the publication information.

【Keywords】 Shakespeare's sonnets; character relationship; character identity; multiplism and indeterminacy

1609 年在伦敦出版的《莎士比亚商籁》共收录 154 首诗，按照爱尔兰莎学家爱德蒙·马隆(Edmond Malone)1780 年提出的二分法①，诗中的人物关系以主人公"我"为中心向外发散成两段，一为"我"和"美男子"，二为"我"和"黑肤女子"。马隆对莎氏商籁人物关系的归纳颇具想象力，它增强了商籁诗集的叙事特征。他创建的二分法将 154 首诗看作一个互相关联的整体，一首首商籁诗歌在故事情节上互为补充，它们不再是独立存在的诗作，而是诗人经过谋篇布局之后创作的一部叙事诗集。马隆的二分法在本质上是建立在对"我"和"你"人物关系的解析之上的，《莎士比亚商籁》整部诗集中有 131 首出现发话人 "我"(addresser)，有 130 首出现受话人"你"(addressee)，在二分法的引导下读者极容易将前 126 首中的"你"简化为"美男子"，同时将余下的 28 首中出现的"你"简单地等同于"黑肤女子"。在受话人"你"的性别上如果无法得出确定的结论，商籁中提及的美男子和黑肤女子作为"我"的爱人就难以进行具体的定位，即哪些诗歌是献给男子的，哪些诗歌是针对女子的。《莎士比亚商籁》中受话人"你"的性别扑朔迷离，人物指称性别的多元不定让诗作中的人物关系充满了不确定因素。读者若从传记的角

---

① Edmond Malone(1741—1812)认为莎氏商籁 154 首诗可以分为两大组，一组是献给一位男性友人的，另一组是献给一位女子的("of the Sonnets before us, one hundred and twenty-six are inscribed to a friend: the remaining twenty-eight are devoted to a mistress")。在为商籁第一百二十七首作注时马隆写道："接下来的商籁都是献给一位女性的"("All the remaining Sonnets are addressed to a female")。Brian Vickers, *Shakespeare: the Critical Heritage: 1774 - 1801*, Vol. 6. Boston: Routledge & Kegan Paul Ltd., 1981, p. 292. David Daiches, *The Penguin Companion to English Literature*. New York: McGraw-Hill Book Company, 1971, p. 344.

度解读人物关系和人物身份，自然会陷入多元不定的文本所带来的重重困境。此外，《莎士比亚商籁》卷首的献辞以及相关的出版信息也为作品中人物关系及人物身份的甄别增添了诸多干扰。

一、人物指称性别的多元不定

人物关系的多元不定首先表现在作品中人物指称性别的多元与不确定之上。根据笔者的统计，154 首商籁中有 131 首中含有第一人称的人称代词或物主代词，第一人称的比重达到了 85%。出现第二人称的人称代词或物主代词的商籁共有 130 首，它们在所有商籁中的比重也超过了 84%。第二人称的高比率出现表明莎氏商籁的指向性很强，作为能指符号的“你”或“你的”背后的所指并不明确，即莎氏商籁受话人的性别和身份均不确定，读者多依照马隆对莎氏商籁的两组分类来断定人称代词背后指称的具体人物，因此但凡出现在第一首至第一百二十六首这一区间范围的第二人称“你”均指代貌美男子，而出现在第一百二十七首至第一百五十四首这一区间范围中的第二人称都是指代黑肤女子。另外，莎氏商籁里还出现了第三人称的指示代词“他”“她”以及“他们”[①]，通常情况下读者也极容易将第一区间（商籁第一—第一百二十六首）中出现的第三人称阳性代词与美男子等同起来，将第二区间（商籁第一百二十七—第一百五十四首）出现的阴性“她”与黑肤女子联系在一起。严格说来，如此建立的对等关系不仅在一定程度上掩盖了某些人物关系的存在，而且与商籁文本中的人物指称背后的多元性事实相违背。莎氏商籁 1640 年版本的出版商约翰·本森（John Benson）在修订商籁的过程中将所有表示阳性的“他”改成了阴性的“她”，一方面暗示了商籁文本中的叙事要素，另一方面也表明商籁文本的接受者在人物关系问题上存在的分歧，同时也证实了商籁文本中人物关系的不定和多元。

另外，传统意义上的商籁都有明确的受话人，如彼得拉克商籁中的受话人是劳拉，丹尼尔（Daniel）1592 年出版的商籁受话人为德丽娅（Delia），理查德·林琪（Richard Linche）1596 年发行的商籁受话人为蒂拉（Diella）。莎氏商籁受话人在性别上的不确定使读者对商籁的理解趋向多元化，如商籁第二十首中的“情郎兼情女”（“Master Mistris of my passion”）以及第五十三首所描述的具备双重性别的完美形象，对方的

---

① 据笔者对 Martin Seymour-Smith 编辑的商籁版本的统计，商籁第一区间里除了第一人称与第二人称以外，单数第三人称阳性的“他”一共出现了 68 次，单数第三人称阴性的“她”一共出现了 16 次。第二区间里除了第一人称与第二人称，第三人称阳性的 “他”出现了 9 次，而阴性的“她”出现了 16 次。

长相既有阿都尼(Adonis)的英俊潇洒,又有海伦(Helen)的花容月貌。

莎氏商籁中的 130 首指向发话人“我”(addresser),131 首指向受话人“你”(addressee),在受话人“你”的性别上如果作不出一致的结论,商籁中提及的美男子和黑肤女子作为“我”的爱人就难以进行具体的定位,即哪些诗歌是献给男子的,哪些诗歌是针对女子的。倘若该问题能得以澄清,第一人称“我”的界定难题也迎刃而解。西方学者从受话人“你”的角度来澄清人物关系的努力似乎并未使问题更加明朗,相反,众人的结论让人物关系的多元性以及不确定性更明显。如艾德蒙德森(Edmondson)和威尔兹(Wells)认为莎氏商籁中可确定受话人性别的共有 62 首,其中有 31 首是可以直接确定的,另外 31 首只能通过上下文的暗示来确定受话人的性别。①

事实上,人物关系的定位方式也并非只有受话人“你”能够体现,其他人物指称作为参照体系也能让其更加明晰。② 据笔者统计,商籁第一区间里除了第一人称与第二人称以外,单数第三人称阳性的“他”一共出现了 68 次,单数第三人称阴性的“她”一共出现了 16 次。莎氏商籁中第三人称出现的情况如下图所示:

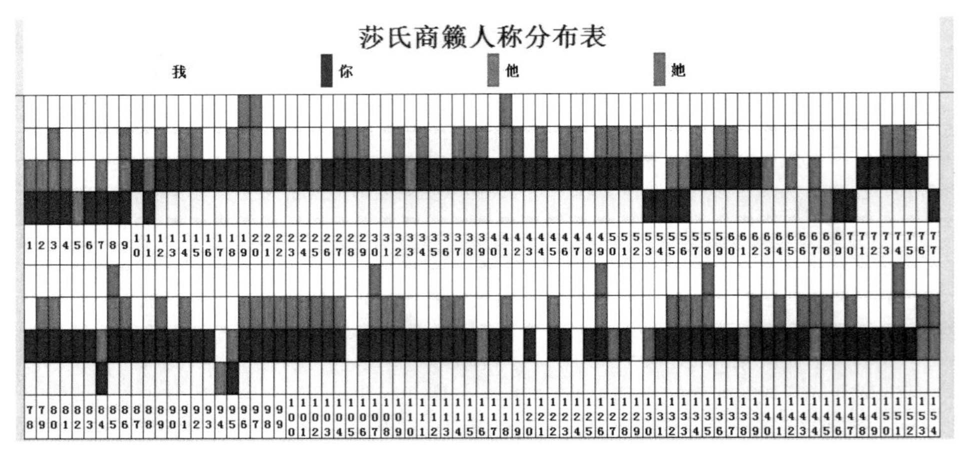

① 参照 Stephen Orgel & Sean Keilen, *Shakespeare: the Critical Complex*. New York & London: Garland Publishing, Inc., 1999, p.73. 艾德蒙森(Edmondson)和威尔兹(Wells)的统计中确定 62 首可以断定商籁受话人的性别。其中 20 首可以直接确定为阳性,另外 21 首可以根据上下文间接得出受话人为阳性的结论。7 首可以直接断定为阴性,10 首可以间接确定为阴性。另外 4 首的受话人阴阳皆可。Paul Edmondson & Stanley Wells, *Oxford Shakespeare Topics: Shakespeare's Sonnets*. Oxford: Oxford University Press, 2004, p. 30.

② 从叙事学的角度讲,第一人称“我”不一定是叙述者的唯一表现形式。同理,第二人称“你”也并非受述者的唯一表现方法,并且叙述者甚至都不一定具备人格化特征。参照申丹、王丽亚:《西方叙事学:经典与后经典》,北京大学出版社 2011 年,第 78 页。莎氏商籁中的其他人物指称,如第三人称阳性与阴性作为他者也能为人物关系的确定提供一定的线索。如商籁第三十二首中虽然既出现了发话人“我”,也出现了受话人“你”,但该诗也用“你逝去的爱人”(“thy deceased lover”)来替代第一人称“我”,同时又以“我的爱”(“my love”)来指代“你”。在该诗末尾两行诗里,单数第三人称“他”与“我”等同,“他的爱”(“his love”)与“你”在指代内容上也保持一致:“但自从他一死,诗人们进步了以来,/我读别人的文章,却读他的爱。”(屠岸 65)(“But since he died and Poets better prove,/Theirs for their stile ile read, his for his love.”)

其中出现的第三人称单数主要呈阳性，阴性的“她”多用来指代以自然女神为代表的神灵形象或者其他女性形象。如第四首中的阴性第三人称单数指自然女神，第二十七首中的阴性第三人称指夜神，第九首中的“她”指代“寡妇”，第四十一及第四十二首中的阴性第三人称指代年轻女性。第二区间里除了第一人称与第二人称，出现的第三人称也大多是阴性的“她”（其中“他”出现了 9 次，而“她”出现了 16 次）。鉴于此，爱德蒙·马隆 1780 年认为前 126 首是献给貌美男子的，后 28 首是献给黑肤女子的，他对莎氏商籁的获致者如此划分看似不无道理。但是，将 154 首商籁整齐而简单地划归为“貌美男子”和“黑肤女子”两个组成部分显得粗糙和笼统。由于只有少数商籁可以确定受话人的性别，马隆对莎氏商籁两个区间的划分值得商榷，《莎士比亚商籁》可被看成由互不相干的单首商籁组合而成的诗集（a collection of sonnets），而不是一个能暗示单首商籁之间存在某种联系的商籁序列（sequence）。但是，一些学者如科林·巴柔（Colin Burrow）则认为莎氏商籁应该被看作一个序列，因为 1609 年版《莎士比亚商籁》中所标识的数字顺序经过了莎士比亚本人的认可，154 首商籁是经过精心安排之后才标上序号得以出版。[①]此外，格温·埃文斯（Gwynne Blackmore Evans）以及哈勒特·史密斯（Hallett Smith）均采用马隆的二分法来讨论莎氏商籁的分组问题。[②]可见，受话人性别的多元理解导致了《莎士比亚商籁》阅读方式的多元，从而也为人物关系的多元特征奠定了基础。

二、人物关系及身份的多元解读

莎氏商籁文本中受话人的不确定性带来了人物关系解读的多元化。首先是第一人称“我”和第二人称“你”的关系，倘若莎氏商籁如彼得拉克商籁一样是献给诗人魂牵梦绕的爱恋对象的话，或者归属于艾德蒙德森和威尔兹所界定的“情诗”，那么读者会对爱人身份在男女性别上兼而有之的文本事实感到无比困惑，这也是让众多学者几百年来争论不休的一个问题。仅商籁第二十首里对受话人“情郎兼情女”的称谓就让莎评家们在“我”与受话人的关系问题上难以达成共识：

> 评论家们对“情郎兼情女”这一前所未有的短语具备的外延意义争论不休。第一，它是否暗示了同性恋关系，即美男子既是庇护人又是性伴侣。第

① 参照 Colin Burrow，ed，*William Shakespeare：the Complete Sonnets and Poems*. Oxford：Oxford University Press，2002，p. 95，p. 107.

② 参照 G. Blackmore Evans，*The Riverside Shakespeare*. Boston：Houghton Mifflin Company，1974，p. 1745.

二，它是否只是用来点明友人在外表上具备的女性特征。第三，该短语的使用是否在强调莎氏商籁区别于同时代商籁的地方在于前者以作为友人的美男子为主，而传统商籁中女性占主导地位。[①]

但末句里诗人对友人的态度似乎否定了该短语在性暗示上的一切可能，该诗第十三行指出，自然女神创造友人的本意在于取悦女人，因而“我”建议友人把爱留给异性。由此看来，“我”并没有表现出要与美男子发展同性关系的意愿。马隆认为在诗人所处的年代“情郎兼情女”作为指代男性的称谓司空见惯，它并没有触犯任何伦理或者法律上的禁忌，但科林·巴柔与马隆的看法完全相左。在他看来，许多伊丽莎白时期的读者都期待从商籁中寻找同性爱欲的奇特体验。[②]事实上，“Master Mistris of my passion”中的“passion”一词在感情色彩上的强烈暗示表明“我”与美男子之间的关系远远超越了男性之间的一般友谊。正如商籁第九十首以及第九十一首所展示的一样，“我”对友人在情感上的依赖已经到了难以自拔的程度。商籁第九十首表达了“我”对友人依依不舍的情感，在他眼里对方就是一切，任何挫折和困境与失去友人相比都显得微不足道：“别的忧伤，现在挺像忧伤的，/ 跟你相比，就不算忧伤了。”[③]商籁第九十一首前四行列举了人们在日常生活里经常感受到的荣耀，有人因出身高贵而沾沾自喜，有人为自己的雕虫小技感到不可一世，有人因腰缠万贯而惶惶不可终日，有人因身强力壮而感到高人一等，有人身着奇装异服而飘飘然，也有人坐在高头大马上得意扬扬。第三诗节笔锋一转，诗人将一个更加桀骜不驯的“我”展现在读者面前，“我”对众人的这些荣耀没有丝毫兴趣，因为“你的爱”已经超过了世间一切的荣耀：

对于我，你的爱胜过高贵的出身，
比旺财更值钱，比高价的锦衣更可贵，
比猎鹰和骏马更能使人高兴；
只要有了你，我笑傲全人类。[④]

---

① Colin Burrow, ed, *William Shakespeare: The Complete Sonnets and Poems*. Oxford: Oxford University Press, 2002, p.420.

② 马隆与巴柔对伊丽莎白时期的看法可参考 Colin Burrow, ed, *William Shakespeare: The Complete Sonnets and Poems*. Oxford: Oxford University Press, 2002, p.95, p.420.

③ 屠岸：《莎士比亚十四行诗集》，上海文艺联合出版社 1955 年，第 181 页。

④ 同上，第 182 页。

地位的显赫或者财货的充盈在“我”眼里都敌不过对方的爱，可见“我”在友人身上找到了极大的慰藉，他的存在似乎可以取代众人最为珍视的物质满足。对方的爱代表的是精神上的富足，比外在的物质满足更加珍贵。在评价对方价值上超凡脱俗的态度已非一般的友谊可以比量，在诗末“我”更是将对方搁置在一个不可取代的位置之上：“单单丢了你，我就什么都落了空，/你带走了一切，教我比任谁都穷。”[①]由此看来，在“我”眼里“你”就是一切，对方的存在与否俨然成了主人公评判贫富与否的唯一标准，二人之间的黏着关系已非平常友谊能够解释。

第一人称“我”与第二人称“你”之间的关系由此成为一个极富争议的问题。马隆将“我”与“你”的关系定义为平常友谊，科林・巴柔却认为他们是同性关系，浪漫派诗人科尔律治认为莎士比亚没有违背伦理纲常。可见，受话人称谓的不定带来了读者在人物关系定位上的多元理解。倘若文本中的第三人称单数全都换成阴性的“她”，如 1640 年约翰・本森所作的修正一样，商籁文本在人物关系上传达的信息会更加确定和清晰。

商籁中第一百零七首中受话人“你”的不确定性也带来了人物关系的多元阐释。该商籁作为传记学研究的素材引起了莎学界的注意，诗中的一些意象能与伊丽莎白时期的历史事件和人物建立联系。论者常将第四行中的短语“人间的月亮”（“mortal moon”）[②]与伊丽莎白女王联系在一起，而该行“人间的月亮已经忍受了月食”（“the mortal moon hath her eclipse endured”）[③]则被指为女王 1603 年驾鹤西去的事实。也有论者认为“人间的月亮”指西班牙的无敌舰队。[④]第五行“和平就宣布橄榄枝要万代绵延”[⑤]表明女王去世后詹姆斯一世登基给英国民众带来的和平。由于女王没有子嗣留世，英国朝野上下担心皇家的基业不保，故詹姆斯一世的到来如同大洪水之后信鸽给诺亚方舟中的难民带来的橄榄枝，让英国人不再担心伊丽莎白的逝去可能导致的政局动荡。该诗最后两行引出了受话人“你”与诗人、女王及上述历史事件之间的关系：“你，将

---

① 屠岸：《莎士比亚十四行诗集》，上海文艺联合出版社 1955 年，第 183 页。

② 同上，第 214 页。

③ 同上，第 214 页。

④ 几乎所有为莎氏商籁作注的学者都认为该诗具有深刻的寓意，即“mortal moon”既可引出女王的仙逝，也可引出西班牙无敌舰队被英国击败的军事事件。屠岸对英文“mortal moon”进行了详尽的注解，指出了该短语的象征义，将其译为“人间的月亮”（梁宗岱同），并在译文后指出“此译法是否妥当，亦属疑问”。将月亮与伊丽莎白女王联系在一起出自古典神话月神和贞洁女神戴安娜（Diana），女王终身未嫁，故被称作月神戴安娜并与月亮联系在一起。西班牙的无敌舰队形如月牙，“人间的月亮已经忍受了月食”表明月球逐渐进入地影并形成了月食，如指月牙则月亮并未完全进入地影。屠岸：《莎士比亚十四行诗集》，上海文艺联合出版社 1955 年，第 215 页。Colin Burrow, ed. *William Shakespeare: the Complete Sonnets and Poems*. Oxford: Oxford University Press, 2002, p. 594.

⑤ 屠岸：《莎士比亚十四行诗集》，上海文艺联合出版社 1955 年，第 214 页。

在这首诗中竖起纪念碑,而暴君的饰章和铜墓将变成灰。”①

论者如爱德蒙·钱伯斯(Edmund Chambers)和科林·巴柔认为以上两行诗指向伊丽莎白女王的仙逝和南安普敦伯爵亨利·芮兹立(Henry Wriothestley, Earl of Southampton)牢狱生活的结束。罗伯特·吉尔劳克斯(Robert Giroux)认为引诗中的受话人“你”为亨利·芮兹立,而科林·巴柔则坚称“你”还可指彭布罗克伯爵威廉·赫伯特(William Herbert, Earl of Pembroke)。②南安普敦伯爵亨利·芮兹立与挚友艾塞克斯伯爵(Earl of Essex)被女王派往爱尔兰平息暴乱,后又因叛国罪一同入狱,女王的逝世结束了亨利·芮兹立的牢狱之苦。作为芮兹立的门客和庇护对象,莎士比亚用诗文来记录此次历史事件的举动似乎也在情理之中。因此,该商籁中“我”与“你”的关系可解读为一种庇护关系,“我”对于友人重获自由感到无比欣慰,感叹他能在自己的诗文里永垂不朽,而囚禁友人的女王作为“暴君”也将会失去昔日的光彩。但该解读也存有争议。1601年莎士比亚的庇护人亨利·芮兹立因叛国罪被逮捕入狱并被女王宣布执行死刑,其好友罗伯特·塞西尔(Robert Cecil)时任王室要职并深得女王信任,在他的帮助下亨利由死刑改判为终身监禁。③两年后(1603年3月24日)伊丽莎白女王驾崩,詹姆斯一世登基并于当年4月赦免了亨利·芮兹立的所有罪行。入狱后他被免去了伯爵的头衔,所有的财产也都被政府没收,两年的囚禁必然会极大地削弱他在政府中的地位,他在文人间的影响力自然也受到影响,此时他与莎士比亚之间的庇护关系是否会继续,依然不得而知。因此,用亨利·芮兹立来解释人物关系有难以自圆其说之处。

二人关系的另外一说涉及彭布罗克伯爵威廉·赫伯特,此人也被许多学者认定是莎氏商籁的获致者。科林·巴柔推测商籁第一百〇七首也可暗示威廉·赫伯特1601年4月在弗立特监狱(Fleet Prison)被释放的事实。此说是建立在莎士比亚与彭布罗克伯爵的庇护关系之上,但该说并无充足的证据,并且彭布罗克伯爵被释放的日期与该诗起始提及的女王驾崩日期并不吻合,两大事件之间很难建立一种紧密的联系。正如科林·巴柔本人所承认的一样:“如果两大假设(亨利·芮立吏或威廉·赫伯特被释放)中的任何一环难以服人,它们当中必有一种会不攻自破,除非它们能站得住脚。”④如此看

① 屠岸:《莎士比亚十四行诗集》,上海文艺联合出版社1955年,第215页。

② E. K. Chambers, *William Shakespeare: A Study of the Facts and Problems*. Oxford: The Clarendon Press, 1930, p. 563. Colin Burrow, ed, *William Shakespeare: the Complete Sonnets and Poems*. Oxford: Oxford University Press, 2002, p. 594. Robert Giroux, *The Book Known as Q: A Consideration of Shakespeare's Sonnets*. New York: Vintage Books, 1983, p. 191.

③ 参照 Robert Giroux, p. 65.

④ Colin Burrow, ed, *William Shakespeare: the Complete Sonnets and Poems*. Oxford: Oxford University Press, 2002, p. 594.

来，围绕受话人“你”展开的人物关系解读并不能得出一个令人满意的答案，其症结在于受话人“你”的多元不定的解释，莎氏商籁中人称指代的不确定性带来了人物关系定位上的多元性。

三、“唯一获致者”Mr. W. H.

莎氏商籁中人物关系和人物身份的多元不定还体现在卷首“唯一获致者”Mr. W. H.（“the onlie begetter”）的身份确认之上。莎氏商籁 1609 年版卷首有一段署名为“T. T.”的献辞：

TO.THE.ONLIE.BEGETTER.OF.
THESE.INSVING.SONNETS.
Mr.W.H. ALL.HAPPINESSE.
AND.THAT.ETERNITIE.
PROMISED.
BY.
OVR.EVER-LIVING.POET.
WISHETH.
THE.WELL-WISHING.
ADVENTVRER.IN.
SETTING.
FORTH.
T. T.

献词的署名均为缩写形式，而且断句模糊，加大了读者对相关人物进行身份确认的难度。虽然公认的观点常将献辞中的“the onlie begetter”与“Mr. W. H.”等同起来，也有学者提出“Mr. W. H.”是“Mr. William Shakespeare”的缩写形式“Mr. W. SH.”，并将两种缩写之间的差异归结于编辑排版时的纰漏。[①] 若排版疏漏属实，“Mr. W. H.” 放在“promised by”之后更加合适，但该缩写又偏偏在“begetter”之后，人们自然会将“Mr.

① 莎氏商籁 Q 版发行已经 400 多年，其间众多学者都对其字里行间的所谓错误进行了重新编辑，并在此过程中发现莎氏商籁 Q 版的编辑排版工作十分拙劣，漏洞百出。

W. H."当作"the onlie begetter"的同位语，认为两者是同一人。献辞最后的署名缩写"T. T."一般会被看作1609年《莎士比亚商籁》第一四开本的伦敦出版商托马斯·索普(Thomas Thorpe)姓名的首字母组合。莎士比亚时代的英国版权意识淡薄，一部文学作品一旦在出版行会的登记大厅录入之后，出版商可随意淡化作者的痕迹并赋予它新的用途。莎氏商籁1609年出版的四开本献辞就是出版商托马斯·索普自行加在卷首的，献辞里根本就没有提及莎士比亚其人，取而代之的是含混其词的称呼"我们不朽的诗人"("our ever-living poet")。即便是在《莎士比亚商籁》的扉页，作者的信息也被简化到了最低的限度。下面这张照片就是1609年出版的《莎士比亚商籁》扉页，不难看出，商籁作者的信息在这里并没有完整的标识，标题里能暗示莎士比亚字眼的单词组合"SHAKE-SPEARES"显得过于简练，没有像1623年的第一对开本那样加入诗人的名字"威廉"("William")。

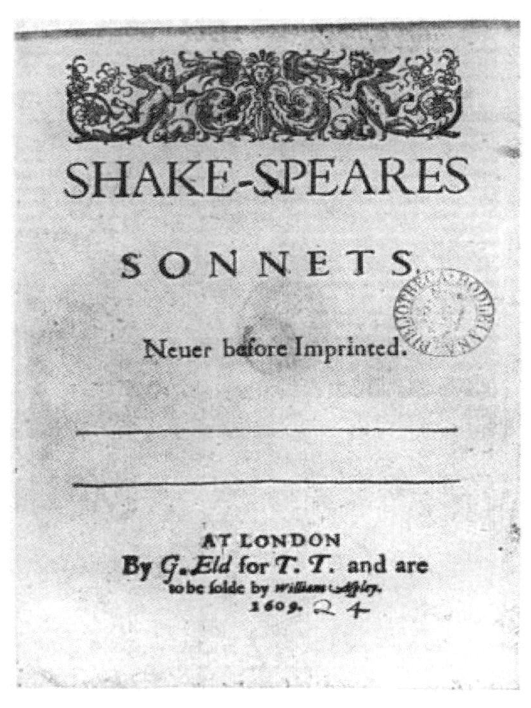

莎士比亚的合伙人威尔·肯普(Will Kemp)在1600年出版的《从伦敦到诺威齐：肯普随莫利斯舞蹈团九日游》(*Kemp's Nince Days' Wonder*: *Performed in a Morrice*

from London to Norwich)结尾写了一段跋来批判民谣作者[1](ballad-makers),在跋文里肯普造了一个类似 Shake-speare 的名字(SHAKE-RAGS)来指称"撒谎者",因此,《莎士比亚商籁》1609 年第一四开本标题(*SHAKE-SPEARES SONNETS*)中的 SHAKE-SPEARES 或许也是一个被造出来的词,并非对商籁作者真实信息的呈现。《莎士比亚商籁》扉页排版拙劣的现象在肯普的书里也有体现,如正文开始出现的短语"against all lying ballad-makers",排版人在"ballad"和"makers"之间加了一个句号:

> Kemp's nine days' wonder.
> Performed in a Morrice from
> London to Norwich.
> Wherein every day's journey is pleasantly
> set down, to satisfy his friends [as to]
> the truth; against all lying ballad.
> makers: what he did, how
> he was welcome, and by
> whom entertained.[2]

并且,《莎士比亚商籁》扉页顶端的图案设计也与众不同,伊丽莎白时期的印刷商在排版时常将图案安排在出版信息与作者信息之间,而不是像《莎士比亚商籁》那样安排在书名之上,这一点可以通过对照肯普 1600 年出版的游记和林琪 1596 年发行的商籁得出:

---

① 肯普作品开头正上方加注了一段说明作者出版意图的话:"每日的旅途均被愉快地记录了下来,以飨诸位友人,告知他们实情。同时正告洒下瞒天大谎的民谣作者:他的所作所为,他所到之处如何受到人们的热烈欢迎和热情款待"("Wherein every day's journey is pleasantly set down, to satisfy his friends [as to] the truth; against all lying ballad. Makers: what he did, how he was welcome, and by whom entertained.")。参照 Edward Arber, *An English Garner: Ingatherings from Our History and Literature*. Birmingham: The Gresham Press, 1883, p. 19, p. 35. 在跋中肯普称这些民谣作者为"MY NOTABLE SHAKE-RAGS","SHAKE-RAGS"与《莎氏商籁》1609 年第一四开本封面上的"SHAKE-SPEARES"构词法极其相似,笔者以为此二种名称均为化名,或是伊丽莎白时期流行的绰号或笔名,显然,在肯普的作品中该词有贬义(rags 一词可表示垃圾、杂碎)。

② 参照 Edward Arber, An English Garner: Ingatherings from Our History and Literature. Birmingham: The Gresham Press, 1883, p. 19.

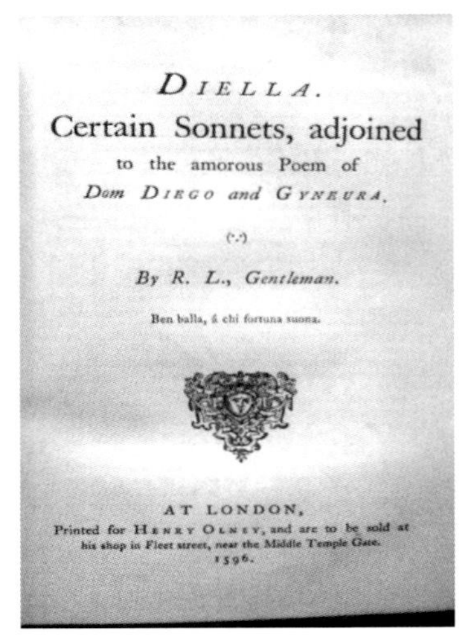

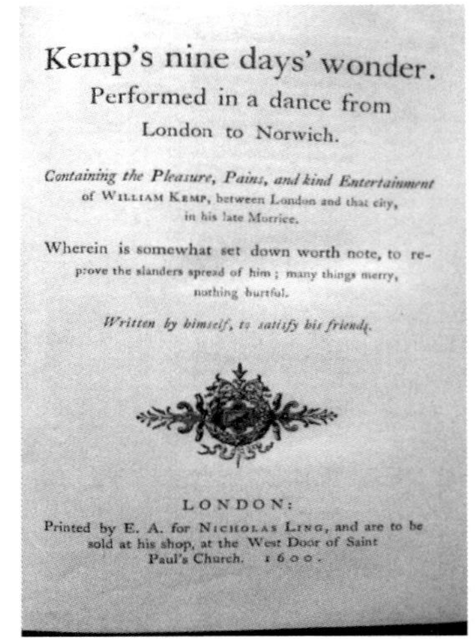

《莎士比亚商籁》1609年第一四开本扉页的两条平行线中间未添加任何信息，如果作为装饰显得过于简单，或许这也暗示了排版的仓促和粗糙。笔者注意到，在同时代出版的作品扉页要么没有这样的线条设计，如果有，两条线中间一般都有文字说明。线条的设计是为了将不同的内容间隔开来，同时可在双线条之间的空白处加注。由此看来，《莎士比亚商籁》扉页的双线条很可能漏掉了作者信息。

出版商托马斯·索普所作的这段献辞也不太符合当时的常规，这也给商籁的获致者"Mr. W. H."身份的确定及其与诗中人物关系的建立设置了层层障碍。出版商在获得手稿之后可将出版物再次利用并献给他人，如林琪创作的商籁在1596年由亨利·奥尔尼（Henry Olney）出版发行，而他却将商籁献给了一名爵士夫人安·戈棱瀚（Lady Anne Glemnham），[①]紧跟其后的是一页意味深长的献辞。[②]托马斯·索普所作的献辞与亨利·奥尔尼的献辞相比显得过于简略，[③]对于商籁的获致者只言片语，甚至此人的名字连同自己的名字都是采用缩写形式，出版商似乎在故意规避与获致者有关的信息。献辞写法的独树一帜所留下的种种不解之谜加大了莎氏商籁中人物关系辨别的难度。

因此，莎氏商籁的获致者"Mr. W. H."在现实当中被赋予了多个身份，每一种身份的选择都可与诗人莎士比亚一起编织出一幅幅不同的人物关系图。莎学界对"Mr. W.

① 参照 Edward Arber, *An English Garner: Ingatherings from Our History and Literature*. Birmingham: The Gresham Press, 1883, p. 187.

② 在献词第二段里出版商用迂回策略来表达自己对女主人的要求，这在当时的献词里很常见。

③ 笔者将其与同时代出版的作品进行对照之后发现，托马斯·索普的献词似乎只是草率地写了个开头，出版商并没有计划长篇累牍地对获致者进行歌颂并且顺便提出自己的请求，这一点似乎也不符合当时的做法。

H."身份的争论由来已久，目前最受欢迎的两位候选人分别是南安普敦伯爵亨利·芮兹立和彭布罗克伯爵威廉·赫伯特。[①] 莎氏商籁的获致者"Mr. W. H."往往被读者看作是诗中提及的第二人称"你"，支持亨利·芮兹立的学者往往将候选人的生活经历与莎氏商籁中有关第二人称的描述联系在一起，从而证明他们的选择具有合理性。正如前文所述，受话人"你"的性别都难以确定，依靠莎氏商籁中收集的有关美男子的信息而对人物关系作出的判断自然会受到影响。莎氏商籁文本的多元不定使得第二人称"你"在现实中的定位迷雾重重，不论传记学家们对自己青睐的候选人的家底查得如何透彻，面对莎氏商籁中飘忽不定的人物指称关系，他们也都免不了"你方唱罢我方登场"的尴尬局面。

读者常在莎氏商籁的获致者"Mr. W. H."与诗中第二人称"你"之间画等号，如前所述，第二人称"你"与"Mr. W. H."的指向不定且多元，事实上，莎氏商籁中第一人称"我"的人物身份也表现出多元不定的特征。光伊丽莎白时期的候选人就高达五十多位，主要以爱德华·德·维尔(Edward de Vere)、弗朗西斯·培根(Francis Bacon)、克里斯托弗·马洛(Christopher Marlowe)、玛丽·西德尼(Mary Sidney)、德比伯爵(the Earl of Derby)以及卢特兰伯爵(the Earl of Rutland)为代表的贵族或诗人们。[②]第二人称"你"(美男子)的候选人也达六个之多，而在现实中与第二人称"你"对应的女性(黑肤女子)也无定论，其候选人主要有玛丽·菲藤(Mary Fitton)、伊丽莎白女王以及阿贝司·德·

---

① 除了亨利·芮兹立和威廉·赫伯特，其他候选人还有亨利·芮兹立的继父威廉·哈维(William Harvey)、莎士比亚的小舅威廉·哈瑟威(William Hathaway)、莎士比亚的侄子威廉·哈特(William Hart)以及王尔德力推的候选人威利·休斯(Willie Hughes)。自从马隆(Malone)1780年提出莎氏商籁具有自传意义的观点之后，人们就开始在现实中定位莎氏商籁中的人物归属。最早提出亨利·芮兹立主张的是内森·骓克(Nathan Drake)，他早在1817年就提出了莎氏商籁的获致者Mr. W. H.是南安普敦伯爵亨利·芮兹立。而最早将Mr. W. H.与威廉·赫伯特(William Herbert, Earl of Pembroke, 1580—1630)联系在一起的是托马斯·泰勒(Thomas Tyler)，另外一位较早的支持者是乌尔瑞克·尼思贝特(Ulric Nisbet)，1936年他在自己的著作《唯一获致者》(*The Onlie Begetter*)给出了威廉·赫伯特的主张。详见John Dover Wilson, ed, *The Sonnets: The Cambridge Dover Wilson Shakespeare*. Cambridge: Cambridge University Press, 2009, p. 88, p. 92. Katherine Duncan-Jones, ed, *The Arden Shakespeare: Shakespeare's Sonnets*. Ehrhardt: Thomas Nelson & Sons Ltd., 1998, p. 52, p. 57. 西德尼·李(Sidney Lee)认为"Mr. W. H."是一位名叫威廉·霍尔(William Hall)的同行，他是一名出版商的助手(a stationer's assistant)。参照Sidney Lee, *A Life of William Shakespeare*. Hertfordshire: Oracle Publishing Ltd., 1996, p. 89, pp. 92-93.

② 哥伦比亚大学教授詹姆斯·莎皮柔(James Shapiro)认为莎士比亚名字背后既可是某位文人，即莎士比亚一人创作了所有的剧作和诗作，也可是一群文人的代名词，即莎氏剧作和诗作是某个创作团体一起工作的成果。除了爱德华·德·维尔等热门人选之外，其他候选人还包括华尔特·热雷(Walter Raleigh)、约翰·多恩(John Donne)、罗伯特·塞西尔(Robert Cecil)、约翰·符咯里欧(John Florio)、菲利普·西德尼(Philip Sidney)以及南安普敦伯爵，连伊丽莎白女王和詹姆斯国王都被列入长长的莎士比亚候选人名单之中。詹姆斯·莎皮柔认为列一个完整的清单毫无意义，因为老的清单还未被接受，新的清单便会接踵而至。参照James Shapiro, *Contested Will: Who Wrote Shakespeare?*. London: Faber and Faber Ltd., 2010, p. 6.

克拉肯维尔(Abbess de Clerkenwell)。[①]莎氏商籁中提及的诗敌至少有六位代表,最被学者们认可的是乔治·查普曼(George Chapman),其次是马洛、丹尼尔(Daniel)、斯宾塞(Spenser)以及菲利普·西德尼等。[②] 如果将莎士比亚时期的这些人物两两组合并还原莎氏商籁中的人物关系,该关系网的多元分布可想而知,尤其是考虑到包括作者莎士比亚本人以及这些或许能跟文本建立联系的候选人都无法确定的时候。

莎氏商籁中的人物关系飘忽不定,诗中的人称指代对象扑朔迷离,人物指称网络错综复杂,这些不确定因素使得评论者在人物身份以及人物关系问题上莫衷一是。"我"与美男子、黑肤女子以及诗敌的关系在文本内外均表现得变动不居,形成了莎氏商籁人物关系网络的不定与多元。

【作者简介】胡茂盛,男,湖北麻城人,北京师范大学文学博士,英国伯明翰大学莎士比亚研究院博士后,浙江工商大学英文系讲师,主要从事莎士比亚研究。近期发表论文有《中国莎士比亚中的孔子:以 1914—1964 年的中国媒体为例》以及书评《朱生豪莎剧翻译精典化研究》。

---

① 维多利亚时期学者托马斯·泰勒花了大半辈子去寻找黑肤女子的真实身份,最后将它确定在伊丽莎白的一名侍女玛丽·菲藤身上。哈里森(Harrison)认为黑肤女子可能是一位名叫阿贝司·德·可勒肯苇尔(Abbess de Clerkenwell)的黑人妓女。详见 Martin Seymour Smith, ed, *Shakespeare's Sonnets*. London: Heinemann, 1973, p. 20. 玛丽·菲藤的主张被许多学者认可,除了托马斯·泰勒之外,还有萧伯纳以及弗朗克·哈瑞斯(Frank Harris)等。

② 参照 John Kerrigan, *William Shakespeare: The Sonnets and A Lover's Complaint*. London: Penguin Books, 1999, p. 272. Robert Giroux, *The Book Known as Q: A Consideration of Shakespeare's Sonnets*. New York: Vintage Books, 1983, p. 186. Martin Seymour Smith, ed, *Shakespeare's Sonnets*. London: Heinemann, 1973, p. 21.

第四编

中国高校莎士比亚戏剧演出与教学

从演绎莎剧到全方位育人
——以四川外国语大学博艺·莎剧社为例

曾　立

【摘　要】　四川外国语大学博艺·莎剧社是西南地区较早成立的莎剧社，迄今为止排演了多部经典莎剧和原创话剧、音乐剧，多次在重庆市及全国比赛中获奖。商务英语学院将教学、剧社课外活动以及研究相融合，建构了学生培养中的三全育人格局。

【关键词】　莎士比亚戏剧；全方位育人；博艺·莎剧社

From Performing Shakespearean Drama to Comprehensive Education: a Case Study of the Sichuan International Studies University's Infinite Art Troupe

Zeng Li

【Abstract】 Infinite Art Troupe of Sichuan International Studies University is one of the earliest established Shakespearean drama societies in Southwest China. To date, it has staged numerous classic Shakespearean plays as well as original dramas and musicals, winning awards in competitions both in Chongqing and nationwide. The School of Business English integrates teaching, extracurricular activities of drama societies, and research, achieving comprehensive education in student development.

【Keywords】 Shakespearean drama; comprehensive education; Infinite Art Troupe

四川外国语大学博艺·莎剧社成立于2009年，现隶属于商务英语学院，面向全校招募社员。剧社最初由一名叫景怡的女生发起成立，先后邀请了四川外国语大学莎士比亚研究中心的李伟民教授和曾立、余静、曾媛媛等老师担任指导教师，现任指导教师为杨佳雯老师。该剧社是我国西南地区较早成立的高校莎剧社。历经15年的发展，商务英语学院将"莎士比亚戏剧鉴赏与表演"课程、剧社演出活动、教改与科研相结合，逐渐形成全方位的育人模式。

一、从走近经典到自我表达

最初四川外国语大学的学生自发成立博艺·莎剧社，其初衷仅是为有才艺或爱好戏剧的学生搭建平台。2009年，学生为参加学校外语晚会，排演了15分钟的英文话剧《哈姆雷特》片段。在时任重庆市剧协主席申列荣、秘书长夏祖生、副秘书长徐冀等老师们的支持下，剧社将此片段加长至1小时参加第二届重庆市大学生戏剧节，赴西南大学交流演出。虽然该剧的服装、化妆和道具都是由同学们自己动手制作，编剧和导演也非专业戏剧人，但是，同学们以创新的思维，在《哈姆雷特》中设置了一黑一白两个哈姆雷特，两个黑白王子象征着黑暗与仇恨、光明与爱，爱恨情仇、复仇与命运、嫉妒与宽恕在舞台上交织。同学们满怀激情、充满创意的英语莎剧演出受到西南大学观众的热烈欢迎，博得大家的阵阵掌声。该剧也获得了重庆市第二届戏剧节优秀表演奖。同时，博艺·莎剧社还创造了高校学生最早在重庆用英语公演莎剧的记录。从此，剧社开始走近莎剧经典，每年坚持排演莎剧，15年来已排演了《哈姆雷特》《温莎的风流娘儿们》《无事生非》《罗密欧与朱丽叶》《第十二夜》《李尔王》《威尼斯商人》《仲夏夜之梦》《亨利五世》等经典名剧，多次参加重庆市莎士比亚年会大学生莎剧比赛、重庆市大学生戏剧演出季、重庆市青年戏剧演出季、中国大学莎剧比赛、中国大学生音乐剧节、中国校园戏剧节等各类演出活动。

同学们最初致力于呈现"原汁原味"的莎剧，服装、化妆和道具都追求文艺复兴时期风格，但渐渐地，随着同学们越来越具有主动性，莎剧演出不再是同学们单纯的业余爱好，或者训练英语口语的手段，而是成为他们进行自我表达的一种形式。如2022年第十四届重庆市莎士比亚年会上，博艺的同学们表演了《威尼斯商人》法庭审判这一经典片段。在这一场戏中，演出背景带有质朴戏剧的极简风格，仅一桌一椅，所有演员均着白衬衣、黑色西服套装，淡化了性别区分，演员的着装和不卑不亢的举止神态都突出了同学们的专业特色：商务英语。学生们有意识地将"商务礼仪"和"商务谈判"等课程上学习的内容融入表演之中。在这一场演出中，同学们表现出对自己所学专业和未来可能从事的职业的认同和自豪。

四川外国语大学是一所男女生比例严重失衡的高校，在校男女生比例约为2∶8。在这样的校园环境中，剧社经常面临找不到优秀男演员的尴尬。于是，剧社在2018年排演了全女版的毕业大戏《亨利五世》。该剧导演温惠越在导演手札中写道："选择剧本是个艰难的过程，而在排戏时必须坚持的是：一定要找一个打动观众的主题作为改编版本的立足点，比如曾经排过的《无事生非》打动观众的是'爱情的无限可能'，《仲夏夜之梦》打动观众的是'真爱之路无坦途'。那改编全女版莎剧，要怎样的立意才能打动演员自己并打动观众呢？……于是，导演将目光投向了历史剧——几乎主要角色都是男性，女性沦为可有可无的陪衬的历史剧……那就给女人们一个'会议桌'，给女人们一个指点江山、叱咤风云的机会吧。女性不应该只是附属品，也不应该只与爱情和家庭相关，仿佛除了爱与被爱，女人就没有了存在的价值似的……所以在导演看来，《亨利五世》是一个关于年轻人成长中的得与失的故事。"这出戏具有强烈的自我表达的色彩。编剧夏莉莉对《亨利四世（上篇）》《亨利四世（下篇）》和《亨利五世》的剧本进行了大胆的重组，以哈尔王子为主角，串起了一个从"浪荡王子"到"一国之君"的成长故事。同时，剧组还对莎剧进行了现代化改编，将"王权之争"变成"公司继承之战"，并且将公司所从事的行业设定为并不青睐女性的IT业，原剧中的兰卡斯特王朝变成了做数据监测的龙头公司，而冷兵器时代的战争，也被没有硝烟的"黑客之战"取代。最重要的是，导演温惠越将此剧设定为全女版，亨利四世成了女总裁，哈尔王子变成了总裁独生女，连好色贪财的福斯塔夫爵士也变成了玩世不恭的朋克女郎。剧社以众筹的形式募集资金，学生们设计了《亨利五世》的标识：一帧有波浪形长发的女性侧面剪影。该剧的资助者们可获得印有标识的周边纪念品，如雨伞、T恤、水杯等。该活动最终众筹了6000元。从策划这一场毕业大戏，到剧本改编、筹措资金，再到演出的每一个细节，学生们完全掌握了主动权。她们试图通过此剧，肯定女性的力量和价值，表达她们对女性身份的认同和自信，也为四年的大学生活画上一个句号。而剧社的男生也心甘情愿地成为幕后英雄，为剧组贡献自己的力量，支持着站在聚光灯下的女性。

这一出全女版的《亨利五世》女性色彩浓郁，但由于它是完全自发地传递出来的积极情绪，没有半点说教色彩，反而显得有力而动人。该剧在毕业之际上演，很多家长从外地赶来观看学生们的演出，场面热烈，令人动容。而最重要的是，从导演手札可以看出，学生们对于莎剧的演绎已不单纯是学习和模仿，他们主动地在莎剧中寻找那些触发当代大学生情感共鸣的思想和主题；他们在排演的过程中反观自身，思索当代青年面对的问题、困境和追求；他们以莎剧为载体，向观众传递自己的价值观念，倾诉他们的情感和梦想。

二、从演绎莎剧到戏剧创作

博艺·莎剧社建立之初仅排演莎剧。2010年，剧社创始人景怡拿着一个名叫《搬家》的小品找到导演，让提提意见。小品讲的是老房子要拆迁，老人不愿搬走，儿女来给老人做思想工作，最后皆大欢喜。导演建议多挖掘一下老人行为的动机，再多一点生活气息。景怡找到郑爽、李承成两位同学合作，三位作者一番修改，剧本再拿到导演手里时，已不再是一个小品，而是一部大戏，名为《老屋记忆》，人物变得鲜活了："干豇豆""红萝卜""老爷子""小幺儿""马老师"……语言有浓厚的重庆方言色彩："吹垮垮""冲壳子、冒皮皮"，情节也变得曲折了，其中老爷子见到老屋变成一片废墟后伤心过度，导致精神失常，而小幺儿充满温情的陪伴让老人恢复神智这一场戏，明显能看到莎翁《李尔王》对同学们的影响：当李尔王被两个女儿抛弃，在旷野中发疯时，也是小女儿考狄利娅的安慰让他康复——学生们在排演莎剧的过程中，潜移默化地受到莎翁的影响，他们的创作欲被激发出来，并且在创作中有意无意地借鉴着莎翁的创作技巧。学生们把剧本提交重庆市剧协后，具有生活气息的语言受到剧协专家们的肯定，但在情节设置上，戏剧冲突还不够，于是，编导着手对剧本进行第三次修改。在第一场戏结尾，增加了老爷子和小幺儿的一场戏，交代了老爷子眷恋老屋的根由，在第三场戏中增加了摆烧烤摊的邻居大余将会因为拆迁得到安置：开发商将为他安排一套房子和一份保安的工作，从而让老爷子转变对拆迁的态度有了合理的动机——成全善良憨厚的邻居大余，表现出老爷子舍己为人的崇高品格。修改后的剧本得到剧协专家们的肯定："搬迁戏很多，但这个'扣'解得好，有新意。"该剧参加了第三届重庆市大学生戏剧节，并在重庆电视台《天生我才》栏目播出。更重要的是，三位同学的名字第一次以编剧的身份出现在刊物上——同学们创作的剧本被收入大戏节专刊"获奖剧本库"中发表。从此，博艺师生们一边坚持排演经典莎剧，一边走上了戏剧创作的道路。

2014年，博艺·莎剧社根据排演莎剧的经历创作了话剧《星光里的朱丽叶》，这出戏讲的是一位身患眼疾的女大学生，想要在双目失明之前圆一个扮演朱丽叶的梦，剧社同学们从误会、不解和矛盾冲突不断，到最终知道真相，一起助她圆梦。其中的"戏中戏"引用了《罗密欧与朱丽叶》的许多片段，而剧中人物原型和情节则都来自生活，尤其有一场戏表现一位男同学与女朋友闹矛盾，伤心之际，背诵着大段的莎剧台词发泄心中抑郁之气。这场戏的创作灵感来源于剧社一位男同学的真实经历：这位男生在失恋后边哭边背诵莎剧台词。由于这出戏富有生活气息和大学生的青春气息，主题积极向上，因此入选了当年重庆市首届青年戏剧演出季，在国泰剧院售票公演，编导也获得了“优秀编剧奖”，从此正式开始了戏剧创作。2015 年，《星光里的朱丽叶》再次参加重庆市大学生戏剧演出季，并入选第五届中国校园戏剧节，于 2016 年在上海外国语大学参演，获得普通组第一名的好成绩。重庆市剧协顾问委员会副主任夏祖生老师评价道：“这部戏在审美特征上说，就是以戏剧手段，演活了一群现实生活中的莘莘学子的青春故事；在戏剧作品的思想性、艺术性、观赏性的统一上达到了较高水平。”夏老师的鼓励和关心更进一步地激发了博艺师生的创作热情。

2016 年，剧社同学们开始了另一种形式的原创，大家第一次开始尝试将莎剧《仲夏夜之梦》改编成音乐剧，编剧赵欢同学为了让台词更适合演唱，保留了莎翁原剧中押韵的部分，如维纳斯与阿多尼诗节、英雄体双行体等，并将其他需要演唱的部分进行调整，在保留莎剧文风的基础上，将素体诗改为押韵的诗行，这一改编工作对学生而言是极大的挑战。其时尚在美国留学的知名独立音乐人黄雨篱和川外英语专业毕业的校友熊宇剑担任作曲，同为英语专业的学生曹思奇担任编曲和混音。学生们的多才多艺令人惊叹，这是一次大胆的尝试，尤其是小精灵帕克演唱的部分，采用了说唱曲风，活泼跳脱中带着叛逆不羁的色彩。该剧参加当年第一届中国大学生音乐剧节，获得南赛区第二名的优异成绩，导演温惠越获得“最佳导演奖”。

此后，剧社师生原创剧目不断涌现，2017 年贺煜寒创作的实验话剧《与你无关》勾勒了网络世界里冷漠的看客，该剧入选第二届全国高校实验戏剧双年展；同年曾立创作的《大侠》入选“风采巴渝”重庆市优秀青年戏剧展演，在重庆大剧院公演；2018 年，曾立以莎士比亚翻译家朱生豪和妻子宋清如的故事为素材，创作话剧《诗魂》；2020 年，李溢慧创作的抒情话剧《我不是娜娜》表现了当代大学生面对的家庭冲突、理想与现实的冲突，爱情与事业的矛盾；2021 年，黄艳梅创作的残酷戏剧《纸》批判了拜金主义；2022 年，博艺排演了曾立创作的现实主义话剧《不惑之年》；同年，曾立创作了话剧《何鲁》，在第五届重庆青年戏剧节中再次获得“优秀编剧”称号。该剧由重庆大学缙云话剧社排演，入选“科学家故事舞台剧推广行动”重点推介名单，并入选教育部“2024 年度高校原创文化精品”；2023—2024 年，刘一坤、于卓君、周佳怡和李易泽四位同学创作了话剧《青山见》，该剧以渣滓洞烈士为原型，讴歌了地下工作者的家国情怀，表现出剧社同学对本土创作题材的关注。四位同学首次以编剧的身份参加重庆市剧协、市评协在市文联机关联合召开的第九届重庆大学生戏剧演出季剧本评审研讨会和“百花齐放庆华诞”红色主题剧目创作剧本评审研讨会。

纵观博艺师生的创作历程，从模仿莎剧，到后来拓宽视野，开始有意识地学习借鉴更多的戏剧形式:象征主义戏剧、质朴戏剧、残酷戏剧、自然主义戏剧等;从努力理解莎剧,到大胆改编,到激发起自身的创作激情;从演绎经典名剧,到关注现实生活,挖掘本土创作题材,总体看来,这似乎是一种自然而然的发展过程,但又离不开重庆市剧协、市评协、重庆市莎士比亚研究会、四川外国语大学莎士比亚研究所和商务英语学院的引导和推动,同学们的作品也许还稚嫩青涩,但却是真诚的表达;他们大胆地进行着各种戏剧艺术形式的实验,但也始终没有背离正确的创作道路,表现出当代大学生的社会责任感和正确的价值观念。

三、从感性认识到理性思考

最初同学们选择莎剧是因为莎剧是公认的文学经典,在排演过程中,同学们越来越感受到莎剧情节之跌宕起伏、人物之细腻传神、语言之音韵铿锵。重庆市剧协、重庆市艺术创作中心更是不遗余力地给予扶持,给同学们提供了许多宝贵的学习机会:观摩戏剧,听名家讲座,参加各种戏剧培训班学习。北京云汉文化交流有限公司为同学们举办了工作坊,让学生们同英国导演、演员们交流;重庆大剧院为同学们提供志愿者工作机会,同学们得以深度参与国外剧团演出幕后工作……在川外校园里,李伟民教授以深厚的积淀,帮助同学们加深对戏剧的理解;邓齐平教授为博艺师生敞开大门,欢迎大家旁听他讲授的契诃夫戏剧课程;指导教师也为同学们开设了选修课《莎士比亚戏剧鉴赏与表演》,从表演的角度来学习莎剧。同学们在众多社会力量和学校的共同培养下不断成长,对戏剧的认识也由浅入深。同学们对戏剧由直觉式的、纯感性的喜欢或不喜欢,开始上升到理性的思考和分析。对剧社原创作品,学生导演们学会了撰写导演阐述,能够从主题、结构、戏剧矛盾、风格、人物形象、表演风格、舞台呈现等各个角度阐述导演的构思。同学们也会邀约观剧,观剧后会展开激烈讨论。

2016 年,陈俊伶、杨亦琛、贺煜寒、唐利四位同学为第二届重庆青年戏剧演出季撰写了五篇剧评。2020 年,温惠越在论文《〈无事生非〉中母亲缺席的研究》中,从南希·乔德罗母亲角色再生理论的角度分析《无事生非》中希罗母亲在场的缺席对希罗认识性别身份和性别关系的影响;2022 年,曾立和温惠越一起欣赏舞剧《杜甫》并分别撰写剧评。商务英语学院的同学们也会结合商务英语专业知识来对戏剧作品进行分析,如卢淑冰同学撰写论文,从商业价值的角度对莎翁名剧《哈姆雷特》进行探讨 。随着阅读范围的拓展,同学们的研究视野也更加开阔,2024 年康佳建、李美融和刘喻悦三位同学申报了四川外国语大学本科生科研立项,撰写论文《中国女性主义莎学研究综述》,对中国的女性莎士比亚研究进行了归纳和梳理，并参加了重庆市莎士比亚研究会第16届年会学术研讨活动。

博艺·莎剧社也在指导剧社活动和教学中不断探索戏剧的教育功能，结合了教育戏剧的相关理论，探讨高校戏剧如何打破传统的观演关系，以戏剧和剧场的技巧为手段全方位培养提高学生的综合素质，并基于商务英语学院的专业特色，探讨莎剧表演课程在学院人才培养目标中应当发挥的功能。曾立于2015年主持的校级教改项目“《莎士比亚戏剧鉴赏与表演》课程理论与实践探索”以一等结题，目前正与温惠越合作进行莎剧研究，并申报了校级科研立项“21世纪英国剧场莎剧性冲突的舞台呈现”，预计于2025年结题。

博艺师生们在戏剧理论上的探索，同样得到了重庆市剧协、重庆市莎士比亚研究会和川外的大力支持。回顾同学们早期的文章，难免青涩稚嫩，但在专家们的支持下，博艺师生在学术道路上尽管脚步蹒跚，但却会坚定地走下去，随着岁月的磨砺而逐渐成熟。

结语

15年来，在剧社一起打拼的日子成为博艺师生人生中重要的一段经历。有的同学在这里收获了热爱的事业，如曾经赴香港中文大学参加莎剧比赛的彭佩然，留美归来后在香港中文大学深圳分校就职；曾在《星光里的朱丽叶》中扮演主要角色的杨佳妮从川外毕业后，成为优秀的音响师。有的踏上了戏剧研究之路：张馨月考入加拿大谢里丹学院攻读编导专业硕士；贺煜寒考入南大读研；温惠越赴英国伦敦大学金史密斯学院攻读戏剧博士；金梦考上中央戏剧学院博士生，师从著名导演王晓鹰。有的建立了深厚的友谊，2021年温惠越和夏莉莉在毕业多年后再次合作，创作独角戏《两士一厅》参加东莞市第三届群众戏剧曲艺花会，夏莉莉担任编剧，温惠越担任导演和主演。有的收获了爱情，《仲夏夜之梦》的制作人夏莉莉和编曲曹思奇因为戏剧相识相知，喜结连理……唯一令人心痛惋惜的是，当初创立剧社的景怡因病过早离我们远去。但她却为志趣相投的学弟学妹们建起了一个共同学习、共同创作的平台，一座通往戏剧艺术世界的桥梁。博艺成立以来这十五年，是一场持久的教育实验，社会各方力量和学校协同培养戏剧人才，而学生在毕业后，在戏剧艺术的道路上还在继续前进，这是真正意义上的终身学习，也是真正的三全育人。

【作者简介】曾立，女，四川宜宾人，四川外国语大学商务英语学院讲师，主要从事莎士比亚戏剧研究。曾担任博艺·莎剧社指导教师十余年。

莎士比亚在上海大学

张　薇

【摘　要】　上海大学关于莎士比亚的演出、教学、学术活动已达十几载，文学院与外国语学院举办了诸多莎士比亚讲座，上演了莎士比亚年度大戏，在莎士比亚教学中注重课内课外的结合，从事各种莎士比亚学术活动，并与上海市的文化建设和普及莎士比亚紧密相连。

【关键词】　莎士比亚；教学；学术活动；演出

Shakespeare in Shanghai University

Zhang Wei

【Abstract】　The performance，teaching and academic activities of Shakespeare in Shanghai University have gone through more than ten years. College of Literal Arts and School of Foreign Languages have held many lectures on Shakespeare，staged annual Shakespeare plays，and paid attention to the combination of both inside and outside class in Shakespeare teaching，engaging in various academic activities of Shakespeare. It is closely connected with the cultural construction of Shanghai and the popularization of Shakespeare.

【Keywords】　Shakespeare；teaching；academic activities；performance

回顾上海大学的莎士比亚戏剧演出、莎士比亚戏剧研究和莎士比亚戏剧的学术讲座，虽然相比于南京大学、武汉大学、四川外国语大学、西南大学等高校来说时间还不长，取得的成就和这些高校相比也有一定的差距，但是莎士比亚相关活动在上海大学也已持续了十几个春秋。上海大学文学院和外国语学院每年都有新的成果、新的表现，陆续在学术活动、演出和教学等方面取得一些成果。

一、聘请专家开展莎学学术讲座

“走进来”是我们迎接莎士比亚、提高莎学学术研究水平的一项重要举措，为此，我们聘请莎学专家来校开展了多次莎学研究讲座，这些讲座极大地开阔了师生的视野，激发了学生了解、研究、演出莎士比亚的热情，同时也活跃了学校的学术氛围。文学院举办的讲座有：2015 年 6 月 24 日，复旦大学张冲教授做题为《莎士比亚的我们，我们的莎士比亚》的讲座。他提出了一些令人深思的问题，即在当代文化社会语境之下，我们如何从莎士比亚文本中不断读出新的信息？我们又该如何将具有时代文化特征的观念读入莎士比亚？如何为我们这样的读出与读入设定界线，使经典文学接近更广大的读者？2018 年 10 月 24 日，东华大学杨林贵教授做题为《罗密欧与朱丽叶的前生与后世》的讲座。他以丰富的资料、生动形象的视频展现莎剧改编与流行文化的互动关系，其内容涉及该剧的前生与文艺复兴流行文化、舞台阐释与传播等。2021 年 5 月 28 日，河南大学李伟昉教授做题为《莎剧〈泰特斯·安德洛尼克斯〉的创作来源与创新》的讲座。他认为莎士比亚第一部复仇悲剧《泰特斯·安德罗尼克斯》最重要的素材来源有古罗马诗人奥维德的《变形记》、古罗马悲剧家塞内加的悲剧《提埃斯忒斯》，以及畅销故事《泰特斯·安德罗尼克斯悲剧史》等，但莎士比亚推陈出新，赋予了该剧远超一般复仇剧的隽永深刻的政治寓意，流露出作者对王位继承、君王德能等王权政治问题的严肃思考，呼唤仁爱、宽恕与和平。2021 年 9 月 29 日，浙江大学郝田虎教授做题为《莎士比亚何以成为莎士比亚?》的讲座，他探讨莎士比亚如何从斯特拉福镇的平民成为文学大师，莎士比亚的诗歌和戏剧的魅力何在，莎士比亚如何在印刷媒介和舞台表演、电影改编等各种载体的襄助下，以其自身的可塑性和作品的高品质成为英国文化的代表，并赢得了世界的赞誉。2022 年 9 月 22 日，东北师范大学冯伟教授做题为《〈罗密欧与朱丽叶〉中的决斗与早期现代礼仪文明》的讲座。他认为该剧中含糊其词的“世仇”其实具有鲜明的现实指向性，即在 15 世纪末至 16 世纪初英国社会逐渐兴起的意大利礼仪文化，而决斗是其中最重要的组成部分之一。在世仇的映衬之下，罗密欧与朱丽叶的爱情更显得弥足珍贵。

但若简单认为两大家族的族长应承担悲剧的主要责任，则难免言过其实。2023 年 10 月 13 日，四川外国语大学的李伟民教授做题为《莎士比亚的现代转型——中国戏曲与莎剧》的讲座，通过列举京剧、越剧《王子复仇记》、昆剧《血手记》、徽剧《惊魂记》等戏曲，介绍了莎剧的中国化和莎剧改编的必然。

上海大学外国语学院举办的莎翁讲座有：2017 年 5 月 24 日，复旦大学孙建教授做题为《从〈哈姆雷特〉到〈暴风雨〉——试论莎士比亚戏剧艺术风格的转型》的讲座，通过对《哈姆雷特》和《暴风雨》两部名剧的比较，展示了莎士比亚艺术风格从悲剧向传奇剧变化的特点和他对英国乃至世界戏剧发展的杰出贡献。2018 年 11 月 8 日，复旦大学张冲教授做题为《〈第十二夜〉的语言与戏剧技巧》的讲座。他围绕建构戏剧反讽及满足观众心理，以《第十二夜》第一幕第五场为例，深入分析该剧中戏剧语言、戏剧动作与戏剧节奏的特点，挖掘看似平常的语言背后的文化历史因素，为当代文化和社会语境下演出此剧提出一些思考。2022 年 3 月 2 日，四川外国语大学李伟民教授做题为《叙述兼代言，经典与草根——二人转〈罗密欧与朱丽叶〉对莎士比亚原作的改写》的讲座。他认为二人转《罗密欧与朱丽叶》用一种独特的草根戏剧形态进行演绎，借助二人转特有的“演人物又不人物扮”的表现手法，采用叙事兼代言的诗体形式，以“做比成样”的叙事手法，丰富了人物形象和原作的悲剧意蕴。2019 年 11 月 29 日，上海大学张薇副教授做题为《狂欢庆典的喜剧——〈仲夏夜之梦〉》的讲座。她认为《仲夏夜之梦》是双重庆典，有狂欢色彩，表现为精灵出没、梦幻仙境、喜庆婚礼、戏中戏、元戏剧，剧中的森林、月光等自然意象构建了一个美好的绿色世界。2023 年 5 月 12 日，张薇副教授又做题为《〈罗密欧与朱丽叶〉的“台前”与“幕后”》的讲座，探讨了该剧对原素材的改编与创新，莎士比亚对爱情的渴望和“适度”的爱情观。

专家们从文本细读、素材探源、视觉艺术、舞台演出、对后世影响、莎剧中国化等多维度对莎士比亚进行了全方位的解读。这些讲座既给学生以学术的启迪，也是美育的第二课堂，更为外国语学院的年度大戏做铺垫，旨在启发学生演员更深刻地理解莎剧的思想、人物和艺术技巧，从而在演出中更好地传达这些精髓。

二、丰富多彩的莎剧演出

上海大学外国语学院每年都会举办莎士比亚戏剧节。自 2007 年始，两次演出了《罗密欧与朱丽叶》(2009，2023)，其中 2023 年的演出删除了一些相对次要的情节，如约翰神父的戏、罗密欧与伙伴们对谈的戏，以及奶妈被作弄的戏等，以保证主要情节的紧凑。一开场的街斗戏由上海大学武术队的学生友情出演，很精彩。其他剧目有《威尼斯商人》(2015)、《无事生非》(2016)、《驯悍记》(2018)、《第十二夜》(2019)、《仲夏夜之梦》(2021)、《皆大欢喜》(2024)。其中，《皆大欢喜》的场景被全部设置为冬天，笼罩着悲愁，为了突出该剧的喜剧性，剧终时演员们跳起了欢快的现代舞，阿米恩斯的几段动人的歌唱为全剧增添了抒情的意味；改编删除了奥德蕾与牧羊人、威廉的戏份。所有这些演出都是由学生们自编、自导、自演，学生的自主性和创造性得到淋漓尽致的展示，他们巧妙地加入现代元素(如现代服饰、现代歌舞)，邀请专业教师把关。演出的硬件甚佳，有类似于正规剧院的舞台场景，虚拟投影与实体道具相辅相成，灯光、舞美、音响效果俱佳，通常演出时长一个半小时，高度浓缩地呈现了莎剧的艺术精华。2023 年的《罗密欧与朱丽叶》在全国大学生英语戏剧节中荣获特等奖，俞建村和张薇老师荣获优秀指导教师奖。莎士比亚年度大戏也经历了演变，原来是毕业大戏，所有演员都是外国语学院毕业班的学生，后来演员不再局限于毕业班，而扩大为所有的年级，演员的招募也不局限于外国语学院，而扩大为全校范围，以外国语学院的学生为主，学校里文艺好、英语好、有表演天赋的学生为辅，形成了一支整体水平较高的团队，演出的效果越来越好。莎士比亚年度大戏已成为上海大学的文化品牌。

三、课内与课外、普及与提高相结合

上海大学文学院张薇副教授开设全校通识课《莎士比亚与文艺复兴时期的英国》，概览莎士比亚的创作道路以及文艺复兴时期英国的政治、历史、经济、戏剧界(大学才子派、剧院)的情况，并精选《威尼斯商人》《罗密欧与朱丽叶》《奥赛罗》《哈姆雷特》《李尔王》《麦克白》《暴风雨》等篇目，从经济冲突、宗教冲突、种族冲突、爱情婚姻、王权之争、超自然因素以及殖民问题等角度，将这些文本与英国社会进行互文性解读，旨在使学生了解当时的英国何以出现莎士比亚这样的文化巨匠以及他的作品如何反映时代的面貌。专业选修课《莎士比亚精读》是双语课，侧重于对文本的精读，通过英文台词的阅读，更好地体会原汁原味的莎剧。《莎士比亚读书会》课程选取了《皆大欢喜》《仲夏夜之梦》《麦克白》《冬天的故事》及《亨利四世》(上、下)等篇目进行文本细读。一些学生深受这些课程的影响，由此爱上莎士比亚，并走上莎学研究的学术之路。张薇所指导的研究生中有 11 名同学的毕业论文都是有关莎学的论文。为更好地将课内与课外知识相结合，张薇老师举办了四届“莎士比亚朗读会”，让学生自选剧目和场次，上台朗读，旨在通过眼看、口诵两个维度来加深学生对剧本人物的理解，从而领略莎剧的魅力。外国语学院张秀丽副教授除了主讲《莎士比亚戏剧》课程之外，还主持“中华优秀戏曲文化观照下的莎士比亚戏剧表演实践”联合大作业，与文学院师生联合互动，取得了良好的效果。

文学院张薇副教授出版了两部莎士比亚研究作品，分别是《莎士比亚精读》和《当代英美的马克思主义莎士比亚评论》。《莎士比亚精读》一书作为校本教材，可配合相关课程使用。《当代英美的马克思主义莎士比亚评论》出版后反响较大，多位专家分别撰文进行推荐。李伟民教授在《中国图书评论》上发表书评《流水高山自有万里诗心——评〈当代英美的马克思主义莎士比亚评论〉》(2019 年第 9 期)，李伟昉教授在《中国社会科学报》上发表《中国莎学研究的新收获》对该专著进行评论(2019 年 11 月 25 日)，东华大学的乔雪瑛副教授在《批评理论》上发表书评《开阔的视野，系统的梳理——评〈当代英美的马克思主义莎士比亚评论〉》(2020 年第 2 期)。

除了校园活动之外，张薇也积极地融入上海市的莎士比亚文化建设和普及莎士比亚的活动中去。2021 年 5 月濮存昕导演带领藏族班学生首次出演《哈姆雷特》，张薇观摩并参加上海戏剧学院组织的研讨会，演讲观剧心得，并撰文发表在《文学报》上，题为《藏族歌声中的〈哈姆雷特〉》。2021 年 12 月，张薇参加上海戏剧学院导演系的《终成眷属》的研讨会并发言，取得与会者的一致赞同；2023 年 6 月，张薇参加上海市奉贤区举行的“双峰并秀——莎士比亚、汤显祖戏剧(戏曲)品鉴展之夜”活动，并做主旨发言。2024 年，张薇老师应上海市艺术品博物馆之邀，参与“炼‘莎’成金——纪念莎士比亚诞辰 460 周年特展”的策展和开幕式，这次特展是在上海市文联的领导下，上海市艺术品博物馆与英国莎士比亚故居基金会联合举办的大规模莎翁展，是莎翁故居一次最大的海外展览，历时一个多月。张薇观展后在《文学报》上发表题为《览“莎”见金》的文章，高度评价了这次展览的成功之处。这些活动都让莎翁走出校园，走向社会，打下了坚实的基础。

莎士比亚对当代学术界、演艺界和创作界的影响是巨大的。上海大学能在十几年的时间里倾情做了如许实事，是汇聚了诸多莎学研究专家和莎学爱好者的心血和努力的成果。这种莎学传统还将延续下去，莎士比亚在这里还会绽放更绚丽的光芒。

【作者简介】张薇，上海大学文学院副教授，博士，主要从事莎士比亚和英美文学研究。

基于产出导向法的莎士比亚戏剧教学实践研究
——以使用 Wooclap 交互平台进行《哈姆雷特》翻转课堂教学为例

温惠越　曾　立

【摘　要】 在产出导向法的教学流程中，设计交际场景是对教师最具挑战性的部分。四川外国语大学商务英语学院为本科生开设的“莎士比亚戏剧鉴赏与表演”课程以产出导向法为指导，结合学院人才培养目标，针对专业特点，开创性地进行跨校、多学科的远程翻转课堂教学，将文本阅读、戏剧排演和戏剧制作融为一体，全面培养学生英语经典文本阅读、戏剧演出实践能力、创新能力以及从文化产品角度来研究戏剧的意识。本文以戏剧《哈姆雷特》课堂教学为例，探讨如何以产出导向法为指导，设计教学流程，以及如何利用 Wooclap 交互平台为主要工具进行翻转课堂教学，在教学流程的驱动、促成和评价三个环节中探索其具体应用和效果，并反思本课程教学实践的局限性，探讨其可持续发展的方向。

【关键词】 产出导向教学法；莎剧教学；Wooclap；翻转课堂

On Shakespeare Drama Teaching Based on the Production-Oriented Approach: A Case Study of a Flipped Classroom for *Hamlet* Using the Wooclap Interative Platform

Wen Huiyue　Zeng Li

【Abstract】 In the teaching process of production-oriented approach, designing communicative scenes is the most challenging part for teachers' creativity. The "Shakespeare Drama Appreciation and Performance" course for undergraduates at the School of Business English of Sichuan International Studies University is guided by the production-oriented approach, combining the talent cultivation objectives of the school and the professional characteristics of the students, and pioneering cross-campus and multidisciplinary distance flipped class session, which integrates the text reading, drama rehearsal and theatre production into one. In this way, students can learn how to appreciate English classic texts, cultivate the practical ability of drama performance, be creative, and study drama from the perspective of cultural productions. Taking the classroom teaching of *Hamlet* as an example, this paper explores how to design the teaching process guided by the production-oriented approach and how to utilize the Wooclap interactive platform as the main tool for flipped classroom teaching, explores its specific application and effectiveness in the three links of the teaching process of driving, facilitating, and evaluating, as well as reflecting on the limitations of this course and exploring the direction of its sustainable development.

【Keywords】 production-oriented approach; teaching Shakespeare's plays; Wooclap; flipped class session

文秋芳教授于 2015 年发表论文《构建"产出导向法"理论体系》,提出了"产出导向法"(production-oriented approach,POA)。[①] 因其先进的教学理念,贴合中国英语教学现状的教学操作环节和方法,产出导向法在国内英语教育界产生了极大的影响,被英语教学工作者广泛应用于各类课程中,相关研究文章更是汗牛充栋。以"产出导向法"为关键词,在知网数据库中检索到 2831 篇文章,在维普期刊数据库中检索到 1822 篇文章,在超星期刊数据库中检索到 2713 篇文章,但当输入"莎士比亚"或"莎剧"作为关键

① 文秋芳:《构建"产出导向法"理论体系》,《外语教学与研究》2015 年第 4 期,第547 - 558页。

词进行二次检索时，三个期刊数据库的检索结果均为 0，这说明国内将“产出导向法”应用于莎士比亚戏剧教学的研究成果几近空白。因此，四川外国语大学商务英语学院为本科生开设的“莎士比亚戏剧鉴赏与表演”课程尝试运用 POA 理论指导教学，具有实验的性质，对于研究 POA 理论和教学实践以及对于莎剧教学实践，都是一个新的探索方向。

商务英语专业本科人才培养方案（2023 年）中的人才培养目标为：“坚持‘立德树人’根本宗旨和德智体美劳‘五育’并举，旨在培养具有‘家国情怀’和责任担当，具有扎实的英语语言基本功和相关商务专业知识，拥有良好的人文素养与国际视野，熟悉文学、经济学、管理学和法学等相关理论知识，掌握国际商务的基础理论与实务，具备较强的跨文化能力、商务沟通能力与创新创业能力，能适应国家与地方经济社会发展、对外交流与合作需要，能熟练使用英语从事国际商务、国际贸易、国际会计、跨境电子商务等涉外领域工作的高素质应用型、复合型国际化商务英语人才。”莎剧课授课教师即根据这一人才培养目标制订了课程目标与任务。他们除了进行基本的莎剧文本赏析和通过莎剧表演提高学生综合素质之外，还要引导学生分析莎剧的商业价值、戏剧演出中涉及的经济现象、文旅产业发展等问题，帮助学生培养一定的创新创业能力。教学目标决定教学内容、教学方法和评价手段，[①]因而莎剧教学需要探索一条符合本专业人才培养方案，且专业特色鲜明的道路。文秋芳教授提出的 POA 教学理论，其教学理念以学习为中心，重视全人教育、强调“做中学”；其教学假设采用学用一体，认为“输入”与“输出”并非各自独立的两个部分，“输入”是用于促成产出任务的完成，即“输出”；其教学流程强调以语言运用为基础组织课堂教学，以评为学，并将评价分为即时评价和延时评价，这一理论体系重视拓宽学生视野，鼓励学生从长远角度为未来可能会面对的场景做好准备。[②] 因此，POA 理论非常适合用于指导本课程课堂教学设计。

一、以 POA 理论为指导的《哈姆雷特》课程设计

以《哈姆雷特》为例，该章节共三次课程，其中包含一次实践课程。教学任务包括：剧本赏析、翻转课堂教学及演出实践，演出实践和前面两次课相隔三周，安排在教学实践周，让学生有较充裕的时间排练。文秋芳教授提出的 POA 教学体系有三个组成部分，即教学准则（teaching principles）、教学假说（teaching hypothesis）和教学流程

① Tyler，R. W. 1949. *Basic Principles of Curriculum and Instruction*. Chicago：University of Chicago Press.
② 文秋芳、毕争：《产出导向法与任务教学法的异同评述》，《外语教学》2020 年第 4 期，第 41 – 46 页。

(teaching procedures)。教学理念指导教学假设,教学假设是教学流程的理论支撑,教学理论和教学假设最终要靠教学流程实现,[①]三个部分之间的关系如图 1 所示:

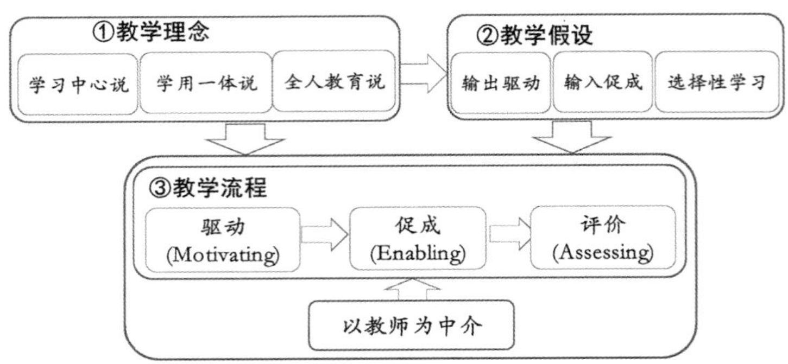

图 1　POA 理论体系(文秋芳,2015)

基于该理论,参与教师在线上研讨并制订教学方案。为确保学生在极其有限的教学时间内能够完成学习任务并有获得感,教师的中介作用必须要有效地贯穿整个教学流程。参与《哈姆雷特》翻转课堂教学授课的教师有两位:四川外国语大学曾立为课堂主导教师,负责组织学生课前准备、预订腾讯会议、组织课堂活动、指导演出和课程论文撰写,并进行延时评价;伦敦大学金史密斯学院戏剧博士温惠越为客座教师,负责教学任务设计、利用 Wooclap 交互平台远程参与课堂活动并完成即时评价。输出驱动假设(output-driven hypothesis)主张教学中以产出任务作为教学起点,学生尝试性完成产出任务后,一方面能够意识到产出任务对提高文化素养、完成学业和改进未来工作的交际价值,另一方面能够认识到自己语言能力的不足,增强学习的紧迫感。[②] 为激发学生的内驱力,教师设定的产出任务为向戏剧制作人推销本剧团的复排版《哈姆雷特》,因此,具体的教学流程如图 2 所示。

在"驱动"阶段,教师介绍当前国家文旅产业相关政策,以本校学生曾经参与的国际戏剧交流活动和青年戏剧孵化项目真实案例来帮助学生了解这是他们将来有可能会面对的交际场景,鼓励学生拓宽视野,放眼未来。在激发学生学习欲望之后,教师说明产出任务,学生被告知本单元是对戏剧产品生产过程的模拟,他们将被分为五个剧组,以剧组为单位策划复排版《哈姆雷特》,一位专业戏剧制作人将从中选择一部作品参加在英国举行的莎士比亚戏剧展演活动,因此他们将面对陌生的远在英国的专业戏剧人的

① 文秋芳:《构建"产出导向法"理论体系》,《外语教学与研究》2015 年第 4 期,第547－558页。
② 同上,第 551 页。

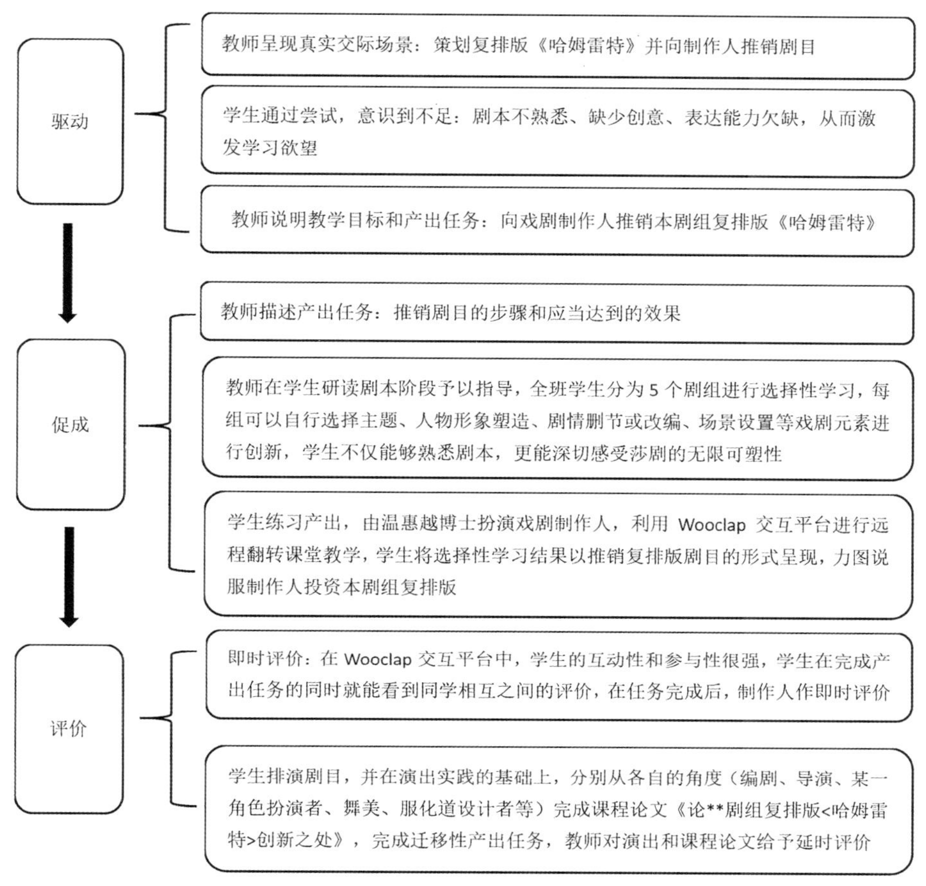

图 2　基于产出导向法的《哈姆雷特》教学流程

检验，而本校教师将全力和他们共同接受考验。教师阐明“剧目推销”任务包含两个关键因素：第一部分内容以文本为主，主要侧重于介绍本组对《哈姆雷特》的主题分析、剧本中的关键冲突以及剧本的主要艺术特色；第二部分为舞台呈现方面的要点，如：复排版将如何刻画哈姆雷特等主要人物？如何呈现戏中戏？如何呈现哈姆雷特与其他人物产生冲突的场景？本剧的永恒之处是什么？复排版应当强调哪些具体元素？举例说明哪些地方需要删减或改编等，这些问题可以帮助学生进一步明确该如何着手进行准备。由于该任务有竞争性和挑战性，故能有效激发学生的产出欲望。在“促成”阶段，学生共同研读剧本，教师指导学生利用莎士比亚词典等专业工具书以及相关网络资源进行自主学习，学生自己不能解决的疑问安排在课堂上由师生共同讨论。在熟悉剧本后，学生以剧组为单位，开展头脑风暴，寻找本剧组复排版创新点，研讨其可行性和市场潜力，确定剧组成员分工，在翻转课堂教学活动中完成推销剧目的任务。在输出过程中，学生通过 Wooclap 交互平台进行小组互评并获得制作人即时评价；在此基础上，主导教师根据制作人评价和建议，指导学生完善策划，并在教学实践周完成汇报演出，演出之后，主导教师指导学生根据自己在演出中承担的任务，完成课程论文《论 XX 剧组复排版〈哈姆雷特〉创新之处》，教师评阅课程论文，完成延时评价。

二、使用 Wooclap 交互平台实现翻转课堂莎剧教学

在这一单元的学习中，学生需要完成策划、推销、排演、撰写论文四个任务，而完成推销剧目的任务是本单元学习内容的重点与难点。在现实生活中，一个戏剧产品必须要能说服制作人才有机会被生产出来；在整个教学流程中，它既是"学用一体"的产出任务，又是下一阶段演出和课程论文撰写的前提与基础。客座教师的专业性和陌生感有效地激发了学生的内驱力。客座教师利用腾讯会议进行远程授课，为保障学生的参与度和教学的交互性，教师选用 Wooclap 作为主要教学工具。

首先，Wooclap 具有课堂管理的功能，它是一种交互式演示在线平台，具有投票、问卷、词云、答题、幻灯片等功能，演讲者可在网站编辑需要展示和互动的内容，展示时参与者通过扫描二维码或进入网站输入密码，在自己的手机、电脑等移动设备端参与和互动，参与者在自己终端输入的内容可以由演讲者向所有人展示。在活动开始的时候，学生需要扫码登陆 Wooclap 并填写一个用户名，Wooclap 在此时可以用于检查出勤情况。在每个小组陈述时，Wooclap 可以展示演讲者的陈述内容，其计时器功能可以帮助演讲者控制时间，充分提高效率。

其次，Wooclap 的交互性可以提高课堂效率，保障产出"学用一体"，在课堂教学中，除了让学生介绍各自剧组对该剧的理解以及他们对舞台呈现的创造性构想之外，最大的问题是保证其他同学的参与性，帮助演讲者了解来自其他剧组的"同行评价"。作为交互式演示平台，Wooclap 可以解决这一问题，发挥互动指南的作用，同时帮助学生在课堂上不断建立自我调节和自我约束。Wooclap 不仅扮演了传统幻灯片的角色，还建立了一个探讨社群和一个互动式活动指导平台。学生可以在听陈述的同时写下他们的问题，在陈述之后的听众提问环节，提问者可以在 Woockap 平台输入问题，Wooclap 能够展示所有问题，演讲者可以选择重点问题回答，便于课堂时间管理，输入 Wooclap 的每个问题和答案也被记录在案，作为形成性评估的一部分，正如约瑟夫·S. 托马西恩(Joseph S. Tomasine)所言，"记录反馈构成了一种现象，专业发展计划可以有目的地锚

定在这种现象上”[①]。由于各剧组在课堂展示之前各自保护其“商业机密”，因此保证了交流的真实性。加之各剧组之间存在竞争关系，在提问环节，演讲者面对的问题也比较尖锐，大多是针对策划的成本控制、创造性和可行性提出的问题，例如：“玛克辛・皮克（Maxine Peake）、宰纳卜・贾（Zainab Jah）和米歇尔・特里（Michelle Terry）等许多著名女演员都扮演过哈姆雷特，再排演性转版《哈姆雷特》有何目的？有何新意？”“如何帮助观众区分鬼魂的世界与凡人的世界？”“剧组计划用投影来表现鬼魂，那么投影的载体应当采用什么材质才能表现出鬼魂的虚无感？载体的成本大概是多少？”争论性的同伴反馈促进了学生的互动，使他们能够参与有意义的讨论，探索不同的观点，并在探索中激发新的灵感。更具体地说，“参与讨论性的同伴反馈使学生能够发现问题的各种利弊，这些利弊可以导致修正、修改和调整他们自己的初始立场”[②]。教师在课堂上扮演着指导者的角色，把控着讨论的方向，调节课堂气氛，并适时引入戏剧制作相关知识。例如，有剧组计划做高成本大制作，设计了较多场景切换，并且在陈述中演示如何在舞台呈现中实现城堡和皇宫以及下半场从墓地到皇宫的场景切换，有“竞争对手”立刻提出了换景的成本问题，作为戏剧制作人的客座教师便要求剧组陈述为何需要这么高的成本，以及该剧为何值得投资，引导学生总结戏剧作为商品的特殊性；有剧组预备做质朴戏剧，计划删减去一些支线情节，如罗森・格兰兹和吉尔登斯吞的情节、掘墓人插科打诨的片段，该剧组的陈述旋即引发其他小组的热议，教师因势利导，组织有相反意见的同学各自陈述删节的利弊，启发大家思考这些情节和《哈姆雷特》主题之间的关系，引导同学们认识到所有创意的落脚点归根到底是这部作品试图展现的主题是什么，也即《哈姆雷特》的永恒之处是什么；学生在陈述、提问、讨论和得到教师及时反馈的过程中，又常常被激发出新的灵感，学生充分感受到产出过程中获得的进步，正如文秋芳教授所言，“产出”对应的英语是 production，既强调产出过程（producing），又强调产出结果（product）。[③]

最后，Wooclap 以匿名性著称，匿名可以帮助性格内向的学生表达自己的意见或提出问题，不用顾虑同学和教师如何看待他们。匿名可以帮助学习者更好地参与和互动，有效激发全体学生平等地进行思考、讨论，从而保证更有效的学习结果。客座教师通过 Wooclap 在翻转课堂中进行指导，学生可以在课堂开始前完成“简单的认知行为自我依

---

① Tomasine, J. S. 2023. “Documenting Oral Feedback Discourse During Formal Formative Reading Assessment with an Emergent Bilingual Student”, *Classroom Discourse*, 14(4): 407.

② Noroozi, O. and Hatami, J. 2019. “The Effects of Online Peer Feedback and Epistemic Beliefs on Students’ Argumentation-based Learning”, *Innovations in Education and Teaching International*, 56(5): 549。

③ 文秋芳：《构建“产出导向法”理论体系》，《外语教学与研究》2015 年第 4 期，第 547 – 548 页。

赖(获取知识和记忆)”。然后在课堂上,学生和老师一起把“他们的注意力放在更复杂的认知活动形式(比较、分析、综合、评估、应用)上”[①]。除了课堂管理和保障有效的任务产出,Wooclap 还发挥着社交网络的作用,是每个人表达自己想法的论坛。通过 Wooclap 提出的开放性问题使讨论成为线上和现场的混合体。这为每个人提供了一个平等的机会,特别是那些不喜欢在公共场合讲话的人,即使在全班同学和陌生的制作人面前,他们也可以表达自己的想法。因此,在翻转课堂中,Wooclap 成为“一个有用的组织工具,允许对实践进行一些批判性的自我反思”,技术工具理当如此。[②]

结语

总体而言,在 Wooclap 进行翻转课堂教学及其后的演出和论文撰写中,学生感到新鲜有趣,且有挑战性,而本课程不仅帮助学生熟悉了《哈姆雷特》剧本,更激发了他们的创造力,最重要的是,学生开始有了从文化产品的角度来研究剧本的意识。部分学生最初对莎剧缺乏了解,认为文学课程与商务英语专业无关,但一系列教学活动让学生认识到这门课程与其他商务类课程之间的联系,如学生在向制作人推销剧目时,会用到商务礼仪、商务谈判课程中所学的知识,而戏剧作为文化产品的生产过程和特殊性质,又是学生在其他商务类课程中无法了解的。

通过实践,授课教师发现还有一些问题值得进一步思考和研究:其一,匿名和身份认证的问题。学界存在不同的观点,在最近关于匿名和认同学习者的偏好和行为的研究中,有学者认为,在匿名环境中“合作的质量(从认知角度来看)”较低,因为匿名可能导致基于去个性化理论的自我调节水平较低。[③] 这一问题在本次课程中并不明显,需要进行对照研究才能够进一步得出结论;其二,学习时间的问题。翻转课堂使得课堂时间专注于互动和协作活动,学生完成课前和/或课后作业,以优化课堂参与。[④] 更重要的是,它是一种融合了联想学习、认知学习和情境学习的方法,正如特里・梅斯(Terry

---

① Drozdikova-Zaripova, A. R. and Sabirova, E. G. 2020. “Usage of Digital Educational Resources in Teaching Students with Application of ‘Flipped Classroom’ Technology”, *Contemporary Educational Technology*, 12(2):7.

② Beetham, H. and Sharpe, R. 2020. *Rethinking Pedagogy for a Digital Age: Principles and Practices of Design*. Third Edition. New York: Routledge, p. 131.

③ Velamazán, M. et al. 2023. “User Anonymity Versus Identification in Computer-Supported Collaborative Learning: Comparing Learners’ Preferences and Behaviors”, *Computers and Education*, 203(3), https://doi.org/10.1016/j.compedu.2023.104848.

④ Abeysekera, L. and Dawson, P. 2015. “Motivation and Cognitive Load in the Flipped Classroom: Definition, Rationale and a Call for Research”, *Higher Education Research & Development*, 34(1): 1 - 14.

Mayes)所认同的那样，“只有同时持有多种视角，我们才有希望提高我们的整体理解”。[①] 所有这三种方法都强调“学习者必须参与他们自己的学习”，翻转课堂可以提供“学习者积极参与的活动”。[②] 它要求学生事先做好准备，完成作业，这样他们就可以发表演讲，展示学习成果和思考成果，并与班上其他小组讨论。因此，它可以培养学生的自我调节和自律能力。但这也决定了学生需要花费较多课余时间进行学习，在课程较多、学习任务较重的情况下，翻转课堂的质量就难以得到保障；其三，电子设备的监控问题。Wooclap 鼓励学生使用手机或笔记本电脑，缺乏自律的学生是否会因此而分心？本课程中因为主导教师在现场协助，也附带起到了课堂管理的作用，但这种监督是否反而妨碍学生培养自律能力？这个问题也值得进一步讨论；其四，目前该教学任务在提交课程论文、教师完成延时评价后结束，但在今后我们将争取与当地文化产业界的合作，将“模拟戏剧制作”向“文化产品项目孵化”的方向转化，真正实现产学研结合，这将是本课程未来的研究方向。

【作者简介】温惠越，女，重庆人，伦敦大学金史密斯学院人文与艺术学院戏剧与表演系戏剧博士，主要从事莎士比亚戏剧和音乐剧研究。

曾立，女，四川宜宾人，四川外国语大学商务英语学院讲师，主要从事莎士比亚戏剧研究。

---

① Beetham, H. and Sharpe, R. 2020. *Rethinking Pedagogy for a Digital Age: Principles and Practices of Design*. Third Edition. New York: Routledge, p. 20.

② Ibid., p. 32.

校园莎士比亚戏剧演出本地化新探

——STNT 莎士比亚剧社排练和演出的思考与启示

鲁跃峰　李　青

【摘　要】　本文采用中国大学校园莎剧节中莎剧社作用之视角，对河南师范大学STNT 莎士比亚剧社的本地化活动实践中遇到的种种问题及其对策和日常训练排演方法进行了思考和讨论，展示了他们种种做法的启示，并在此基础上最终得出结论：不拘一格，而又目标专一，吸取国内外莎士比亚研究与演出的各种成功的经验教训，因地制宜，发挥创造性，以各种方式灵活地演绎莎士比亚戏剧的真谛，这才是演出的奥义。

【关键词】　中国大学校园莎剧节；STNT 莎士比亚剧社；莎士比亚演出奥义

An Exploration of Localization of Shakespeare's Drama Performances from the Perspective of Campus Shakespeare Theater Clubs: Some Thoughts and Inspirations on Rehearsal and Performance of STNT

Lu Yuefeng　Li Qing

【Abstract】　From the perspective of the role of Campus Shakespeare Drama Club in the Shakespeare Drama Festival, this article examines and discusses the various problems encountered in the localization of STNT at Henan Normal University and their countermeasures, as well as the daily training and rehearsal methods. It demonstrates the enlightenment of their various practices, and on this basis, finally draws the conclusion that they are not sticking to one pattern, but with a single goal, learning from various successful experiences and lessons of Shakespeare research and performance at home and abroad, and adapting measures to local conditions, to be creative, to flexibly interpret the true meaning of Shakespeare's plays in various ways. And these are the essence of the performance of Shakespeare.

【Keywords】 Shakespeare Drama Festival on Campuses of Chinese Universities; STNT(Shakespeare Theatre New Town); essence of performance of Shakespeare

莎士比亚戏剧文本剧本研究包括剧中人物形象研究、戏剧情节研究、戏剧主题思想研究、剧本体裁研究、戏剧版本研究、戏剧译文研究、剧本语言修辞研究、戏剧社会文化历史研究、戏剧思想史研究、戏剧史研究、跨文化戏剧研究、比较戏剧研究和跨国戏剧传播研究等。演出实况研究包括英国文艺复兴时期的环球剧院莎士比亚戏剧创作演出实况研究、古今中外演艺界专业实况演出、大学生戏剧社团以及业余爱好者莎士比亚实况演出、本地化创新研究、改编演出研究、电影改编、动画改编等。

中国高校莎士比亚戏剧演出一直都是莎士比亚研究中的一大亮点,其重要性、规模及影响都不容忽视。李伟民在《莎士比亚戏剧在中国语境中的接受与流变》一书第三章第三节以校园莎剧节为关键词,从“校园莎剧:提供了互动与参与的热情”“追求经典文化的重要方式”“以学习莎剧语言提升综合人文素质为目标”“感受莎剧魅力,丰富校园文化”四个方面详细介绍了中国大学莎士比亚戏剧演出的现状,指出了其巨大的意义与不足。[①] 本文则以河南师范大学 STNT 莎士比亚剧社排练和演出的实践为例,着重处理高校剧社莎士比亚戏剧演出中可能遇到的那些更为微观的具体问题,力图在思考后得出一些启示,期待能为中国高校的莎士比亚戏剧社团演出提供一些参考,也期待更有说服力且更为成功的做法的出现。

需要说明的是,虽然这篇文章表面上只涉及对 STNT 莎士比亚剧社排练和演出的一些思考及其给予我们的启示,但是实际上,只要是莎士比亚的戏剧演出,都会涉及上面所说的两大类别之间的内涵与外延,以及与其有关的诸多其他各种概念、分类、目的、功用、手段,及其相当复杂的互动关系。它们随情境不同而随时变化,且互相涵盖。虽

---

① 李伟民:《莎士比亚戏剧在中国语境中的接受与流变》,中国社会科学出版社 2019 年,第 106 - 120 页。

然界限不清，但却相辅相成，缺一不可。所以，本文的论述依然会从各个角度，全面考察其涉及的问题。

河南师范大学外国语学院 STNT 莎剧社的成立可谓是天时、地利、人和。2016 年初，河南师范大学外国语学院获得河南省外国文学与比较文学学会的莎士比亚诞辰 400 周年纪念专题年会的主办权，时任外国语学院院长，同时也是学会副会长的梁晓冬教授提议成立莎士比亚剧社，希望通过莎剧演出向莎士比亚致敬，并向学界汇报莎剧研究成果。这一建设性提案得到全院领导的大力支持，在时任院党委书记宋霞以及全院其他各部门领导的大力支持下，学院集中人才力量，邀请鲁跃峰老师任剧社导演，STNT 于 2016 年 4 月正式成立。

在此次研讨会上，剧社以“永恒的莎士比亚”为主题，于 2016 年 10 月 29 日为全体与会师生演出了五部莎士比亚经典剧目和两部原创剧目，剧目如下：

(1)《哈姆莱特》(英文)

(2)《诗歌何为》(英文 鲁跃峰、李琳瑛原创，李琳瑛出演)

(3)《威尼斯商人 》(英文)

(4)《仲夏夜之梦 》(英文)

(5)《温莎的风流娘儿们》(汉语)

(6)《罗密欧与朱丽叶》(阳台相会)(英语)

(7)《莎士比亚本地化中的阿 Q》(汉语相声 鲁跃峰、李楠创作并演出)

在这次演出中，鲁跃峰导演继承了英国 TNT 剧院的传统，再现了昔日环球剧院那种没有声、光、电的舞台上的原始活力，报幕采用了现场同声传译的手法，演员谢幕时采用了他们日常排练时那种亲密无间的日常场景，现场冲击力极为强烈，令人印象深刻。[①]演出现场一次又一次把莎士比亚戏剧那永恒的魅力所带来的氛围推向高潮。表演结束后，与会专家走上舞台，与演员们合影留念。总体而言，此次演出得到了与会专家的一致肯定与高度赞扬，各高校陆续向 STNT 发出巡回演出邀请。

2017 年 5 月 12 日，该剧社又为河南大学师生奉上了八部莎士比亚经典剧目和一部原创作品。这次演出保留了以往演出的特点，紧扣莎士比亚原作中的主要精神和故事情节，借鉴现代戏剧的表现形式，同时在舞台演出方式上力求创新。演出的剧目如下：

① 鲁跃峰：《导演视角下舞台上与书斋里的莎士比亚戏剧的异同》，《中国莎士比亚研究》(第 4 辑)，西南交通大学出版社 2019 年，第 112－113 页。

(1)《哈姆莱特》(英文)

(2)《诗歌何为》(英文 鲁跃峰,李琳瑛原创)

(3)《威尼斯商人》(英文)

(4)《李尔王》(汉语)

(5)《奥赛罗》(英文)

(6)《温莎的风流娘儿们》(汉语)

(7)《仲夏夜之梦剧中剧》(英文)

(8)《麦克白》(英文)

(9)《罗密欧与朱丽叶》(阳台相会)(英语)

这两次演出使莎士比亚经典戏剧在河南高校得到极大普及,也为莎士比亚经典剧目本地化、现代化作了有益的探索。河南师范大学外国语学院 STNT 莎士比亚剧社选送的莎士比亚经典剧目《麦克白》片段在 2017 年第八届"希望中国"青少年英语教育戏剧大赛全国总决赛中荣获特等奖暨最佳语言质量奖(大学组),为此河南师范大学荣获"希望中国"青少年英语教育戏剧研究院"示范基地"称号。在 2017 年度"希望中国"中英双语文化达人选拔赛全国总决赛中,《麦克白》剧目演员翟志敏获得个人一等奖,王富康获得个人二等奖,张洁、许展分别获得个人三等奖。全国戏剧大赛评委、北京外国语大学滕继萌副教授点评《麦克白》。中央电视台英语频道节目主持人刘欣肯定了剧社演员扎实的语言基本功。《麦克白》除了前面三个女巫的序曲以外,就是两个人的对白,没有多余的动作,对白的语言功力、语音语调、情感的把握全面而到位。

莎园耕作忙,繁花开似锦,只闻莎剧香。STNT 于 2018 年 6 月 10 日在河南师范大学举办了第三届莎士比亚戏剧节。美国得克萨斯大学历史学者、作家、教授比尔·亚当姆斯博士及其夫人莅临现场。演出在《仲夏夜之梦》中拉开帷幕,高傲的仙王和仙后、为爱痴狂的男男女女和古灵精怪的精灵令观众如痴如醉。在原创剧目《招聘》中,面试官与应聘者进行能力与智慧的较量,演员的精湛演技和令人捧腹的剧情令人喝彩。《莎剧独白》更是将演员地道的语音语调和对情绪的收放自如展现得淋漓尽致。鲁跃峰即席邀请两位同学进行现场口译,其扎实的专业功底、准确流畅的翻译和对现代戏剧,特别是莎剧精神的阐释,给中外专家留下了深刻印象。

为了进一步深入研究莎学,外国语学院国外专家讲座暨 STNT 莎士比亚经典剧目表演于 2018 年 12 月 5 日成功举办。英国著名莎学专家、伯明翰大学莎士比亚研究所所长迈克尔·多布森(Michael Dobson)教授、外国语学院领导班子和数百名师生欢聚一堂,重温莎翁经典,共襄视听盛宴。

多布森教授以 Macbeth: Staging Evil, and Evil Staging 为题,阐释了莎翁名剧《麦克白》中的罪恶与欲望主题,并通过不同时代、不同民族的舞台演绎来展示这部经典作品的强大生命力。讲座结束后,STNT 以出色的表演演绎了部分莎翁经典剧目。

演出剧目包括:

(1)《诗歌何为》(英文)

(2)《哈姆雷特》(中文)

(3)《仲夏夜之梦》(英文)

(4)《罗密欧与朱丽叶》(英文)

(5) 迈克尔·多布森教授参演即兴互动短剧:*Love or Hate*:*Waiting for Professor Michael Dobson*

在《诗歌何为》中,演员们声情并茂,细腻地诠释了莎翁著名爱情诗的本质和核心;在《哈姆雷特》中,伟大却令人叹息的王子、不幸而又无助的奥利菲亚牵动着人心;《仲夏夜之梦》中为爱痴狂的男男女女和古怪精灵让观众如痴如醉;演员地道的口语和纯熟的演技,再现了《罗密欧与朱丽叶》的旷世爱情。在鲁跃峰自编自导并参演的 *Love or Hate*:*Waiting for Professor Michael Dobson* 中,外院师生与参演的多布森教授即时互动。

STNT 剧社受邀赴重庆参加莎士比亚研究会第十二届年会暨国际学术研讨会、莎士比亚戏剧演出大赛,来自美国的佛罗里达大学和休斯敦大学,及中国的浙江大学等著名高校的知名学者汇聚于此。STNT 的原创剧目 *How Do We Play with Shakespeare* 以排名第一的成绩荣获全国一等奖。

舞台上,演员们以莎士比亚戏剧排练中的"对话"和"探讨"的形式展开剧情,从另外一个角度展示各个莎剧角色的内涵:奥菲利娅的悲叹、哈姆雷特的癫狂、朱丽叶的娇羞、拉山德的热情……他们精湛的技艺、扎实的专业底蕴和情感的充分诠释,将人物鲜明的性格表现得淋漓尽致,现场如泣如诉的琴声与演员情感的表达配合得天衣无缝,赢得了国家知名莎剧学者罗益民、李伟民、高继海等多位专家的高度评价与认可。评委们表示,河南师范大学莎士比亚剧社的演出形式新颖活泼,体现了莎剧演出的多元性与对话性。

第五届莎士比亚戏剧节于2019年6月16日晚在河南师范大学外国语学院报告厅成功举办。百余名师生欢聚一堂，忆莎翁经典，品莎剧盛宴。活动在梁晓冬院长的致辞中拉开帷幕。她殷切寄语莎剧社成员要坚守初心、充满信心、勇于创新，怀激情热爱，展人文情怀，译独特莎翁。随后，重庆之行获奖剧 *How Do We Play with Shakespeare* 再度呈现……在莎剧社全体成员的合影留念中，活动圆满落下帷幕。时代的强音，使戏剧更显魅力；社会的发展，让戏剧愈演愈兴。第五届莎士比亚戏剧节的成功举办，不仅帮助我们重温莎剧经典，感受莎剧魅力，而且促进了莎翁文化的普及与发展，为外国语学院营造良好的戏剧文化氛围打下了坚实的基础。

“2019年莎士比亚戏剧表演与教学国际学术研讨会”的“莎士比亚之夜”戏剧表演于2019年10月22—23日在河南省新乡市平原艺术中心音乐厅举行。这次由鲁跃峰为总导演，杨佳和杨娟为特邀艺术指导的戏剧表演丰富多彩、形式多样、亮点频出，达到了较高艺术水平。

开场表演是STNT的剧目《诗歌何为》，舞台上呈现出美丽的校园里书声琅琅、青春活泼的气氛。老师和同学们一起探讨了诗歌的韵律、内容和个体之间的互动关系，堪称现代版的《死亡诗社》。受《死亡诗社》及《仲夏夜之梦》剧中剧的排练过程启发，该剧目尝试再现莎士比亚创作时的场景，探讨并试验了“先有剧后有本”的形式。伯明翰大学莎士比亚研究所所长多布森教授和鲁跃峰即兴表演了《李尔王》片段。沦为乞丐的昔日国王李尔王（多布森饰）与被刺瞎双眼的大臣（鲁跃峰饰）在旷野中相遇，从不敢相认到终于相认后抱头痛哭。这种即兴表演的方式给人带来耳目一新的感觉。演出这个节目时多布森还提议他自己讲英文，鲁跃峰讲汉语，用意在于展示莎士比亚戏剧不应局限于语言，那是属于全人类的宝贵财富。由雩剧坊带来的昆曲《汤显祖，抑或，莎士比亚?》以魔幻手法穿越于中国戏剧与莎士比亚戏剧之间，东西方文化碰撞，颇有启发性。山东农业大学演出的《麦克白》中，女巫狰狞恐怖，故事情节险象环生，是中规中矩的教育戏剧的典范，符合此次会议主题。STNT带来的辜正坤诗歌翻译版本的《李尔王》和《奥赛罗》，更是再现了经典悲剧情节。南京大学带来的《裘利斯·凯撒》将专制集权、贵族民主和暴民三者之间的错综矛盾关系展现得淋漓尽致，他们采用新的沉浸式戏剧表现形式，走下舞台与观众互动。结尾剧目《我们如何演莎剧?》由STNT鲁跃峰、南京大学从丛和多布森共同编剧，由STNT和多布森教授共同出演，在短短的一个节目中展现了多布森、鲁跃峰带领剧社进行日常排练、研究探讨莎士比亚戏剧内容的经典场面，呈现了诗剧《罗密欧与朱丽叶》中甜蜜的爱情片段、《仲夏夜之梦》中年轻情侣的浪漫情话、《麦克白》中麦克白夫人的勃勃野心，以及不同理解方式下《哈姆雷特》的舞台表演。《罗密欧与朱丽叶》因采用了皇家莎士比亚版诗歌体译本的台词从而引起了一些著名学者的兴趣和注意。河南师范大学表演的罗密欧与朱丽叶告别场景采用的是辜正坤译本，体现出这一古色古香的特点。例如：

朱丽叶：天未曙，罗郎，何苦别意匆忙？鸟音啼，声声亮，惊骇罗郎心房。
　　休听作破晓云雀歌，只是夜莺唱，石榴树间，夜夜有它设歌场。信
　　我，罗郎，端的只是夜莺轻唱。
罗密欧：我巴不得栖身此地，永不他往。来吧，死亡！倘朱丽叶愿遂此望。
　　如何，心肝？畅谈吧，趁夜色迷茫。
朱丽叶：不是夜，天已亮；快走，快逃！
　　那呜啼嚣嚷，正是云雀跑调高腔，
　　如此喧声，难听刺耳，扰我胸膛。
　　人道，云雀多美声，荡气回肠，
　　这只不一样，唯使我们天各一方。
　　人道，云雀曾与丑蟾蜍交换双眼，
　　啊！我但愿它们也交换歌喉音腔，
　　那噪音迫你，松开我俩缠绵拥抱，
　　猎猎晨歌急，促你远赴白日边疆啊！
　　……

台词中别意匆匆忙，今宵歌嘹亮。悲声婉，词传情。眉目秋波，跃动姿态，幽幽传心曲。曲径通幽处，林山夜月、云雀唱晓，催情人了却缠绵，白日却送情人入幽暗。古调声韵清，读来婉转清扬，别有意趣。

阅读与演出效果存在差异，不同译本确实需要经过舞台检验才能显现其表现力。有西方戏剧评论家说，就同一个剧而言，现场观看演出与阅读剧本侧重点各自不同，理解的重点也不同。没有人可以说哪一种方式更能保证真实地理解这个戏剧的意义，它们是一枚钱币的两面，缺一不可。① 此次国际研讨会及其演出，提出了很多有创意的想法，也做了各种试验，引发了学界与戏剧界的重视。闭幕式上，中国外国文学学会莎士比亚研究分会常务理事、河南省外国文学与比较文学学会会长、河南大学李伟昉教授对

① *The Bedford Introduction to Drama* 2nd Edition/Lee A. Jacobus Boston: St. Martins Press, 1993, p.6.

与会学者、导演和演职人员及大会组织者致谢并指出本次会议是全国首次召开的莎士比亚戏剧表演与教学国际学术研讨会，具有里程碑意义，为今后我国的莎士比亚研究、教学和表演做了很好的工作，起了很好的示范作用，开拓了更广阔的空间。中国外国文学学会莎士比亚研究分会会长、北京大学辜正坤教授认为，河南师范大学的研讨、演出确实是一场盛会，也是把莎剧研究、改编、演出融为一体的颇具特色的研讨会。

大学生莎剧社 STNT 一路走来，已经成为中国大学校园莎剧节中的一个不容忽视的亮点，南京大学的约翰-霍普金斯大学中美文化研究中心中方主任从丛教授将其称为"中国高校莎剧社的一面旗帜"。STNT 有助于促进中国大学校园莎剧节的推广与进行，也可以对莎士比亚研究有所启发，让更多的莎剧爱好者从中汲取经验，为莎士比亚戏剧本地化创新作出贡献，也为进一步推动中国戏剧事业的发展作出有益的尝试。

这一系列的莎剧演出和学术活动使我们思考，STNT 剧社的活动怎样与课程设置相结合？怎样在英语专业的基础上，将莎剧社扩大到全校范围？如何开设校级戏剧选修课，将剧社成员的吸纳扩展到全校各专业的范围，参与国内莎士比亚艺术节的活动？中国传统戏曲理念等专业戏剧理论怎样在业余剧社的日常训练、排练和戏剧改编、创作和演出实践中与学生戏剧素质培养结合起来？是采用中国传统的戏曲剧团那样的师傅带徒弟的方式，还是像某些现代戏剧工作坊速成概念手法？抑或需要采用某些现代教育戏剧那种分步训练的方法？还是找出一条适合自己社团的独特的综合训练方法？

鉴于大学生剧社的业余性质，我们无法为其成员提供全面系统的训练，但是我们却发现，虽然专业演员具有规范性好，不易出错的优势，但是有时会有套路的嫌疑；而非专业演员的优势是更具有生活气息，更为真实，有时会有意想不到的冲击力和惊喜。鉴于新时代下戏剧工作坊的各种流行理念越来越引人注意，剧社采纳一些新的浸入式治愈型流行培训理念，效果会很好。

莎士比亚的戏剧究竟应该采用什么翻译风格的版本？是采用普通话，还是河南话这样的方言演出莎剧？莎士比亚原作和改编各有什么优势？重新创作是以原剧作家为主还是以改编者为主？以上问题均须在一开始就考虑清楚。

高校大学生戏剧社团可以与高校戏剧专业、演艺界、学者与戏剧专业工作者，以及地方政府文化部门的种种文化举措紧密结合、相互配合，以便达到演出效果最佳化，服务社会最大化，这样才能繁荣莎士比亚演艺市场，在中国走向世界的大趋势下，为莎士比亚戏剧本地化创新作出我们应有的贡献。

怎样把莎士比亚戏剧文本剧本研究与莎士比亚演出两者有效地结合起来？莎士比亚戏剧文本剧本研究可提供方方面面的思想背景材料与社会文化艺术戏剧的经验与传

统，保证戏剧的思想性与重要性，有不可替代的作用；演出实况研究集中在演绎与舞台传统，是戏剧作为一种艺术传承必不可少的研究。

STNT 的亮点和个性化风格是什么？受到李安 moment 之观点的影响，[①] STNT 莎士比亚剧社排演莎剧发展了自己的风格，就是对莎士比亚原著进行大胆的删减改编，捕捉其最关键的情节对其加以演绎。上演的莎士比亚戏剧片段都是经过压缩改编的，舍弃了一些细枝末节，只保留最关键的情节、最必需的铺垫和最关键的高潮时刻。此类起初是为了节省时间，但是到后来发现这样更能引起观众的注意力，舞台效果也更强。我们这样做也是新时代下对观众的状态作出的一种调整。编写的 *How Do We Play with Shakespeare*，就是选取了多部莎剧中一系列的关键片段，用以集中展现人性，正如亚里士多德所说，凭借激发怜悯与恐惧来净化升华情感。

【作者简介】鲁跃峰，河南师范大学外国语学院教师，近期译有大卫・雷诺兹的《沃尔特・惠特曼的美国：一部文化传记》，河南师范大学 STNT 莎士比亚剧社导演、编剧。

李青，河南师范大学外国语学院教师，博士，河南师范大学外国语学院莎士比亚剧社的舞台监督及演出现场总调度。

① https://zhuanlan.zhihu.com/p/55091477219。李安的“电影感”李安：……又有一种很净化、像希腊悲剧的东西。心里解开不了，就是冰的那个影像，那个干净透明又反射的那种，又犀利，然后又柔和，就是那种……我讲不太出来的，不是逻辑性的一个感觉，我需要做一个电影把它表达出来。虽然我们说，写剧本、看电影最重要是 story、story、story，就是故事要讲好，但我觉得电影其实不是故事。我从来没有碰到人说，我最喜欢那个电影，因为他的故事是什么什么……从头讲到尾，都是讲说，那个片段怎么样，哪个画面我特别感动，或者那个人跟他怎么样……都是讲 moment，最多讲到一个 sequence（序列）。我觉得那个才是真的电影的东西……那么神秘、深沉像梦境的那种电影感，难以言传的，那种感动的 moment 的时候。

第五编

纪念莎士比亚诞辰460周年

20 世纪初中译《威尼斯商人》：宗教与性别的变形

厉欣怡　杨子江

【摘　要】　综观 20 世纪初期莎剧《威尼斯商人》的编译，宗教与性别因素较之原作产生了较大的变形。本文比较这一时期的中文译写本与底本，从女性主义翻译的视角出发，在语境中分析其中的宗教冲突和对女主角鲍西娅的重塑，发现除了底本影响，这一剧作的译介在体裁上从小说向剧本转变，影响了受众的审美感知；译写者往往将立场倾向和个人关切融入这一作品的编译中，实现宣传或教化等目的；由此衍生的剧场表演中，观众对《威尼斯商人》的理解也可能超出创作者预期。

【关键词】　威尼斯商人；宗教；女性主义翻译

Chinese Translations of *The Merchant of Venice* in the Early 20th Century: Metamorphoses of its Religious and Gender Elements

Li Xinyi　Yang Zijiang

【Abstract】　In translating and rewriting Shakespeare's *The Merchant of Venice* into Chinese, men of letters in the early 20th century made significant changes to its religious and gender elements. By comparing translated and rewritten texts with their source text respectively, this article borrows a feminist translation perspective in analyzing how religious conflict and the heroine Portia are reshaped. Besides the impact of sources, these texts moved from novel to play in terms of genre, which influenced how the audience approached this work aesthetically; the translator or rewriter often integrated their standpoint and concerns into the work for publicity, education and so on; stage plays based on the work also aroused unexpected understanding of the audience.

【Keywords】 *The Merchant of Venice*; religion; feminist translation

一、《威尼斯商人》在20世纪初的中译情况

20世纪初，经典的英国戏剧作品——《威尼斯商人》（以下简称《威》）传入我国，并在短短几十年内被反复翻译、改写和编演，获得了大量的关注和欣赏。截至1937年，我国出现了多种《威》的译本与改写本。阮诗芸曾汇总以兰姆姐弟简写本为底本的译写、译注本[①]，笔者在其中译写本的基础上补充了这一时期见诸报纸杂志的译写本，并通过文献、译本细节对照等方式，基本推定了这些版本的底本（见表1，各译本的底本推定依据详见附表）。

表1　20世纪初《威》中译本及底本推测[②]

译名	体裁	书名/刊名	年份	译者/作者/出版	主要参照底本
《燕敦里借债割肉》	小说	《海外奇谭》[③]	1903	上海达文社	兰姆本
《肉券》	小说	《英国诗人吟边燕语》	1904	林纾、魏易	兰姆本
《一磅肉》	小说	《申报》	1910	皞檗	兰姆本
《女律师》	剧本	《女学生》	1911	包天笑	原作和既有译本
《剜肉记》	剧本	《女铎》	1914—1915	亮乐月	原作
《威尼斯商人》	小说	《春花》杂志	1923	王志恒	兰姆本

① 阮诗芸："莎译史之兰姆体系：从'莎士比亚'的译名说起"，《翻译界》2018年第2期：第79－95页。阮诗芸文中提及，1918年上海广学会出版了梅益盛(Issac Mason)所译的《海国趣语》，但笔者多方搜查并未发现，阮也称并未得见此作，如有知情者，还请不吝赐教。

② 此表根据此前研究文献及译本细节对照制成，若有不准确之处，请读者不吝赐教。

③ 关于这一译本名应为《海外奇谭》还是《澥外奇谭》颇有争议，阮诗芸从书籍题名和出版的角度作了解释，根据封面页为后题的规律推断"海"字先有，即该书规范的题名应为《海外奇谭》。

（续表）

译名	体裁	书名/刊名	年份	译者/作者/出版	主要参照底本
《威尼斯的商人》①	戏剧	《威尼斯的商人》	1924	曾广勋/新文化书社	原作
《威尼斯商人》	小说	《辟才杂志》	1929	李家斌、方纪	原作
《威尼思商人》	小说	《莎士比亚的故事》	1929	狄珍珠、王斗奎/上海广学会	兰姆本
《威尼斯商人》	剧本	《威尼斯商人》	1930	顾仲彝(译)梁实秋(校)/新月书店	原作
《乔妆的女律师》	剧本	《小朋友戏剧》	1930	徐学文、陈伯吹/上海北新书局	未知(很大可能原作)
《Venice 的商人》	小说	《莎氏乐府本事》	1930	奚识之/春江书局	兰姆本
《乔妆的女律师》	剧本	《乔妆的女律师(独幕剧本)》	1933	陈治策/中华平民教育促进会	徐陈译本
《威尼斯商人》(又名一磅肉)②	小说	《福湘旬刊》	1933	麗麗	未知(很大可能原作)
《Venice 的商人》③	小说	《莎氏乐府本事》	1934	张哲民/明日书局	兰姆本
《威尼斯商人》	剧本	《(莎士比亚的)威尼斯商人》	1936	梁实秋/商务印书馆·上海	原作
《威尼斯城的商人》	小说	《莎氏乐府本事》	1936	张光复/世界书局	兰姆本
《威尼斯商人》	小说	《莎氏乐府本事》	1937	杨镇华	兰姆本

为何《威》一剧能够在20世纪初的中国得到大范围的译介和传播？在版本流变的过程中，莎士比亚写作的原意是否得到了保留，又或者发生了什么样的变化？莎翁在中国的“发言人们”何以改动原作？

首先，本文梳理了20世纪初期在中国流传的几个重要的《威》中译本或改写本，并根据有关文献、版权信息和文本细节，尽可能推定了各版本对应的底本(见附表)。

此前关于《威》的研究，较少并置原作与译写本，通常以固定而非比较的视角分析其

① 李伟民在《五四精神与莎士比亚戏剧——从〈威尼斯商人〉到〈乔妆的女律师〉》一文中提及曾广勋的这一全译本为《威尼斯商人》，但据笔者检索，该书及篇目名应为《威尼斯的商人》。

② 该译本有所佚失，笔者于《福湘旬报》发现其中两篇连载，为安东尼奥和巴萨尼奥向夏洛克借债立据以及巴萨尼奥向鲍西娅选盒求亲两段剧情。因版本不全，本文不对此译本展开讨论。

③ 阮诗芸文中提及此版本，然而据笔者阅读对比，张哲民的这一版本与奚识之译注本在文本上完全一致，恐误；该文还写道，此版本译者为张哲明，然根据北京师范大学馆藏，译者应为张哲民。

中的人物形象或冲突关系；至于涉及《威》的翻译或译介，更多的研究则集中在梁实秋、方平、朱生豪等著名译者的译本上，对本文所提的这些早期译写本缺少深入探究。因此，本文将通过文本比对和细读，试图重构当时这一经典故事传播的状况，以宗教冲突与性别形象为两大线索，分析这些变形出现的原因与情境；同时，本文将该作的演出也纳入考察范围，进一步探究《威》的演出情况及反响。

除宗教与性别外，针对《威》这一文本的讨论还需要关注时代和体裁问题。本文所聚焦的“20 世纪初”为 1900—1937 年，一方面大致符合普遍认知中对一个世纪初、中、末三段时间的划分，另一方面，1937 年后文学作品译介传播受到政治和军事因素的影响更多，超出了传统文学研究的边界。正如顾仲彝在《戏剧协社的过去》一文中所写，“一切艺术运动都因全国注意力的转移而暂告无形的停顿”①。

其次，在《威》一作的中国化研究中，体裁这一因素不容忽略。莎翁原作原本是适合舞台表演的戏剧体裁，对人物的上下场动作、服饰以及互动对象等都有细致的说明，且语言上也追求韵律感和节奏感，保持戏剧的艺术美感。而兰姆姐弟对其进行简化时，将文体改编为散文故事，在一定程度上切断了读者作为观众的理解和欣赏路径，并且深刻影响了 20 世纪初期多个译本的文体选择。这一时期的多个译写本都选择了小说而非剧作形式，从审美上来说，不同文学体裁的语言是相对独立的，小说“包容舒展”而戏剧“个性动感”。② 相对来说，小说的语言服务于故事和人物的塑造，因而语言在整体文本中是偏向隐形的；而戏剧的语言需要直击观众，让观众通过台词知晓、感受人物的各个特征，因而语言必须是个性的、鲜明的。《威》从戏剧变为小说故事，其中语言个性的丧失是毋庸置疑的。

再次，19 世纪末 20 世纪初，以康有为、梁启超等为代表的维新派坚信小说能够教化人民、改造社会，以小说宣传变法，不仅提高了小说的社会地位，也影响了人们对小说的看法。在笔者收集到的 18 个译写本中，以小说为译写载体的版本基本都删节了原作的支线情节，突出借债割肉这一条主线，强化了善恶终有报的道德观。其中固然有兰姆本的影响，但也能反映出译者对小说教化功能的认可。另外，还有不少译者兼作评论者，在译事之外发表自己对故事的看法和评述，如《燕敦里借债割肉》于章末总结道，“觉两对鸳鸯雌雄莫能自辨，亦千古奇谈也”；又如皞槃在《一磅肉》结尾处评，“又曰贷三千金，偿一磅肉，真世界创闻哉。然吾国贷外债，偿以百千万磅国民之血肉而不惜。吾知衮衮诸公见此篇也，必曰，无足奇，无足奇”，这是译介者从《威》之一管，窥彼时中国社会之

① 顾仲彝：《戏剧协社的过去》，《戏》1933 年第 5 期，第 54 页。

② 高岭：《文学体裁的语言运用特征》，《北京广播电视大学学报》2010 年第 3 期，第 44 - 45 页。

弊病。

最后,中国话剧的发展,特别是文明戏演出,让《威》更多以剧作形式和中国观众见面,后文展开讨论的包天笑和亮乐月译写本也是话剧剧本的形式。加上越来越多的译者不满足于参考兰姆本或林魏合译本,而是直接以莎翁原作为翻译底本,因此1937年以后,《威》译本更多呈现了原本的剧作体裁。

在这些译本中,以夏洛克、安东尼奥二人冲突为代表的宗教因素,和以鲍西娅形象塑造为代表的性别因素,基本都呈现出了和原作不同的面貌。这两大因素恰好对应着《威》这一剧作中的两条主要情节线,如何呈现和改动这两大因素,其实反映出译者对这一文本与其呼应的社会状况的理解,反映着《威》与彼时中国社会、译者个体之间的互动。

丰富的编译文本、被改写的因素以及多样的译者,这些特征很容易将我们引向女性主义翻译理论(feminist translation theory)。这一翻译理论于20世纪90年代逐渐成形并丰富,主要观点是翻译和性别合于相似的隐喻,如雪莉·西蒙(Sherry Simon)从历史和理论角度指出,译者和女性都处于相对弱势地位,受到作者和男性的压制;①它强调译者的个人经历(personal biography)对文本选择和翻译的影响。② 但女性主义翻译理论并不止步于此:不同于传统翻译理论将翻译视作内容在不同语言间的迁移,它更强调翻译过程的动态变化,强调要关注其中不确定的、流动的因素及其产生的情境。也就是说,应该在具体的语境中理解译本中的文化差异,包括译者个人的身份认同、性别建构、历史与社会、文化政治环境等,为译者争取了一个与作者同等的、参与文本的地位。女性主义翻译带来了非二元的视角,重视译者和选择情境,循着这一思路,笔者希望尽可能将译本中出现的变形放回具体的语境中,如澄清《威》译本与底本的对应关系一样,厘清改写的主体、原因、情境和受众等问题。③

二、宗教因素的变形

(一)底本影响

20世纪初的《威》中文译本,大多并非依据莎士比亚的原作,而是参照了兰姆姐弟的

① Sherry Simon. 1996. *Gender in Translation: Cultural Identity and the Politics of Transmission*. New York: Psychology Press, 1996, p. 1.

② Luise von Flotow. *Translation and Gender: Translating in the "Era of Feminism"*. Manchester, UK: St. Jerome, 1997, p. 39.

③ André Lefevere. *Translation, Rewriting and the Manipulation of Literary Fame*. London & New York: Routledge, 1992, p. 7.

简化改写版，因而本身就在宗教冲突的表现方面有所折损。兰姆姐弟的《莎士比亚戏剧故事集》（*Tales From Shakespeare*）（旧时多称《莎氏乐府本事》）本身是普及性质的读物，收录了20篇散文体简写的莎剧故事，包括《威》。兰姆姐弟只保留了安东尼奥和夏洛克的借债纠纷这条主线，原作中巴萨尼奥选盒以及向鲍西娅求爱、夏洛克的女儿杰西卡和罗兰佐的爱情故事两条副线情节都大幅省略。借贷纠纷被前景化的同时，副线剧情和戏剧背景中对于宗教冲突、文化差异和夏洛克人物形象多面性的描画也被简化或删除。

这一简写版本对安东尼奥和夏洛克二人冲突的改写，主要体现在开篇的人物述评上：兰姆姐弟直接交代了二人的宗教/社会身份、处事偏好、人际关系等信息，用对仗的写法突出了二人之间的对比，其中"there was great enmity between this covetous Jew and the generous merchant Antonio"①更是明显带有价值评判的色彩。虽然兰姆本中并未删去原作中与宗教相关的描述，但其强调道德的改写方式，却悄然将矛盾的焦点从更根本的信仰冲突转移到了更表层的善恶冲突上。笔者搜寻到的18个中文译写本中半数以兰姆本为底本，它们基本都承袭了兰姆本的叙事结构，以对夏洛克、安东尼奥二人的简介开始，以夏洛克之外皆大欢喜为收束。

这些中译本在兰姆本的基础上，普遍倾向于更加弱化处理宗教因素，强调道德品质差异，甚至直接将宗教冲突转化为道德冲突。它们都比较忠实地译出了夏洛克犹太人的身份，也呈现了其与安东尼奥在宗教和种族差异上的直接冲突，比如：

> （《燕敦里借债割肉》）"吾甚不解尔何屡与我为难。平时责吾以为富不仁，鄙吾为丑类，践吾于脚底，视吾族为丧家之狗。"②
>
> （《肉券》）"歇洛克闻二人言，呼曰：阿伯拉罕乎（此犹太始祖犹太人动辄呼之者），不图基督教中人乃亦妄测平人至此乎？"

此外，公爵判案下定论时所言，也体现了两种信仰间的分别与歧视。

> （《燕敦里借债割肉》）"但此后倘能痛改前非，实心以守基督之教，则一半充公之产，吾亦归还，以示宽典。"③

---

① Charles Lamb, Mary Lamb. *Tales from Shakespeare*. London: Everyman's Library, 1976, p. 92.

② 引文中现代标点与指称说明，均为作者添加，下同。

③ 佚名译：《燕敦里借债约割肉》，《澥外奇谭》，达文社1903年，第23页。

然而，这些作品都把宗教冲突弱化处理为次要的背景信息，没有解释西方的宗教信仰和种族概念不同于中国，也没有交代两种宗教素有冲突的背景，而更多强化道德层面的冲突，主要突出安东尼奥的慷慨义气，与夏洛克的吝啬计较形成鲜明对比。这是因为兰姆本中如此改写：夏洛克收取重利以敛财，安东尼奥心地纯善；安东尼奥对夏洛克的厌恶来自夏洛克总是刻意盘剥借债者，而夏洛克则因为安东尼奥慷慨援助借债者、断了他的财路而憎恨后者。这一对比和评述延续到了包括《燕敦里借债割肉》在内的九个译写本中，在中国古代重道轻商的社会传统映照之下，这样的转写无异于直接给安东尼奥与夏洛克贴上善与恶的标签，使中国读者容易忽视更宏大和复杂的宗教背景，误读夏洛克这一人物；同时，原作中安东尼奥和夏洛克二人所代表的宗教冲突，也几乎完全被经济纠纷折射出的道德冲突掩盖。

1923 年由王志恒翻译的小说《威尼斯商人》发表于《春花》杂志，王用“性残忍，喜盘剥重利”突出了夏洛克唯利是图的特点，还借法官之口以仁心、善等中国人所推崇的儒家传统道德伦理来劝说夏洛克。[①] 这种将夏洛克视作反面人物的单维化处理，具有面向社会大众进行惩恶扬善、道德教化的导向。这一导向恰好与中国传统文化中对人与社会关系的期望不谋而合，迎合了中国读者长久以来的审美偏好。兰姆姐弟的简写本因简化了感情支线，突出善恶冲突，也与这一导向相合，它能够在初期得到多位译者的青睐，这也是一个重要的原因。

（二）译者立场与社会时局

但我们不禁要问，译者们面对《威》中的宗教冲突时，难道仅受到了底本的影响吗？正如女性主义翻译理论强调的那样，译者并非机械地把文本从一种语言转换到另一种语言，而是主动与文本进行互动，传达出译者所认为的作品精神。从这些中文译写本的法庭判决部分，我们可以对这一点再作探讨。

莎翁原作对夏洛克作出了如此判决：安东尼奥在公爵宣布夏洛克财产一半归公一半归他后，提及了夏洛克之女与基督徒私奔之事，主张夏洛克改信基督，并且签订契约，这样自己便愿意在夏洛克死后将自己分得的一半财产移交给夏洛克的女儿和女婿。兰姆姐弟对这一判决情境稍作了改动，仍然让安东尼奥主张自己不接受财产而是在夏洛克死后交给他的女儿和女婿，但提出夏洛克改信基督的人却成了公爵。如果按照传统的翻译观点，上述九个按照兰姆本译出的版本都应当和兰姆本的处理保持一致，但事实

① 魏策策：《〈威尼斯商人〉演出的三重立场与早期戏剧运动》，《社会科学战线》2021 年第 5 期，第 186 页。

并非如此，只有《燕敦里借债割肉》、狄珍珠与王斗奎的《威尼思商人》、奚识之的《Venice的商人》、张哲民的《Venice的商人》复现了兰姆本的意思。其余的五个译写本则删去了要求夏洛克改信仰这一点，这反映出这些译者认为夏洛克信仰何种宗教，并不会干扰《威》这一故事的发展。其中，张光复在译到夏洛克对安东尼奥提出主张的反应时，把兰姆本所写的"The Jew agreed to this"译为了"珊勒克(Shylock)很赞同安东尼的提议"，显然张并没有读懂夏洛克这一人物的复杂性，他不可能对如此屈辱且致命的主张表示"赞同"，更可能的是"屈服"。

从兰姆姐弟简写本的翻译和改写开始，译者主体性就已经若隐若现。在此之后，莎士比亚被中国文人日渐熟悉，许多译者不仅止于翻译兰姆姐弟的故事梗概，开始以莎翁原作为底本，同时参考此前的多种编译本进行创作。这些文本大多不回避宗教问题，部分文本还倾向于突出宗教因素、质疑刻板印象，甚至与译写者个人立场或社会时局相结合，借原作中的宗教冲突表达译写者的关切。

例如，1911年包天笑的改编剧本《女律师》中，夏洛克出场就自白道：

> 可恨那英国人待我犹太人如同那狗一般轻贱，又说我们是亡国之民。可知犹太人眼中只知道有钱，却并不知道有什么国。

法庭上，鲍西娅劝说夏洛克接受赔款、不再坚持契约时则说：

> 你们犹太人原想多弄几个钱罢了。

剧中的夏洛克以自嘲的方式，反击世人对犹太人只知谋利的误解，揭露了宗教分歧带来的刻板印象，促使读者思考宗教信仰分歧是否有高下，重新审视善恶是否二元对立。

同样关注到宗教冲突背后的复杂性的，还有1929年李家斌和方纪翻译改编的《威尼斯商人》。该文在开篇不久就专门陈述了当时社会宗教冲突的背景，以夹叙夹议的方式展开了故事：

> 犹太人者，当时为人之所最轻视而厌恨之民族也。然犹太人为其宗教故，而受不公之虐待，固不因之而摧其过往之志。彼辈仍力谋致富，俾成特种之势力于各洲之上，其操纵金融之手腕，诚可惊人。纵使生存于仅有之安全中，而

于其致富之经营无疑也。且此辈犹太人，恒欲加倍报复，以雪其恨。苟遇时机，辄子母相权，收其苛息，或则更谋压迫意大利人。此种种思虑，日夜骚扰其心，殆无疑义。然以基督徒之信仰耶稣博爱之旨者，而欺虐犹太人如彼，亦无怪其然也。

这一段概述不仅说明了犹太教与基督教间的冲突、夏洛克的处境和行事，李和方还特别指出因为受到基督教的压迫，犹太人的反抗行为和仇恨情绪是可以理解和值得同情的。将基督徒信奉耶稣博爱与他们对犹太人的鄙视欺凌对比，又向读者抛出了善恶是非的思考问题。可以说，在正式进入剧情之前，译者隐身于文本中做出的评论就为读者的情感倾向提供了指引。

1914 年 9 月到 1915 年 11 月，美国传教士亮乐月（Laura M. White，1867—1937）在《女铎》期刊连载发表了她的译本《剜肉记》。虽然是英文母语者参照莎翁原作翻译，但译者新教传教士的身份和《女铎》杂志的性质，使得亮乐月在译本中强化了对犹太人和犹太教的批评讽刺以及对基督教的认可赞美。[①] 然而，亮乐月关注的焦点并非宗教冲突，而是宣传基督教“容忍、宽恕、慈悲”等教义并且在中国培养一批信仰基督的新女性。[②] 因此，她一方面增加了许多宣扬基督教思想的内容，比如增译大量关于慈悲宽恕的论述，衬托安东尼奥的仁爱大度和夏洛克的不近人情；一方面淡化了夏洛克犹太人的身份，简略处理原文中基督教和犹太教之间的冲突，[③]只突出结局时基督教相对于犹太教的全面胜利，如安东尼奥要求夏洛克改信基督教以改变其残暴的本性。

1930 年起，出现了很多按照莎翁原作台词忠实对照翻译的全译本，如 1930 年在新月书店首次发行，顾仲彝译、梁实秋校的《威尼斯商人》；1936 年，由商务印书馆首次出版的、梁实秋翻译的“新中学文库”《威尼斯商人》等。译者们开始贴近莎翁原作，更加全面地理解和翻译夏洛克这一人物形象，如实呈现和解释其中涉及的宗教冲突、种族矛盾和排犹风气等面向。顾仲彝特别在序中表示“有一点是可以自信得过的，就是莎士比亚剧本上有什么我就译什么，绝不删改，绝不妄添一语，以符忠实两字”[④]。与顾仲彝追求译文忠实不同，梁实秋的翻译更重在窥探其中的社会意义。在为自译的《威》撰写序言时，梁实秋写道，“莎士比亚看准了犹太人受压迫这桩社会现象，用公正深刻的手腕把这一

① 宋莉华：《近代来华传教士与儿童文学的译介》，上海古籍出版社 2015 年，第 246 页。

② 朱静：《新发现的莎剧〈威尼斯商人〉中译本：〈剜肉记〉》，《中国翻译》2005 年第 4 期，第 53 页。

③ 李永红：《女性视角的翻译批评》，《北京第二外国语学院学报》2007 年第 17 期，第 18 页。

④ 顾仲彝译：《威尼斯商人》，新月书店 1930 年，第 2 页。

个现象表现出来了”，他还认为，夏洛克表面上是一个贪婪冷漠的恶人，但实际“结果是折了女儿失了财，且博得大家的一场奚落”。[①] 路易斯·冯·弗洛图（Luise von Flotow）曾讨论翻译中的增补（supplementing）、前言与脚注（prefacing and footnoting）、劫持（hijacking），认为这是女性主义翻译常用的三种翻译策略。[②] 如此说来，梁实秋便是通过前言干预原作文本，传统翻译观点中隐身低调的译者摇身一变，同作者一样对文本施加影响。

至于戏剧演出文本，早期基于《威》改编的文明戏基本都依据林魏合译本，加之文明戏本身的运作方式和经营目的，造成对宗教因素和夏洛克人物形象的有意或无意的改写或误读又被进一步放大。

一方面，文明戏这种以中国传统戏曲为基础、吸收西洋话剧因素形成的艺术形式，没有固定的剧本和台词，只有简短的故事梗概作为幕间说明，主要依靠演员的即兴发挥[③]，因而其剧目表也常常招致批评，“仅取某事之一节而演之，绝不牵连许多事实”[④]。而另一方面，文明戏作为彼时中国的新生事物，采用了低成本的营业策略，以低廉票价吸引普通观众，强化故事传奇性和情节冲突性，淡化地域属性、宗教文化等因素来提升观众接受度，尤其是对剧目的中心思想往往进行本土化处理，其中最显著的特点就包括将西方的社会文化观念归化为中国的传统伦理观念。[⑤] 据范石渠在《新剧考》中记录，《肉券》剧目表中删除了夏洛克犹太人的身份，只说明夏为商人，法庭辩论后对他的判罚也变为了“四等监禁，并处300元以下罚款”[⑥]，没有原作中迫使其转为信仰基督教的相关内容。1919年，郑正秋编写的《新剧考证百出》出版，收录了更为忠实的文明戏《肉券》剧目表。该剧目表说明，当时的文明戏演出并未回避夏洛克犹太人的民族和宗教身份，且以“歇欲乘机抱怨”说明其割肉的企图是为了报仇，不过借贷纠纷仍然是该剧作的主要矛盾。[⑦] 这一时期《威》虽然大多参考林纾魏易合译的《肉券》，但往往采用不同名称，如《女律师》《肉券》《一磅肉》《一斤肉》《借债割肉》[⑧]，这反映了剧作家们迎合中国观众看

---

① 梁实秋：《威尼斯商人》，商务印书馆1936年，第45页。

② Luise von Flotow. “Feminist Translation: Contexts, Practices and Theories”. *TTR* (*Traduction, Terminologie, Redaction*), 4(1991): 76.

③ 郝岚：《林纾与“娱乐化”的莎士比亚》，《读书》2005年第12期，第86页。

④ 秋星：《贾璧云之新长生殿》，《民国日报上海版》1919年。

⑤ 叶庄新：《从戏曲到新剧的一座桥梁——莎士比亚剧作在中国传播的最初语境》，《福州大学学报（哲学社会科学版）》2007年第5期，第79页。

⑥ 范石渠：《新剧考》，文汇出版社2015年，第46页。

⑦ 郑正秋：《新剧考证百出》，学苑出版社2015年，第177页。

⑧ 叶庄新：《从戏曲到新剧的一座桥梁——莎士比亚剧作在中国传播的最初语境》，《福州大学学报（哲学社会科学版）》2007年第5期，第78页。

重故事情节的审美习惯,对剧作本身的丰富主题进行了取舍。

随着基于莎士比亚原作的中译本逐渐丰富,1930 年以后的《威》戏剧演出也更加贴近原作,剧本中通常写明夏洛克的宗教身份,也不将其个人选择与犹太教、犹太人的群体形象挂钩,观众也常由夏洛克的悲剧性,共情到中国社会的困境。

1930 年上海戏剧协社的演出采用顾仲彝的全译本,开始“呈现出本真文化艺术的魅力”[①],这也被认为是中国第一次严格意义上的莎士比亚翻译作品演出。该演出引发了人们对于夏洛克人物形象多面性的讨论。梁实秋就撰文《〈威尼斯商人〉的意义》表示“夏洛克是个可怜的人,他代表一个被压迫民族的心理。”[②]

此外还有文明戏,这一戏种从其诞生之初就致力于针砭时事,加强戏剧对于现实生活的干预,文明戏的导演和演员都常常就时政事件取材。1915 年袁世凯与日本政府签订了丧权辱国的《二十一条》,各个文明戏剧社便停演有“家庭剧”之嫌的《女律师》,通过演出《借债割肉》来表达对政府的不满,告诫国人。[③] 到了 20 世纪 30 年代,世界开启了被压迫民族寻求独立解放的新篇章,因内涵丰富、契合现实,《威》成为当时上演最多、最具群众影响力的作品。[④] 在当时中国半殖民地半封建的背景下,中国知识分子甚至广大观众都开始认识并关注夏洛克这一人物内蕴的悲剧性。尤其是在九一八事变之后,夏洛克个人悲惨遭遇与受压迫民族的前途未卜产生了强烈的共振,引导了这一经典戏剧新的改编方向。

1937 年 6 月“南京国立剧专”首次公演了《威》,采用了梁实秋较为忠实的译本。以导演余上沅为首的制作团队重视莎剧演出,专门花费数月排练该剧。在《翻译莎士比亚》一文中,余上沅极力赞扬莎士比亚在文学界和戏剧界的影响力,称他“没有种族的限制,没有时代的限制”[⑤]。他对莎剧如此推崇,是因为坚信待中国文学达到莎士比亚那样的标准时,中国也能重新强大、进步。[⑥]

然而,从当时的戏剧评论来看,观众对《威》一剧演出的理解,其实超出了余等人的设想:许多评论者认识到了这出喜剧对夏洛克来说实为悲剧,甚至能将剧中夏洛克的命运与彼时抗战前夕中国的情况相联系,将中国社会所受的侵略与压迫投射在夏洛克身

---

① 孙艳娜:《莎士比亚在中国话剧舞台上的接受与流变》,《国外文学》2014 年第 4 期,第 37 页。

② 梁实秋:《威尼斯商人》,商务印书馆 1936 年,第 4 页。

③ 曹新宇、顾兼美:《论清末民初时期莎士比亚戏剧译介与文明戏演出至互动关系》,《戏剧艺术》2016 年第 2 期,第 45 页。

④ 高音:《“新月派”莎士比亚的民国传播》,《鲁迅研究月刊》2020 年第 11 期,第 78 页。

⑤ 余上沅:《翻译莎士比亚》,《新月》1930 年第 3 期,第 77 页。

⑥ 同上,第 83 页。

上，因而认识到了其值得同情和理解的一面。[①] 这实际上说明，演出的受众并非被动接受创作者的意图，而是和许多译写者一样，拥有了和作者同等的诠释权，能够主动地理解和欣赏这一作品。

> 莎士比亚绝不是一个专门捧贵族们的戏剧家，他心的深处是十二分同情被压迫的犹太人的……用夏劳克代表被压迫的层级，用安东尼欧代表压迫层级。用夏劳克极端仇视敌人、时刻图报的心念来启发被压迫的人们。用夏劳克的凄惨的结局，作为被压迫者的警惕。[②]
>
> ……除掉想报仇的犹太人有点倒楣……在这个剧本上，我觉得还有些值得注意的警句，如格拉西安诺在第一幕上说的，"一个热血的人为什么要像是石膏塑的老头子似的坐着？为什么要在醒着的时候像睡着一般？"[③]

可以发现，中国受众对《威》一作的欣赏视角逐渐多元化，这与中文改写相较底本的忠实程度是息息相关的。后期的编译本逐渐摆脱兰姆本的框定、参照原作，实际上恢复了原作在人物塑造上的复杂性；在此基础上，译者、导演和受众对此有不同程度的丰富解读，均是他们从自身和国家民族的现状出发主动折射出的回应与思考。从文本上看，20 世纪 30 年代后期《威》一作的确得到了更忠实的翻译和编演；但从实际结果上来看，忠实的文本催生出了因人、因时、因地、因势的解读，虽然这仍是一种变形与误读，但透过这层共情，译者和观众却认识到了夏洛克的悲剧性，间接读懂了原作的内涵。

三、性别因素的变形

对于 20 世纪初期的中国读者和观众来说，《威》中最具有冲击力的部分，除了分属不同宗教派别、早期被译者模糊化为道德善恶对立的夏洛克—安东尼奥这一对关系，还有其中新鲜陌生的女性形象，这也是《威》在当时广受欢迎的原因之一。据《申报》统计，1914 至 1918 年期间，莎剧演出共 108 场次，其中取材自《肉券》、改编而成的《女律师》一

① 濑户宏：《国立剧专与莎士比亚的演出——以第一次公演〈威尼斯商人〉为中心》，《现代中文学刊》2013 年第 5 期，第 69 页。

② 青采：《〈威尼斯商人〉我评》，《南京特写》1937 年第 1 期，第 12 页。

③ 钦文：《威尼斯商人》，《同行月刊》1937 年第 5 期，第 12－16 页。

剧就上演了 53 次。[①] 中国传统文学作品对女性形象的塑造，受到三从四德观念的深刻影响，而且多是从女性对丈夫、家庭的价值出发，放大女性身上可以被男性利用、被家庭和社会榨取的部分，能够体现女性个性的其他价值面则往往遭到忽略。莎剧《威》中，无论是女主人公鲍西娅还是她的女仆奈莉莎，都表现出了独特的自由欢快气息，她们在言语和行动上体现的自立、勇敢、智慧，与近代中国女性解放的方向不谋而合，向当时的国人展示了一种进步的、全新的女性形象。

伴随着该剧在中国的译介和演出，鲍西娅这一角色也逐渐为中国广大民众所熟知。然而，这一女主角的形象在这一过程中发生了较大的转移和变化。

（一）底本影响

前文已经提到，这一时期诸多译本主要参照兰姆姐弟的简写本和早期中译本，而非直接根据莎翁原作进行翻译，这也造成了鲍西娅这一人物形象的变形。例如，兰姆姐弟将原作中横跨三幕、长达四场的求婚选盒情节完全删去，根据该简写本再译的《燕敦里借债割肉》、林纾魏易合译的《肉券》、1910 年《申报》连载的《一磅肉》和 1923 年王志恒的《威尼斯商人》译本等，自然也并未呈现这一情节。兰姆姐弟删除这一段情节的主要考量是希望精简剧情、便于传播，突出借债割肉这一条主线，符合该书作为青少年读物的定位。[②] 然而选盒情节的隐身，对于中国读者理解鲍西娅却不可避免地产生了影响。

此处讨论的选盒情节，在原作中包括了鲍西娅与侍女奈莉莎的对话、多位求爱者出场选盒以及巴萨尼奥前来抱得美人归的这几幕。选盒情节前承鲍西娅对自己无法掌控婚嫁自由的哀叹，后启巴萨尼奥选择正确后抱得美人归的圆满，其中的细节对塑造鲍西娅的人物形象起着至关重要的作用。在原作第一幕第二场中，鲍西娅向侍女奈莉莎倾诉了自己受到父亲遗志的拘束，无法选择和无法拒绝求婚者的苦恼。在中国传统中，父母之命、媒妁之言是非常普遍合理的情况，鲍西娅却勇敢地表达自己的想法，表现出对父权命令的反抗，对中国读者来说可以算得上是独立意识的启蒙。更有意思的是，在鲍西娅的诸位求爱者出场前，她就针对他们的突出特征给出了评价，直接表达了自己的看法，毫不掩饰好恶之情。这样直接坦率而又犀利幽默的行为，在中国古典文学作品中的女性角色身上，是稀缺少见的。这一部分情节一方面表现了这位独具个性的女主角敢爱敢言的性格，突出了她不同于小家碧玉的坦率和直白，另一方面又与后文鲍西娅假扮

---

① 曹新宇、顾兼美：《论清末民初时期莎士比亚戏剧译介与文明戏演出至互动关系》，《戏剧艺术》2016 年第 2 期，第 43 页。

② 李伟民：《中国英语教育史上的重要读物：莎士比亚戏剧简易读本》，《语言教育》2013 年第 3 期，第 74 页。

律师解救安东尼奥的剧情相呼应，为她在法庭上的机智表现作了铺垫。她对诸位求爱者的评价十分犀利、语带讥讽，精准地点出了每一位求爱者最突出的特质，例如她说那不勒斯的王子成天吹嘘他的马匹以及宫廷伯爵成日只知道皱眉，这种评价方式与她在法庭上以 mercy（仁慈）为核心劝诫夏洛克、抓住契约在字义上的漏洞反将一军等做法，在风格和逻辑上是如出一辙的。删去选盒情节后，法庭情节中展现的鲍西娅之独立机敏就成了无根之木，无法使读者感到信服。

在删去选盒这一重要情节后，对鲍西娅形象的正面描写就只余下了法庭审判一幕，其余则是借巴萨尼奥之口说出的侧面描写。巴萨尼奥对鲍西娅的介绍主要在于他向安东尼奥提出借款请求的情节中，而莎翁原作中的这一部分仅体现了鲍西娅的富有、美德两大特质以及她拥有诸多追求者，没有体现她初步觉醒的女性意识。

兰姆姐弟在缩减时，对巴萨尼奥的描述进行了较大的改写。一是改变了原作的文体，从戏剧变为小说，通篇用第三人称视角转述这一故事。二是调整了叙述的重心，把焦点从鲍西娅的美好品德转移到了她所继承的丰厚遗产上。莎翁原作对鲍西娅的财产状况只用“richly left”[①]一笔带过，而兰姆姐弟的版本中，则用“a wealthy marriage”“sole heiress to a large estate” “so rich an heiress”[②]等诸多形容反复强调鲍西娅的富有，对她的品行高尚、善解人意则并未描写，这就导致中国读者或观众更容易把鲍西娅理解成一位养尊处优的富家小姐，而非善良机敏、能言善辩的新女性。三是“自作主张”增加了一小段情节。在莎翁原作中，巴萨尼奥告诉安东尼奥，自己曾经从鲍西娅的眼神里读出似乎含情脉脉的盼望，而到了兰姆姐弟这里，巴萨尼奥在鲍西娅父亲尚且在世时多次前往其家拜访，还进一步从鲍西娅的眼神里读出了“她希望我去求爱”的直白信号。

> （兰姆本）... in her father's lifetime he (referring to Bassanio)[③] used to visit at her house, when he thought he had observed this lady had sometimes from her eyes sent speechless messages, that seemed to say he would be no unwelcome suitor.[④]
>
> （莎翁原作）... Sometimes from her eyes
> I did receive fair speechless messages.[⑤]

① William Shakespeare. *The Merchant of Venice*. Cambridge: Cambridge University Press, 2003, p. 76.

② Charles Lamb, Mary Lamb. *Tales from Shakespeare*. London: Everyman's Library, 1976, pp. 92 - 93.

③ 括号内注解为笔者添加。

④ Charles Lamb, Mary Lamb. *Tales from Shakespeare*. London: Everyman's Library, 1976, p. 93.

⑤ William Shakespeare. *The Merchant of Venice*. Cambridge: Cambridge University Press, 2003, p. 76.

在根据该简写本译出的多个译本中，这一情节的增添也被如实迁移到了中文语境里。虽然现在我们很难了解当时的人们如何看待两人早有接触以及鲍西娅大胆表示等情节，但结合 20 世纪初新旧交替的历史背景，大致可以推想出它们可能带来的争议：部分读者和观众也许会感动于二人的情投意合，另一部分则或许很难理解，认为这样的做法有违伦理、于礼不合。

（二）鲜明两例

在这一时期的诸多中文编译本中，鸳鸯蝴蝶派文人包天笑的剧本改编和美国女传教士亮乐月的剧本翻译较为特殊：这两个版本对女主角鲍西娅的形象作了较大的改动，且与选盒情节是否保留无关。

1911 年，包天笑改编的《女律师》发表，他以剧作的形式保留了《威尼斯商人》中的大部分角色和借债割肉这一情节，但却完全改写了戏剧情节的发展动机和人物关系。正如该剧作标题所示，包天笑将女主角鲍西娅（包译作鲍梯霞）作为中心人物，整场戏的起承转合均围绕她展开。在包天笑的剧本中，鲍西娅希望兴办女子学堂以争取女性参政权，因资金问题寻求巴萨尼奥（包译作巴散奴）的帮助，后者转而向安东尼奥（包译作安东尼）求助，再向犹太人夏洛克（包译作歇洛克）借债，后续剧情也因此重新进入了大众所熟悉的法庭审判情节，不过在最后对夏洛克的惩罚上，鲍西娅主张其赔款用于支持女子学堂。在人物关系上，鲍西娅与巴萨尼奥的关系也变为了义兄义妹，原作中二人定情的戒指变成了一只金表，在戏末由巴萨尼奥作为辩护酬谢赠送给鲍西娅。这样的改编方式凸显了鲍西娅的独立意识和参政意愿：戏幕拉开时鲍西娅的独白表明，她认识到了男性和女性在参政权利上的不平等，主张兴办女子学堂来提高女性的政法意识；法庭一幕，鲍又亲自证明，女子的确有能力参政，这段情节虽非包的原创，但却巧妙地了他改编的目的，塑造出了一位女性意识更加清晰的鲍西娅。另外，包天笑完全可以遵循莎翁原本的关系设定，让巴萨尼奥作为鲍西娅的求爱者、未婚夫出场。但他选择不让她在情感和社会地位上依附于巴萨尼奥，将两人的关系改为了义兄义妹。如此一来，鲍西娅与巴萨尼奥之间的求助与帮助更趋向于好友间的平等互助，而非女子向男子寻求庇护。

包天笑如此改编，充分体现了其译者主体性。相较于传统翻译理论，女性主义翻译更加强调译者对文本的介入，不再将译者视为在语言之间搬运文本的苦力，重视译者的个人经历、政治倾向、种族信仰等对翻译的影响。①

---

① Luise von Flotow. “Feminist Translation: Contexts, Practices and Theories”. *TTR* (*Traduction*, *Terminologie*, *Redaction*), 4(1997): 38.

而包天笑将女学作为整部戏剧的线索，正是因为他关心妇女解放和教育问题。1906年，清政府准许开办女学后，他曾在多所女子中学任教，《女律师》就是他为自己任教的城东女学所作，发表于该校所创办的《女学生》杂志。[①] 城东女学每年都举办游艺会，包天笑则惯例担任游艺会上话剧表演的编剧和导演，他自陈“我因为在女学校里演出，而为安东尼辩护的，却又是一位女律师，所以便取了此名”，[②]说明他有意识地让自己的编译符合目标受众的需求。更为明显的是，包天笑借鲍西娅的表兄培拉里奥之口表明了自己对男女平权的看法，“贝拉略笑（白）咳，我不晓得以前是那一个作俑，分别了男女的衣服，害得鲍姑娘东借衣服、西借帽子，比了演莎士比的诗还忙咧。”[③]这句增译显然是译者本人进入文本作出的评价，印证了包天笑改作《女律师》剧本是出于对兴办女学和男女平权的支持；同时对这一改编剧本的受众、求学的女学生来说，这样的改写也容易起到引发共鸣、启智促学的作用，达成“启发她们的知识”、使之“注重于种种学问”的目的。[④]

然而，包天笑虽然支持女学和女性解放，但仍然受到旧道德的限制。和晚清民国时期的许多文人一样，他在编译时往往借西方文学作品的壳来呼应中国社会的实，同时其改编和增删都以遵守中国传统道德观念为基础。[⑤] 包天笑的其他文学创作和小说翻译，可以佐证这一“新旧并存”的特点。以他翻译的《三千里寻亲记》为例，原作为意大利作者埃迪蒙托·德·亚米契斯的《爱的教育》，包天笑参考的底本为日文版翻译。在晚年回忆时，他认为这是一部“教育儿童的伦理小说”[⑥]，标题中也突出了寻亲的要素，重视伦理道德、强调尊亲孝顺，这完全呼应了中国传统文化的内核。并且在《女律师》中，包天笑改动了主角的财产状况：鲍西娅从继承丰厚遗产、掌握经济主权的小姐，变成了需要依傍男子（兄长）来获得办学资金的经济弱势一方。这就导致原作中鲍西娅的独立在包天笑的改编中成了一个伪命题，她虽然有开办女学、争取女性参政的想法，却仍然是借用男性的力量和资本达成目标，是一种并不彻底的解放。鲍西娅身上的这一矛盾性，实际上反映了包天笑本身处在过渡时期，正如他在为商务印书馆编写高等小学国文教科书时秉持“提倡新政体、保守旧道德”的宗旨，[⑦]包天笑虽然思想上求新求变，却无法完全

---

① 曹新宇、刘丽：《女性问题的凸显——论〈威尼斯商人〉在清末民初的三种“折射文本”》，《西南民族大学学报（人文社会科学版）》2015年第1期：第199－204页。

② 包天笑：《钏影楼回忆录》，大华出版社1971年：第343页。

③ 包天笑译：《女律师》，《女学生》1911年第2期：第107－108页。

④ 包天笑：《钏影楼回忆录》，大华出版社1971年：第339页。

⑤ 沈庆会、孔祥立：《“自由文笔”下的“自由翻译”——包天笑翻译小说研究》，《明清小说研究》2011年第3期：第212－215页。

⑥ 包天笑：《钏影楼回忆录》，大华出版社1971年：第173页。

⑦ 同上，第391页。

脱离根深蒂固的中国传统道德影响。

这样的矛盾性在亮乐月的译本《剜肉记》中同样存在：她虽然以莎翁原作为底本，却塑造出了一个与中国传统观念更加贴近的鲍西娅形象。作为一名女性传教士，亮乐月的双重身份，注定了她在翻译时会受到多重因素的影响。在她的译本中，鲍西娅最突出的品质是作为贤内助“帮助丈夫渡过难关”①。在选盒这一情节中，亮乐月将巴萨尼奥对铅盒的评价翻译为：

> （再看铅盒说）你不假修饰，不求人知。性质朴实，品格高尚，比那好看的金子银子感动我多些。
>
> （莎翁原作）……But thou, thou meagre lead
> Which rather threaten'st than dost promise aught,
> Thy paleness moves me more than eloquence:
> And here choose I. Joy be the consequence!②

这些描述具有拟人的特质，实际上是鲍西娅身上最为巴萨尼奥看重的品质。其中所颂扬的女性美德，包括默默奉献、质朴修德、不花枝招展等，亦是中国古代社会长期奉持的礼教制度对女性的约束。

在《剜肉记》的结尾处，原作中葛莱西安诺有一段甜蜜的独白，表达与妻子重逢的喜悦以及发现尼莉莎扮作书记官的惊喜，然而亮乐月却译为：

> （葛说）晓得晓得，但是我也有一句话交代你，从今以后，你亦不要再扮一个甚么人，讲甚么大话拿我来开心。

这是教导女性应该顺从丈夫，而不能肆意妄为、造成冒犯。如此，再回头来看亮乐月编译《剜肉记》时对原作的删节，她删去夏洛克之女杰西卡与罗兰佐私奔的爱情线可能不仅是为了精简故事，还有避免对女学生产生不良影响的考量。同一时期，亮乐月在《女铎》上发表的文章亦可佐证这一点。在《女族最著之历史（八续）》一文中，亮乐月详细描述和称赞了德国女子在家政清洁、育儿顾家方面的能力，认为中国女子近年追求平

---

① 朱静：《新发现的莎剧〈威尼斯商人〉中译本：〈剜肉记〉》，《中国翻译》2005年第4期：第50－54页。

② William Shakespeare. *The Merchant of Venice*. Cambridge: Cambridge University Press, 2003, p. 129.

等自由、争取参政权利的做法是“迂阔而远于世情”[①]的。这足以说明她对中国女性的教化期待，是培养相夫教子、治家有方的能力，而非追求个性、追求平等。

然而，亮乐月之所以在译本中传递出中国传统礼教的价值，并非她对中国文化钻研颇深，而是她所信奉的基督教教义与中国传统在这一点上有相合之处。《圣经》中，上帝为亚当创造夏娃的目的是给予他一个配偶（help meet），作为远渡重洋的上帝福音传播者，亮乐月将这一观念融入了她的编译创作中，认为中国女性应该接受基督教的启蒙和教导，以达到辅助丈夫并为家庭、社会、国家作贡献的目的。[②] 她也毫不掩饰自己的这一信仰，在《女族最著之历史（七续）》一文中写道：

> 倘使妇女未得宗教之救恩，不但不可信任，且恐有意外种种之危险。若已受宗教之救恩，则其德其智其体，皆有上帝为之前导，而教育权利自由亦皆可交付，万不致于失败，且必有效验之可望。虽其人本是夏娃，亦可称为马利亚矣。

这一要使上帝为人之前导的思想，也在《剜肉记》中得到了贯彻。在法庭审判一幕中，鲍西娅劝导夏洛克时说的是“要得上帝的大慈悲”以及“要上帝激励我们共发慈悲的心”，强调慈悲是由上帝创造和激发的，凡人的慈悲心全仰赖上帝。而在莎翁原作中，鲍西娅更强调凡人应该接受上帝的指引，主动地表现自己的慈悲心。如此改编，也能说明亮乐月其实是在借翻译完成自己的传教使命。

亮乐月笔下的鲍西娅与中国传统之相近，不仅源于基督教与儒教在男女观上的暗合之处，还有可能是因为亮乐月知晓并贴近了中国读者的认知和习惯。《剜肉记》中，巴萨尼奥通过选盒考验后，尼莉莎对自家小姐和他的祝福是“长生不老”，并非像原作一般直接道出恭喜（good joy），前者是典型的中国祝福语。此外，亮乐月将巴萨尼奥与安东尼奥的关系修改为表叔侄，这也方便了中国读者理解安东尼奥为巴萨尼奥签下肉券契约、巴萨尼奥求爱成功后便即刻返回相救等情节，可以代入血缘羁绊和宗族制度去理解。自 1887 年来到中国后，亮乐月就专注于传教和女学，多年的在地生活和观察经验，让她积累起了对中国文化的了解和觉察，这在《剜肉记》的翻译中颇有体现。

综上所述，包亮二人的译本都呈现出新旧并存的特点：一方面他们笔下的鲍西娅都表现出了一部分原作中的品质，有启蒙开智、促进妇女解放的作用；另一方面，译者的个

① 亮乐月：《女族最著之历史（八续）》，《女铎》1913 年第 9 期：第 8 页。

② 朱静：《新发现的莎剧〈威尼斯商人〉中译本：〈剜肉记〉》，《中国翻译》2005 年第 4 期：第 53 页。

人经历、所处的社会背景、信仰或政治立场，影响着他们翻译时的选择，致使包天笑和亮乐月塑造的鲍西娅并不具有彻底的自由意识和进步精神，其精神内核的主要部分仍然是符合中国传统文化想象的女性。

结语

本文聚焦于莎剧《威尼斯商人》在20世纪初期进入中国并得到广泛传播的过程，深度挖掘1900—1937年的重要译本，分析其在文学翻译和戏剧演出中的流变和成因。在此基础上，本文将逐一回答开头提出的三个问题：

> 道德善恶冲突（实为宗教冲突）和性别因素（突出的女主角），是《威尼斯商人》这个故事在20世纪初的中国能够广受欢迎的部分原因：这两个鲜明的因素，前者符合中国社会大众的审美情趣，将《威》改造成一个善有善报、恶有恶报的教育故事；后者则对当时的中国读者来说具有陌生的吸引力，鲍西娅这一新鲜的女性形象顺应了中国近代女性解放的趋势。

然而，在翻译、改写和演出的过程中，由于参考底本不同、编译多过翻译、译介目的各异等原因，各版本都或多或少偏离了莎翁的原作，译者的主体性得以在这一文本中发挥。在宗教冲突的呈现上，这一时期的大部分译介者并没有介绍基督教和犹太教之间的历史冲突，普遍将兰姆本中的描写照搬至中文，甚至为便于读者理解，改写了主人公的国籍，造成宗教冲突被弱化、被转嫁成道德冲突，莎翁原作中复杂的人性被简化为正义与邪恶的善恶对立，被二维化、扁平化；在20世纪30年代后山河破碎的危机下，译者、读者和观众将担忧和悲愤投射到夏洛克身上，联系原作的描写，也可谓是殊途同归了。

在性别因素的呈现上，鲍西娅勇敢聪慧的形象对中国读者来说无疑是新鲜的，但这一时期的多数译本都以兰姆姐弟简写本为底本，造成选盒这一重要情节的缺失，导致早期读者对鲍西娅这一人物形象的理解并不全面，很可能只抓住了富有这一个特点。在选盒情节之外，译者的立场和社会背景同样影响着《威》的编译，亮乐月和包天笑二人的创作或多或少都将他们个人的宗教信仰和政治主张，投射在鲍西娅身上，前者借鲍西娅支持女学，塑造出了一个表面进步独立内核仍有欠缺的女主角；后者则借此宣扬基督教信仰，将鲍的形象贴近中国传统的贤妻良母。

此外还应该注意到，这一时期仍有不少译本或改写本并没有意识到《威》的剧本性质，只是将它作为一篇小说或散文故事对待，而且多用文言文进行译写，这种文体上的变形也同样造成了对这一剧作的误读。

这一时期，莎剧《威尼斯商人》在中国传播的过程中，其中的宗教、性别因素和文学体裁都发生了不同程度的变形。莎士比亚在中国早期的“发言人们”像是拿着一面凹凸镜，对着原作中的特定部分进行放大或者缩小，关照并呼应个人关切和社会现实，折射出文学对历史环境的回应。女性主义翻译折射出的非二元、重视译者及其翻译情境的价值，促使我们将这些文本再放回具体的历史情境中、具体的译者身上，从而更真切地理解其中的变形。

附表　　各译本的底本推定依据

译本	底本推定	理由
《燕敦里借债割肉》（佚名译）	兰姆本	1903年上海达文社出版的《海外奇谭》一书，甫一翻开便是《海外奇谭叙例》，译者在其中写道，“一是书原系诗体，经英儒兰卜行以散文，定名曰 *Tales From Shakespeare*，兹选译其最佳者十章，命以今名，某也不文，幸赐教焉。”可以看出，《燕》一文也是参照兰姆姐弟的译本
《肉券》（林纾、魏易合译）	兰姆本	根据阮诗芸《莎译史之兰姆体系：从“莎士比亚”的译名说起》一文，《英国诗人吟边燕语》于1914年再版。笔者检索到，复旦大学馆藏的商务印书馆1914年发行版本中，目录页所标示的20个篇目与兰姆本一致，且《肉券》一篇的叙事逻辑与细节，均与兰姆本对应
《一磅肉》（皞檗译）	兰姆本	笔者将《一磅肉》与兰姆本对比，其中叙事逻辑与细节，均与兰姆本对应；此外，皞檗的人名译法与此前已有的两个中译本译法不同，如 Shylock—希洛克、Antonio—恩脱讷、Bassanio—俾斯南，显然是参考了英文进行音译而非参考现有中译本的译法

（续表）

译本	底本推定	理由
《女律师》（包天笑编）	原作和既有译写本	包天笑所作的《女律师》剧本，在保留借债割肉和庭审辩论两个主要情节之外，对原作进行了大幅改动，并不能看出有明显地参考任一版本的痕迹。笔者读包天笑所作回忆录《钏影楼回忆录》，其中《外国文的放弃》一篇中，包天笑自述于英文“终不能读得熟流，终觉得非常艰涩”，他的成名作《迦因小传》也是由杨紫麟翻译、包天笑润色而来，并未直接接触英文文本，由此猜想包天笑改编《女律师》时，仅以莎翁原作为底本的可能性较小。 但《钏影楼回忆录》中《女学生素描》一文中又记述了他为城东女学游艺会作《女律师》的事，“《女律师》取材于莎士比亚集，林琴南的《吟边燕语》中，译名为‘肉券’，有的书上则又译为‘一磅肉’。”可见包天笑至少是知晓林魏本和皥檗本的，他改编《女律师》时参考原作和既有中译本的可能比较大
《剜肉记》（亮乐月译）	原作	亮乐月所译的《剜肉记》，于《女铎》报刊载时，注明了“英国莎士比著”；其二，亮译本的叙事细节与莎翁原作大致对应，如开篇 Antonio 自述心中忧愁、第五幕中 Portia 与 Nerissa 关于光与乐的讨论等；其三，亮乐月译本保持了原作的五幕剧形式
《威尼斯商人》（王志恒译）	兰姆本	王志恒所译的《威尼斯商人》小说，虽然在首页上标注“The merchant of Venice 莎士比亚原著”，但笔者发现，该篇在叙事逻辑和细节上与兰姆本极为相似，例如开篇对 Shylock 和 Antonio 二人的介绍、庭审后对 Shylcok 的处置等。 另外，王在小说结尾附上了译事缘由：“是篇翻译毕。始闻同学谓已为小说家琴南林先生所译，因此自悔从事过于孟浪，既而思曰，译述之事，其道不易，彼为彼，我为我，各是其所是，各非其所非，是以无所介于怀而投稿焉，译者识。”因此可以排除参考林魏合译本的可能
《威尼斯的商人》（曾广勋译）	原作	曾广勋的译本笔者虽只得见部分，但曾在导言中不仅介绍了莎士比亚及其戏剧创作，并且用较长的篇幅夸赞了喜剧形式在表演和文字上带来的享受。此外，曾本在开篇列出了演员表，能够大致与莎翁原作中的演员表相对应

（续表）

译本	底本推定	理由
《威尼斯商人》（李家斌、方纪合译）	原作	此译本应主要依据莎翁原作译出，一是因为李、方二人将《威尼斯商人》拆分成六章（戏约、求爱、私奔、选盒、庭判、责负），基本与莎翁原作的幕与节对应；二是李、方译出了夏洛克之女与基督徒私奔的情节，这是兰姆体系译本中普遍删节的部分；三是李、方译本中存在许多原作中的细节，比如威尼斯城的贡多拉、威尼斯城用的货币是 ducat 等
《威尼斯商人》（狄珍珠、王斗奎合译）	兰姆本	根据复旦大学馆藏的 1929 年上海广学会版本影印本，其版权页如是标注： “Shakespear's Tales by Charles and Mary Lamb Translated by Madge D. Mateer And Wang Do K'wi”
《威尼斯商人》（顾仲彝译、梁实秋校）	原作	根据 1930 年新月书店出版版本的影印本，其版权页如是标注： “原著者/W. Shakespeare/翻译者/顾仲彝/校阅者/梁实秋”
《乔妆的女律师》（徐学文、陈伯吹合译）	未知（很大可能原作）	该译本收录于上海北新书局 1930 年出版的《小朋友戏剧》中，其中并未标注翻译参照。经笔者阅读对照，《乔》以莎翁原作为底本的可能性很大，一是该本保持了五幕剧的形式，二是保留了开幕时主角自陈不快活等情节。但徐陈本改写许多，究竟主要参考的是哪些底本，还需要有更多史料佐证才能判断
《Venice 的商人》（奚识之译）	兰姆本	1936 年春江出版社出版，该书以兰姆本为底本，书眉上标注“TALES FROM SHAKESPEARE”，排版上亦为中英文对照
《乔妆的女律师》（陈治策编）	徐陈译本	该出版物末页出版信息中如是标注： “编著者/英国莎士比亚原著/徐学文陈伯吹原译/陈治策改编”

（续表）

译本	底本推定	理由
《威尼思商人（又名一磅肉）》（丽丽译）	未知（很大可能原作）	虽然这一译本有所散佚，但从笔者找到的两节故事来看，丽丽这一译本参照莎翁原作的可能性很大，一是麗麗标注了人物的英文名；二是在二续中，多位亲王向 Portia 求婚的情节几乎被完整保留了下来
《Venice 的商人》（张哲民译）	兰姆本	笔者将张哲民所译的《莎氏乐府本事》一书与兰姆姐弟所著的 *Tales from Shakespeare* 对比，发现张译本的篇目及排布顺序与兰姆本完全一致；另外，《Venice 的商人》一篇中的许多细节也与兰姆本一致，如开篇介绍 Shylock 和 Antonio 两人的信仰、身份和品行，如结尾 Bassanio 与 Portia 关于戒指的闹别扭等。且张译本中，人物、地点均保持英文，未译成中文，因此也可以排除以兰姆体系中其他译本为底本的可能
《威尼斯商人》（梁实秋译）	原作	根据 1936 年商务印书馆出版版本的影印本，其版权页如是标注： “原著者/W. Shakespeare/译述者/梁实秋” 该书例言部分同样注明，“译文根据的是牛津本，W. J. Craig 编，牛津大学出版部印行。”
《威尼斯城的商人》（张光复译）	兰姆本	笔者将张光复所译的《莎氏乐府本事》一书与兰姆姐弟所著的 *Tales from Shakespeare* 对比，发现张译本的篇目及排布顺序与兰姆本完全一致；另外，《威尼斯城的商人》开篇对 Shylock 和 Antonio 两人的信仰、身份、行事等介绍与兰姆本的内容也一致，全文中另有多处细节能与兰姆本一一对照，即便不是以兰姆本为底本，也能够肯定是参照了兰姆体系中的译写本
《威尼斯商人》（杨镇华译）	兰姆本	1937 年出版的《莎氏乐府本事》于书封上标注： “兰姆原著/杨镇华译”

参考文献

[1] 包天笑译：《女律师》，《女学生》1911 年第 2 期，第 104－110 页。

[2] 包天笑：《钏影楼回忆录》，大华出版社 1971 年。

[3] 曹新宇、刘丽：《女性问题的凸显——论〈威尼斯商人〉在清末民初的三种“折射文本”》，《西南民族大学学报（人文社会科学版）》2015 年第 1 期，第 199－204 页。

[4] 曹新宇、顾兼美:《论清末民初时期莎士比亚戏剧译介与文明戏演出至互动关系》,《戏剧艺术》2016 年第 2 期,第 40 - 48 页。
[5] 范石渠:《新剧考》,文汇出版社 2015 年。
[6] 高岭:《文学体裁的语言运用特征》,《北京广播电视大学学报》2010 年第 3 期,第 42 - 46页。
[7] 高音:《"新月派" 莎士比亚的民国传播》,《鲁迅研究月刊》2020 年第 11 期,第 73 - 80 页。
[8] 顾仲彝译:《威尼斯商人》,新月书店 1930 年。
[9] 顾仲彝:《戏剧协社的过去》,《戏》1933 年第 5 期,第 53 - 55 页。
[10] 皞櫱译:《一磅肉》,《申报》(13272 - 13276),1910 - 01 - 14～1910 - 01 - 17.
[11] 郝岚:《林纾与 "娱乐化" 的莎士比亚》,《读书》2005 年第 12 期,第 84 - 86 页。
[12] 濑户宏:《国立剧专与莎士比亚的演出——以第一次公演〈威尼斯商人〉为中心》,《现代中文学刊》2013 年第 5 期,第 65 - 71 页。
[13] 李家斌、方纪译:《威尼斯商人》,《辟才杂志》1929 年第 6 期,第 45 - 57 页。
[14] 李伟民:《中国英语教育史上的重要读物: 莎士比亚戏剧简易读本》,《语言教育》2013 年第 3 期,第 74 - 82 页。
[15] 李伟民:《五四精神与莎士比亚戏剧——从〈威尼斯商人〉到〈乔妆的女律师〉》,《戏剧(中央戏剧学院学报)》2021 年第 6 期,第 75 - 84 页。
[16] 李永红:《女性视角的翻译批评》,《北京第二外国语学院学报》2007 年第 17 期,第 17 - 19 页。
[17] 亮乐月:1913.《女族最著之历史(七续)》,《女铎》1913 年第 7 期,第 1 - 8 页。
[18] 亮乐月:1913.《女族最著之历史(八续)》,《女铎》1913 年第 9 期,第 4 - 8 页。
[19] 亮乐月译:《剜肉记》,《女铎》1914 年第 1 期—1915 年第 11 期。
[20] 梁实秋:《威尼斯商人》,商务印书馆 1936 年。
[21] 林纾,魏易合译:《肉券》,《广益丛报》1905 年第 93 - 94 期,第 163 - 169 页。
[22] 钦文:《威尼斯商人》,《同行月刊》1937 年第 5 期,第 12 - 16 页。
[23] 青采:《"威尼斯商人" 我评》,《南京特写》1937 年第 1 期,第 12 页。
[24] 秋星:贾璧云之新长生殿,民国日报上海版 1919 年.
[25] 阮诗芸:《莎译史之兰姆体系:从"莎士比亚"的译名说起》,《翻译界》2018 年第 2 期,第 79 - 95 页。
[26] 沈庆会,孔祥立:《"自由文笔" 下的 "自由翻译" ——包天笑翻译小说研究》,《明清

小说研究》2011年第3期，第205－219页。
[27] 宋莉华：《近代来华传教士与儿童文学的译介》，上海古籍出版社2015年。
[28] 孙艳娜：《莎士比亚在中国话剧舞台上的接受与流变》，《国外文学》2014年第4期，第34－42页。
[29] 王志恒译：《威尼斯商人》，《春花（毕业纪念刊）》1923年，第39－46页。
[30] 魏策策：《〈威尼斯商人〉演出的三重立场与早期戏剧运动》，《社会科学战线》2021年第5期，第180－187页。
[31] 叶庄新：《从戏曲到新剧的一座桥梁——莎士比亚剧作在中国传播的最初语境》，《福州大学学报（哲学社会科学版）》2007年第5期，第76－81页。
[32] 佚名译：《燕敦里借债约割肉》，《澥外奇谭》，达文社1903年。
[33] 余上沅：《翻译莎士比亚》，《新月》1930年第3期，第73－84页。
[34] 郑正秋：《新剧考证百出》，学苑出版社2015年。
[35] 朱静：《新发现的莎剧〈威尼斯商人〉中译本：〈剜肉记〉》，《中国翻译》2005年第4期，第50－54页。
[36] André Lefevere. *Translation, Rewriting and the Manipulation of Literary Fame*, London & New York: Routledge, 1992.
[37] Charles Lamb, Mary Lamb. *Tales from Shakespeare*. London: Everyman's Library Press, 1976.
[38] Luise von Flotow. Feminist Translation: Contexts, Practices and Theories. *TTR* (*Traduction, Terminologie, Redaction*), 4(1991): 69－84.
[39] Luise von Flotow. *Translation and Gender: Translating in the "Era of Feminism"*. Manchester: St. Jerome, 1997.
[40] Sherry Simon. *Gender in Translation: Cultural Identity and the Politics of Transmission*. New York: Psychology Press, 1996.
[41] William Shakespeare. *The Merchant of Venice*. Cambridge: Cambridge University Press, 2003.

【作者简介】
厉欣怡，阿姆斯特丹大学比较文学研究生，主要从事文学翻译、性别研究。
杨子江，浙江大学毕业，主要从事英语文学研究。

真善美是他永恒的追求
——纪念莎士比亚诞辰 460 周年（下篇）

李伟民

【摘　要】　2024 年是莎士比亚诞辰 460 周年，在世界各地举行了一系列纪念和学术研讨活动。本文从莎士比亚与当代中国，中国莎学研究的新发展，回顾了中国莎学研究的发展历程；以话剧、戏曲、校园莎剧改编莎士比亚戏剧的导表演思想和实践经验入手，探讨了莎士比亚戏剧在中国的传播并兼及台湾莎学的发展。特以此文纪念莎士比亚诞辰 460 周年。

【关键词】　莎士比亚；诞辰 460 年；中国

Truth, Goodness and Beauty are His Eternal Quest: To Honor the 460th Anniversary of Shakespeare's Birth (Part 2)

Li Weimin

【Abstract】 2024 marks the 460th anniversary of Shakespeare's birth, with a series of commemorative and scholarly events held around the world. This paper reviews the development of Shakespeare studies in China from the perspective of the relationship between Shakespeare and Contemporary China, and the new development of Chinese Shakespeare studies. It discusses the spread of Shakespeare's plays in China and the development of Shakespeare studies in Taiwan, in terms of directing and acting ideas and practical experience of adapting Shakespeare's plays into dramas, operas, and campus

Shakespeare plays. This paper is dedicated to the 460th anniversary of Shakespeare's birth.

【Keywords】 Shakespeare; 460th anniversary of Shakespeare's birth ; China

一、莎士比亚与当代中国

自 20 世纪 70 年代以来，中国莎剧表演和导演已经走向成熟。无论是大型的莎剧节 20 多部莎剧一起上演，还是平时零星的演出，中国人完全能够依靠自己的力量排出了异彩纷呈的莎剧。中国莎学所取得的瞩目成绩，让俄罗斯莎学界为之惊讶。中国对俄苏莎学译介的数量仅次于对英国莎学译介的数量，在世界各国莎学在中国的传播中居于第二位，而在莎学理论的引进上有时反而超过了对英国莎学理论的引进。更为重要的是在对莎作的评论、研究中，中国莎学学者更倾向于俄苏莎学家的结论，特别是从苏联莎学评论中，学到了马克思主义莎学研究方法。

从中国莎学的发展看，苏联莎学中尤以阿尼克斯特等人的莎学理论对中国莎学研究产生了相当广泛的影响，成为研究者、学习者研究莎作的指导书。从这些理论中，中国莎学学者才开始获得对莎士比亚及其戏剧较为系统、完整的认识。马克思和恩格斯对莎士比亚的高度评价，成为指导中国莎学研究者解析莎作的有力武器。这种影响不仅过去存在、现在存在，而且在未来的中国莎学研究中也将继续发挥其影响。但是，我们也应该看到，毕竟中国莎学研究在总结苏联马克思主义莎学研究经验的基础上，正在逐步或已经初步构筑了自己的莎学理论体系，正在形成具有鲜明中国特色的莎学研究理论、方法，并且力争在超越前人的基础上，对马克思主义莎学的发展作出自己的贡献。

二、拥抱春天:中国莎学的新发展

1978 年，《莎士比亚全集》终于问世了，这是中国出版的第一套外国作家全集，其出版为中国莎学走向辉煌奠定了坚实的基础。从 20 世纪 70 年代后期到 20 世纪末期，各种莎剧译本大量印行，我国莎学家开始出现在世界莎学会议的学术讲坛上，且莎剧演出规模宏大。1984 年，中国莎士比亚研究会成立，莎学研究蓬勃兴旺，显示出中国莎学强大的生命力。20 世纪 70 年代末期到 21 世纪结束可以说是中国莎学研究快速发展的时期，在这一时期，中国莎学组织从无到有，老一辈莎学家在莎学研究中摆脱了以往的束缚和思想禁锢，在中国莎学研究、翻译和演出领域带领中青年学者开创了中国莎学研究的辉煌时代。①

1980年1月18日，以曹禺为团长、英若诚等人为团员的中国代表团访问了莎士比亚的故乡英国的斯特拉福镇，并将中国刚刚出版的由朱生豪等人翻译的《莎士比亚全集》和曹禺本人翻译的《柔蜜欧与幽丽叶》赠送给莎士比亚研究中心，英若诚用英文朗诵了莎士比亚十四行诗。1980年8月，复旦大学林同济应邀参加了在斯特拉福镇举行的第十九届国际莎学会议。1982年和1984年北京大学杨周翰，复旦大学陆谷孙、索天章，上海戏剧学院汪义群先后参加了第二十、第二十一届国际莎学会议，北京外国语学院王佐良参加了1988年的第二十三届国际莎学会议。1981年，裘克安参加了在莎士比亚故乡举行的第三届世界莎学会议。1986年，复旦大学索天章，杭州大学张君川、任明耀参加了第四届世界莎学会议。1984年12月3—5日，中国莎士比亚研究会在上海戏剧学院宣告成立，时任中共中央书记处书记胡乔木被推选为名誉会长，曹禺被推选为会长。时任上海市市长的江泽民为中国莎士比亚研究会题词。在中国莎士比亚研究会成立期间，中国老一辈莎学家汇聚一堂，孙大雨、卞之琳、杨周翰、张君川、孙家琇、裘克安、索天章、方平、陈恭敏、江俊峰等参加了会议，会议决定创办《莎士比亚研究》，定期举行莎士比亚戏剧节。1992年，中国莎士比亚研究会在上海师范大学召开"纪念朱生豪80诞辰学术报告会"，台湾英美文学会会长、淡江大学朱立民参加了会议，这是海峡两岸莎学学者的首次莎学交流。1996年4月，"中国莎学代表团"赴美国参加了第六届世界莎士比亚大会。这是我国第一次由国家行政部门批准组成"中国莎学代表团"参加世界莎学大会，至此，中国莎士比亚研究会与国际莎士比亚协会建立了经常性联系，国内的一些重要莎学研究成果开始引起国际莎学界的重视。

1978年，上海青年话剧团上演了《无事生非》、北京青年艺术剧院上演了《威尼斯商人》、北京人民艺术剧院上演了《请君入瓮》、北京实验京剧团演出了京剧《奥赛罗》、上海人民艺术剧院演出了《罗密欧与朱丽叶》、上海青年话剧团演出了《安东尼与克利奥佩特拉》。中央戏剧学院表演系87级毕业班演出了《哈姆莱特》(1991)、上海青年话剧院演出了《皆大欢喜》(1992)、合肥庐剧团演出了庐剧《奇债情缘》(《威尼斯商人》)。1986年4月10—23日，"首届中国莎士比亚戏剧节"在北京、上海两地同时举行，在此期间共演出25台莎剧，其中包括了话剧、京剧、昆曲、黄梅戏、越剧莎剧。莎剧节在上海的公演剧目为14台，包括：话剧《安东尼与克里奥佩特拉》(上海青年话剧团)、《驯悍记》(陕西人

① 李伟民：《莎士比亚戏剧在中国语境中的接受与流变》，中国社会科学出版社2019年，第695—696页。

民艺术剧院)、《驯悍记》(上海人民艺术剧院)、《李尔王》(辽宁人民艺术剧院)、《泰特斯·安德罗尼克斯》(上海戏剧学院)、《终成眷属》(西安话剧院)、《威尼斯商人》(中国青年艺术剧院)、《爱的徒劳》(江苏省话剧院)、《温莎的风流娘儿们》(武汉话剧院)、《奥赛罗》(上海戏剧学院);黄梅戏《无事生非》(安徽省黄梅戏剧团),越剧《冬天的故事》(杭州越剧院一团),昆剧《血手记》(上海昆剧团),越剧《第十二夜》(上海越剧院三团);4台莎剧展览演出,包括:《无事生非》(复旦大学外文剧社英语演出)、木偶剧《孪生兄妹》(《第十二夜》)(上海木偶剧团)、广播连续剧《马克白斯》(上海人民广播电台)和话剧《莎剧片段》(上海戏剧学院);在北京地区的演出共有12台剧目,包括:话剧《温莎的风流娘们》(中央实验话剧院)、《奥赛罗》(中国铁路文工团)、《仲夏夜之梦》(中国煤矿文工团)、《理查三世》(中国儿童艺术剧院)、《黎雅王》(中央戏剧学院)、《威尼斯商人》(中国青年艺术剧院)、《第十二夜》(北京师范大学北国剧社)、《雅典的泰门》(北京师范大学北国剧社)、英文《威尼斯商人》(解放军艺术学院)、英文《雅典的泰门》(北京第二外国语学院)、《李尔王》(天津人民艺术剧院),以及京剧《奥赛罗》(北京实验京剧团)。规模盛大的中国首届莎士比亚戏剧节为发展我国的戏剧事业、丰富外国文学和莎学研究产生了巨大的影响,作出了卓越的贡献,在外国文学界和莎学界都产生了极大的影响。1994年9月20—26日,“94上海国际莎士比亚戏剧节”在上海隆重开幕,在本届莎剧节期间共上演了10部莎剧,其中既有话剧,又有越剧、歌剧和儿童剧的演出,英国索尔兹伯里剧团和爱丁堡皇家书院剧团演出了《第十二夜》,德国纽伦堡青年剧团演出了《罗密欧与朱丽叶》,英国利兹大学演出了《麦克白》,上海人民艺术剧院演出了《奥赛罗》,上海越剧院演出了越剧《王子复仇记》等。

从20世纪80年代到20世纪末,中国发表莎学文章1000余篇,出版莎学论著40余种。这一时期,中国的莎士比亚评论成果在各种刊物上不断发表,而且角度多样,数量甚多。1983年,《莎士比亚研究》创刊号甫一出版,就得到了外国文学界的重视,受到了莎学研究者的好评,到1994年共出版了4期。中国莎士比亚研究会编辑的《中华莎学》(1989—2002)共出版了9期。2011年,由李伟民主编、中国莎士比亚研究会/四川外国语大学编辑的《中国莎士比亚研究通讯》年刊出版。这一时期,中国莎学研究开始引起国际莎学研究的注意,一些中国莎学研究论文开始被收入美国的《莎士比亚季刊》“论著目录”和《世界莎学年鉴》。在部分高校的英文系和中文系开设面向本科生和研究生的“莎士比亚研究”课程。这一时期的莎学研究已经逐渐摆脱了20世纪五六十年代的“阶级与阶级斗争”和苏联莎学研究中“左”的观点,结合哲学、美学、文艺理论、戏剧学、语言、比较文学、翻译和宗教学等深入探讨了莎作的特色,在前人研究的基础上又有所前进，并对某些沿袭已久的论莎观点提出了质疑，给予了新的诠释。

在“中国莎士比亚研究会”成立之前，复旦大学已经成立了“莎士比亚图书室”、中央戏剧学院成立了“莎士比亚研究中心”。中国的莎士比亚研究机构以“中国莎士比亚研究会”（后改为“中国莎士比亚学会”为全国性的研究机构，“中国莎士比亚研究会”（简称为“中莎会”），1984 年 12 月 3—5 日在上海举行了成立大会。在成立大会上曹禺致开幕词“做莎士比亚的知音”，参加成立大会及第一次年会的正式代表、特邀代表、列席代表共 114 名著名学者，卞之琳、孙家琇、黄佐临、杨周翰、张君川、顾绶昌、索天章、陈恭敏、江俊峰、孙道临、裘可安、廖可兑、方平、张奇虹等参加了会议。胡乔木为会议发来了贺信，他希望中国莎士比亚研究会做出“无愧于莎士比亚，无愧于世界数百年来的莎学研究成果，无愧于研究者多年的劳绩，也无愧于中国的学术地位和国际地位的贡献”。会议通过了聘请胡乔木担任名誉会长的提议，聘请巴金为中国莎士比亚研究会基金董事委员会名誉董事长，通过了“中国莎士比亚研究会章程”。中莎会成立后举办了 1986 年的“首届中国莎士比亚戏剧节”和 1994 年的“上海国际莎士比亚戏剧节”。2013 年 4 月 21 日，在北京大学成立了以辜正坤为会长，张冲、李伟民、杨林贵、罗益民为副会长的中国外国文学学会莎士比亚研究会。在 1998 年上海国际莎学研讨会召开之际，中国莎士比亚学会会长方平出任国际莎协执行委员会委员。杨林贵现为国际莎协执行委员，李伟民、罗益民为国际莎学通讯委员会委员。

浙江传媒学院举办了“莎士比亚与二十一世纪（杭州莎士比亚论坛）”（2002），复旦大学外文学院主办了“莎士比亚与中国：回顾与展望”学术研讨会（2004），四川外语学院、电子科技大学、西南大学举办了“莎士比亚与英语文学研究全国学术研讨会”（2006），浙江省嘉兴市文学艺术界联合会、广电新闻出版局举办了“朱生豪故居开放仪式暨莎士比亚学术研讨会”（2007），台湾大学外文系举办了“莎士比亚论坛 2007 学术研讨会”（2007），台湾政治大学历史系举办了“马基亚维利与莎士比亚的世界”学术研讨会（2007），宁波大学和英国诺丁汉大学联合举办的“莎士比亚学术研讨会”（2008），台湾大学外文系举办了“莎士比亚论坛讲演：在地域全球的莎士比亚理论与表演”学术研讨会（2008），中国莎士比亚学会（筹）和北海市地方志办公室举办了“莎士比亚学术研讨会（北海会议）”（2008），台湾大学外文系举行了“台湾莎士比亚风景成立大会”（2008），武汉大学举办了“2008 莎士比亚学术研讨会：多重视域中的莎士比亚”（2008），中央戏剧学院举办了“莎士比亚与当代舞台艺术家研讨会暨作品展示”（2006），中央戏剧学院参加了联合国教科文组织国际剧协教育中心举办的“国际莎士比亚戏剧节”（2008）。2007 年，浙江嘉兴市举办了“朱生豪故居开放仪式暨莎士比亚学术研讨会”，会议的中心议题为“朱生豪与莎士比亚”。香港中文大学继续主办了“中国大学莎士比亚戏剧比赛”，至2024年已经连续举办了六届。四川外国语大学举办了“第七届全国戏剧文学研讨会暨中外戏剧与莎士比亚研究论坛”(2009)。一些国外演出团体以及高等院校的戏剧比赛中也不时推出采用英文或中文演出的莎士比亚戏剧比赛。

三、世界与中国的莎士比亚戏剧

在中国莎学发展史上，清华大学外文系培养的或在此任教的学人为中国莎学的发展作出了杰出的贡献。我们可以将他们称为中国莎学研究中的“清华学派”。他们的莎学研究与翻译实践为中国莎学在深层次意义上开创了一种新的学风与学统，即在个人精神与学术风格上充分体现了“博雅”之传统，在莎学研究与文化主张上一贯保持了中西文化会通与兼容的学风。这些杰出学人分别是：曹禺、梁实秋、李健吾、张骏祥、余上沅、孙家琇、卞之琳、李赋宁、梁宗岱、杨周翰、王佐良、孙大雨、张君川、索天章、方重、陈嘉、林同济、郑敏、郭斌和、施咸荣、英若诚、杨德豫、贺祥麟、柳无忌、黄雨石、许国璋、徐克勤等。从他们接触真正意义上的莎士比亚教育和莎士比亚研究是从清华大学开始的这一特点出发，他们在中国莎学研究中展示了“清华学派”的学术风格与学术传统。这些学人日后能够成为莎学学者与清华外文系造就“博雅之士”这一培养目标是难以分开的。他们在清华读书时就受到西方文学和语言的训练、重视莎士比亚和西方文化的熏陶，无论是从中西文化的碰撞与交融，教师的专业与文化背景、学问素养抑或学校培养人才的要求看，都为中西文化的兼容与会通，特别是对其从中国文化的角度切入莎士比亚研究提供了方便与基础。清华大学从1924年起便开设了“莎士比亚”课程，有时又叫“莎士比亚研究”。清华大学外文系先后有王文显、温德、燕卜孙、潘家洵、陈嘉、陈福田开设了“莎士比亚”专题课程。这些学人具有高雅脱俗的言谈举止和气质，其学术大师的气度与热爱莎士比亚的感情来自“汇通东西之精神思想”的学术涵养。

哈罗德·布鲁姆(Harold Bloom)曾说，莎剧的美学价值是西方文学中的最高尺度。在中华人民共和国成立70多年的时间里，包括话剧、京剧、昆曲、川剧、越剧、黄梅戏、粤剧、沪剧、婺剧、豫剧、庐剧、湘剧、丝弦戏、花灯戏、东江戏、潮剧、汉剧17个剧种排演过莎剧。这在外国戏剧改编为中国戏曲中可谓是绝无仅有的特殊例子。曹禺曾经说过，“莎士比亚的戏剧是诗，是哲学，是深刻的思想与人性的光辉；是仁爱，是幽默，是仇恨的深渊，是激情的巅峰”。我们以各种不同的形式来演出莎士比亚戏剧，所有这些活动、创造，都在舞台上发出了他们独特的光彩，在莎士比亚与中国人民之间架起一座座美丽的桥梁。考察中国舞台上的莎剧，我们就会发现，以 1986 年为分界，中国舞台上的莎剧演出主要分为三个阶段或呈现出三种不同的模式。第一阶段，中华人民共和国成立初期到 1986 年前，中国舞台上的莎剧演出主要以话剧为主，主要采用斯坦尼斯拉夫斯基的现实主义创作方法排演莎剧，即莎剧表演力求演员在创造角色中，在完成各自的单元任务之上，体现出要完成一个最高的任务，用一句话说就是用真实的环境激发演员——角色的心理、生活动力和自我感觉诸元素的创作意向，塑造出丰满的人物。这是最高任务，既受剧作家的创作动机、情感思想的制约，也通过剧本以主题的形式表现出来。这时候的莎剧演出尽管也融入了中国导表演思想，但主要还是处于学习阶段，但是较之 1949 年前中国舞台上的莎剧演出已经有了质的飞跃。第二阶段，1986 年以后的莎剧排演尽管采用现实主义创作方法演出的莎剧还占主导地位，但是出现了大量以戏曲形式演出的莎剧。这类莎剧以"形式兼带精神"，不但将中国戏曲艺术与莎剧结合起来，还在戏曲理论、布莱希特戏剧理论的指导和影响下，创作出一批浪漫主义色彩浓郁的莎剧。第三阶段，近年来，莎士比亚戏剧开始进行商业演出，借莎剧的故事或主题改编莎剧（包括影视剧作品），或以拼贴、戏仿形式演出莎剧。其中既有正规的演出，也有明星加盟的大片。校园莎剧的演出也在高校学生中形成了一定的影响力。

中国舞台上的莎剧，首先取得重要成绩的是话剧形式的莎剧演出。我们知道，西方戏剧是由"写实主义戏剧所建立起来的一整套从表演、舞美到剧场的技术和制度"，这类话剧形式的莎剧尽管在表现主题上各有侧重，但是都力图从现实主义的角度挖掘出蕴涵在莎剧中深邃的人文主义精神，以反映人性的复杂、塑造丰满的人物形象为旨归，在具体落实语言动作化和文学形象的视觉化方面取得了较高成就。1956 年，中央戏剧学院表演干部训练班的《柔密欧与幽丽叶》，体现了为了争取幸福、获得爱情就要向古老的封建世界的残酷势力作英勇斗争的精神，不惜以死赢得了世仇的和解与和平的到来；1961 年，中央戏剧学院 58 级表演班毕业公演的《罗密欧与朱丽叶》，借鉴戏曲表现手法，采用抛掷彩球的表演，用飘逸的白纱巾具象化地表现连接青年男女纯真爱情的信物，"既含蓄又深情，既壮美又纯真，将人们的情感带进了一个崇高的境界"，塑造了天真、热情的青年形象；1980 年上海戏剧学院藏族班演出的《柔密欧与幽丽叶》侧重展示人物命运和性格的发展轨迹。尽管这些话剧莎剧在主题和艺术手法的表现上的侧重点有所区别，但无一不是严格按照现实主义的创造方法来演绎莎剧的，力图在深入挖掘莎剧中的人文主义精神的同时，较好地阐释莎剧内在的进步因素。

话剧莎剧在中国莎士比亚戏剧的演出中被视为正统的莎剧演出，为莎剧在中国舞台上树立"经典"地位奠定了基础，并且产生了一批可以被称为具有经典因素的话剧莎剧。这类话剧莎剧大多以中国杰出表演艺术家或新秀担纲主演，其演出已经成为莎剧再创作和戏剧院校学生学习的范本。如中央戏剧学院的《黎雅王》《麦克白》与辽宁人民艺术剧院的《李尔王》均由著名表演艺术家担任主演，堪称话剧改编莎剧的优秀剧作。1980 年 11 月，中央戏剧学院徐晓钟、郦子柏导演的《麦克白》突出的是"那个时代的残酷渗入我们的感觉和想像之中"，"血腥"的戏剧象征语汇隐喻了悲剧的戏剧内涵，同时把握显示出恐惧重于怜悯，展现了弑君者、暴君的内心痛苦和折磨，刻画了麦克白的灵魂自我戕害的全过程。李默然的《李尔王》把深邃的思想和现实主义的性格刻画结合起来，突出了李尔王刚愎、自信、骄横、愚昧的性格特点，而一旦王袍脱落，李默然就着重表现李尔王对生活主观看法的崩溃。胡庆树主演的《李尔王》则将李尔王内心孤苦无助，大彻大悟，将权力的在握与丧失表现得淋漓尽致。陈薪伊导演的《奥赛罗》营造了奥赛罗三个层次的心理空间：理想层次、世俗层次和黑暗复仇层次，"心理风暴"三个层次的空间为人物精神世界创造了外化的条件，鲜明、准确地体现出奥赛罗的悲剧就在于他丧失了对美的信念，由追求美、捍卫美的英雄，沦落为毁灭美的罪人。雷国华导演的《奥赛罗》不仅是一出性格悲剧，还强调其普遍意义，即揭示了人类某些根本性弱点的寓言剧。奥赛罗与伊阿古不再是简单的英雄与奸佞的关系。话剧莎剧从内容和形式两个方面的成功演绎，都使莎剧演出得到了国内外莎学家的肯定。

21 世纪以来莎剧演出更为活跃，已经不再局限于前面两种形式的莎剧演出，而是融入了后现代元素的莎剧演出，出现了互文、戏仿与解构的莎剧演出，尽管学者们对这种演出还存在种种不同意见，但是这种解构式的莎剧演出却受到了年轻一代的欢迎，在艺术形式上显得或朴素或华丽，反映了观众追求多元文化的需求。而近年来被称为先锋实验精神的莎剧以著名演员作为号召一直活跃在中国舞台上，并且产生了很大的影响，受到了青年观众的热捧。

林兆华的《哈姆雷特》被誉为中国最具先锋实验精神的戏剧作品之一，他对《哈姆雷特》进行的全新阐释，一扫过去对《哈姆雷特》排演所形成的思维定式，形成了极强的解构性，同时也在另一层面上也进行了新的建构。《哈姆雷特》是一个令人眼花缭乱的万花筒，在林兆华转动《哈姆雷特》这个万花筒时，通过角色之间的互换，使舞台上的人物成为立体的形象，人的性格也并不是固定和单一的。林兆华将文艺复兴时代一出具有强烈人文主义精神的悲剧，建构为当代人和当代生活的悲剧，"使莎剧充满了荒诞不经的迷幻色彩，在障眼法的后面，却深藏着导演的生命哲学"，此举成功地将文艺复兴时代的人文主义精神移植到 20 世纪人类所面临的尴尬和两难之中，通过对人性深入发掘与链接，以对悲剧和经典《哈姆雷特》的隐喻认知解构了原有的"人文主义精神"，建构了

"人人都是哈姆雷特"的理念,利用人们已经熟悉的经典,将观众带入经过解构的莎剧之中,为观众提供了认识经典与人性的新视角,将人性中的美与丑、善与恶、爱与恨、生存与死亡、平凡与伟大以及平和与焦虑展现给了中国观众。这种解构与建构是面对经典可贵的创造意识,正是中国导演在阐释《哈姆雷特》过程中所表现出来的中国意识和中国化,这种"抛弃实景做法……取消大量形体动作……演员叙述故事"的方法对传统演绎的《哈姆雷特》的主题、内容和认知的解构与建构中使我们看到莎剧不朽价值的同时,也以其全新思考和演绎构成了莎剧的当代价值与现代性。

"莎士比亚演出的任何固定模式化,都是有害无益的。"进入 21 世纪以来,国内的戏剧舞台上早已不满足完全遵循现实主义风格或浪漫主义风格演绎莎剧的路数,而是借用莎剧的故事,大胆吸收各种艺术形式来演绎莎剧。无论是编剧还是导演、演员,追求的是好看,适合当代青年的欣赏口味。演员由影视明星或大腕担任,布景豪华,服饰华丽,演员众多,舞美和音乐富于流行性、现代感。由田沁鑫担任编剧、导演的《明》因对莎士比亚的《李尔王》改编的角度和风格的改变而引起了较大的争议。当李尔王走进中国,走进明朝的时候,他不是国王了,他变成了天子。该剧突出了在江山面前所有人都是过客,皇帝也不例外的理念,大胆采用了间离等舞台效果,该剧已经不再是悲剧,调侃、幽默占据了舞台……该剧把权力演绎成权力最好的象征就是一把椅子。所以舞台上没有皇位,而是十几把一模一样的椅子。把中国戏曲的精神"戏","戱"也发挥到了极致,"戱"是装扮的意思……它的重点不在"教"而在"乐"。李尔王对应的角色是朱元璋,李尔王的女儿则成了诸皇子。林兆华导演的《大将军寇流兰》(改编自莎士比亚的《科利奥兰那斯》)通过大段诗化的独白及演员奔放不羁的表演与舞美设计的空间感、仪式感,以及摇滚乐队的活力,把悲剧英雄马修斯的性格刻画得异常细腻,但却在整体上颠覆了莎士比亚对人性的深刻把握。表演形式排挤了莎剧中的精神和文学内容,莎剧中的人文精神已经演变为表演形式和表演技艺的载体。舞台的豪华气势,已经淹没了导演所期许观众觉悟到的戏剧与人文精神,成为解构中的再解构。该剧引起争议较多的是采用摇滚乐解读莎剧,并遭到强烈质疑,由于该剧采用倾斜矗立的钢架、粗线条的桌椅、昏黄的灯光、粗布大袍的布景与服装设计,"既古典又现代",以强烈的摇滚精神和金属气质给观众以强烈的视觉与听觉上的冲击,观众由此怀疑该剧是否为莎剧。

四、多元化的莎剧演出

当我们追溯中国话剧的发展时,我们就会看到话剧与校园戏剧有着难以分开的联系。20 世纪初期的中国大学校园孕育了话剧。由于莎士比亚戏剧的经典意义，一百多年过去了，不管社会和文化环境如何变换，莎士比亚戏剧一直居于中国大学校园改编外国戏剧的榜首。纵观 20 世纪 80 年代以来的校园戏剧，始终热衷于反复演绎莎士比亚和其他戏剧大师的经典作品，其实这就是学子们在自觉追求经典的再创造和戏剧的艺术品位，从而为展现自己的才华和实现“人生的艺术化”作种种修炼。根据统计，改革开放 40 多年以来，在全国的许多高校舞台上演出过莎士比亚戏剧的不在少数。甚至有一些高校已经把举办“莎士比亚戏剧演出”作为经常性的活动固定下来了，但由于是业余性质，所以演出水平不高。

在中国大学举办的“莎士比亚戏剧节”一般均由外国语学院承办，大多用英文演出，具有较为浓厚的学院气息。虽然，这些演出还显得稚嫩，但显示了大学生对莎士比亚，以及戏剧演出的热爱，同时体现出其对文艺复兴时期莎剧语言相对娴熟的把握。在高校举办的莎士比亚戏剧演出活动中，尤以专业戏剧院校，如中央戏剧学院、上海戏剧学院演出的莎剧取得了较高的艺术成就，如中央戏剧学院举办的“第一届世界戏剧院校联盟国际大学生戏剧节”值得关注，在戏剧节中，中央戏剧学院、印度国立戏剧学院、韩国中央大学分别演出了《哈姆雷特》；澳大利亚国立戏剧学院演出了《麦克白——疯癫》、墨西哥维拉克鲁兹大学演出了《麦克白》；保加利亚国立戏剧电影学院演出了《裘力斯·凯撒》；德国恩斯特·布施戏剧学院演出了《一报还一报》；乌克兰卡潘科-卡里国立戏剧影视大学演出了《奥赛罗》，针对此次演出，还举办了“莎士比亚戏剧演出学术论坛”。

开新时期非艺术类高校学生较大规模地业余演剧风气之先的，当推北京师范大学的“北国剧社”。北国剧社在 1986 年 4 月演出了《第十二夜》《雅典的泰门》，1998 年演出了《麦克白》。尤其是《第十二夜》的演出，被曹禺称为“表演质朴，自然，没有舞台腔”。其后，莎士比亚戏剧的演出在高校校园中一直未曾中断过。通过组织莎剧排演，大学生得到了表演艺术方面的技能训练，使他们能够通过对莎剧表演的启蒙，从舞台行动、规定情景、塑造人物、刻画心理、反映性格入手，将一系列舞台行动的判断、想象、交流，通过对莎剧演出的初步练习，领略戏剧艺术的堂奥，不但提高了大学生的话剧表演素质，也促进了大学生对戏剧艺术的喜爱。

对于有着悠久戏剧传统、拥有 300 多个剧种的中国戏曲来说，总是以现实主义表现形式演出莎剧使人感到某种不满足，于是采用中国戏曲改编莎剧成为一些剧团检验剧种张力和导表演水平的一种方式。戏曲莎剧一经在舞台上亮相，虽遭到了部分专家的质疑，但却通过由不成熟到成熟的改编，博得了莎学家和广大观众的欢迎与肯定。戏曲与莎剧的结合可以说是在 20 世纪 80 年代中期，即 1986 年的首届中国莎士比亚戏剧节期间异军突起的。在这段时间的前后，尽管有人也看到了莎剧与中国戏曲结合的可能，但是，在一些莎学家看来戏曲与莎剧的结合还显得非常别扭。对这种结合的疑虑来自戏曲能否和莎剧结合？莎剧能否改编为戏曲？京剧莎剧改编以后是莎剧还是京剧？虽然实践对此早在20世纪20年代就作出了回答，但从当时的改编实践上看并不成功，理论上也没有进行过比较深入的探讨。人们先看到了京剧与莎剧在美学上的同构。京剧在自由表现生活时拥有丰富的手段，既擅长讲故事，又擅长刻画人物心理；莎剧也重视故事的有头有尾和“大团圆”的结局，强调舞台的“虚拟性”以调动观众的想象力。在美学层面上，西方悲剧在本体上属于一种模仿的艺术，因此便形成了形态上的一些特有的美学风貌。“悲剧的舞台形态基本上是再现生活形态……其内心的活动就远比外在的动作来得主要。”欧美戏剧和俄罗斯戏剧从斯坦尼斯拉夫斯基的再现说、传统纪实剧、现代纪实剧再到“词句转换”的“维尔巴基戏剧”(verbatim theatre)一直是沿着在舞台上求“真”的轨迹发展的，其写实性与中国戏曲的写意性存在天壤之别。而对于中国悲剧来说，感情的激动基于外形式(美的技艺)的刺激，审美的形式超过了对内容的理解。如果将莎剧的再现生活形态和激烈的内心矛盾冲突与戏曲写意的高度审美化程式和唱腔结合在一起，将内心活动外化为唱腔和动作，以及特有的戏曲程式，既能够从观赏层面上表现莎剧中所蕴含的深刻哲理内涵与心理活动，也能够在哲学与美学层面上深入挖掘戏曲刻画人物形象，塑造人物性格的象征性、形象性、具象性、审美性、深刻性与类型性，同时也符合现代人对戏剧审美的要求。莎学研究者先注意到的是京剧与莎剧在舞台布景和观众欣赏方面的诸多类似之处。

“中国戏曲演出莎剧，当然地包含着话剧与戏曲、中国戏剧与外国戏剧这两个领域的比较研究。”1986年，携首届中国莎士比亚戏剧节的东风，25台莎剧一齐呈现在中国舞台上，不仅有在现实主义思想指导下演出的莎剧，还有在浪漫主义思想指导下演出的莎剧；不仅有话剧形式的莎剧，也有戏曲形式的莎剧演出。特别是近年来戏曲莎剧的演出更是取得了长足发展，无论在经典的重新演绎上，在莎剧人文主义精神的表现上，还是在戏曲艺术与莎剧的磨合上都取得突出的成绩，既挖掘、展示了莎剧中人性的丰富和复杂，又在戏曲与莎剧的融合中展现了中国戏曲的包容性。通过不断实践，人们不但在实践上，还在理论上认识到，莎剧与中国传统戏曲之间都有许多共同、共通的内在精神。对于昆曲《血手记》这样的中国莎剧来说，人们并不希望改编是“按照原剧本不折不扣的翻版”。在这一阶段中，采用昆曲、京剧、越剧、黄梅戏、川剧、婺剧、湘剧、东江戏改编莎剧都有成功的范例。昆曲《血手记》与黄梅戏《无事生非》都是将人物的内心体验和外部表演结合在一起，既忠实莎剧原作的精神，又具有强烈的艺术表现力和审美的艺术价值。

昆剧《血手记》的鬼魂在"闹宴"中运用了喷火的特技，将马佩（麦克白）色厉内荏、胆战心惊的内心表现得真实准确，运用舞蹈将麦克白夫人外表娇媚、内心残忍和精神分裂的疯态表演得惟妙惟肖。《血手记》追求的是虚拟性表演、虚拟性空间装置、雕塑感和程式化，其在写意中容许变形的表现手法及其审美感觉是在"想象"中完成的。越剧《王子复仇记》以越味为主，莎味辅之，两者结合、融为一体的做法，得到了包括莎剧专家、新老越剧迷的热情鼓励和充分肯定。《王子复仇记》在改编中着重将委婉深沉的尹派唱腔加以拓展、借鉴，糅合了道情的旋律和绍兴大班的某些曲调，高亢激越、刚柔相济，充分发挥了越剧唱腔塑造人物的基本特征，展现了王子为重整乾坤与王权篡夺者进行的一场殊死斗争，人物性格鲜明突出。而经过改编的京剧《王子复仇记》的现代意识也表现为调动京剧表演的各种艺术手段，演绎《哈姆雷特》中的人性，这就要求导演和演员，采用陌生的异域文化——利用京剧这种艺术形式，在原作的故事框架内，讲述一个现代人灵魂、人格的挣扎过程。这样的改编正是具有现代莎剧意识的具体体现。因为改编者通过京剧诠释了《哈姆雷特》剧中蕴涵的人类时时刻刻都面临着罪恶的诞生，但人类也时时刻刻在重建着自己生存家园的人文精神，改编所追求的是美好、和谐，是个体生命在这样的突破与建构之间完成的价值体现。京剧改编莎剧对于其他剧种具有示范和实验意义。京剧《歧王梦》的改编更是抓住了莎剧与京剧艺术形式相通的重点场面尽情发挥，把莎剧中人物内心的细腻刻画同京剧的表演特长充分结合在一起，歧王在展现京剧表演特点的基础上，大段唱腔苍劲悲凉，念白抑扬顿挫，一气呵成，把铜锤花脸与架子花脸的表演有机融为一体。歧王的扮演者尚长荣在京剧舞台上载歌载舞，大段唱腔酣畅质朴，在以六面风字旗穿插摇动中，将山崩海啸、天下大乱的气氛渲染得十分强烈，将歧王备受风霜雷电摧残和灵魂搏斗的复杂心理表现得惊心动魄。

同为改编莎剧《李尔王》，丝弦戏《李尔王》则采用许多将人物内心活动外化的表现手段，塑造了一个有地方特色的君王形象。在表演中运用了丝弦戏的成套唱腔，从起腔到回龙，又由二板三板再到赶板，把李尔王癫狂的精神状态和悔恨交加的痛苦心情酣畅淋漓地表现出来了。而无论是京剧《歧王梦》、京剧《王子复仇记》，还是越剧《王子复仇记》《第十二夜》、黄梅戏《无事生非》，还是台湾改编的京剧《李尔王》、豫剧《威尼斯商人》，其表演也是现代舞台意识的生动呈现，这就是说戏曲在对待或处理审美主客（心与物）关系上有自己的审美原则和习惯，即使面对悲剧和凄惨场景，观众也会为演员的动人唱腔和优美扮相、身段、过人武功等获得审美享受。如何利用戏曲表现莎剧中所蕴含的人性光辉，这是摆在编演人员面前的任务。对于中国悲剧来讲，不是以"激起恐惧与怜悯为目的”，而是以伦理美德的打动(感化)为目的。如果将莎剧的再现生活形态和激烈的内心矛盾冲突与戏曲的表演形式结合在一起，观众既能够从美学层面上，又能从思想意义上领略莎剧中所蕴含的深刻哲理内涵与心理表现。黄梅戏莎剧《无事生非》巧妙地将我国民间富有表现力的语言和表达方式糅进改编本，体现了莎剧中的民间泥土气息。川剧《马克白夫人》是一个极富表现主义风格的川剧莎剧，它利用川剧特殊的表演方式，诸如变脸、吐火等技巧，将人性中的邪恶暴露无遗，采用层层剥笋的方式向观众交代了马克白夫人犯罪的原因和由此造成的心灵自戕。甚至东北的二人转也可以和《罗密欧与朱丽叶》结合。通过这些改编，我们看到了无论是莎剧，还是中国戏曲在跨越东西方异质文化的过程中都具有巨大的包容性。东江戏《温莎的风流娘儿们》更多采用戏曲虚拟、夸张和舞蹈的特点把莎剧通俗化、地方化，将莎剧情节和现代生活合二为一。川剧《维洛那二绅士》将戏剧符号理论和戏曲重写意结合起来，拓展了戏曲运用象征手法的表现领域。即使是哈尔滨歌剧院的歌剧《特洛伊罗斯与克瑞西达》在男女伴唱演员的处理上，也打破了原来歌队只唱不动的形式和传统歌剧是话剧加唱的形式，大胆运用了戏曲导演手法。

所以，昆曲、京剧、越剧、黄梅戏、川剧等剧种以“有歌有舞，以演一事”的方式与莎剧的结合，无论在内容与形式上都显现出了双重叠加的经典艺术价值。在此意义上，莎士比亚“可以教导我们如何在自省时听到自我……教我们如何接受自我及他人的内在变化，也许包括变化的最终形式”。从中国戏曲与号称西方经典的莎士比亚的对接中，我们看到，莎剧和中国戏剧、戏曲的结合相得益彰，从莎剧中我们认识到古老的中国戏曲巨大的包容性和生命力。事实证明，中国的昆曲、京剧和各种地方戏，用来表现莎剧，具有独特的优势。因为戏曲“是一种具有民族艺术特点的写意型表演体系……优秀的写意艺术比拙劣的写实艺术可以说更真实”，通过戏曲形式，完全能够承载莎剧的思想内涵并使莎剧常演常新。近年来，莎剧如何为当代观众所接受并喜爱，一直是莎剧研究关注的课题之一，而“以歌舞演故事”的中国戏曲莎剧不仅成为连接东西方的文化纽带，也成为连接古代与现代的一条途径，成为古老艺术形式与现代戏剧观念的对接方式之一。所以，很多采用中国戏曲形式改编的莎剧受到了中国观众和西方观众的喜爱，对中国戏曲的传播与莎士比亚经典的回馈，取得的是双赢的成功。通过莎剧演出，人们认识到，既可以有话剧形式的莎剧演出，也可以借戏曲莎剧表现现代生活和现代意识与观念，两者并不矛盾。莎剧成为连接过去与现在生活、思想观念、思维方式、审美思想和人性的一座桥梁，也是当下戏曲莎剧获得现代性的必然方式。

长期的艺术实践证明，戏曲莎剧作为两种文化复合的特殊产物，对于中国观众具有其他艺术形式所难以完全取代的辐射力。一种异国文化能否在当代中国觅得知音，最终决定于有没有寻找到超越时代和国界，而又特别为我们今天所需要和认同的人类文明智慧和精神素质。莎剧之所以拥有恒久的生命力，在于不同时期、不同民族的艺术家可以从中找到其中根植于人性的内在需要，并获得时代精神和社会心理的某种感应。把中国戏曲与莎士比亚融合在一起也将为戏剧美学开拓一个新的研究领域。在向中国观众展示莎剧的过程中，也是对不同剧种以至一个国家戏剧水平的锻炼和检验，戏曲莎剧成为再创造的源泉和戏剧艺术新手法的实验场，同时，中国舞台上的莎剧演出也成为最实际、最生动、最活跃、最具中国特色的莎学研究和戏剧研究。

五、莎士比亚在台湾地区

我国台湾地区开始莎士比亚研究是在 20 世纪 50 年代中后期。这时从事莎作翻译和评论的主要是以梁实秋和虞尔昌为代表的学者、教授。1947 年秋，在台湾大学外文系执教的虞尔昌，在台湾物力艰窘，学者颇危衣食，大学授业之余，日居斗室，埋小几翻译莎剧。他的夫人邵雪华则席地而坐，伏在门板上誊清译稿，通宵达旦，从无怨尤，以 10 年工夫终于克竣 10 部莎士比亚历史剧。1957 年 4 月，台北世界书局出版了朱生豪和虞尔昌合译的 5 卷本《莎士比亚戏剧全集》。这本全集包括朱生豪翻译的 27 个剧本和虞尔昌翻译的 10 个历史剧。每个历史剧均附有译者写的“本事”。全书附有“莎士比亚评论”和“莎士比亚年谱”。1961 年，台北世界书局又出版了虞尔昌译的中英文对照编排的《莎士比亚十四行诗》。梁实秋除了翻译《莎士比亚全集》以外，还著有《永恒的剧场——莎士比亚》，由时报文化出版事业有限公司出版。1964 年，莎士比亚诞辰 400 周年时，梁实秋主持编写了《莎士比亚四百年诞辰纪念集》，由台湾中华书局出版。

在台湾开设“莎士比亚课程”、发表莎学论文较多的有梁实秋、朱立民、颜元叔、彭镜禧等人。除了前面提到的莎学论著外，台湾还出版了朱立民的《爱情仇恨政治——汉姆雷特专论及其他》(台北，三民：1993)、朱炎主编《美国文学比较文学莎士比亚——朱立民教授七十寿庆论文集》(台北，书林：1990)、吴青萍的《莎士比亚研究》(台北，远东：1964)、李慕白的《莎士比亚入门》(台北，台湾商务：1988)、马汀尼的《莎剧重探——历史剧及其风格化演出》(台北，文鹤：1996)、梁实秋的《文学因缘》(台北，时报：1964，系台北，文星：1964 年版的重刊，内收入莎学论文 7 篇)、陈冠学的《莎士比亚识字不多?》(台北，三民：1988)、赵天华的《莎士比亚笔下的爱神》(台北，万象：1961)、颜元叔的《莎士比亚通论：悲剧》(台北，书林：1996)，《莎士比亚通论：历史剧》(台北，书林：1995)、《莎士比亚通论：传奇剧·商籁·诗篇》（台北，书林：2002）、高雄师范大学主编：《中美莎士比亚研讨会》（台北，文鹤：1995）、邱锦荣的 *Metadrama：Shakespeare and Stoppard*（台北，书林：2000）；李启范的 *The Plays Within the Plays in Shakespeare. Taipei：Hai Kuei Cultural Enterprises*（1985）、Steele，Eugene 的 *Shakespeare and the Italian Professionals*（台北，书林：1993）。在研究方法上，莎学研究不再局限于莎士比亚的语言、意象、结构、版本等文本范畴。从最近出版的彭镜禧主编的《发现莎士比亚——台湾莎学论述选集》中，有余光中的《锈锁难开的金钥匙》、赵星皓的《〈鲁克丽丝失贞记〉里的后设戏剧元素》、谢君白的《驯服之必要：〈驯悍记〉表演策略观察》、彭镜禧的《编剧者的梦魇：戏谈〈仲夏夜之梦〉》、张静二的《〈威尼斯商人〉的"彩匣"情节》、张小虹的《镜像舞台/阶段：〈第十二夜〉中的性别辨（误）识》、颜元叔的《莎悲剧之综合评论》、胡耀恒的《我对〈汉姆莱脱〉的三点看法》、廖炳惠的《谁需要奥菲丽亚？》、林鍹志的《"然而她非死不可，否则她会背叛更多的男人"：德斯底蒙娜的"背叛"和奥赛罗的"正义之剑"》、阮秀莉的《三面马克白·多重莎士比亚：威尔斯、黑泽明和波兰斯基的〈马克白〉》、马汀尼的《隐遁逍遥于历史法则之外——论〈亨利四世〉》、王仪君的《征服的愿望：试论〈亨利五世〉中帝国主义、国族主义与身份认同》、陈玲华的《〈冬天的故事〉：花卉飘香的牧歌悲喜剧》、林明泽的《走出暴风雨：后殖民情境中"卡力班"认同的困境》、王淑华的《政治与戏剧：中国莎学新探》、王婉容的《莎士比亚与台湾当代剧场的对话》、林璄南的《戏剧写作与作者身份——以"莎士比亚"为例》、彭镜禧的《台湾出版莎士比亚学术论文目录初编（1970—2000）》。我们看到无论是诗或戏剧，论文并不局限于传统对作品内容或形式的欣赏分析，而是从剧场演出、影视改编、戏剧观念、女性主义、性别研究、新历史主义、后殖民主义、文化与跨文化研究等领域出发，从不同的角度研究莎士比亚。彭镜禧的《细说莎士比亚论文集》（台湾大学出版中心，2004）收入他历年发表的莎学论文 17 篇。

1986 年之前，台湾的莎剧演出大多局限于戏剧院系的毕业公演，其中尤以文化大学戏剧系在毕业公演莎剧上较有影响。文化大学自 1967 年演出《李尔王》之后，共演出了 25 出莎剧，包括悲剧、喜剧和传奇剧等 14 个剧目，如《仲夏夜之梦》（1966）、《李尔王》（1967、1968、1969）、《凯撒大帝》（1968、1977）、《威尼斯商人》（1969）、《奥赛罗》（1969）、《哈姆雷特》（1971）、《马克白》（1972）、《考利欧雷诺斯》（1973）、《安东尼与可丽欧佩区拉》（1975）等，其中王生善单独或与人联合导演 7 部，洪善群单独或与尹世英等人联合导演 6 部，前者重视运用传统或现代剧场形式及表现元素来呈现莎剧，后者大量采用象征性手法，特别是音响效果营造出戏剧所需要的基调与气氛。这些校园戏剧演出，不仅具有戏剧学习、艺术教育的功能，在表达形式、舞台美学创造上也进行了大胆的尝试和试验。台湾的莎剧编剧、导演和演员在莎剧演出中强调如何用中华文化、中国戏剧舞台表演形式和语汇重新诠释莎剧，使莎剧能够与台湾人民的生活、文化习俗和感情产生共鸣，使莎剧与台湾剧场和汉语文化产生更多的对话空间。1986 年，台北市立交响乐团邀请汪其楣导演《仲夏夜之梦》音乐剧，在聂光炎的舞台灯光设计中融合了写实与抽象的创作手法，制造出一种似真似幻、晶莹剔透的水晶般的效果，在两道纱幕上，既有森林、鲜花、树叶的美妙投影，又可以使透明水管组合装置投影在纱幕上，营造出诗意般的梦幻空间。这也是台湾在舞台设计上首次采用大型幻灯及纱幕来营造剧场空间。

1992 年，台湾屏风表演班推出了由李国修编剧及导演根据《哈姆雷特》改编的讽刺情景喜剧《莎姆雷特》(该剧曾参加 1994 中国上海莎士比亚戏剧节演出)。该剧以《哈姆雷特》主要情节为主线，以三流的“风屏剧团”团员因角色竞争、感情纠葛导致仇恨、嫉妒、钩心斗角的情节为辅线，演绎了当下演员在现实生活中一再重复的生存困境，大胆颠覆拆解、倒错原作，力求在精神上紧扣原作主题的同时，掺入现代社会熟悉的权利争斗和情感多变的因素，使观众对戏剧和真实之间的反讽、辨正和交互指涉关系有更多的反省和玩味的空间(该剧 2000 年 8 月推出第三版，即“千禧年狂笑版”)，在“千禧年狂笑版”中包括莎士比亚在内都被渺小化乃至琐碎化了，凡夫俗子成为戏剧中的主角，哈姆雷特就是我们大家。1992 年，由马汀尼在台湾艺术学院戏剧系导演的《亨利四世》演绎出人在历史权力运作中的角色扮演及自我定位的戏剧空间，舞台设计体现出公共工程建筑物概念，如路桥、地下道路的出口、滑梯；象征国王权力中心的巨大圆柱体，以阐释王朝的重新建构等。1994 年，“果陀剧场”推出的梁志民导演的《新驯悍记》完成了导演设定的一个流浪汉的梦的主题阐释，塑造出当下成年人或现代人所缺少的梦想幻境，同时也创造了台湾剧场童话式的视觉语言风格。1986 年，阎鸿亚在台湾艺术学院戏剧系执导改编的《射天》(《哈姆雷特》)，将整个时代和历史背景都置换到了战国时代的宋国，以歌舞伎的形式糅合元杂剧元素，体现出一种有别于平剧的中国风格。在舞台上，由于历史情景和时空背景的不断转换，使西洋宫廷中的演剧传统转变为中国历史中帝王之家占卜的仪式，再现了先王的真实命运，完成了王子试验叔父是否有谋杀父王的目的。1989 年，“当代传奇剧场”推出了王安祈改编，吴兴国执导的《王子复仇记》是继《欲望城国》(《马克白》)之后，由一部以京剧形式改编的莎氏悲剧。该剧除了延续《欲望城国》中将莎剧中的戏词转换为京剧的韵白、唱腔，运用京剧表演程式、身段外，着重将王子的内心独白的大段唱腔，用于表现内心复杂的矛盾心情，在中国古代背景中，融入了更多的中国传统民俗技艺的表现形式，表演中采用了弹词和哑剧形式，有一位说书人和两个弹奏琵琶者且说且唱呈现故事，而另外的演员则以哑剧表现出谋杀的情节。1998 年，贾孝国改编自《哈姆雷特》的摇滚版的《树林中的王子》则强调肢体张力和暴力氛围，运用强烈的现场摇滚音乐和仪式化的动作，创造出一个全新的树林王子，轻快逗趣的动作使画面中真实的残酷血腥呈现出疏离的反讽效果。1986 年，汪其楣导演，台北市立交响乐团制作、演出的《仲夏夜之梦》着重与现代生活语言接轨，身体语言呈现出舞蹈的特色。1992 年，由王小棣执导的《莎士比亚之夜》糅合、借用京剧艺术，采用京剧身段、动作、京白、文武场面呈现三段式及三部莎剧(《哈姆雷特》《奥赛罗》《马克白》)对人心的黑暗面给予揭露。1997 年，在台北"国家戏剧院"演出由梁志民导演的《吻我吧！娜娜》(《驯悍记》)以现代歌舞剧形式将莎剧中嬉笑怒骂的语言改为通俗易懂的唱词及对白，配以不同形式和风格的流行音乐、歌唱和舞蹈，反映了台湾流行文化的拼贴效果，使观众在轻松愉悦的氛围中亲近莎氏喜剧。

六、结语

毫无疑问，中国的莎作翻译、莎剧舞台演出和莎士比亚研究已经成为具有中国特色莎学的重要实践与理论资源，我们已经在此基础上初步建构起中国莎学研究的理论体系。这两点使我们的莎学研究不同于西方和世界上其他国家、地域的莎学，具有鲜明的中国特色、时代特色和民族特色。正如曹禺先生所说："我们研究莎士比亚有一个与西方不尽相同的条件，我们有一个比较悠久的文化传统"，因此我们"是以一个处于历史新时期的中国人的眼睛来看、来研究、来赞美这位世界巨人"。我们试图用马克思主义的观点来研究莎士比亚，而其最终目的则是"把一切用了心血写出来的戏都拿来丰富祖国的文化，作为我们的借鉴，作为我们的滋养"，而这也是我们"用中国人的眼光看莎士比亚"这一重要的文化命题，"力图对莎士比亚的各类戏剧作品做出我们自己的理解，以形成具有中国特色的莎学理论体系、思维模式和独特风格"，而对包括陈才宇先生校订、补译的《莎士比亚全集》在内，莎士比亚的翻译、研究和演出正是我们积极吸收借鉴人类优秀文明成果和国外优秀文化成果的一个最为生动的体现。

【作者简介】李伟民，四川外国语大学莎士比亚研究所教授，中国外国文学学会莎士比亚研究会副会长，主要从事莎士比亚研究。

第六编

莎言莎语

仙枰杂谈：莎言莎语（第二章）

路　人

【摘　要】《哈姆雷特》里有这么一个片段：大臣波洛纽斯前去刺探哈姆雷特"疯了"的原因，见后者正手捧书册，在房间里边踱边读。波洛纽斯上前问道："敢问殿下所读何物？"哈姆雷特答道："Words，words，words"。朱生豪译作"空话、空话、空话"，梁实秋译作"字、字、字"，各有道理。这里姑且译作"字啊，字啊，（就是）字啊"，可能更适合演员发声吐气念台词。当然，无论 word 这个词在这个语境中可以理解为什么，莎士比亚的精妙，在字词语句中得以隽永，应该是不争的事实。

在浩瀚的莎翁言语中舀取几滴水，或细读，或品味，或以译为释，或聊发感悟体会，将莎士比亚的片言只语与当下和自我关联。一时挣脱"学术规范"的困索，或可为艰苦的原典深读提供一二轻松欢快的乐趣。

【关键词】莎士比亚；莎剧语言；台词

Column：Words & Lines by Shakespeare

Lu Ren

【Abstract】When he goes to Hamlet，in Act 2 Scene 2 of the tragedy，to attempt a discovery of the cause of the prince's madness，Polonius finds the prince holding a book in both hands，reading. "What do you read，my lord?" he asks. "Words，words，words，" comes the answer. Even though the "words" could and have been interpreted in many different ways，Shakespeare does live，if "live" means "his plays are still alive and active through over 400 years"，in his words and lines，where always lie the quintessence of his drama and poetry. For each session， we would pick up words or lines from one of Shakespeare's individual play, to discover the nuances of the words, to read the lines and find fun, to interpret through translation, or to relate Shakespeare to the present context or us. The ultimate aim: to struggle free temporarily from the shackles of "scholarly writing", and enjoy Shakespeare as he was enjoyed over four centuries ago: just for fun.

【Keywords】 Shakespeare; Shakespeare's language; lines

一、诗中戏:《莎士比亚十四行诗》第 34 首

莎士比亚真是个戏精,他的戏里有不少戏中戏,最有名的当然是《哈姆雷特》里的"捕鼠机",王子借此侦得叔父克劳迪斯藏在内心的弑君(兄)罪恶。不过,在莎士比亚的十四行诗里,至少有一首,竟同样暗藏"戏"意:

Why didst thou promise such a beauteous day,
And make me travel forth without my cloak,
To let base clouds o'ertake me in my way,
Hiding thy bravery in their rotten smoke?
'Tis not enough that through the cloud thou break,
To dry the rain on my storm-beaten face,
For no man well of such a salve can speak
That heals the wound and cures not the disgrace:
Nor can thy shame give physic to my grief;
Though thou repent, yet I have still the loss:
The offender's sorrow lends but weak relief
To him that bears the strong offence's cross.
Ah! but those tears are pearl which thy love sheds,
And they are rich and ransom all ill deeds.

译作如下:

你为何向我保证今天天气晴好?

害得我没披上外套就匆匆上路，
结果才走到半路就有乌云赶到，
你自己一身锦衣与我相隔雨雾。
你是冲进雨雾擦干我满脸雨水，
但是你这样的举动还远远不够，
只治疗伤痛却治不了丢脸受罪，
这样的药膏有谁会说它是好货；
你满脸羞愧也治不了我的伤情，
你一句对不起，我却受害依然。
害人的人说一句道歉显得太轻，
而被害人身上十字架还是沉甸。
啊呀呀！你满脸泪珠是友爱的见证，
泪珠连连，把所有的坏事一笔抹净。

如果让我根据这首诗写一个课本剧，我大概会写一个独白，表演时想象那位乱报天气的朋友就站在我面前：

大雨滂沱，我浑身湿透，赶到友人家门口，友人冲出来把我拉进门去，用手帕替我擦去满脸的雨水。我愤愤地说：

你干吗向我保证今天艳阳高照?！害得我没带雨披就赶着上路了。结果你看，半路上就乌云遮天大雨倾盆，你自己倒好，一身锦缎，站在家门口，我在雨中眼睛都睁不开，哪里能看见你啊！

友人不停地替我擦脸，我还是气愤难消：

你以为一见我就冲出来替我擦干脸上的雨水，这就够啦？就好比你用药膏涂我的伤口，痛是好点了，但丢脸的还是我啊！这药膏有啥用？

友人满脸羞愧，不住地向我道歉(可以把责任推给天气预报)，我不依不饶：

好了好了，别做出非常难过的样子，我比你难过得多了去！你说一句“不好意思”，倒霉的还是我啊！害人的人轻飘飘一声“对不起”，哪里能减轻被害人经受的沉重伤痛？

友人被我骂得受不了了，泪水立刻涌出。我一见，反而慌了神，感觉自己有点过了，赶紧反过来安慰：

啊呀呀，好啦好啦！你这么难过痛哭，说明你对我还是友爱在心。算了算了，看你哭成这个样子，我就把你干的坏事一笔勾销了吧。

二、难捉摸也任琢磨：《莎士比亚十四行诗》第 66 首

《莎士比亚十四行诗》第 66 首，向来被认为是“最具批判现实主义精神”的一首。这个说法当然有一定的道理：

Tired with all these, for restful death I cry,
As, to behold desert a beggar born,
And needy nothing rimmed in jollity,
And purest faith unhappily forsworn,
And gilded honour shamefully misplaces,
And maiden virtue rudely strumpeted,
And right perfection wrongfully disgraced,
And strength by limping sway disabled,
And art made tongue-tired by authority,
And folly, doctor-like, controlling skill,
And simple truth is called simplicity,
And captive good attending captain ill.
Tired with all these, from these would I be gone,
Save that, to die, I leave my love alone.
厌倦了这所有，我切盼一死了之，
眼看那：达官贵人出自乞丐家身，

无才无能者有锦衣华缎裹住身体，
最纯洁的信仰被抛弃，让人痛心，
镀金的名誉安错地方，不知羞惭，
贞洁的少女被粗暴地扣上了污名，
完美的品行却要遭受错误的诬陷，
有力量的被跛足者拉住寸步难行，
艺术被权威锁住了口舌不得发言，
愚蠢的人装出博学的样子管控着匠工，
相信简单真理的被说成头脑简单，
善良的人被捆住手脚去服侍极恶穷凶。
厌倦了这一切，我真想一走了之，
可只是我一死，我的爱形只影单。

（自译，差强人意，尽管在努力“模仿”莎氏的韵律节奏等细节，同时照顾我们对“诗形”的期待。再次证明：诗不可译。）

第 2 行到第 12 行，诗人用了整整 11 行的篇幅，辞严义正地批判了当时社会上的黑暗与不公，是“最具批判现实主义”一说的坚实凭据。更重要的是，这十一行里揭露批判的每一个现象，拿来照照我们自己周围的情况，似乎能为莎士比亚的“普适”与“普世”做出最好的证明。当然，也要注意到莎士比亚的时代与文化局限：第 2 行中他看不得“达官贵人出自乞丐家身”，颇有点体现英国的“阶层固化”基因。那种“一夜暴富”（from rags to riches）式的“阶层跃进”，在英国恐怕很难实现。

第 1 行和第 13 行，重复“受不了了，不如一走了之”的愤怒绝望，与哈姆雷特那段“活下去，还是一死了之”（To be, or not to be）的名段异曲同工。

第 14 行明确告诉我们（此处指的是这首诗的那个“指定读者”），“因为舍不得你，我宁愿忍受这一切残酷和不公”。有没有可能，诗人为强调自己对对方的“爱恋”，有意夸大了社会的黑暗和残酷，通过强烈的对照和反讽达到突转的诗学效果？《莎士比亚十四行诗》第 66 首中：①“爱恋”是认真的，“社批”是游戏的；②“爱恋”是游戏的，“社批”是认真的；③“爱恋”和“社批”都是认真的；④“爱恋”和“社批”都是游戏的。

莎士比亚好几首十四行诗有个特点：末尾突转，出其不意，增加很多阅读和思维的乐趣；但本诗兼具另一个特点，意义含混。不是“让人感觉混乱”（confusing），而是“模棱两可，让人抓不住把柄”（ambiguous）。这一特点在莎士比亚的许多戏剧中体现得更为明显。这才是莎士比亚超越古往今来很多人的高明之处，也是他的作品至今被热议的原因之一。

三、凯特琳娜的“女德训诫”

莎士比亚最遭诟病的，恐怕要数《驯悍记》(*The Taming of the Shrew*，1590)结局时，被“成功驯服”的凯特琳娜长达40余行的台词，那可是妥妥的“女德训诫”。

台词出自该戏的五幕二场，因篇幅关系，此处仅从那段台词中挑几处特别能说明问题的句行：

Fie，fie! unknit that threatening unkind brow，
And dart not scornful glances from those eyes，
To wound thy lord，thy king，thy governor:
呸！呸！别这样紧皱眉头威胁对方，
眼睛里也不要射出一丝嘲讽的神色，
别伤害你的主人，君王，你的统领：

Thy husband is thy lord，thy life，thy keeper，/ Thy head，thy sovereign;
丈夫就是你的主，你的命，你的赡养人，/是你的头脑，你的君王；

此处和《威尼斯商人》中鲍西娅的“为妻宣言”相似。鲍西娅把丈夫巴萨尼奥称为“主人、统领、君王(her lord，her governor，her king)”，会引发当下很多人的不适。

I am ashamed that women are so simple
To offer war where they should kneel for peace;
Or seek for rule，supremacy and sway，
When they are bound to serve，love and obey.
真令我羞耻啊：女人的头脑太简单，
本应该跪求平和，却偏要挑起争斗；
她本该服侍丈夫，对他关爱、顺从，

却偏要寻求强势权柄，要高人一头。

“服侍”“关爱”“服从”简直成了“女德三要”！在同一段台词里，还有一处略有不同的表达：“关爱，美貌和真正的顺从”(love, fair looks and true obedience)，本质上还是一致的。在这段台词的另一处，凯特琳娜竟然将敢于反抗的妻子比作叛逆的“乱臣贼子”，封建霉味扑鼻而来。

Why are our bodies soft and weak and smooth,
Unapt to toil and trouble in the world,
But that our soft conditions and our hearts
Should well agree with our external parts?
我们的身体柔软孱弱，肌肤光滑，
不适合从事这世上的艰苦与劳作，
既然我们的身体内心都十分柔弱，
难道不应该表现在外在的行动上？

女性因生理或生物特性而在某些方面显得“柔弱”，并不能成为在社会中被歧视的理由，更不能故意无视女性在其他方面的能力与强大。

But now I see our lances are but straws,
Our strength as weak, our weakness past compare,
That seeming to be most which we indeed least are.
Then vail your stomachs, for it is no boot,
And place your hands below your husband's foot:
In token of which duty, if he please,
My hand is ready; may it do him ease.
现在我明白，我们的投枪只是根稻草，
我们的力量太弱小，弱小得无以复加，
我们似乎无所不能，实际却一无所能。
收了你们的傲气吧，它没有半点用处，
把你们的双手按放在丈夫脚前的地面：

为表达这样的责任，如果我丈夫愿意，
我随时可以这么做，只为求得他欢喜。

演出时，凯特琳娜一定面对观众，慷慨激昂地念出这“女德训诫”的最后几行。不过，莎士比亚时代的女性不能进入剧院，虽不排除有女扮男装混进去的，人数肯定不多，连台上训人的凯特琳娜，也是由男生扮演的。但是，在我们时代的剧场里，让一位女演员扮演的女性人物对着满场不少的女性观众来做这段训诫，会有什么反响？女性观众一定感觉不适，男性观众（除了同样感觉不适的以外）一定不敢得意扬扬。

话说回来，这段台词真的一无是处？也不见得。比如，劝妻子不要动不动就生气发怒，因为：

It blots thy beauty as frosts do bite the meads,
Confounds thy fame as whirlwinds shake fair buds,
And in no sense is meet or amiable.
A woman moved is like a fountain troubled,
Muddy, ill-seeming, thick, bereft of beauty;
那神情会毁了你的美貌，如严霜摧毁草地，
如狂风吹落花蕾，毁掉了你的美名，
这么做既没有理智，也不讨人欢喜。
女人一旦发火，就像池水起皱，
泥浆翻起，浑浊不堪，毫无美感……

动怒太多或伤颜值（男女通用），似乎也有点道理。

四、君王言不可信：《亨利六世（上）》

莎士比亚描写英国历史上“红白玫瑰之战”（内战）的《亨利六世》三部曲（与《理查三世》一起被称为“第一四部曲”），创作于其生涯早年，被认为是其“尚显幼稚”的作品。尽管三部曲关于人性、政治、战争的话题十分深刻，发人警醒，但从语言本身来说，名言警句可摘可录的，相比于他更为成熟的喜剧（浪漫的、暗色的）、历史剧第二四部曲、大小悲剧、后期的传奇剧等，的确稍有逊色。但是，只要耐下心来一行行读下去，一些一拾偶得、触动联想的语句，还是有的。比如法王查理对圣女贞德说的两段台词。

当时法兰西与英格兰交战，王公贵族的泱泱大军不经打，眼看要一溃千里，一位名叫贞德(Jeanne D'Arc)的村姑挺身而出，说自己得上天感召，要出来拯救法兰西。她率自己拉起的民间队伍，第一仗就打败英军，收复奥尔良。于是就有了这样一段台词：

CHARLES
'Tis Joan, not we, by whom the day is won;
For which I will divide my crown with her,
And all the priests and friars in my realm
Shall in procession sing her endless praise.
A statelier pyramis to her I'll rear
Than Rhodope's of Memphis' ever was:
In memory of her when she is dead,
Her ashes, in an urn more precious
Than the rich-jewel'd of Darius,
Transported shall be at high festivals
Before the kings and queens of France.
No longer on Saint Denis will we cry,
But Joan la Pucelle shall be France's saint.
今日胜战，功不在朕，而在贞德；
为此，吾将与其分享王座金冠，
吾所治疆土之上的所有教士与牧师
均来列队为她咏唱无尽的赞美诗篇。
吾定将为她树立起一座金字塔，
辉煌更超越孟菲斯王的罗多壁。
在她死后，为纪念她的事迹，
将她的骨灰装进镶钻的宝瓮，
钻石比富有的大流士还要多，
还要在隆重的节庆上捧着它，
从法兰西国王王后面前走过。
朕在圣丹尼斯日会高声呼喊

少女贞德就是法兰西的圣女！　　　　　　　　　　　　　（第一幕第六场）

孟菲斯是古埃及首都，以周围的金字塔群著称；罗多璧相传为孟菲斯王的爱姬。大流士为波斯帝国皇帝。请注意“朕”与“吾”的变换：用“朕”译所谓“皇家复数”的 we，以示庄重，用“吾”译 I，以示亲切熟近。法王未将胜利归于自己的“英明指挥”，而坦承收复奥尔良为贞德之攻，也算是值得赞赏的品格。只是，国王的话能当真吗？更或者政治比武场中政客的话能当真吗？再或者何为“真”？贞德金像果然后来矗立在巴黎塞纳河畔。然而，战事稍有反复和失利，国王立刻龙颜大怒：

CHARLES
Is this thy cunning, thou deceitful dame?
Didst thou at first, to flatter us withal,
Make us partakers of a little gain,
That now our loss might be ten times so much?
骗人的女子，这是你的狡计吗？
你是不是为取悦于朕，先让朕
为一场小小的胜利而心满意足，
然后再让朕蒙受十倍的损失？　　　　　　　　　　　　　（第二幕第一场）

只剩“朕”，不再“吾”了。侍君如侍虎。君主翻脸，就在一瞬，奖罚颠倒，生杀反转，全凭他随便一个理由。封建专制治下，君王言而无信，君王言不可信！

五、《亨利六世（中）》的两段台词

《亨利六世（中）》开篇不久就有两段颇有意思的台词，一段出自护国公葛罗斯特之口，谈及专制君主的婚姻对国命臣运的影响，另一段出自葛罗斯特公爵夫人之口，似乎与后来的《麦克白》中的麦克白夫人有互文相关。

刚刚继承父王亨利五世的政治遗产、戴上了“大不列颠及法兰西国王”双王冠的亨利六世，在近臣怂恿之下，任性地娶了法国公主玛格丽特，不仅要免对方的“嫁妆”，还将两个法国重镇作“彩礼”送去。护国公葛罗斯特与一众朝臣敢怒不敢言，等新婚国王王后一转身，便愤愤然地发泄不满，表达担忧：

O peers of England, shameful is this league!
Fatal this marriage, cancelling your fame,
Blotting your names from books of memory,
Razing the characters of your renown,
Defacing monuments of conquer'd France,
Undoing all, as all had never been!
众位英格兰朝臣啊,这是何等的奇耻大辱!
这场致命婚姻,剥夺了各位的荣誉,
将各位的姓名拒之于史书簿录之外,
它抹掉了各位赫赫声名的桩桩事迹,
让征服法兰西的纪念碑失去了颜面,
它消除一切,就像一切都未曾发生! (第一幕第一场)

君主一任性,与法国公主联姻,自然将刚在英法大战中浴血的贵族和平民的所有战功、荣誉、名声归零;将士拼命夺下的法国重镇,竟成了倒贴的彩礼;明明是战胜者、征服者,在这场婚姻中却表现得像是个"倒插门",国格君颜奇耻大辱;那忽悠英格兰君主联姻法兰西的家伙,还要从迎娶开支中拿走数量可观的"回扣"。可见,封建专制制度下,君王婚姻真的是牵一发而动全身。像亨利六世这样,什么都不舍,国运衰败,江山丢失,百姓涂炭,还把自己的命也搭了进去。

护国公葛罗斯特虽然对亨利六世非常不满,但君在上,臣下纵有他念,也只能念念而已。更何况那一晚,他梦见自己的权杖折断,惊醒后赶紧去告知夫人,却见公爵夫人满面掩饰不住的喜悦,"我也有个梦要与你分享:我梦到了黄袍加身"! 接着就是这几句台词:

Were I a man, a duke, and next of blood,
I would remove these tedious stumbling-blocks
And smooth my way upon their headless necks;
And, being a woman, I will not be slack
To play my part in Fortune's pageant.
我要是个汉子,是公爵,是血脉最近的人,

一定会去搬掉那一块块挡路绊脚的石头，
踩着他们丢了脑袋的脖子一顺向前走去；
不过，即便我是女人，我也决不会退避，
一定会在命运女神的游行中尽我的一份。（第一幕第二场）

原来，公爵夫人是一个野心勃勃、主动出击的女性，从言辞到口气，像极了后来的麦克白夫人。用文学批评的术语来说，完全与麦克白夫人具有"互文"。不止言辞与口气相像，还有行动也与麦克白本人的行动"互文"，如寻求超自然力量的帮助，打探并确定自己的野心能否成功。《麦克白》里的麦克白与女巫和《亨利六世（中）》里的公爵夫人与占卜均形成"互文"。

只不过，麦克白与三女巫的首次交结，是"被遇见"，那三女巫早早就在路上等候他了，而在《亨利六世（中）》里，公爵夫人是主动去找人占卜，而且并不掩饰自己迫切希望抽得上签的期盼，而麦克白第二次遇见女巫，虽然是他主动求见，却并未有强求获得"上签"，只是想预先获知命运如何，以便自己作出相应安排。多读后会发现，这样的互文不少。

六、一个政治女强人——玛格丽特：《亨利六世（下）》

三部《亨利六世》，上部演的是将士攻城略地，中部演的是朝臣争权夺位，下部演的是王室抢座夺冠。政治层级越来越高，参与者人品越来越低；戏台上演出了国王被限权追杀谋害，也演出了国王的荣耀威严。戏中人强词夺理，戏台上视觉冲击与心理暗示两两对冲，实际上将王权平民化、日常化了。在以剧情彰显王权尊贵的同时，扮演皇亲国戚贵族大臣乃一众戏子这个事实，极其反讽地、悄悄地颠覆着王权的尊贵。

每每有人诟病莎士比亚，称其喜剧之外难见女性人物，特别是难见正面的、刻画有深度的女性人物，从印象上说，的确有点道理。不过，《亨利六世（下）》中的玛格丽特王后似乎不应该被忽略：莎士比亚把她写成了一位有抱负、有眼光、有计谋、有勇气，但独缺可以一展才华的历史、政治和社会舞台的了不起的女性，超越了人们对法国公主的固有人设，足以傲视格特鲁德（哈姆雷特之母）和麦克白夫人等一众非喜剧中的女性人物。

回到《亨利六世（下）》。一幕一场开场不久，年轻的亨利王在一拨重臣老臣挟持之下，为保住自己的王位和性命，不得已答应废太子，另立强人为继。强悍的王后赶进朝堂，怒斥国王丈夫：

Ah, wretched man! would I had died a maid
And never seen thee, never borne thee son,
Seeing thou hast proved so unnatural a father
Hath he deserved to lose his birthright thus?
Hadst thou but loved him half so well as I,
Or felt that pain which I did for him once,
Or nourish'd him as I did with my blood,
Thou wouldst have left thy dearest heart-blood there,
Rather than have that savage duke thine heir
And disinherited thine only son.
可怜人啊！你竟是一个违逆天性的父亲！
早知如此，我不如做个至死未嫁的姑娘，
不如从未遇见过你，从未为你生下儿子，
难道他命定要失去自己出生就有的权利？
你对他若稍有一点点我对他的爱，
你要是经受过我曾为他经受的痛，
也像我一样用自己的血养育着他，
你就不会把自己至亲的血脉丢弃，
另立那蛮横的公爵做王位的继嗣，
却剥夺自己唯一儿子的继承权力。

引文第三行里的"unnatural"是一个双关，同时具有"违天理"（国王应传位于王子）"逆人伦"（父亲应对家庭与儿女承担责任）的意思。在莎剧中，这个词经常出现，也经常带有"违天理""违人伦""违自然（之道）""违常理""违常规"等的意思。面对玛格丽特的言辞激烈的斥责，面对王子/儿子爱德华的质问"你是国王，我为何不能继位"，亨利六世只能懦弱地辩解道，我也没办法，都是手握重兵强权的那帮人逼的。王后再次发怒：

Enforced thee! art thou king, and wilt be forced?
I shame to hear thee speak. Ah, timorous wretch!
Thou hast undone thyself, thy son and me;
And given unto the house of York such head

As thou shalt reign but by their sufferance.
To entail him and his heirs unto the crown,
What is it, but to make thy sepulchre
And creep into it far before thy time?
逼你的！你是国王，竟要被人逼着就范？
你这句话太让我羞愧。怯懦的可怜人啊！
你害了自己，害了你儿子，也害惨了我，
你让约克家族出了这么一个首领，
自己坐稳王位，让我们大家受苦。
竟把他和他的后代立作王冠继嗣，
这么做，和为自己提前造好墓室、
还早早地爬了进去，有什么两样！

台词中的“undo”一词，有“毁掉已经做成的事”“挽回已经犯下的错”“毁了自己”“毁了他人”等丰富的含义。在此句中亦可译为“你毁了自己，毁了儿子，也毁了我”，但似乎依然没有传达出“毁掉本来已经做成的事情”的意思。当然，后两个“undo”也可以理解为“太让人(儿子、我)失望”。

“What has been done cannot be undone”的意思比“覆水难收”要重。例如某人一拍脑袋，砍光了满坡树林，要引某喜水作物上山，等发现做错了，赶紧退耕还林，这坡已经不是那坡，这林也不是那林，这生态也不是那个生态了。因此，我们在“do”的时候，不能任性胡来，违反自然规律(unnatural)，等出了问题，想“undo”也来不及了。

玛格丽特王后在接下来的长段台词中，继续展示着她过人的清醒，敏锐的眼力，非常专业的政治和军事思路，只可惜身为女子，又生不逢时，最后兵败，在《理查三世》里以怨妇形象出现。但即便如此，也远胜于格特鲁德和麦克白夫人等一众女性。

七、未尝不是以柔克刚的大智慧：重读鲍西娅的“为妻宣言”

莎士比亚毕竟是伊丽莎白时代的人：女性不能署自己的名字写戏，女性不能登台演戏，女性不能进剧院看戏，女性一旦结婚，包括自己的人身和所有属于自己的财产都按法律归丈夫所有。因此，莎翁戏剧里有不少引起当代女性(读者、观众、学者)有争议的内容，莎士比亚也一度被贴上“厌女”“恨女”的标签而不得不接受批判，首当其冲的当然非《驯悍记》莫属。

比如《威尼斯商人》第三幕第二场中鲍西娅被巴萨尼奥选匣定婚后的那段可以被称为“为妻宣言”的25行台词。

You see me, Lord Bassanio, where I stand,
Such as I am: though for myself alone
I would not be ambitious in my wish,
To wish myself much better; yet, for you
I would be trebled twenty times myself;
A thousand times more fair, ten thousand times more rich;
That only to stand high in your account,
I might in virtue, beauties, livings, friends,
Exceed account; but the full sum of me
Is sum of something, which, to term in gross,
Is an unlesson'd girl, unschool'd, unpractised;
Happy in this, she is not yet so old
But she may learn; happier than this,
She is not bred so dull but she can learn;
Happiest of all is that her gentle spirit
Commits itself to yours to be directed,
As from her lord, her governor, her king.
Myself and what is mine to you and yours
Is now converted: but now I was the lord
Of this fair mansion, master of my servants,
Queen o'er myself: and even now, but now,
This house, these servants and this same myself
Are yours, my lord: I give them with this ring;
Which when you part from, lose, or give away,
Let it presage the ruin of your love
And be my vantage to exclaim on you. (*The Merchant of Venice*, 3.2. 149 - 174)

巴萨尼奥大人，请看看你眼前的我，
这是真实的我，尽管就我自己而言，
我并没有打算要心怀更多的希望，
不希望使自己更为优秀；但为了你
我还是希望自己能有六十倍的优秀，
有一百倍的美貌，有一千倍的富有；①
就为了能让我在你的眼里地位更高，
让我在德行美貌、身家朋友各方面，
都要远超过预期；但是，总起来说，
我还是一个—我这么笼统地说吧—
欠管教、少学识、缺经验的姑娘；
不过，好在是她尚且年轻，
还来得及学习；更好的是，
她生来聪慧，学起来没有问题；
最好的就是，她天性温良和顺，
愿把自己交到您手里接受指教，
您就是她的主人、统领、君王。②
我本人和属于我的一切，现在我
都将它们转交给您：方才我还是
这大宅的主人，一众仆役的主子，
我自己的女王，可现在，就现在，
这堂皇大宅，这些仆人和我本人③
都归主公您了。我随送戒指一枚，
如果您何时取下、丢失或送了人，
那就是证明您对我的爱已经毁灭，

① 本姑娘已经是人中之凤，要颜有颜，要矿有矿，要聪明有聪明，要不是被你选中了匣子得下嫁于你，我才懒得去“做一个更好的我”呢。可是我还是要努力上进，还不都是为了官人你啊。（言下之意：你可得知好歹哦）

② 我这么自谦自贬，官人你可别当真哦。我喊你一声“主人、统领、君王”，的确有依法办事的意思，但是你得想想，从开始到现在，你智慧比不过我，财产比不过我，伶牙俐齿能说会道更不是我的对手，你还能“指教”我什么？

③ 这一个地位突变，也是没法子的事，伊丽莎白时代的法律和惯例啊。（现在好了，女性依法财务独立，鲍西娅要活在我们的时代，一定得先立个“婚前”，以防恋人变“渣”）因此，千万不要因为莎士比亚写了一众鲍西娅式的女性角色，就可以认定“文艺复兴时期，英国女性的社会地位得到了很大提升”。这是没有的事。如果你要用“女王不就是女性吗”来辩论，那只好另开“女王一身二体”这样的专题再当别论了。此处不谈。

那时候我有权向您要回我的一切。[1]（《威尼斯商人》，第三幕第二场）

不妨来揣摩一下鲍西娅的言下之意：表面上低声下气自损自贬的鲍西娅，把一枚戒指套在了巴萨尼奥的手指上，并明确宣告："你要是丢了送了，我刚才（按律法规范）答应给你的一切（应该还包括她自己），都得收回！"戒指就是约束，这五行台词差不多就是鲍西娅让巴萨尼奥签的"婚前约定"，一旦违反，全数收回。

八、谁在一枕"传世"黄粱梦：聊聊《驯悍记》的开场

莎士比亚的《驯悍记》，情节结构有一点"戏中戏"的意思："序幕"中，一个酒酣后要赖被赶出店去的泼皮睡躺在街心，被一众悠闲的家伙设计洗脑，把自己真当成贵族，坐在戏台前看一出"妻贤子孝"（朱生豪译）的演出。接下来就是大家熟悉的"驯悍"故事。曾经有文字写道：

现在读到的《驯悍记》很可能（就）是残本。根据许多学者的研究，他们推断：现在看到的《驯悍记》，只有"序幕"，没有"尾声"，"序幕"里的几位，从正戏开始之后就再没有现身发声，这非常不正常，非常不莎士比亚。学者们推断，很可能是莎士比亚的两位好友在准备全集（1623 年的第一对开本）时，未能收集到当时已丢失的那几页"尾声"。因此，拿着残本天马行空！

莎士比亚是一个精明的编戏人：《驯悍记》最后那段声色俱厉的"女德宣言"，如果没有其他的后续或平行情节来调剂一下，那真就是赤裸裸的男权中心样本，别说放在当下，就是在莎士比亚那个时代，恐怕也没多少男人会或敢把它当真。

因此，"序幕"不仅是暖场，而且是"驯悍梦"的起点，只可惜丢了梦醒时分的"尾声"。所以，若脑补那几页阙失的"尾声"，《驯悍记》结尾最合理的想象可能是：正戏演完，做梦人梦醒，方之刚才所"见"，不过一枕黄粱而已。其实 2016 年上海戏剧学院戏曲学院的京剧《驯悍记》的改编者才是真正读明白了《驯悍记》的人，还将中国文化和艺术与莎士比亚协调融合，水到渠成地补上了缺失的"尾声"，而且天衣无缝。

---

① 最后四行，真真切切是这段台词的关键，重中之重，不知道为什么经常被人忽略或看轻了，以为最多就是为剧情最后的"喜剧"安排的伏笔。其实，我以为这才是鲍西娅最厉害的地方，这才是莎士比亚最懂女性的地方：绵里藏针，以柔克刚！

九、打情骂俏的趣与意

莎士比亚的《仲夏夜之梦》(*A Midsummer Night's Dream*, 1595—1596),在柔情蜜意的林间演了一出荒唐可笑又让人捧腹的爱情闹剧,终因广受观众喜爱而进入"莎剧保留剧目"殿堂。本文所选,出自二幕一场。仙王奥勃朗和仙后泰坦妮娅相互指责对方婚外留情,仙王认为仙后与特修斯有一腿,仙后忍无可忍,发火反击:

These are the forgeries of jealousy:
And never, since the middle summer's spring,
Met we on hill, in dale, forest or mead,
By paved fountain or by rushy brook,
Or in the beached margent of the sea,
To dance our ringlets to the whistling wind,
But with thy brawls thou hast disturb'd our sport.
这一切都是嫉妒编就的谎言:
自从春夏之交的那时候以来,
但凡我们上山下谷林间草坪,
在喷泉池边或潺潺小溪近旁,
还是在大海边缘的沙滩之上,
随风转起小环舞,你准定来
吵吵嚷嚷把我们的快乐搅黄。

这一段很容易被误读:从第2行的"never"开始直到倒数第2行,不小心就读成了泰坦尼娅在否认与特修斯"有一腿",但末行的"but"一出,全句的意思就变成"每次咱俩……你就来搅和(我们的好事)。"仙后还是十分坦荡的:我就喜欢和特修斯在一起,而且经常在一起,有外遇而如此坦率,很少见,也很好笑!

Therefore the winds, piping to us in vain,
As in revenge, have suck'd up from the sea
Contagious fogs; which falling in the land

Have every pelting river made so proud
That they have overborne their continents:
因此，和风白费了送与我们的雅乐，
便从大海上满满地吸足了污云秽雾
前来报复：让每条河都涨满了河水，
让汹涌的河水漫溢出来淹没了大地。

天人感应：仙王仙后夫妻不和，连风雨江河都不开心了，因为人事搅乱了自然，自然就要来报复，于是，天降污雨，水淹大地。

The ox hath therefore stretch'd his yoke in vain,
The ploughman lost his sweat, and the green corn
Hath rotted ere his youth attain'd a beard;
The fold stands empty in the drowned field,
And crows are fatted with the murrion flock;
于是，拉犁的牛白费拉犁的力气，
耕田人汗水白白流去，青葱谷物
没等到长出芒须就都烂在了地里，
大水淹没了田地让羊栏空空如也，
乌鸦们吃饱了瘟死的羊大腹便便；

夫妻不和，世间生物也都坏了调理：土地荒芜，瘟疫横行，牲畜死光。

The nine men's morris is fill'd up with mud,
And the quaint mazes in the wanton green
For lack of tread are undistinguishable:
The human mortals want their winter here;
No night is now with hymn or carol blest:
玩九人戏的草场被烂泥盖满，
绿草地上那神奇迷宫的路径
也因为无人行走而难以辨认；

人类没有了惯常的冬日快乐，
夜里听不见吟唱颂歌的乐音。

nine men's morris 应该是一种人在空地上按九柱戏的规则玩的游戏。人类失和，游戏场也懒得去了，荒草埋没了幽径，大冬天里也没有了围着火炉吟诗唱歌的心境。

Therefore the moon, the governess of floods,
Pale in her anger, washes all the air,
That rheumatic diseases do abound:
于是乎，掌管潮水的月亮女神
气白了脸，一把水淋湿了天际，
往人世间降下了各种风湿病痛；

人事阴郁，再次影响了上天，司潮水的月亮女神用阴湿天气让人间风湿病横行。

And thorough this distemperature we see
The seasons alter: hoary-headed frosts
Fall in the fresh lap of the crimson rose,
在这一阵混乱中，我们眼见得
时事全乱：那白发苍苍的浓霜
倒进了鲜红玫瑰那粉嫩的怀里，

人事不和，四季也乱了时辰，到处可见反季节现象。

And on old Hiems' thin and icy crown
An odorous chaplet of sweet summer buds
Is, as in mockery, set: the spring, the summer,
The childing autumn, angry winter, change
Their wonted liveries, and the mazed world,
By their increase, now knows not which is which:
冬神老人头上戴着的细小冰冠

备受嘲讽地套着一只初夏蓓蕾
编成的五彩花环；春天，夏天，
丰饶的秋天，暴怒的冬天，都
变了惯常的装束，越变越厉害，
惊讶的世人都不知道此季何季。

冬神头戴花环，这种不仅反季节还反年龄的装扮，在当下可是非常吸睛的现象。但是，这里说的是季节混乱，春夏秋冬已然不再分明。

And this same progeny of evils comes
From our debate, from our dissension;
We are their parents and original.
而这一切的罪恶的后果都来自
我俩的吵架，来自我俩的斗嘴，
是我们引发和造成了这一切。

因此，还是"和为贵"，不然，天人一感应，到处都出问题。

这一长段台词极有意思：①从剧情和字面上看，泰坦尼娅在斥责奥勃朗老是去坏她的好事，两人"琴瑟不和"，被夸张渲染成了天时错地运怪人事乱的原因，把一切自然灾害都怪罪于奥勃朗；②十分的喜剧：人吵起架来，"不讲道理"无人能敌；③从生态女性主义及后人本主义的角度看，人事影响（造孽于）自然，自然必要"复仇"：海水倒灌、河水腥臭、作物腐烂、牲畜死亡、田地变样、疾病横行、四时混乱。莎士比亚就是有这样的本事：在他的台词里，求笑得笑，求智得智，求理论得理论，求课题得课题。

十、《错误的喜剧》妙语数段

莎士比亚的《错误的喜剧》（*The Comedy of Errors*, 1594）讲的是主仆两对孪生之间因身份误会而起的嬉笑怒骂，令人捧腹的桥段一个接一个。当喜剧接近闹剧，可圈可点的、思想深刻的、情感饱满的台词自然不是剧作家的首要考虑。不过，莎翁遣词用句的形象、巧妙与智慧，依然随处可摘。

the always wind-obeying deep

永远随风起伏的大海　　　　（第一幕第一场）

莎士比亚的很多语汇生动形象又容易领悟，其中几乎可以信手拈来的一个造词法就是“（宾语性质的）名词＋（分词形式的）动词”，如此例，就是将短语 to obey the wind（字面：听从风的指挥）改写一下，就成了形容词，好记易懂。这样的造词法，用途很广，关键是别把现在分词与过去分词弄混了。

饭桌就是生意场

I am invited, sir, to certain merchants,

Of whom I hope to make much benefit;

啊呀，我接受了几位商人的邀请，

正希望和他们做交易能大赚一笔。　　　　（第一幕第二场）

谢绝邀请，往往是为了更有利可图的去处。当然，现在的社交场合上，人们往往会用“没时间”之类的借口，我们就姑妄言之姑妄听之吧。

餐聚不成，走城去也

Farewell till then: I will go lose myself

And wander up and down to view the city.

那就此别过。我就随心所欲，

在城里这厢走走，那厢看看。　　　　（第一幕第二场）

没有详细的计划，没有打卡任务，随心信步，走到哪看到哪，往往是认识和享受一个地方的好方法，不时能转角遇惊喜，经历并写出与众不同的游记印象来。

I to the world am like a drop of water

That in the ocean seeks another drop

我就像茫茫人世的沧海一滴，

正拼命地寻找着那另一滴水。　　　　（第一幕第二场）

这是一个绝妙的比喻:茫茫都市人海中苦寻一人,如“滴水于大海求遇另一滴”。很容易联想到“大海捞针”“草垛寻针”等成语,但其实是有差异的:这两个成语中,寻者与被寻者非属同类,而莎翁此语是形容同类相寻。无论寻友还是寻爱,很容易引发类似的感叹。

主妇难做,容颜易褪

His company must do his minions grace,
Whilst I at home starve for a merry look.
Hath homely age the alluring beauty took
From my poor cheek?
他在外替那帮狐朋狗友增添光彩,
我却在家中苦等着看他的好脸色。
难不成我独守空房的时日已褪尽
我脸颊上的迷人颜色? （第二幕第一场）

此处又是妙语:“homely age”有“常年在家(独守空房)的时光”的意思。或者把“age”作“(上)岁数”解,那就成了“独守空房催人老”的意思。

Why, but there's many a man hath more hair than wit.
啊呀呀,不少人脑袋上的头发可是多过脑袋里的智慧呢。
（第二幕第二场）

莎士比亚骂人的本事也非常高超,奇思异想,巧词妙语,雅俗共存,数量众多。

The time was once when thou unurged wouldst vow
That never words were music to thine ear,
That never object pleasing in thine eye,
That never touch well welcome to thy hand,
That never meat sweet-savor'd in thy taste,
Unless I spake, or look'd, or touch'd, or carved to thee.
你曾经不用逼就会对我信誓旦旦:
若非我开口说、让你看、拉你手、为你切,

你听见其他人说话都像杂音一片，
你看见的其他东西都不让你喜欢，
别人要碰你的手你总是不情不愿，
别人切肉你吃起来总是味道奇怪。　　　　（第二幕第二场）

男人曾经的“誓言”，女人记得很牢，等发现情爱已淡，便“旧话重提”。不过呢，这一段“痛骂负心汉”，效果与《仲夏夜之梦》中的类似台词类似：一方面是女性尽情倾诉冤屈不满，把男性骂个鲜血淋头，另一方面，因为剧情是“错”，观众心知肚明，所有的责骂都得“落空”。

Say what you will, sir, but I know what I know;
That you beat me at the mart, I have your hand to show:
If the skin were parchment, and the blows you gave were ink,
Your own handwriting would tell you what I think.
先生，您爱怎么说怎么说，但我却心里明白：
您在集市上痛扁了我一顿，这手印却是明摆着：
如果我这身皮囊是纸，那您的捶打就是黑墨，
我心里怎么想，您的亲笔手迹说得分毫不错。　　　　（第三幕第一场）

这段台词是被错认的孪生仆人遇上同样是孪生的主人时的抱怨，主人见仆人满脸血一头包，赶紧问究竟，仆人觉得主人在装傻，便有了这样一段台词。面皮为纸拳为墨，拳拳留下手书印，此等奇思异想，岂非大妙？不过，还有更妙的是，这四行台词两两押韵。莎士比亚笔下的仆人都这么有文化、有才气吗？

十一、穿过历史的当下

莎士比亚的《约翰王》(*King John*, 1596)写的是为争夺王位而起的内战外战，以及王权与正义的关系。“狮心王理查”无嗣而终，留下一个私生子福康布里奇；理查的大弟杰弗里掌控法兰西，与康斯坦丝生下亚瑟，此时已故；约翰是小弟。这样，英格兰王位实际上有了三个“合法”继承人：福康、亚瑟和约翰，形成了国内外政治力量和利益交错的混乱局面。

约翰为确保王位，贬斥福康，又派杀手去谋杀亚瑟，虽然杀手受良心谴责而放弃，亚瑟却因高坠身亡。约翰坚持要办一场“登基大典”，连天象诡异（五个月亮并出）、群臣背弃都不放在心上。结果法军来犯，转移了国内政治纷争的注意力，群臣为国捐弃前嫌，“团结在国王周围”。法国人被击退了，可折腾了一辈子的国王最后却倒在了教士的毒酒中。

这部戏虽然未进入莎翁著名的“英格兰编年史剧”之列，也一直不太受到关注，但细细读来，依然能处处体会到那些台词的当下意义，无论是政治、战争还是人伦。例如，亚瑟的母亲得知儿子战场“失联”，意识到他必不能活着回来，一生的希望破灭，撕心裂肺地呼喊出：“我的孩子，我的亚瑟，我可爱的儿子，我的生命，我的欢乐，我的食粮，我全部的世界，我居寡时的安慰，我悲伤时的良药！”

The borrow'd majesty
借来的国王名号　　（第一幕第一场）

法王对英王约翰的蔑视称呼，暗示后者的名号并不合法。其实，任何头衔名号说到底都是从不同地方以不同途径“借来”的，都是暂时的。号称“正统”“永久”，非蠢即坏。

But this is worshipful society
And fits the mounting spirit like myself,
For he is but a bastard to the time
That doth not smack of observation;　　（第一幕第一场）
这个社会到处充满着偶像崇拜，
这与我的勃勃野心倒十分符合，
倘若你不愿去追求众人的关注，
岂不是成了被时代丢弃的野种；

盲从（无论强迫还是自愿）时代，是最适合野心家投机者攀升的时候。

Some sins do bear their privilege on earth　　（第一幕第一场）
人世间总有一些罪恶自有特权

There's nothing in this world can make me joy:

Life is as tedious as a twice-told tale. （第三幕第四场）
这世上没有一点能让我开心的东西：
生活就像老掉牙的故事，无聊透顶。

这两行写尽也写进了在社会底层挣扎生存的人们的内心！

A sceptre snatch'd with an unruly hand
Must be as boisterously maintain'd as gain'd;
And he that stands upon a slippery place
Makes nice of no vile hold to stay him up. （第三幕第四场）
用非法之手夺来的权杖
必用非法的手段来维持；
那站在湿滑地面上的人
抓不到稳住脚跟的支撑。

正因为权力来得非法，更需要非法手段来维持。与理查三世可有一比，古今中外亦同此理。

For he that steeps his safety in true blood
Shall find but bloody safety and untrue. （第三幕第四场）
用真诚者的鲜血维持自己的安全感
得到的只能是流血的安全感与背叛。

所谓"真诚者"是那些敢于犯颜直谏的人。他们令君王颜面尽失，终将遭贬斥放逐甚至遇杀身之祸。靠如此手段维持的君威，尽失人心，不能长久。

It is the curse of kings to be attended
By slaves that take their humours for a warrant
……
这就是君王的诅咒：身边围着的
是一群察颜观色假旨行私的奴仆…… （第四幕第二场）

这是约翰王的一段台词,感叹君王身边总围着奸佞之臣。当然,这是君王为自己用人失察找借口,是其不容犯颜直谏者的直接结果。莎剧中君王的感悟和感叹,的确可以成为一个话题。

What surety of the world, what hope, what stay,
When this was now a king, and now is clay? （第五幕第七场）
这世上哪里有确定不移之说,哪里有希望?
看看啊:这刚才还是君王,转瞬即成黄土。

遥相呼应《红楼梦》中"古来将相在何方,荒冢一堆草没了"。可抢王位的,坐王位的,保王位的,不到最后一刻,不到为时已晚,是不会记得也不愿意听这句话的。

This England never did, nor never shall,
Lie at the proud foot of a conqueror,
But when it first did help to wound itself.
英格兰从来没有也永远不会
在高傲的征服者前屈膝下跪,
除非它开始自己残害自己。 （第五幕第七场）

"自作孽,不可活",说的是同样的道理,只是古今中外的君王们总是借"天作孽"来掩饰"自作孽"。这段台词出自私生子福康布里奇之口,此人踌躇满志,能力出众,约翰王的进退安危,都是他在辅佐保驾,在戏中戏份和台词最多,几乎是无冕之王。约翰驾崩,临死前还把亨利王子托付给他,而这段台词,差不多就为全剧画上了句号。

十二、开场人设几多留空

提到《威尼斯商人》(*The Merchant of Venice*, 1596—1597),首先想到的肯定是夏洛克和那一磅肉,其次则可能是那个睿智过人的鲍西娅,至于那个差点丢了性命的安东尼奥,开场前是志得意满、经常对夏洛克恶语相向的成功商人,演到后来就成了心灰意冷挨宰的倒霉蛋。即便是他的开场,被人记住的也是他在朋友面前炫富,和对巴萨尼奥的慷慨。

我们似乎忽略了一些细节。让我们回到片头：

安东尼奥和两朋友一起上场，他告诉两人：

In sooth, I know not why I am so sad:
It wearies me; you say it wearies you;
But how I caught it, found it, or came by it,
What stuff 'tis made of, whereof it is born,
I am to learn;
And such a want-wit sadness makes of me,
That I have much ado to know myself.
说实话，我不知道自己为啥郁郁寡欢：
这心情让我厌烦，你们也说觉得厌烦；
但我到底怎么染上、碰上、遇上的它，
郁郁寡欢为的什么，什么时候开始的，
我一无所知；
这说不清道不明的郁郁寡欢造就了我，
我真得好好花点工夫才能明白我自己。

开宗明义，安东尼奥承认自己有抑郁倾向，而且说不清到底因何而起，何时开始，似乎是想从朋友那里寻求指点。两个朋友说了两个可能。第一个自然是“你时刻担心你满世界漂着的巨额财富”：海上贸易，险象环生，风向、风力、潮汐、风浪、海盗等都可以让人的财富转瞬即空。对此，有钱任性的安东尼奥并不害怕，他的商船遍布四海。第二个可能是：“你恋爱啦”。这太合情合理了：一方面，金钱和/或美女是一众男人的向往；另一方面，文艺复兴时期最时髦的一种“气质”，就是恋爱男子的忧郁。

可安东尼奥的反应竟然是：

Fie, fie!
呸！呸！

哈姆雷特被朋友问起为何郁郁寡欢时，他回答“女人也提不起我的兴致”，好歹还用了一个完整句，安东尼奥竟直接用了表达强烈不屑或反感的“呸呸”。

朋友自讨没趣，只好用“你郁郁寡欢，是因为你不开心”开个玩笑来应付尴尬了。接着，巴萨尼奥等三人来了。两个朋友立马说，你的好友来了，咱们就闪吧，于是立刻走了。这还好理解，可陪着巴萨尼奥刚刚上场的洛伦佐也立马说，既然你找到了安东尼奥，我和格拉西亚诺也闪了吧，晚饭桌上见。台上只剩下安东尼奥和巴萨尼奥两人。

莎翁就是这样，随手几笔留白，给后人笔下台上留下了无限的想象空间和可能，关键还是要细读。

十三、以内战反思为开场定调

《亨利四世（上）》（*Henry IV*，*Part* Ⅰ，1596—1597）是莎士比亚第二个四部曲的第二部剧，剧情紧接前一部《理查二世》，但有意思的是，作为承前启后的国王亨利四世的开场白，却没有丝毫王冠到手、王座稳获开创新纪元的喜悦，反倒显得精疲力竭，忧心忡忡：

So shaken as we are，so wan with care，
Find we a time for frighted peace to pant，
And breathe short-winded accents of new broils
To be commenced in strands afar remote.
朕心力交瘁殚精竭虑为时已久，
战战兢兢，赢来和平喘息之机，
得以用急促的语气谋划又一次
将要在遥远的海边展开的战事。

亨利四世的开场一句，与《理查三世》中踌躇满志的理查形成了鲜明对照：没有一丝的开心轻松，反倒是一派凝重，“frighted peace（被吓得战战兢兢的和平）”这一绝妙的短语，特别形象生动地使人感觉灾难悬顶。然而，即使是这样的“和平”，还是得靠在“远方”发动战争来维持。难道这台词中藏着莎士比亚借亨利四世之口传达对“篡位”一事的态度？

No more the thirsty entrance of this soil
Shall daub her lips with her own children's blood；
Nor more shall trenching war channel her fields，

Nor bruise her flowerets with the armed hoofs
Of hostile paces:
再不要让这片土地张开饥饿的大口
将嘴唇浸没在自己孩子的鲜血之中;
再不要让纵横的战壕撕裂大地田野,
再不要让戎装战马用杀气腾腾的铁蹄
蹂躏她娇嫩的花朵:

三个“再不要(No more)”开头的排比句,表明亨利(莎士比亚)对内战的态度:内战,无异于一场母吮子血、壕割大地、铁蹄践花的毁灭。纵观历史和当下,遥想远近未来,莎翁此语,振聋发聩!

those opposed eyes,
Which, like the meteors of a troubled heaven,
All of one nature, of one substance bred,
Did lately meet in the intestine shock
And furious close of civil butchery
Shall now, in mutual well-beseeming ranks,
March all one way and be no more opposed
Against acquaintance, kindred and allies:
The edge of war, like an ill-sheathed knife,
No more shall cut his master.
那怒目相对的眼睛,
有如乱云激荡的天空中的星辰,
天性同一,延续着同一条血脉,
不久前在内战屠场上兵戎相见,
仇恨如绞肠般剧烈地倒海翻江,
现在已排起了友好善意的队列,
向一个目标进军,不再将敌意
指向熟人、亲友与同盟的各方:
战争的利刃再不像未插好的剑,

再不会割伤自己的主人。

此处继续指责同脉残杀的内战，继而把战争引向国外海外。纵观西方历史，内战偶发，血腥内战更为少见，但向外的战争、血腥屠杀“异族”的战争，十分常见。古今如此，当下犹是。“侵略性”之谓，确有事实史实的支撑。被指责批判，自然不冤枉。但是，那频频发动的（各种名义借口下）内战，是不是也需要指责批判，需要警惕制止呢？

十四、谣言开场，堂而皇之

《亨利四世（下）》（*King Hengry IV，Part II*，1597—1598）虽然以哈尔王子最终成为亨利五世为结局，却似乎一直被上篇的光芒掩盖而较少受到注意。其实，全剧还是亮点不少，好段子更多。例如此剧的开场，竟然让“谣言”跑出来侃侃而谈，对“严肃题材”而言，是不是有点出人意料？

不过，细细读下来，还是颇有意思的：

Open your ears; for which of you will stop
The vent of hearing when loud Rumour speaks?
竖起耳朵吧，在场的列位看官，
谣言我发声，谁还愿闭目塞听？

第二句“放之四海而皆准”，谣言一来，万人侧耳。

I, from the orient to the drooping west,
Making the wind my post-horse, still unfold
The acts commenced on this ball of earth:
Upon my tongues continual slanders ride,
The which in every language I pronounce,
Stuffing the ears of men with false reports.
我朝发东方，暮达垂萎的西界，
长风为坐骑，一路上不停散布
这球形大地上正在发生的事件；

我的舌尖上飞荡着诽谤与诬陷，
我散布谣传，还能用各种语言，
用虚假报告，把人的耳朵塞满。

“drooping”可能指傍晚太阳西垂，整句“从早到晚”之谓也。4—6 句，击中“谣言”的本质：流言蜚语，诽谤诬陷，尽是负面的，尽是恶意恶行。

I speak of peace, while covert enmity
Under the smile of safety wounds the world;
我明称祥和，敌意却暗中作祟，
借平安微笑，对世人挥起刀剑；

这两句用在当面一套背后一套的奸恶小人（道德小人，与地位无关）身上，正好。

And who but Rumour, who but only I,
Make fearful musters and prepared defence,
Whiles the big year, swoln with some other grief,
Is thought with child by the stern tyrant war,
And no such matter?
只有谣言我，舍我其谁的谣言，
能聚集起退敌兵马，做好防御，
其他人，虽内心充满其他忧伤，
却认定可怕的战争是捕风捉影，
口头传言。

“谣言”能退敌，大概是它的唯一正面的用处了。此处令人想起诸葛亮的“空城计”。

Rumour is a pipe
Blown by surmises, jealousies, conjectures
And of so easy and so plain a stop
That the blunt monster with uncounted heads,

The still-discordant wavering multitude,
Can play upon it.
谣言是一支笛子，
吹出的全是臆测、嫉妒和编造，
那玩意学起来容易用起来方便，
愚钝的多头魔怪，就是那永远
意见不一摇摆不定的芸芸众生，
用来也轻而易举。

“谣言”一学就上手，一学就会用。别指责莎士比亚常用“多头魔怪”一词来“鄙视人民”，这几句台词直指“芸芸众生”在造谣传谣上的责任。接下去省略了几行，“谣言”终于说了几句与剧情有关的内容，向观众解释自己为何要编造谣言，说亨利已经兵败如山，说那实际上就是蒙蔽敌人的“兵不厌诈”之策。

from Rumour's tongues
They bring smooth comforts false, worse than
true wrongs.
从谣言的舌尖
带去虚假的安慰，比可怕的真相
更糟糕万分。

谣言带给我们各种“虚假的安慰”，拼命掩盖“可怕的真相”。

【项目基金】本文为教育部人文社科一般项目“当代莎士比亚小说重写研究”(19YJA752024)阶段性成果之一。

【作者简介】路人，复旦大学外文学院教授，博士生导师，主要从事莎士比亚和美国文学研究。

更正：《中国莎士比亚研究》(第6辑)中“仙枰杂谈：莎言莎语”第七篇《动态生成当下的莎士比亚》一文的作者为：末之，复旦大学教授，文学博士。

第七编

续史贯珍

莎氏乐府谈(一)[①]

朱东润

莎士比亚。国人或译为叶斯璧。二者初无大异。“莎士比亚”音与英文Shakespeare为较近。叶斯璧则与典吾国名字较类。便于记忆。今以前者之用较众。故从之。简称莎氏。

一

莎氏乐府为世所艳称久矣。非特英人崇视莎士比亚。恍如天神。即若法若德诸国人士。莫不倾倒于其文名之下。以为非国人所能及。乃至我国远居万里之外。语言文字尤与英文判若鸿沟。而国中称道之者亦勿少衰。偶能读英文者。人见之必相询曰。曾读莎氏乐府否耶。闻者无论已读未读。亦必应之曰唯唯。以为非如是者将不可也。余因略取所问。拉杂书之。以佐谈助。非敢自矜。补白而已。

莎士比亚名威廉。英国华烈克省斯达福州人也。生于一千五百六十四年。其先世本衰微。至其父乃以商业起家。因于市中被举为一市长。莎氏亦入小学受学。斯时所谓巡回剧团者。方盛行于英伦。其人皆以周游各州。献其声技于里士大夫为业。里士大夫间有宴集。亦非得巡回剧团不欢。故论者皆以为莎士比亚于剧场中所以能蜚声取誉者。实以斯时种其根蒂。以所见者多。观摩者众也。既而家事中落。而莎士比亚亦授室。其年为十八岁。而妻长于彼八岁。为二十六岁。长幼相悬。有如此者。亦可以见诗人之豪放焉。又五年。莎氏遂弃其家。作伦敦游。中值旧雨。相为推挽。乃献艺于格罗伯舞台。格罗伯舞台者。在伦敦城南。泰晤士河之右。其时国人方守旧。以为

① 朱东润(1896—1988)于1917年连续在《太平洋》杂志第1卷第5号、第6号、第8号和1918年第1卷第9号发表《莎氏乐府谈》,显示出作者对于莎士比亚戏剧的深刻认知,为早期中国莎学研究中一篇重要莎学研究论文。《莎氏乐府谈》在1917年《太平洋》杂志第1卷第5号首次发表时,并没有标注“一”,其后则标注了“二、三、四”。本刊在重刊朱东润先生的这篇文章时,仅对少量误排的文字进行了改正,少量顿号改为逗号,对一些作品增加了书名号,以便符合当下的行文习惯,并且增加了序号“(一)”。

伦敦城中庄严神圣之地。不可以优伶之辈尘嚣其间。然后世酣歌艳舞之场。皆在此名贵之区。则又时人所不及料矣。莎氏于朋辈中。碌碌无所短长。遂一意于编制剧本。今所行之莎氏乐府是也。后有林氏述其事迹为莎氏乐府本事。吾国林琴南译之。则称为《吟边燕语》。然所载者不过十数种。仅三分之一耳。莎氏平生所著。共为剧本三十五种。而区之为三部。曰演义剧。曰喜剧。曰悲剧。诗歌之类不与焉。惟其书于当日。初无赫赫之名。而莎士比亚于学殖又素荒。时俗所崇之拉丁、希腊诸语。皆勿能解。即《亨利第五遗事》一剧中。所载法文数句。相传犹出于他人之捉刀。后此莎氏亦渐积资。乃自立一剧院。谓之黑僧剧院。营业日益发达。莎氏顿富。乃于故里买田宅以居。未几遂殂。则千六百十四年也。今其地辟为博物院。搜罗莎氏遗物迨尽。过之者无不唏嘘泣下也。

二

莎氏乐府。果否为莎氏之著作乎。吾今骤发此问。闻者必将指为狂妄。以为莎氏乐府。自为莎士比亚之著作。灼然无疑。不知此中尽有可以讨论者。欧美学者方视此为重要之问题。论此之书。不下数十册。惟吾人未之注意。故终觉茫然耳。

姑置此端、先以中国之事为证。则类是之事实。亦每每而有。如庄子一书。注者本为向秀。而郭象攘之以为己有。今则通行之庄子多为郭注本矣。唐人诗文。往往此集已收。彼集复列。究竟作者为谁。非起死人于地下。亦莫能知者。莎氏乐府之聚讼。论极烦杂。约而别之。可分五种。

1. 大多数之读者。皆以为莎士乐府。自然为莎士比亚之著作。此论至为简单。故能博众人之赞同。而“读书不求甚解”之人。于此尤能深信。

2. 以为此书作者。尽可以为莎士比亚。惟其人必非今日所通称之莎氏。所谓此亦一莎士比亚。彼亦一莎士比亚也。其论最为诙诡。而立论之点。亦有二种。一以此书既称莎氏乐府。则作者之为莎士比亚不容异论。然而近代所共认之莎氏。则其少时方笥身于优工伶人之间。又不能通希腊、拉丁诸语。未必能有此著书之本领。故不认为是书之著作家。假定以为是时必有同姓同名之人。实为是书之作者云。

3. 此派之人。以为莎氏当世。剧本已林起。即彼所著之书。往往有已为时人所先成者。莎氏乃从而润色之。勒以己名。遽出而问世。故谓其能集众长也可。谓其专事剽窃亦无不可。

4. 于以上诸派外。最为有势力者。则谓莎氏乐府。乃当时大文豪倍根氏之著作。

倍氏方为天家之近臣。莎氏亦以供奉入宫。浸淫渐渍。积稿悉为莎氏所窃。而莎士比亚之名扬于世间矣。此派之中。近世文人主其说者尤伙。且博引当日之稗官野史为证。惟第一派中人终铿铿不下耳。是说所以成立之根据。一则以为倍根本不世之文豪。则此不世之钜制。固非燕许大手笔不办。二则以为莎士比亚之名。当世文人几无一二称道之者。即鼎鼎有名之斯佩铁特报。其中主笔如爱迭生、斯啻尔氏。其人后于莎氏无几。乃报中亦未提及。则莎氏之无闻可知。即其不足以为斯书之作者彰彰见矣。

5. 折衷于第一及第四派之论者。则谓当日倍根与莎士比亚同出入于宫禁。二人之间。交谊必深。安知近枢重臣之倍根。不以剧中之情节及其布置之方法。授之于老伶工之莎士比亚。使之比事属辞耶。故谓倍根之于此书绝无关系固不可。谓莎氏之全出于攘窃。亦不可也。

由上观之。则第一第四两派之说。各趋极端。不能兼容。而极端之说。往往可以两误。至于第二说者。意思奇特。然无证据以盾其后。则亦为凿空之谈耳。如第三说第五说。折衷于数者之间。大约必较近于事实。要之吾辈身居中国。对于此事。欲详行考据。博搜远引。良亦未能。取其近是者可矣。

三

复次吾人当知莎士比亚之时。其剧场乃与吾国旧日之舞台相似。更言之。直与酬神侑酒之剧类耳。斯时戏园自然不能逐日开演。则更为简明之记号。如是日有戏者。则于剧场之外。高矗一旗。顾曲之家见其旗已举。即纷纷而来。否则即裹足不前矣。此中情形。思之大为可玩。

男女合演。自为近世新流行之物。在莎士比亚之时。何尝有此。于是亦有所谓旦角者。以男子而饰妇人。惟有时剧中情节。妇人必乔装为男子者。则此旦角既由男而饰女。更必由女而饰男。扑朔迷离。无复能辨。后人于此。颇有讥莎氏之不惮烦者。然在当日。亦仅能如此。果以男女艺员登台合奏。彼时守旧之英人。必大肆其反对。非徒神圣庄严之伦敦城中。不容有此辈之足迹。即在郊外。亦所勿能许矣。

至于布景。则尤为当日所绝无。袍笏登场之际，即有一人手抱木牌。悬之楣间。书曰所演为何朝事实。取景在某处。或在法兰西之境内。或在地中海之荒岛。而台上之布置。仍此一牌。所异者其上所书之字。容有不同耳。犹忆某说部中。刺一雕刻之师。谓其所得之照像仅有半面。而所雕之石象。其余一半。则待此美术大家。以意思足成之。斯时台上之景象。正与此同。皆待观者以意思足成之而已。

近世剧场。每演莎氏剧本。布景之繁。烘托之美。几令阅者如身在境中。惟一二守旧之人。大以为不然。意谓莎氏之剧本。原无需此。但得一牌书明某时某地。则神趣已完。果令布置繁褥。反失其真。此如吾国戏场之中。好以真车真马真船真水号召观客。亦有一二反嗤其拙。以为并旗为车。挥鞭为马。鼓桨为舟。击棹为水者。反为佳格。此可以见观剧者对于剧场之布置。其议论之各自不同。而东亚西欧。其守旧派之语调。亦有暗合者。

四

吾国人之论者。每好以外国之人物。强以比之于本国人。于其所以相同之处。反不措意。其谬误之甚者。每每足以生无端之误会。真可叹也。即如莎士比亚。吾尝闻人持以比之吾国之李太白。又以诗称李杜。有西洋之李太白。不可不有英国之杜少陵以衬之。乃更举莎氏并世之班江生者。以为此真杜少陵矣。实则各人有各人之面目。非可以偶然凑合。班江生之剧本传习者少。至于莎士比亚之剧、李杜之诗。皆为案头习见之书。奈何不一按之耶。

吾人于此、姑无论此数人之优劣。但论其不同之处。则班江生之作。规模希腊前贤。未能脱其窠臼。至于杜少陵者。虽渊源六朝。而戛戛独造。自有千古。二人固不能比也。至李太白与莎士比亚之间。亦有可以推论者。李之与莎。皆天才磅礴。此其所同也。至于才具之大小。用力之久暂。则亦截然有别。论之如下。

李氏诗歌全为自己写照。莎氏剧本则为剧中人物写照。

大抵诗歌所以陶写性情。故读李氏之诗集。可以概见其为人。易言之。即不啻以李氏之小影。笼罩于其诗集之中。至于剧本。则大不然。剧本之作。非所以咏叹时事描摹风景而已。其中必有无数之人物。而擅长于此道之作者。其所长即在能将此无数之人物。尽力描写。使之跃然于纸上。故读莎氏之乐府。于莎氏之为人。未能尽知。其所知者。此中无数之人物。人人具一面目。三十五种剧本之中。即不啻有几百几十人之小照。在其行墨之间。而此几百几十人者。又无一重复。无一模糊。斯真可谓大观也已。

要之吾国人之著作。无论诗歌小说剧本诸种。皆偏重于专为自己写照之一部分。即偶而写及别人。则为数既绝少。而此绝少数之人物。非前篇所称与后篇自相矛盾。即此书所载与彼书所载两方模糊。此其受病之故。亦有二。才大者不屑为。才小者欲为之亦不能也。独施耐庵之《水浒》。则写一百八人。即有一百八人之面目。故其书至今为后人所艳称。然而其中亦自有不经力之处。至于莎氏。则神乎技矣。书中所载如恺撒、如李亚、如一切诸人。乃至童奴、厮养、盗贼、贱吏。无一不备。无一不奕奕有神。呼之欲出。此固由其才大。亦由其体贴物情。极细入微。故能摇笔即来。而不至有模糊影响之叹也。

五

或问吾子既推尊莎氏至于此处。其中亦有不经力不经意者乎。有后人之所长为莎氏所不能及者乎。曰、唯唯有之。吾人虽极推重莎氏乐府。而莎氏固万万非天神。非有全知全能之人。安得无一二之小疵。何况瑕不掩瑜。即列举之而莎氏之文章。其炳焕于天地间者自若耶。

惟吾为此言。世必竟有以莎氏真为全能之人。不容稍许非难者。此其人之毅力。最为吾人所崇拜。惟莎氏之文字。果因此小疵而愈见其妩媚。则吾人之言为不虚矣。

西方美人。新妆初就。调铅粉。画眉黛。梳宝髻。整云鬓之余。必理墨和赭。轻轻一点。介于梨涡香腮之间。为状如痣。夫黑痣满面。天下之至丑者也。乃经化装之手。杂于宝髻、云鬓、铅粉、眉黛之间。反足以增其明媚。然则此一痣也。虽非美观之物乎。而得之绝代丰神之美人。则丑者不见其丑。而美者愈见其为美。此如莎氏乐府中。即偶有失检。乃愈见其长。吾人此篇。非所以攻击其短。直以倾倒之不暇。而欲一稔此大文学家之化装术耳。

要之莎氏剧中。其可论者约有数端。

1. 文法之偶尔倒用。

2. 音律之偶尔乖误。

凡此二种。论者列为专书。颇为措意。实则文法音律初不为莎士比亚而作。莎氏制造文法规定音律者也。岂反为所缚乎。

3. 剧本中一二种之不及格。

不及格者。以莎氏剧本三十五种之中。醇乎醇者固居其大半。而亦有一二种不无大醇小疵之嫌。纵比之他人。已为上选。而在莎氏集中。不无减色。惟此种之事。亦正无可如何。以年事有深浅。精神有疲奋。即不能无稍形松懈之处。犹之少陵集中。亦不免有一二生硬之句、苦涩之语耳。

4. 全集中一二种之赝本。

此则纯为编辑之时。略有未审所致。如 *Pericles* 与 *Titus andronicus* 两剧。后人颇有訾谈之者。然而莎氏不任其咎也。

5. 演义剧中。间有一二不合于正史。

吾人于此欲咎莎氏之粗疏。须先论正史为物。果与事实切合与否。假令正史与事实切合者。则莎氏乐府。容有不合矣。反之而正史亦有未尽合于事实。则莎氏所记。即有不合。亦不过彼此一间。无足论也。昔王闿运作《湘军记》。曾文正谓其所载。有违事实。乃慨然于目前之事。尚复如此。则《史记》所称木罂渡河之类。必不可信。中史然。西史亦然。彼史家既不惜颠倒事实以快其笔墨之所至。于莎氏又何尤。总之舍事实以论文。莎氏之过犹之史氏之过也。夫亦不能责矣。

6. 描摹之中偶有所失。

即此一端。实为莎氏千虑之一失。而后人之所以能突过于前人者。亦在于此。姑以其所著悲剧《恺撒记》论之。首出中所载之罗马市人拥聚之形。甚嚣尘上。乃大类当日英国之暴民。无复有罗马人毅勇沉挚之概。即此一端。以例其余。亦可以见。莎士比亚之病。在于异国异时之人。竭力描写之。而笔端一纵。所描所写者乃适类本国之人。吾国某君。学于英伦之油画院。已历数年。程度精进。一日游比利时。见道旁一小儿。叹其风景之美与小儿之天趣。乃抽笔图之。画成颇自欣赏。示之其师。师亦为之赞叹不置。久之始曰。此画之佳。则佳绝矣。然所画之小儿。何酷似中国之儿童耶。凡莎氏剧本中所记外国之事。其病亦有与某君同者。

现代文人每于莎氏此点。生其非议。惟其著作亦往往能副之。故言戈壁则万里黄沙。言大海则波涛浩森。言南澳之土人。则其雕齿文身之态。亦一一如绘。以近人重实践而旅行之事亦便。所见者广。则下笔记之。自能详尽。加以搜古之勤。于古人之事实性情。灼如观火。故尤能无误。此所以近世之小说家戏曲家。多为旅行家及博古家者也。惟在莎氏之时。则顾曲之人。本不求其切合。旅行之事。难于登天。不可与今人比。亦不可以今人所长。责之于莎氏矣。

吾书至此。重为吾国之小说家戏曲家怜之。彼等囿于所闻。故叙一外国人。则其人之性情乃与吾辈之乡邻相似。叙一外国风俗。又为吾里巷中之所习见。乃至以南人而叙北地之景象。则大抵无异于吴山浙水之间。北人之叙南事者亦然。此皆由于旅行之事业未发达。故刻画之间亦不能清晰。斯安得引莎士比亚以自解乎。

莎氏乐府谈（二）

朱东润

一

前期不揣鄙陋。妄以愚瞽之见。尘渎纸墨。乃蒙读者不弃。命以赓续旧篇。兹更约略述其一二以供参玩。林氏《吟边燕语》译自英人林穆之《莎氏乐府本事》原书。本所以备儿童浏览。故于莎氏本意。未免存其糟粕而遗其精神。非林穆之才短。亦正为体例所限耳。又其文倩丽有余而雄直之气不足。好尚奇谲俶诡之事。而於史传纪载之作反不能取。故一篇中于演义之剧不能概见。而悲剧中如《恺撒传》亦所未具。至于《女变》《鬼诏》两记。具矣而形神未完。悲壮怆凉之慨。高歌击筑之音。多所遗漏。此则读者所不能不致憾于林穆。并惜琴南先生之取材尚有待商者也。

琴南译事可勿訾议。惟其剧名之採定。或不免为后生所弃。如《肉券》一篇。人则依莎氏原文而名之曰《伟里市商人》矣。《仙狯》一篇。人又易之曰《中夏之梦》矣。大抵林先生之定名失之于文。而后生直译。又未免过质。质固可尚而剧本之旨要在右文。似林先生之名不可废也。所可言者。林译以二字为剧名。而吾国剧本多以三字为名。如《西厢记》《琵琶记》《牡丹亭》《桃花扇》之类。至于剧中曲折。始以二字名之。如小宴惊梦是也。仆于译名之例。以为前人所已有者。不宜妄为变更徒滋纷扰。至其中有不可通之处。或立名易滋误会。然后始可取而更张之。于此一节。窃以为当于遵用林氏译名之外。略加变通。如《肉券》则称为《肉券记》之类。以免混淆云尔。今将《吟边燕语》所载者先列于下。

肉券记	*The Merchant of Venice*	喜剧
驯悍记	*The Taming of the Shrew*	喜剧
孪误记	*The Comedy of Errors*	喜剧
铸情记	*Romeo und Juliet*	悲剧

仇金记	*Timon of Athens*	悲剧
神合记	*Pericles, Prince of Tyre*	悲剧
蛊征记	*The Tragedy of Macbeth*	悲剧
医谐记	*All's Well That Ends Well*	喜剧
狱配记	*Measure for Measure*	喜剧
鬼诏记	*Hamlet, Prince of Denmark*	悲剧
环证记	*Cymbeline, King of Brittain*	悲剧
女变记	*King Lear*	悲剧
林集记	*As You Like It*	喜剧
礼闵记	*Much Ado About Nothing*	喜剧
仙狯记	*A Midsummer Night's Dream*	喜剧
珠还记	*The Winter's Tale*	喜剧
黑眚记	*The Tragedy of Othello, the Moor of Venice*	悲剧
婚诡记	*Twelfth Night, or What You Will*	喜剧
情惑记	*The Two Gentlemen of Verona*	喜剧
飓引记	*The Tempest*	悲剧

右二十剧皆为莎氏名著。独神合一记。为伪作耳。至于辨别等第、品题优劣。此则殊非浅学所敢言。惟论者多推《铸情》《鬼诏》二记。岂愁苦之音易悦乎。此诸剧外。或者又称《恺撒传》。不肖亦盛好读之。每再三开卷不忍释乎。见书中之布鲁多。想象其为人。辄为之慨惜不已。此则以国丁叔季之时。家值飘摇之会。变征之音。不禁凄然入耳。下列数节当为论次。此外如《亨利第五遗事》。亦激昂慷慨。发壮士万里之想。读者见此。当不无易水高歌之感也。

二

当罗马三雄执政以后。恺撒引兵西上。平部卢不列颠诸族。乃率兵东归。遂并滂拜之军。国中大权。悉归一人。生杀予夺。皆惟所命。嬖幸如安东尼。复率吏民上表劝进。恺撒虽阳为谦退。而心中已跃然。特未能遽取皇冕以自冠耳。然而滂拜之党已沸腾于国中。贤士大夫饮泣椎心者亦不少。开修士为人尤激烈。一夕谓罗马巨豪布鲁多。（以下悉依莎氏原文译载。不载英文者研究文学之人因不可不备莎氏原书。而未读英文之人。见此亦无扞格不入之叹也。原文语句。声调轻重配置得宜。惟于语尾独不用韵。在诗文之间所谓 Blank Verse 今以文语译之。）

人生而自由。吾与足下以及恺撒所同之也。乃至饮食寒暑。亦无不同。某年冬间。吾与恺撒同游泰波河。寒涛暴涨。望之骇目。恺撒谓吾曰。开修士。若能凌此怒潮。偕吾同登彼岸乎。吾闻言亦不置答。即跃身入水。呼令前来。恺撒亦下水。水势既急。吾二人以双肘力持。拍水之声。朗朗可听。乃未及登岸。恺撒即号予曰。开修士。速救吾。不然者吾且溺。吾追念先世曾于火中救人之烈。乃亦于泰波河中悉力以拯恺撒。今则恺撒凛凛如天神。而开修士乃降为小吏。见恺撒至则必掬躬起立。彼特颔首示意而已。又在西班牙时。恺撒中疫。满身震悸。不能自主。荡慴一世之目光。亦黯然寡色。即其含有天宪，言为世法之口。方且呻吟不已。号其侍者予以清水。其声乃如失乳之婴。彼所谓天神者乃如此耳。悲乎、天乎。才力不逮有如恺撒。今则旋乾转坤。方玩天地于一人之手。此足令人异矣。……恺撒方如克鲁沙之大人。跨两足于世界。吾等则出没于其胯下。声名已辱。奄忽待死。顾其咎不在天。乃在吾辈一身。以人定亦能胜天也。即以布鲁多恺撒二人名姓论之。恺撒之名。何必远胜于汝。笔之于书。其悦目者一也。出之于口。其悦耳者一也。乃至权之于衡。则二名之轻重。乃正一致。呼而号之。其能鼓动人心又一者。嗟乎、天乎彼恺撒者所饮食者何物。今乃俨然伟人乎。天失其政。罗马之光荣亦绝。乃使撅竖小子。岸然称雄。似济济多才之邦。乃仅仅此一人乎……

言中似有取而代之之意。布鲁多意亦略动。开修士之言愤而婉。故吾亦以宛曲达之。顾此书之中。实不啻一记言之章。所以见诸人之性情。即所以达莎氏之文采也。后此开修士同党复密议。以为欲举大事。必推长者。决意拥戴布鲁多。又恐其未必即能许可。则更定计激励之。既而布鲁多果于室中得国民公函。其中略曰。布鲁多。汝其在梦昧中耶。其起而四顾。毋令罗马坠于佥人之手。勉之勉之。国民希望。咸在尔一身矣。布鲁多慨然叹曰。罗马。吾许汝。果事在必发者。汝得请于布鲁多矣。至是而诛戮恺撒之意遂决。

三

先是日者已语恺撒。谓三月十五之日。当有大厄。前一夕。其妻梦中三见恺撒卧血泊中。乃大号。至日会当赴元老院。恺撒亦惘惘不欲行。徒为左右所动。以为恺撒伟人。奈何以梦寐见疑。恺撒愈自负。遂驾车而出。过日者。笑谓之曰。今已十五日矣。奈何。日者报日。十五日未尽也。一居民得开修士私谋。方以书投凯撒。恺撒却而勿阅。已而恺撒与元老西悉卢相语。院内如布鲁多开修士及其党如马德录士等皆汹惧。马德录士跽而前曰。恺撒。吾弟以罪被出。愿公幸宥之。恺撒曰。汝弟已出。汝即屈躬哀求。吾特举足蹴之如猫犬耳。布鲁多开修士等皆跽。为亡人乞命。葛司加尤健者。即拔刀刺凯撒腹中。诸党人皆拔刀。布鲁多最后起。恺撒中创慨然曰。汝布鲁多乎。遂死。党人即持血刃奔号于市曰。暴主已死。当以自由之意。号于国中。国中人皆惊退。布鲁多止之曰。元老诸民其无惶恐。暴主之罪仅及其身。已相赎矣。乃更为布告全计。值党中有必欲致死于嬖幸安东尼者。布鲁多力持以为未可。安东尼亦自介以求死。布鲁多谓之曰。汝见吾等所为血肉狼藉。将谓吾等悉为残忍之夫。顾区区寸心。非汝所悉。其所以哀国人之无告。迫而出此者。乃正与人同耳。安东尼逊谢。因一一与诸人握手。示释憾之意。且请于众中为恺撒举葬礼。布鲁多许之。开修士私谓之曰。布鲁多。汝乃愦愦。果安东尼临葬语众者。人心且大乱矣。布鲁东以为市民必勿之听。拒而勿纳。

众议定。布鲁多与开修士分途演说。布鲁多登台后。众皆欢呼。布鲁多告之曰。

罗马爱国之士咸无哗。静听予言。未言之前。当信予为正直之人。知予为正直之人。斯吾言乃愈可信。然后动其智虑。加以判决。则是非皦然矣。须知公等之中。果有笃爱恺撒者。布鲁多笃爱恺撒之心。亦不让彼。其所以起而去之者。非布鲁多不爱恺撒。以布鲁多之爱罗马。乃远过于其爱恺撒也。且公等之中。宁愿恺撒生、而终为奴虏乎。抑愿恺撒遽死而各为自由之人乎。昔者恺撒爱吾。吾为之感泣。恺撒战胜。吾为之忻慰。恺撒忠勇。吾公之引慕。及恺撒蓄有异志。吾乃以死报之。感激者所以报爱吾之恩。忻慰者所以贺战胜之荣。引慕者所以钦忠勇之义。至其异志勃发。则有一死而已。且公等之中。有鄙夫而愿为奴隶者乎。有之则吾此举为获罪于彼矣。有贱陋而不愿为罗马人者乎。有之则吾此举为获罪于彼矣。有庸劣而不愿为爱国之人者乎。有之则吾此举为获罪于彼矣。公等其有以语我来众皆应曰否否。无之。布鲁多复言曰。

如斯则吾为无所获罪矣。须知恺撒既获辜以死。布鲁多亦不敢自恕。布鲁多所以处恺撒者。异日公等即可以处布鲁多。此次之举。事于元老院前皆张榜晓示。不掩恺撒之功。其致死之故。亦不伪饰也。……今安东尼奉恺撒之尸且来。吾亦当去。须知吾之此刃。杀吾至友以救罗马。果国中须以死刑加诸布鲁多之身。则此刃仍在也。

时安东尼方舆尸而入。市民闻布鲁多之言。皆欲举之以代恺撒。并为立石像以志伟烈。而布鲁多则逊谢。且介绍安东尼于市人。俾聆其演说。心中固深信以为安东尼既许吾为友。无他变也。

四

布鲁多之演说雄直壮烈。为莎氏文中所仅见。良以莎士比亚正欲竭力写其为人。故于其词采。亦复谨谨致意。下列则为安东尼之演说。两篇具见第三出第二幕中。惟当二人演说之时。中间插科之处亦复不少。良以限于篇幅。未能尽写。读者勿误为刘艺舟、潘月樵等之登台演说。手讲指划。但令人讨厌也。书至此更念舞台上。果徒以演说为事。台下之人。必为之沈暗非常。非加以点缀。则全场之中。俱无声色。读者细阅莎氏原文。自当能体此意。否则即为冷佁。为刘艺舟、潘月樵之演说矣。味同嚼腊。更复成何事体。《恺撒记》至第三出中。其文思最密而针锋亦最紧。殆为全书聚精会神之处。前乎此则有党人之划策、市民之忿怨。闲闲著笔而落眼尽在此一出中。后乎此则有安东尼之设计。两军之对垒。亦为此一出之余波。更言之。《恺撒记》[①]一剧。尽为此第三出而写也。无此出则无《恺撒记》。并布鲁多、安东尼等诸人亦复无之。到此始知文字用笔之妙。与一篇之设局布格。中西文士亦往往不远焉。

第三出之妙。妙在以布鲁多与安东尼对照。布鲁多以正直。安东尼以邪曲。布鲁多为君子。安东尼为小人。布鲁多之行尽为公善。安东尼之言则为私利。然而正直者败而邪曲者胜。君子败而小人胜。为公善者败而为私利者胜。斯固非特布鲁多一人之厄亦君子之道消矣。前篇所论，已及布鲁多之演词。兹更举安东尼之演辞于右。安东尼既登场。谓众人曰。

罗马爱国之友人听之。吾之此来、所以葬恺撒。非所以誉死人也。大抵人死以后。誉声常留于窀穸之中。而恶声则播于世界之上。今恺撒将葬。特以一语为其送葬之资可矣。布鲁多名人也。其言恺撒谓其蓄有异志。有异志者恶名也。而恺撒之所身受。亦复已甚。今者幸蒙布鲁多与诸名人许可。得于恺撒葬礼之前。发其衷怀。恺撒者吾友也。其遇吾至厚。然而布鲁多乃谓其蓄有异志。而布鲁多又名人也。恺撒战胜四国。大腴国努。赎虏之金。充于罗马之库中。此得为蓄有异志乎。恺撒路行。见贫者相对涕泣。辄为之垂泪。彼蓄有异志者。慈祥恺撒必不如此。然而布鲁多乃谓其蓄有异志。而布鲁多又名人也。吾尝奉王冕于恺撒。至再至三。恺撒毅然却之。然而布鲁多乃谓其蓄有异志。而布鲁多又名人也。吾之此来。但白己意。初不敢悉反布鲁多之

---

① 原文误排为《撒恺记》，本书改为《恺撒记》。原文中尚有多处误排，本文已改正。

言。且公等前此固尝爱恺撒矣。今见其死而一动何也。岂公道之心已丧而人失其故乎。虽然公等当恕吾。吾心已随恺撒同处棺椁中矣。

时人心已动。后有谓恺撒为初非蓄有异志者。安东尼复为阳拒阴合之计。一面则谓布鲁多开修士皆为名士。吾等宁可自贬。决不能贬彼辈。一面复探囊出恺撒遗嘱以眩之于众。谓公等见此。当于血泊之中。与恺撒亲吻。后世子孙亦必勿忘其功。众皆命其见示。安东尼复佯拒曰。公等初非木石。果见此者则必震悼失次。前途愈不可知。众曰。示我示我。安东尼曰。公等乃不能复耐乎。吾乃滋悔。深惧反非布鲁多等之福。以此辈皆名人也。众益怒曰。此辈乃名人耶。贼耳。刺客耳。卖国奴耳。安东尼见众心已变。遂一一指恺撒伤痕示之。众亦嗟叹良久。必欲为之复仇。安东尼复曰。

吾至亲爱之友人听之。勿以吾言遽启大衅。当知刺恺撒者皆为名人。其所以出此之故。虽不尽知。然而既为名人。必有其所以然者。吾之此来。非所以动公等。而言词钝拙。又远不及布鲁多。但爱吾死友者深耳。彼辈知此遂许吾来。无拳无勇。无智无虑。所能言者公等已先知之。恺撒创口犹在。一一口中发一一音。果吾之才能如布鲁多者。则辨词所及。即罗马城中之石柱。亦起而为恺撒复仇矣。

众曰。吾等即为恺撒复仇。举火以焚布鲁多之室。安东尼复招之曰。公等来。为听恺撒之遗嘱来也。恺撒遗命。凡罗马人。人予以银币七十五。凡其园林宫室沿泰波河而上下者。悉以予汝。俾世世守之。永永无极。恺撒诚足为恺撒矣。后世何能及之者。众皆曰。无此人。无此人。其以国葬礼葬恺撒。而以火焚诸贼之宫。遂分途而去。而恺撒之子屋大维之兵。亦临于城外。安东尼之心乃愈得。

综观安尼东之语。处处自以正人自居。而其人直为小人。言中复以蓄有异志与名人二语。穿插成文。处处虚誉布鲁多。处处即所以毁之。当众人之心未动。则数恺撒之创痕以激之。及众人之心已动。则举恺撒之遗嘱以要之。言词变化入神。文笔亦如天末游龙。夭矫屈伸。诚文学之大观。读莎氏原文者。于此不可不留意也。

莎氏乐府谈（三）

朱东润

一

前篇已叙《恺撒记》，曾言莎士比亚于作此剧之时。其全力所注。尽在于第三出。前乎此者所以引起第三出之大文。后乎此者则所以结第三出之余波。无第三出则凯撒一记可以不作。而是出之中。所最重者乃在布鲁多与安东尼之两篇演说。语语针锋相对。一丝不能放松。一方面以见布鲁多之廓落雄杰。一方面即以见安东尼之阴贼险狠。其二人后此之一成一败。亦皆隐伏于此。

述此以后。吾尝漫游岭南。溯西江以上。流览其风景。西江之水自桂西来。与桂江之水会于梧州。奔腾浩放。日夜东流。梧州两岸已皆山。山势雄深。然犹未即合。遥遥兀峙。由此而东。左右山脉当夹西江而行。或迤或赴。或驰或骤。及至水过肇庆入肇庆峡。而两岸之山立逼。中间不过数十丈。水声亦危急。澒洞澎湃于山麓间。山势攫拏。如关虎豹于惊濑之上。出峡以后。则水势浩淼无涯际，而两岸之山已懈。走南向北。不复相逼。或偶有小小凑合之时。而其势已一览无余矣。

《恺撒记》之文字。神奇变化其犹西江乎。而第三出实为一篇中之肇庆峡。自肇庆峡而上。山势既奔骤以合于峡中。则其下之事，亦复大抵可知。读者当知后日安东尼与布鲁东虽小有交锋，实不过如羣山小有凑合之时。其奔走攫拏。固不在此期中也。

安东尼演说既罢。市人之心已争向。恺撒之子屋大维亦收兵入都。为故父报仇。布鲁多开修士知事不敌。乃争赴马其顿。拥兵自固。安东尼等则率兵蹑其后而来。势益盛。布鲁多与开修士计欲乘其未集而击之。开修士不可。以为不若坚兵固守。以逸待劳。布鲁多曰。今敌兵益众而民心依归之。苟待其来。则所聚之兵益伙。而吾众又日散。其势且不能击。不如战也。开修士知其不可屈，而又自负老于军事。强许之。心终怏怏。谓其都尉曰。志之。昔者彭培见逼，以全军生死付之一掷。今日之开修士。正如此也。自军发后吾军有苍鹰一双。俯就兵士手中。食所持之肉。今日振羽飞去。

而来者乃为老鸦。盘旋营上。意耽耽然似欲下来以啄死人之眦。此非吉兆也。又谓布鲁多曰。果军中失利者。足下能系颈以过罗马之市耶。布鲁多谢曰。足下幸勿言此。布鲁多安能为此。然而三月十五之举。至今当见一结束矣。于是二人乃出门相告而别。

二

颇有人疑是书所载，多叙恺撒身后之事。而于其丰功伟烈。无所述及。不应称之为《恺撒记》。称之为布鲁多记可矣。不知此言非也。盖各种事实皆由恺撒之骄功被刺而成。故布鲁多于开修士告别之际。必逗三月十五之时。后此半幅言及于此者实伙。正所以见恺撒之无往而不在也。其名为《恺撒记》。固不尽如世人之所谓。盖亦有其故矣。

是书文字最紧急处为第三出固矣。然在第四出第三幕之最后一段亦最神妙。读之真百回不厌也。大抵文字之妙，不在长枪大戟之际、而在轻描淡写之间。此画工之所谓神品也。此段数十行中复分两幅。前幅所以见布鲁多为温文尔雅之君子。非赳赳武夫所可比拟。后幅则所以言恺撒之阴魂尚隐隐在侧。至于言神言鬼。则小说家戏曲家所常有事。非特当世好尚使然。今日之作家。亦时不免也。因译其全文于下。

布景 军幕 登场人物 布鲁多 琴童 侍者

琴童挟寒衣上

布鲁多 以衣授我。琴乃何在。

琴童　当在帐中。

布鲁多 孺子言时何胶牙乃尔。然我亦不汝责。迨倦甚也。可为我呼侍者入。今卧幕中榻上。

琴童呼侍者 侍者入室

侍者　主人乃招我耶。

布鲁多 然，汝可卧于帐内。容夜中有所事。命汝往白吾友开修士耳。

侍者　诚如主人命。然愿得侍立候命足矣。

布鲁多 汝等且卧。我意如此佳也。（顾琴童）孺子。前日所索之书。不意今日乃得之囊中。

侍者皆睡 布鲁多方自囊中取书

琴童　主翁。前此固未以斯书付我也。

布鲁多 孺子恕我。我乃健忘。然能支持片时为我拂琴一两声耶。

琴童　愿得以博主翁之欢。

布鲁多 良然。惟我苦孺子甚。孺子何驯善乃尔耶。

琴童　侍主翁。义所当耳。

布鲁多 虽曰如此。然我不应久苦汝也。少年人宜多眠耳。

琴童　我眠已久。

布鲁多 甚善。暂奏片时。汝自可归寝。我生若在。后此必善视汝也。

学童援琴而歌声极缓和转为惺忪之音已而亦自睡去

布鲁多 此调何令人欲睡耶。嗟哉睡魔。孺子方奏雅调娱汝。胡乃遽侵其身。(复顾琴童)孺子熟睡。我正不忍相扰。然此琴在此。妨睡后遽损雅致。今吾为汝取去。孺子孺子。今与汝道晚安矣。(取书阅之)吾前日所读。大约至此页也。

恺撒之鬼自场外上

布鲁多 (作惊讶状)烛光遽暗来者谁耶。岂吾眼未老先花。故所见乃惘惘然。且汝果何物。乃今吾毛发悚然血流俱凝。神乎。天使乎。抑厉鬼乎。

恺撒之鬼 布鲁多。厉鬼也。

布鲁多　汝至此胡为者。

恺撒之鬼 告汝以于战场中俟我耳。

布鲁多　俟汝于战场耶。

恺撒之鬼 俟我于彼。

布鲁多　俟汝于彼可矣。

恺撒之鬼倏忽复去

布鲁多 厉鬼厉鬼。今者遽去。乃令人恨不能更谈片时也。

布鲁多呼琴童 琴童乍醒尚作睡声

琴童　主翁。吾弦声乱也。

布鲁多 愚哉孺子。梦中尚恋恋于乐器。速醒速醒。

琴童　主翁何以见语。

布鲁多 孺子夜中何梦。乃至失声而呼耶。

琴童　吾乃不知吾之失声。

布鲁多 然则有所见耶。

琴童　无之。

布鲁多 孺子更睡可矣。

至是布鲁多复呼侍者令往白开修士聚兵备战幕亦随下。

三

上节所译。区区数十行耳。而布鲁多之温厚,乃跃然如见。莎士比亚真绘影绘声之手也。若吾读者一时未能识其妙处。则辞不达意之故。其罪或在译者。而万万不系于原文之工拙。又译戏曲者当以白话为典则。因语意牵连而下。一时未能回笔作此。更望读者曲恕之也。

次日两方相见于斐立巴。安东尼与屋大维之军皆来逼。布鲁多亦分二军当之。以开修士当安东尼,而自当屋大维。屋大维之军稍乱。布鲁多盛军逐之。亦促开修士立进。开修士顿足。以为开战过早。则己军且为安东尼所败。已而屋大维之军果溃,而开修士亦被围。乃遣侍校铁尼乞救于布鲁多。自登高山以观之。开修士素短视。时泰铁尼已挟布鲁多之捷音俱来。军士方围而噪之。开修士以为泰铁尼遽为敌军所得。捶胸叹息曰。如吾者,乃忍见吾左右坐为敌人所得。真无耻矣。遂拔宝刀,授侍者曰。昔吾以此刃剸恺撒之胸。今当以此及吾。恺撒、恺撒。汝之仇雠乃亦以此刃死也。乃命侍者持刃刺之。而侍者亦逸去。泰铁尼既归。见开修士,抚其尸而哭曰。将军命吾索救,吾已得达。而布鲁多又获胜。命吾以月桂之冠奉之将军。今将军已死。吾何忍更生也。亦自刎而死。

布鲁多闻开修士死耗。急往视之。仰天叹曰。岂恺撒英灵尚在。乃令吾等之刃还以自戮耶。因率兵更当来敌。屋大维亦收余兵与安东尼夹攻布鲁多。布鲁多大败。方乘间去。琴童乃自称为主将以诳敌。敌军以为既得布鲁多。鼓噪而归。以白安东尼。琴童怒目叱之曰。安东尼布鲁多不为汝所得矣。公等欲生。致之鬼神。犹且勿许。且公如得布鲁多。布鲁多亦知。所以自处也。

布鲁多既去。愿从者仅数人。乃踞大石坐,命左右持刃相斫。左右皆勿欲。亦稍稍去。余者惟斯他道。布鲁多谓之曰。汝素有勇名,且著微功。今力持吾刃。回首他顾。待吾以腹贯之。意如何。斯他道曰。善愿与主翁握手为别。布鲁多与握手毕,仰而呼曰。恺撒,今事毕矣。吾之杀汝。乃不如吾自处之善也。骤奔贯刀锋。委地而死。安东尼屋大维挟琴童来追。既及。琴童呼曰。布鲁多果如此也。主翁,吾谢汝。乃有以证吾言之不谬矣。安东尼凭吊曰。如此人者,始足为罗马人中之冠冕。众人之弑恺撒。徒为贪嗔所驱。独布鲁多为国家之故。乃起而为之。此其得天者厚。宜可昭告于世人。始知必如此者。乃可以为人也。于是与屋大维议所以葬布鲁多者。(虽阴鸷险戾如安东尼亦知赞美布鲁多不死矣)

四

综观莎士比亚此篇。其中重要人物有布鲁多有安东尼。以此二人为之经而以恺撒一人贯穿其间。结构之奇。得未曾有。妙笔所被,令人于布鲁多油然生其笃爱之心。即吾前译观之。其于琴童及侍者。慈祥恺悌之意。已露于纸上。又其对开修士有曰。吾宁沥吾血、剖吾肝。铸钱供用。更不忍妄取分毫于吾民。是其仁民爱物之意存于衷心。非特煦煦孑孑而已也。吾人爱布鲁多者深。更不得不谢莎士比亚之能曲曲写此妙人。乃愈觉莎士比亚之可爱也。

细论之。布鲁多亦未必即为完人。观其不识安东尼之狙诈。以致大功败于垂成。卒以双身殉于沙场之上可知矣。惟其如此。而布鲁多乃愈觉其可爱。盖完人者大抵能起人之敬意。而未必能起人之爱怀。吾国书说之中。能文能武之人物可谓极盛。究竟能动人爱者有几。此所以读《红楼梦》《水浒传》者之多。乃远过于读名臣言行录道学传者也。又记交游之中某君尝谓吾。其友某氏。家拥六七十万金。到手挥霍极尽。其终乃自投于大江以死。不肯受世俗之白眼。且曰。如此人者乃诚可爱。吾闻是言不觉惘然。忆莎翁剧中尚有一篇 *Timon of Athens*(《仇金记》)与此段亦相类。读者可自取而观之。恐吾乐府谈中。不及更谈之也。

莎士比亚惟能看破此点。故其诸剧之中如《铸情记》之罗密欧。《女变记》之李亚。其中或则少年不羁或则老悖无伦。未尝无可议。而其人之可爱。乃正以其为少年不羁老悖无伦而见。是则莎士比亚之妙能遣用。故能令吾人望之而生爱。然果以道学传及名臣言行录中之人物。令莎氏执笔描尽。恐莎士比亚亦将却步而谢未能。开善于为诗者,必善于择题如莎氏者。迨可谓为善于择题者矣。

五

颇见人以英文学自矜者。辄好称《肉券记》不置。以为可以尽莎氏之长材。于全集中堪称压卷。仆偶告以《铸情记》及《恺撒记》之妙。便都不解所以。大约市上莎氏全集甚不易得。偶有一家翻印《肉券记》之原文。则言是书者乃纷纷耳。此书体构《吟边燕语》之中已见一二。惟其情文最妙之处。乃见于严译《名学浅说》之中。好事者不妨一加查考。是亦艺林中之佳话也。

仆之下篇。甚愿以《铸情记》为读者一道之。此书久经学者评定。为莎氏全集之冠。其中大略亦见林琴南所译之《吟边燕语》。惟于其文情美妙之处。尚未尽达。亦无妨略为述及以备读者之参考。斯书亦为惨剧。其结果之奇。乃出人意想以外也。

莎氏乐府谈(四)

朱东润

一

莎氏乐府之中,最可推为杰作,能使读者凄然下泪,感怆而不能自已者,其惟《铸情记》一篇乎。此书大略见於《吟边燕语》中。惟其间不无误简,有违原书之意。即如罗密欧入尸窟后,明知所爱之周立葉既死,悲痛已极,而忽遇巴黎子爵。巴黎方欲力挑之战,罗密欧顾谢曰:"吾不得已而至此。少年和易,勿更与垂死之人开衅。去矣。汝果念及死者,心为兢兢,可以急去。且吾之罪深矣。毋挑我怒而益致我罪。嗟乎少年,吾之怜汝,乃过於吾之自怜。须知吾行至此,但自裁耳。少年行矣。后此闲居,当念此狂痫之人乃继汝生也。"今观其言,其沉郁悲痛为何如哉。及巴黎逼之必不肯舍,愤而相斗,巴黎死于刀下,固非罗密欧之所得已。乃林书叙此事则曰:"罗密欧握铲及灯,方欲径启殡宫,忽闻有大声咤曰,鼠辈,乃冒死盗坟耶。其人即巴黎子爵,将花夜至,散之周立叶坟台之上也。罗密欧亦咤曰,止汝焉能阻吾者。汝不见太仆之死乎。子爵大怒,直前鏖扑,不胜亦死。"其叙罗密欧直一犷野之暴徒,与莎氏笔下之人大相径庭矣。是篇叙情之作也。爱情所至,罗密欧与周立叶同以一身殉之。从而死者又数人。乃其事仅仅在数日之中。可真谓绝悲极惨者矣。佛称心业戒贪嗔痴爱,盖知其究竟必至于此。乃知世事多情不如无情。因之又忆近世少年多好言此道,乃自定情以至脱辐,不过三数年间,又更去而之他。所谓情爱者仅仅如此,不更为罗密欧周立叶所笑乎。

果以情爱论,则罗密欧之死于情,与周立叶之身殉,皆为第二义。最可称者为巴黎子爵乎。罗密欧周立叶者有所爱,而所爱者又能爱彼者也。至巴黎之爱周立叶,则其情之挚爱之专,乃一一在莎士比亚之言表。巴黎之爱女,明明知周立叶之不能爱己也。而爱之不已。其卒也亦以一身流血于尸窟之中而不顾。然则,罗密欧之死,为周立叶死也。周立叶之死,为罗密欧死也。而巴黎之死,乃独为其绵绵不绝之情而死。固有以先于二人矣。

书中所叙孟太格加波勒两族之相仇,其事亦为事实。伊大利全部。当中世间裂为十数小国。其间族团往往相仇杀。两家宾客各避不相面。乃至剖一橘，置一食具，两族之中亦自有规矩，不相袒袭。其民复勇于私斗。至今美国伊大利侨民最称难治，良有故也。吾国江浙之民孱弱极矣。即有所衅隙，亦不面较。其后稍稍中其阴私，而心中乃快然。狙诈之习，相效成风，反不如拔剑相斗者为佳也。又以比较论之，读者果见私争斗杀之风乃往往讶其非。不知暗杀之非，其事乃尤过于斗杀。故太仆之按剑，巴黎之拔刀皆可令人生色。彼暗杀之徒，但以窥伺之智而便其所私，何能及此。吾国人绝称傅介子斩楼兰王头，真一曲之见也。

周立叶者其爱神之化身乎。一见罗密欧，即以心相许、至于私赴教堂成礼。及罗密欧既窜，教士老伦士授以瞑眩之药，乃饮之而不讳。迨自窀穸之中，魂梦复苏，方自以为而今而后，与罗可以相守。乃所见者但有已死之罗密欧，遂不惜拔刃自戮以殉之于地下。读书至此，真可为之堕泪也。莎士比亚之笔乃令人感概若此。

二

《铸情记》本末已见林译，无待详说。果论其文笔，则此篇最优处，乃在第二出之第二幕中。花园夜语，罗密欧与周立叶之情已铸。其三幕之初折，即承之以轻描淡写，文笔至为曲折。及第三出罗密欧方与其友本伏利及麦荀都等同行，道遇加波勒之侄太仆。太仆固健者，即挑斗。麦荀都死之。罗密欧初方百计退抑，见麦荀都既死，乃猱进而太仆亦死。死者狼藉。是为剧中之轩然大波。既而定罪，罗密欧长流于外。周立叶闻之痛不欲生。罗密欧亦以不能复侍周立叶颜色以为难生不如死也。两人哀切之语，如浔阳江上琵琶，大珠小珠争落玉盘。是为剧中之第二三幕。既而二人复合，瞬即相离。罗密欧避地于外，周立叶踽踽独处，其父加波勒后逼婚巴黎，皆为小小波折，所以为闭幕时俱殉之张本。及巴黎既死，罗密欧复服毒，而周立叶自伐，则斯出乃以之而告终。

是剧中最可记者，当推夜语一节。先是加波勒家为跳舞之会，罗密欧窃赴之。忽遇周立叶，惊为天人。既而知其父故为孟太格家世仇，尤惋恨不已。归途跃入加波勒园中以伺之。夜深人静，周立叶方戚戚自叹。

周立叶：罗密欧，罗密欧，若奈何为孟太格家人也。果汝能爱吾者，当自弃其族姓。否则吾亦屏加波勒之族姓而勿御。嗟乎，嗟乎，今之所未安者，特以汝之姓为孟太格耳。且所谓姓字者，非手非足非股肱非面目，非一切生人所不可少之物。汝能易之，乃始可耳。且所谓名字者，何复足道。蔷薇之花果易以他名者，其芳洁初不减于其故。则罗密欧果易其名而为他名者，其芳洁亦如故耳。罗密欧乎，速易若名，吾身即汝有矣。

罗密欧闻语不能自禁，即念曰：果如汝言自后但称吾为意中人者。吾不复为罗密欧矣。

周立叶：汝谁也。乃于中夜窥听人语。

罗密欧：吾之名字乃不堪以奉白。以汝闻之未安，吾憾之乃如仇。恨不书之寸纸，裂为万段也。

周立叶自思曰：吾闻斯人语未满百字，声音环绕在耳际。……汝非孟太格族之罗密欧乎。

罗密欧：吾敬爱之圣神听之。果汝不安于此，吾兹不欲以二者自名。

周立叶：汝至此何为，且何由至此者。垣墙峻，一时不得出。一旦为家人所见，勿能生矣。

罗密欧：情之所至，金石为开。家人虽众，何足为意耶。

周立叶：彼等见汝势必致死。

罗密欧：噫，孃视我漠然，乃甚于白刃之交集。果垂以青睐者，则彼辈何足畏。

周立叶：天乎。吾乃不顾彼等于此相见。

罗密欧：夜中深黑，初无足虑。且女郎果爱吾，吾乃兹愿其来以即死。较之生而不为美人所怜，其胜多矣。

周立叶：孰导汝至此者。

罗密欧：导吾者乃为爱情之神。吾为爱情所动，遂至此耳。且吾即不善行，果令女即尚在大海之外，吾亦必能得其踪迹。

周立叶：吾顷此所言为汝所闻，面上以之发赤，特夜间不易见耳。顾吾亦不自讳，但欲问汝能爱吾与否耳。然吾自信吾即不问，汝亦必曰爱吾。惟慎勿以盟誓之言杂之，以情人之誓，上帝所勿信，吾亦滋疑之也。嗟乎，罗密欧果汝能爱吾者即恣言之。或竟以吾编易得而不足惜者，吾又必径径自守，汝虽致爱于我而我不汝见。虽如此，孟太格吾爱汝诚也。须知吾之忠于所事，乃过于他人远甚，非自媒之女所能及。特以月中微□[①]，为君子所见，故不能自持耳。

罗密欧：月明如画，挂于疏枝之上，当能见吾悃诚。

周立叶：月有阴晴圆缺，何足为证。吾乃兹恐吾二人之情，将与月之盈昃、同其消长也。

---

① 原文模糊难辨。

罗密欧:然则如何。

周立叶:勿更计,但汝能自证之足矣。今日之遇,虽称良遇,顾其事至骤,乃如电光石火,未及转瞬,旋即更逝。吾爱行矣。愿吾等之爱情,如初蕾之花,将夜气而滋盛。行矣行矣。愿足下愈自珍惜也。

罗密欧:吾意未得所慰,女郎乃遽遣吾去乎。

周立叶:何也。

罗密欧:欲得女郎之爱情耳。

周立叶:子虽未见请,吾已许汝。今更与汝者又何妨。

罗密欧:然则此情更当绵绵无尽。

周立叶:质言之,吾之爱汝乃无穷尽。爱情之富,与海波同其浩森,正未可量耳。

罗密欧:天乎天乎。此其为赐何可胜道。但令人喜甚,乃转疑为梦中。

二人相语者良久。互剖衷积复为婚约。约周立叶以时遣人至罗密欧处探消息至于次日二人遂私赴教士老伦士之室而结婚。

三

自罗密欧既刺太仆而后,罪既长流,周立叶闻之大恨。以为少年驯善如羊,乃蓄狼腔,莹洁如鸽,竟带鸦吻何也。及闻其流于国外,则又大痛。以为即杀百太仆,不足以赎其过。罗密欧方伏处老伦士室中,老伦士告以罪定,谓自此以后,不得更入微鲁纳城。

罗密欧:自微鲁纳以外,无往而非地狱,非狰狞可怖之所。然则谓长流于微鲁纳城外者,无宁谓为长流于世界之外而已。世界之外但有死境。长流二字,特为刑戮之异名。长老,若以此告我,忻忻如有得色,实不啻举吾头而斫之也。

老伦士:孺子乃资国君盛意。杀人于市者罪当死。国君怜汝,故纵汝长流,其思岂得谓浅。而孺子乃勿之识何也。

罗密欧:此处政耳,何得谓恩。周立叶所在即为天堂,一猫一犬一鼠一虫豸乃至一切若有情若无情,凡得瞻仰此天人之丽容者,皆如登于天国之上而罗密歇乃勿可。蚊蚋之微,尚得鼓其两翼,以亲周立叶之香泽,而周立叶又勿可。

然则一切蚊蚋皆如自由之人，而罗密欧为无足道矣。而长老乃称长流之罪初非死刑可比。长老长老，但此二字已足杀我，甚于毒药，甚于利刃万万倍也。今公主教宗，又夙称与我友善，乃忍以此相加耶。

老伦士：妄人但能听我一言都已足。

罗密欧：汝言部复称长流而已。

老伦士：若能从吾受至道，即足以御此长流之苦而有余。

罗密欧：休矣。公乃称此二字。果公所谓道者不能令吾得见周立叶，则此道乃无一用吾亦不愿复闻。

老伦士：止吾今而后知妄人不能听忠言也。

罗密欧：公智者乃不能见吾之苦。则妄人能听亦胡为者。

斯时罗密欧之沉痛，至于极端。会周立叶遣人招其相见，乃于夜中伺隙复至窗下，为后来之约。罗密欧许以每日辄发一信与女。而老伦士又谋所以脱罗密欧于罪者。翌日罗密欧出微鲁纳去。而周立叶之父加波勒相婿，适得巴黎子爵，趣周立叶于数日间嫁之。周立叶不可，辞以年少，又以太仆新伤不能强欢。加波勒大怒，悻悻而去。周立叶遂复造老伦士问计。老伦士授以刀圭，令于吉期之前一夕服药，服之人且立死，至四十二时而后始苏，则身已入坟茔之中，亦可招罗密欧来相见。周立叶既归，乃谢其父，以为不敢拂大人命。至期举药自顾，心念如药力微不能死人，则必以白刃自戕。乃挟之于身。又思老伦士会为吾二人定婚约，或将杀我以灭口顾又憶其人仁厚笃实，必不出此。遂倾药。以为得见罗密欧者，虽死不惜矣。次日家中见周立叶已僵，乃大悲。女之丧至于教寺尸窟之中。

老伦士遣使招罗密欧未至而返。罗亦阴闻女郎已死，即市毒药连夜入微鲁纳，发尸窟。久之，忽见巴黎子爵亦至。巴黎屡挑之。罗密欧不得已，与之斗。巴黎死。此其事已略述于篇首，罗密欧既杀巴黎，即服毒抱周立叶之尸而吻之。遂死。死未片时，四十二时之期已届，周立叶遽苏。顾罗密欧已仰药毙。杯中已干，更无残沥，苦不得死。忽闻人声渐近，即索得佩刀亦自刃死。

果以《铸情记》与《恺撒记》二者比较论之，则《愷撒记》所记之事，英雄之事也。而《铸情记》所言者乃为儿女。所可记者，则布鲁东[①]之为人与罗密欧之人，相去乃匆远。布鲁多有情人也，即其杀恺撒亦出于不得已。至罗密欧者更为多情之士。其所以手毙

① 应为“布鲁多”，疑为笔误。

太仆及巴黎子爵二人者，亦为其所逼不能自已而至于此。其人皆可慕，其事尤可悲也。

果以文境论之，则吾读《恺撒传》时，恍惚如读史公诸传。至于《铸情记》者，乃如读《孔雀东南飞》之篇，觉其文境绵邈幽咽，不得不为焦仲卿夫妇与罗密欧周立叶等放声一叹也。

莎士比亚的喜剧《仲夏夜之梦》[①]

吕　荧

《仲夏夜之梦》是常常受到误解的一个剧。

资产阶级的学者，像对莎士比亚其他的剧一样，总是从他们的阶级观点来解释《仲夏夜之梦》，把它的内容庸俗化、浅薄化，加以各种适合他们的生活观念和思想意识的曲解。例如，当他们看到《仲夏夜之梦》里写了恋爱和结婚，就说这是专为某某贵族婚礼而作的插科打诨的笑剧；当他们看到《仲夏夜之梦》里出现了一些仙人，又题名为“梦”，就说这是一个浪漫主义的荒诞的想象的神话。资产阶级的学者总是这样在唯心论的形式逻辑里兜圈子，把莎士比亚解释成一个和他们一样的庸人、一个学识浅陋的、没有任何理想的、糊里糊涂的作家，甚至于是一个反动思想的宣传者；掩蔽了、歪曲了伟大的诗人底艺术和思想的实质。

《仲夏夜之梦》原来为庆祝某一贵族的婚礼而作，这是很有可能的，但不是一个插科打诨的笑剧。《仲夏夜之梦》里虽然有个人和精灵的形象，但不是一个荒诞的想象的神话。它含有更深刻的现实内容和思想内容。

现实主义的诗人莎士比亚，他的创作总是从现实生活出发，面对人生、表现人生的，莎士比亚的主题永远是人和人生。

那么，什么是《仲夏夜之梦》的诗的意旨呢？

自然，在这里，首先我们应该考虑一下，《仲夏夜之梦》是否可能没有任何意旨，只是一个取悦观众的热闹的喜剧而已。

关于这个问题，莎士比亚自己在剧里给了我们暗示。当包否姆（Bottom）爱情的“梦”醒了的时候。他说了这样一段话：

我做了一个梦，那是一个什么梦，不是人的聪明说得出来的；如果有人想

① 原文载《文艺报》1954年第13期，又载吕荧：《吕荧全集》（译作卷·下），安徽教育出版社2021年版，本文作于1948年6月。本文原文摘录，个别表述受时代影响与当下不同，本书尊重原作，不作修改。

来解释这个梦，那他只是一个驴子。我觉得我是——没有一个人能说得出来那是什么。我觉得我是，——我觉得我有过，——但是如果有人想来说明我觉得我曾经有过的是什么，那他只是一个穿花衣裳的傻子。……我要找彼得·品斯把这个梦写成一个歌儿，它得叫做“Bottom 的梦”因为它是没有 bottom 的……

（四幕一场）

在这段话里，莎士比亚告诉我们这是一个不可解释的、“没有 bottom（含义）的”梦；但是正在这个“没有 bottom 的”梦里，却明明有一个 Bottom（包吞姆）在的。在莎士比亚的剧里，当这种话由半呆半傻的丑角（即“穿花衣裳的傻子”）说出来的时候，它的意思实际上就是：“它得叫做‘Bottom 的梦’，因为它是有 bottom（含义）的。”bottom（“包吞姆”）这个字，当时就是织布匠人绕线的“线团”（clew）。诗人用这个字做诗里重要人物之一的名字，并且由他说出这样的一些话，正暗示着这个“梦”是有它的内在的含义的。

这样一种暗示的写法，是莎士比亚剧作的特点之一。在莎士比亚的剧里，他的思想意旨总是含蓄地、隐晦地交织在人生的画幅里，只是偶尔像一道火光似地闪亮一下。由于时代的限制，也由于反动统治者的压迫，莎士比亚的最强烈的思想，也是用温和的语调和方式表现出来的，并且多半借丑角的口，半呆半傻、半真半假地歌唱出来。我们只要想想《暴风雨》里冈札罗（Gonzalo）宣布的乌托邦的人道主义政纲[①]就够了。

所以诗人的这个暗示无异于是一个告白。此外，诗人在“梦”的最后一幕（五幕一场）又严肃地写下了一段：

诗人的眼睛，在敏锐的狂热的一转里，
就从天上看到地下，从地下看到天上；
并且，幻想想象出来的
不知名的东西的样子，诗人的笔
就把它们变成形象，而且给虚无的事物
一个居住的地方和一个名字。

---

① 《暴风雨》第二幕第一场里，冈札罗说：“如果这个岛是我的殖民地，而且我是这岛上的王，请猜我将要做些什么事情？

“在这个共和国里我要相反地实施一切的事情；我不许可任何种类的贸易；没有官吏的名目；不许有学问；富有，贫穷，雇佣役使，全都没有；契约，继承，疆域，地界，耕种，葡萄园，全都没有；不用金属，粮食，也不用油，酒，没有职业；所有的人全都闲散；女子也是如此，但是纯洁而且天真；没有君主，一大自然中一切的产物，都不需要辛劳或者苦力：叛逆，重罪，剑、戟、刀、枪，任何种的兵器，我都不要，只让自然自然地孳生万物，一切富裕而且丰饶，养育我的纯朴的人民。我要治理得如此完美，先生，超越过那黄金的时代。”

强烈的幻想就有这样的本事。

这一段诗人的自叙，也说明是有些什么“从天上看到地下，从地下看到天上”的“幻想”要写在这个“梦”里的。

在“梦”里诗人并且告诉我们：“最好的戏都不过是些影子；最坏的也不算坏。如果用想象来补救它们。”（五幕一场）后来勃克在收场白里又重复了这个意旨，自称“我们这些影子”（五幕二场）。所以这个“梦”以及“梦”里的那些仙灵，都是人生的影子，它们的内容的实质是人生的诗的升华；正仿佛在《罗米欧与朱丽叶》里马太婆（Queen Mab）的描写含有锐利的现实生活的讽刺，在《马克白斯》里赫克特（Hecate）和女巫的道白象征着现实世界的黑暗和罪恶一样。

诗人起初称这个剧为《一本名为仲夏夜之梦的书》①。在这样一本书里我们虽然看到出现许多仙灵，他们扮演的却是一幕人生的喜剧，一个爱情的故事。这个剧第一幕就提出一个问题：爱情顺从家长的意志，还是依据自己的意志？从这里开始“梦”的故事，引出了奥伯朗和泰旦妮亚这些仙人，出现了勃克这个精灵；在剧的结尾，爱人们在奥伯朗和勃克的协助之下得到了胜利。——这是剧的主题，也是剧里的“线团”和纠结，包含着仙灵和“梦”的题旨。

在《仲夏夜之梦》里，勃克、奥伯朗、泰旦妮亚，都不是超人生的精灵，而是属于人生参与人生的精灵。正是因此。诗人打破了基督教的教义，也抛弃了希腊罗马的古典神话，用民间的精灵②代替正统的上帝和传统的神仙，用矮人的王③做仙人的王，用巨人族

① 《仲夏夜之梦》初版在1600年。出版之前，在1600年10月8日登记版样，书名为《一本名为仲夏夜之梦的书》（A Book Called & Midsummer night’s Dream）。

② 《仲夏夜之梦》里的仙人都是民间传说里的精灵，富有人民的气息。勃克是英国农民中间传说的一个精灵，通常称他“罗宾好人”（Robin Goodfellow）；据说他好开玩笑，爱淘气，但是很诚实善良，常常帮助农民做工（参看二幕场）。莎士比亚把这个人民的幻想加以提高，称他为Puck（即pouke，字的本意为“精灵”）。那些仙人（fairies），莎士比亚称他们为豆花、蛛网、芥子、飞蛾，都是自然的化身的精灵。矮人（elve）来自北欧神话，当时在英国也很流行，这是一种半人半神的精灵，以通晓自然的秘密著名，他们特别熟悉矿山的宝藏，并且也是最精巧的工匠，和那些手工业工人正好是同行的伙伴。在《仲夏夜之梦》里，莎士比亚把“仙人”“矮人”“精灵”当作同义语使用，并且把人的灵魂也称为“精灵”（spirit）（三幕二场勃克语）。

③ 奥伯朗（Oberon），原来是德国神话里看守宝窟的一个矮人，名叫Alberich，后来在法国中古时代的传奇“波尔多的尤昂公爵”（Huon de Bordeaux）里变成仙人的王，名叫Aubron（因为al＝au，法文字尾不用ich，而用on）；这个传奇译成英文，他的名字就译为Oberon。当时英国作家已经开始用这个名字，如斯宾塞（Spencer，1552？—1599）的“仙后”（The Fairy Queen）。关于奥伯朗的身世，“尤昂公爵”里说他是仙人的王，王国在耶路撒冷东边的远方，他是一个矮人，只有三尺高，并且是一个凡人，他的父亲是罗马的凯撒大帝（Julius Caesar），他的母亲是一个仙人，曾经和希腊亚历山大大帝（Alexander the Great）的祖父结过婚。“仙后”里说他是普罗米修斯（Prometheus）用野兽的身体所造成的人，爱尔夫（Elfe，意即“矮人”）的后裔，他继位做仙人的王，王国包括印度和美洲，功业超过以前所有的仙王，后来在光荣中逝世（见第二部第十章）。莎士比亚是看过这两部作品的。

的后裔[①]做仙人的王后，并且以农民所亲切喜爱的好人罗宾为主要的形象。莎士比亚的仙人的人民性和进步性，只要和他同时代诗人的作品，例如斯宾塞的《仙后》一加比较，立刻就鲜明地显现出来。莎士比亚在《仲夏夜之梦》里把人民的幻想提高到当代人文主义进步思想的高度，创造了新的神话，“文艺复兴”时代的人的神话。

所谓“文艺复兴”时代，正如恩格斯所说：

> 这个时代是从十五世纪后半期开始。国王的政权依靠市民，打垮了封建贵族底权力，建立了巨大的、实质上以民族为基础的君主国，而近代的欧洲国家与近代的资产阶级社会就在这种君主国里发展起来；……拜占庭灭亡时所救出来的手抄本，罗马废墟中所掘出来的古代雕刻，在惊讶的西方面前展示了一个新世界——希腊的古代；中世纪底幽灵在其光辉的形象面前消逝了；……在意大利、法国、德国都产生了新的最先的近代文学；英国与西班牙跟着很快地达到了自己的古典文学时代。旧的世界底界限被打破了；只是这时候才真正发现了地球，奠定了以后的世界贸易以及从手工业过渡到工场手工业之基础，而工场手工业又是建立近代大工业的出发点。教会底精神独裁被击破了，日耳曼民族大部分都直接抛弃了它，接受了新教，同时在罗马人那里，一种从阿拉伯人吸收来的和从新发现的希腊哲学得到营养的明快的自由思想愈来愈根深蒂固，为十八世纪的唯物论作了准备。这是一个人类前所未有的最伟大的进步的革命，这是一个需要和产生巨人的时代，需要和产生在思考力上、热情上与性格上，在多才多艺上与广博学识上的巨人的时代。[②]

这是资产阶级兴起的时代，在这个时代，衰老的封建社会的经济基础和它的上层建筑正在崩解，新的社会意识和观念开始形成；教会的统治和封建的权力被打破了，科学兴起，从中世纪的梦中醒来的人，开始认识世界，也开始认识自己，要求人的解放，尊崇人的理智，相信人的意志和行动可以战胜一切，创造一切。莎士比亚(1564—1616)正生活在这个时代，他的思想和作品里都反映着这“一个人类前所未有的最伟大的进步的革

① 泰旦妮亚(Titania)，字的本意为“泰旦族的后裔”。按照希腊神话，泰旦族(Titan)是天神尤莱纳斯(Uranus)和地神基娅(Gaea)的儿女，都是巨人，后来被宙斯(Zeus)诸神灭掉。罗马诗人奥维德(Ovid，43 B.C.—17 A.D.)在《变形记》里说宙斯底下有几个女神是秦旦族的后裔，如Latons(宙斯的爱人)，Diana(月神)，Circe(古太阳神的女儿)等。奥维德就用过Titania这个字称呼Diana(《变形记》第三章)。莎士比亚在剧里虽然引用了《变形记》，不过Titania并不是指月神，而是在全新的意义上用它的。

② 引自恩格斯：《自然辩证法导言》(中译本113页)。

命”，这就是他在《仲夏夜之梦》里创造的新的神话底现实内容和思想内容。

不是偶然的，在《仲夏夜之梦》里，当泰旦妮亚对包香姆说她爱他的时候，包香姆就回答了：

> 我想，太太，你这是一点没有用理智的；然而呢，说句老实话，这年头理智和爱情难得会合在一起；更糟糕的是，没有哪位好邻居来撮合他们做朋友。呵，我有时也会说说笑话的。（三幕一场）

这个并不是“笑话”，这令我们联想到拉格德尔对海仑娜的告白：

> 人的意志是受理智支配的；
> 而理智说你是更可敬爱的姑娘。
> ……
> 我……因为年青，到现在方才成熟；
> 到现在方才达到人的智慧的顶点，
> 理智方才成为我的意志的引导，……（二幕二场）

这两段对话，结合海仑娜对盲目的爱神的讥讽（一幕一场），体现出莎士比亚关于人的理智、意志、爱情的观念；在这个观念里，方才出现了奥伯朗、勃克、泰旦妮亚，以及那些富于人生气息的矮人和仙灵，方才创造出一种有支配爱情力量的花[①]，并且交给勃克的手去完成一幕抗争的爱情的喜剧。

诗是诗人思想和心灵的表现。当诗人否定了上帝的宗教，命运的存在，相信唯有人、人的理智、人的意志和行动决定一切的时候，铁和铁相击之下迸出火花，于是从他的诗的幻想里迸出勃克这个精灵。但是，由于英国革命的保守性，由于诗人本身时代的限制，诗人虽然在“梦”里歌颂了解放的人性和自由的意志，并且让人民、贵族和仙灵扮演同等的角色，可是他的诗的幻想只能是神话。

然而这不是逃避现实的幻梦或者荒诞无稽的玄想，这是面对现实人生产生的诗。在这个“梦”里，爱和人生是主要的内容，四个恋爱的青年以各自不同的性格、语言，行动活跃在英国的乡村田野和森林的画幅里，十六世纪末期代表英国社会特色的贫穷的手

---

① 据莎士比亚研究者的考证，蝴蝶花（pansy）的花汁有支配爱情的力量，这是莎士比亚的创造，没有一本书里有过这种说法。

工业工人、辛勤困苦的农夫、地主的围场和羊栏、资本家的印度的商船，点染出这一画幅的背景，以“精灵里的乡下佬”勃克为首的那些仙灵，扩张了加强了这一画幅的诗的氛围。还是一个“梦”，但是是一篇色彩鲜明的爱和人生的诗。

《仲夏夜之梦》是莎士比亚早期的作品，带有美丽的人生的憧憬，也带有轻快的欢乐的色彩。到后来，当他更向现实深处前进，更全面地认识社会生活的内容的时候，于是产生了他的深广的沉重的悲剧。这样，他从“最好的戏都不过是些影子”(《仲夏夜之梦》)发展到“自有戏剧以来，它的目的始终是作为一面镜子反映自然”(《汉姆莱特》)；而勃克也从爱情的主使者发展成为《暴风雨》里的爱理尔(Ariel)，具有更强的力量，完成更大的功业，惩罚了恶，协助了善，并且和诗人的人道主义政纲一同出现。

莎士比亚后期的伟大的艺术和深刻的思想不是突然出现的，它的根源在早期的喜剧里已经萌芽了。在《仲夏夜之梦》里没有冈札罗(《暴风雨》)，可是听听包吞姆唱的这一段罢(一幕二场)，这多么像是后来的悲剧和《暴风雨》的序曲：

凶猛的岩石
和猛烈的冲击
要把牢狱门上的
铁锁来打破；
于是飞布斯的车子
将要从远处放出光明，
并且毁灭和改造
那糊涂的命运。[①]

憧憬人类的真正自由和幸福的诗人，他虽然看到“世界是一座牢狱”，看到“广大的地狱都容纳不下的那么多魔鬼”，却总是满怀希望，面对现实人生勇往前进；无论在诗里还是在“梦”里，都是如此。正是这样，诗人才能给与他的悲剧以典型的内容，给与他的喜剧以思想的光辉，并且允许他向诗的幻想飞升，而没有落进虚无的陷阱和庸俗的泥坑里去。

---

① 据莎士比亚研究者的考证，当时没有一个剧本里有这样的诗词或者类似的句子。显然，这是莎士比亚自己写来借包吞姆——这个全书线索所系的人(“线团”)——的口唱出来的。(飞布斯即太阳神，飞布斯的车子即指太阳。)

莎士比亚理解[①]

吕　荧

有些批评家，因袭有些"学者们"的见解，形式主义的理解莎士比亚，认为莎士比亚只是一个平庸的经验主义者，认为他"可以说是一个不自觉的、非意识的作家。他创作时的主要动机似乎就仅仅是为了牟利，为了可以博得王公们的赏识。所以到了已经成为一个团团富家翁的时候，他就把笔投掉，息影田园了。在他的作品中间，虽然也随时都有关于人生的启示，那都自然的吐露，不是意识的作出来的……"

这样的理解，表面上看来，好像是十分真实的。因为莎士比亚出身不高，只是一个小地主和小官吏的儿子，因为家境中落，他只读过拉丁文的学校，没有进得起大学，学历很浅，在一生中，也许偷过人家的鹿，算是一件越轨的事，此外就住在伦敦，演戏编剧，出了名，由贫寒而小康，过着安分守己的日子，晚年回到故乡终其天年，如此而已。实在平庸得很。

但是，断定一个作者的思想，决不能不顾作品的内容或是生活的内容，只凭作者生活经历或是作品题旨的形式立论。而且，真正的思想的理解，那不仅应该考量作家在历史时代中不可免的退守和矛盾，而且应该考量他的艺术活动中有价值的进步的东西，全部作整个扩深的认识。

因此？这样的批评家，对于莎士比亚，什么也不能说明。莎士比亚是怎样一回事呢？回答就是：因为他的作品不是意识的作出来的，"——因此、他的作品常有不能解决的问题，用去古往今来许多学者的多少光阴还是不能把他们弄清白，其实是根本弄不清白的，因为我们是意识的——而他却是非意识的。因为他是非意识的，所以在形象上有些地方显得凌乱、不一致"。这样，碰到《仲夏夜的梦》一类的作品，也只好认为是幽默剧，或是超人类趣味的抒情的浪漫剧，或者竟或断为呓语、梦话，如此了事。

可是，莎士比亚是否就是这样一个简单的人呢？果然这样。莎士比亚为我们尊崇

① 原载《文艺杂志》1945年第1期，发表时名为《莎士比亚理解》，收入《艺术的理解》，作家出版社1958年版和《吕荧全集》（著作卷·下）时，文章名为《莎士比亚的诗》，见《吕荧全集》（著作卷·下），安徽教育出版社2021年版。

的伟大，就只有文字技术上的意义而已。但是，可曾经有过任何一个平庸的经验主义者，以偶然的感想，以无意识的描写，以幽默或呓语梦话，达到哲学的深思，汉姆莱特的典型或《仲夏夜之梦》的诗境，成为艺术大师的么？

在现实的世界里，没有一桩伟大是偶然的，在艺术创作上，也没有任何伟大是偶然的。

莎士比亚的时代（1564—1614），在英国，那是资产阶级兴起封建世纪没落的时代，用恩格斯的话来说，那是一个“损毁了一切旧社会的联系，并且动摇了遗传下来的观念”的时代，“这是给从来人类不曾经历过的伟大进步的转变”。

生活在这样的一个时代中，莎士比亚——是矛盾的也是有限制的；他向往新的时代，然而，却是从旧的社会生长出来的。确实，在莎士比亚的作品里，浓布贵族趣味的踪迹，资产阶级生活观念的阴影，表面上一看，只能说是一个“为了牟利”与“博得赏识”因循平庸的作家，并且是“根本弄不清白”的。

然而，在这一切阴影中，虽然模糊，虽然隐约，如果我们不以懈惰的平庸的理解为满足，至少在诗的意象上，可以看到一个，历史地社会地来说，代表人的觉醒的革命的人道主义者的形象。

这形象是莎士比亚真正的内心，也是他思想的本质，这形象在初期作品中比较朦胧，愈到后期就愈明晰，这一形象的发展是贯穿莎士比亚全部作品的线索。

正是在这一意义上，莎士比亚方才突破他的阶层意识的局限，展望最远的诗，与当代伟大的诗人和战士，与现代人民世纪的我们，有了交流的可能。也在这一意义上，我们才能进一步理解，为什么直到十八世纪末年，莎士比亚在英国不仅没有殊荣，甚至于被认为还低于他同时的剧作家如般·蒋森（Ben Johnson，1573—1637）等人。

作为文艺复兴时期（Renaissance）伟大的人文主义者代表之一，“真正的人”的觉醒意识的戏剧家，莎士比亚在他的作品里，深深地坚持着人、人的生活、人的命运的意义，这坚持不是表面的形式的，而是深刻的内心的。正像普希金所说的，莎士比亚的悲剧的目的在“人和人民、人的命运、人民的命运”。而且，“这是为什么莎士比亚是伟大的，尽管有完成上的不均，疏忽、残缺”。

莎士比亚的作品，尤其是喜剧和悲剧，是以诗人诚挚的生命和思想的光来烛照的。在那里明晰地表现着戏剧家莎士比亚的界限，也表现着人文主义诗人的理知。[①]

---

① 莎士比亚学者A.斯米尔诺夫（A. Smirnov）写过一篇辉煌的研究——《论莎士比亚及其遗产》。斯米尔诺夫的论文主题在莎士比亚思想根底的阐明，思想界限的规则，为理解莎士比亚开了新道路，文中对于历史剧研究甚详，对于喜剧和悲剧则致力较少，尤以喜剧亦然。

在作品里，诗人首先猛烈地明确地写着他对封建制度的攻击。

《马克伯斯》里，一出场，在雷电交作的荒野里，走出三个女巫，这三个预言人的命运和行为，“隐秘、黑暗，属于午夜的丑婆子”，以她们做引导，开始马克伯斯的悲剧。

在剧里（第四幕），当她们在地穴中央，用“癞虾蟆的毒质，水蛇的精肉，水蜥的眼珠，田鸡的足趾，蝙蝠的毛，狗的舌头，蝮蛇的舌叉，蛇蜥的针，蜥蜴的腿，猫头鹰的翅膀”。还有“蟒的鳞，狼的牙，女巫的干尸，贪得无厌的咸海里鲨鱼的胃和食道，在黑夜里掘起的毒芹的根，渎神的犹太人的肝，山羊的胆，日蚀割下的紫杉的枝子，突厥人的鼻子，鞑靼人的嘴唇，娼妇在阴沟里生下，才生就被闷死的婴孩的手指”，这一切丑恶中的丑恶，放在一锅加火熬煮，用“老虎的肚肠”，做“作料”，用“狒狒的血液使它冷凝”，炼成那些“血腥、纵欲、贪婪、虚伪、狡诈、冲动、作恶，沾染着每一种叫得出名字的罪恶”的东西，进行她们所谓的“没有名字”的事情。这时候，马克伯斯来了，一个女巫说：

我的指头刺痛了一下，
有一个凶恶的东西来了

在诗中，这三个“丑婆子”是人的现实世界中血腥、纵欲、贪婪等等罪恶的象征。[①] 血腥的马克伯斯，在她们炼成的“东西”当中，只是一个所谓“凶恶的东西”。在作品里，除他之外，诗人还写了许许多多其他的“东西”，而这些，都是“天生伟大”，或者“成为伟大”，或者“无意中变为伟大”（《第十二夜》三幕四场）的人物，这些人物高高在上，统治着世界，决定人和人民的命运。所以，不是偶然的，在这些人物的生活中心，也在诗人的戏剧中心，交集是如此复杂的各色各样的谋杀、篡位、逆伦、乱伦、复仇、阴谋、毒害、争斗，甚至就是在所谓“魅人的皆大欢喜的”他们的喜剧里，常常也不比悲剧里面较少人的丑恶和悲痛。

当然，在诗人的剧里，这一切并不是如此显明地揭示出来的，甚而至于在外形上，尤其常常在结尾、在插曲上，还起伏着贵族趣味灰暗的余波。可是，在内心里，虽没有与他的阶层割断，却决非偏狭平庸的市民阶层所能臆想的，瞩望着更远之处的诗人，从这样的意识出发，更进一步就是：载着这些“东西”的船，应该在《暴风雨》中，在雷火、电光中，破碎、沉没，变换一个面目。

而在英国，这个面目诚然是在变换着，资产阶级代替封建贵族兴起了。

---

① 在这一意义上，所以这三个女婆子只是女巫，而不是仙女。

可是，变换了之后，那些新的人物又是怎样？诗人的认识是——在《凡隆纳的两个绅士》（*The two Gentlemen of Verona* ）中间，伴着正直勇敢的瓦伦丁（Valentine）的，是那个狡猾奸诈的勃罗修斯（Proteus），还有一个懦怯自私的"富有的驴 "修里欧（Thurio）；在《威尼斯商人》里，和正直善良而且慷慨好义的安东尼欧（Antonio）同行的，是那个鄙吝凶残，抛弃了爱、同情、良心，只有攫取金钱和利息的夏洛克（Shyiock）。而且，不仅勃罗修斯做出了什么忘恩负义的罪恶，他还是被再一次接受了"诚实的友谊"，依然是一个"绅士"，并且占有了朱丽亚（Julia）的挚爱。尽管夏洛克整个的灵魂都出卖给了金钱（这魔鬼），如狼狗一般凶残的人，最后还是允许他，甚至于还强迫他，"变成一个基督徒！"……

在这样的世界里，人是怎样生活着的呢？

这样几乎是沉痛的（决不是诙谐！）在《如愿》（*As Yon Like It* ）里，那个躺在阳光里晒太阳，却被杰克斯（Jaques）叫做"傻子"的，这样地回答他。说了一篇生命的故事：

不要叫我傻子，除非老天爷给了我财富……
现在十点钟；
这样我们就可以知道，世界怎样的在变迁。
九点钟的时候不过是一个钟头之前；
而过一个钟头就是十一点了；
如此，一头钟又一个钟头，我们成熟又成熟，
于是，一个钟头又一个钟头，我们老朽又老朽；
并且这样就是一个故事。

（《如愿》二幕七场）

这故事是怎么回事呢？这故事是：

世界不过是一个舞台，
所有的男男女女都是演员；
他们全有出场和入场；
每个人入场都演许多的戏文，
他的表演分作七个时期。
最初是婴孩，在乳母的怀里啼哭，吐奶。

然后是呜咽的学童，背着书包
和朝霞一般红润的脸，蜗牛似的拖着脚步
懒懒地上学校去。
然后是情人，像火焰般叹息，用悲伤的歌曲
献给他的爱人的眉毛。
然后是兵士，满口奇怪的咒语，留着络腮胡子，
爱好荣誉，动不动就要打架，
寻找虚浮的名誉，
甚至于寻到大炮的口里。
然后就是法官，鼓着漂亮的圆肚子，里面装满了阉鸡，
带着严厉的目光和剪得整齐的鬍髭，
满口智慧的格言和时行的例证；
他就这样的演着他的戏文。
第六个时期变成功一个羸瘦的拖鞋的老丑，
鼻梁上架的眼镜，身边挂着钱袋；
他的年青时的长袜，收藏得很好，
现在套在皱缩的小腿上面却嫌太大了；
他的粗大洪亮的声调，又变得孩子似的尖细，
就用这样的声音他高谈而且阔论。
那最后的一幕，
结束这个奇怪多事的历史的，
是第二次的童年，糊糊涂涂——
没有了牙齿，没有了目光，没有了口味，没有了一切。

（《如愿》二幕七场）

这生命，对于"真正的人"是太悲哀、可怜、昏暗而且愚蠢了。

人，在文艺复兴思潮全新意义上的人，他们的世界和生命，将永远地如此么？这一切，是怎样来的？由于命运，还是由于自然的大力？

在《如愿》里，诗人约略地回答了：不，命运与自然却没有力量。[①]

---

① 关于这个问题，《如愿》值得加以研究。

那末，这一切，将决定于谁呢？诗人的进一步回答是：这一切将决定于于人，决定于人的意志。

为什么《仲夏夜之梦》要叫做“梦”？那“梦”，不明白的是爱，是生？在那里，人演出了爱的抗争的喜剧，然而却有一个小仙勃克（Puck）的手，参与人的命运，在最后，勃克唱道：

> 你只当在这里假睡过
> 那时这些景象方才出现。
> 而这个模糊无谓的题旨，
> 仅仅只是一梦而已，
> 先生们，不要责备：
> 如果你们原谅，我们将要补救。
>
> （《仲夏夜之梦》五幕）

勃克是有力量补救的。所以在“梦”里，爱人们终于在他的帮助之下得到了胜利，完成了生的喜剧。底米特里厄斯（Demetrius）把对赫米亚（Hermia）的爱归之于海仑娜（Helena）；雅典的大公希修斯（Theseus）也对海米亚的父亲宣布“我决意阻拦你的意志”，准许这两对情人的婚姻。（四幕一场）并且在“梦”的结尾，自然的精灵（小仙们）对人和世界，对他们的子孙歌唱，人间的精灵（勃克）也对人们预约了祝福。

这勃克以及这个“梦”，诗人借了织布工人包吞姆（Bottom）的口说道：“我做了一个梦——尽了人们的智慧也说不出是一个梦——倘若人们企图解释这个梦，那么他只是个笨驴而已。”（四幕一场）正有诗人——明智的人文主义者——对“笨驴”们的警告，这个梦以及梦中的精灵，决不仅仅是“一梦而已”，当有更深的内容。

勃克，从诗人理知深处化身出来的精灵，他有诗的象征的意旨。①

这精灵在诗人底天鹅的歌《暴风雨》里，更强有力地现出身来。《仲夏夜之梦》里的勃克只是一个良善的人间小仙，隐在“实际上就是名叫罗宾好人”（Robin Good fellow）

---

① 这是一个诗的理解的尝试。单由勃克来看，虽然不能肯定这个理解的意义。但是，当勃克又在诗人大声疾呼他的“人道主义政纲”的《暴风雨》里，以更大的力量与更强的形象出现的时候，勃克和梦就显出和诗人后期悲剧中心题旨的诗的联系，当然，这联系比较隐约而且遥远。《仲夏夜之梦》，诗人大约终于1593年至1595年，在诗人的生活上，写作上，那只是初初的起点，所以一切的意象变得模糊，光影朦胧。至于“学者们”的高见，有的以为是宗教气味的剧，有的以为是超人类趣味的浪漫的抒情诗，有的竟武断为“呓语、虚言”，这是难以同意的，因为他们只说到形式，而没有触及内容。

的精灵的名下;《暴风雨》里爱里尔(Ariel)就是一个明明白白的勇敢精明、神通广大的“命运的使者”,他主持着惊天动地,惩恶扬善的义举。普罗斯勃罗(Prospero)的善的波涛,只有经过他的手,才能溢过那些国王大公“污塞着污浊的理知的恶的高岸”。不仅这样,爱里尔还有更深的内容,勃克虽然听仙王奥伯隆(Oberon)的指挥,他却是一个相当自由的“夜的游荡者”,但是爱里尔则失去了自由。他要在正义和平完成之后,善克服了恶之后——在《暴风雨》的收场,当普罗斯勃罗复得了他的公国的时候,爱里尔方才获得自由。

在《暴风雨》里,不仅爱里尔要求自由,想望着“骑往蝙蝠的背上追逐夏季”,在枝头垂垂的繁花之下快乐地过活的日子,就是普罗斯勃罗,在最后也感人至深地祈祷着,要求自由。这原是十分悲痛的呼声,但是在一个“丑即是美,美即是丑”的世界里,以封建与黄金为砖石建筑起来的世界里,负着历史与生活重负的人及其意志,是不自由的。

这不自由的人及其意志的阴影,笼罩着莎士比亚的悲剧。这在表现文艺复兴期的人反抗封建制度及其宗法道德规律,争取人的爱情自由的《罗米欧与朱丽叶》里,直接地显露,在《汉姆莱特》《奥赛罗》《李尔王》《马克伯斯》里就深刻而隐藏,这意旨指引莎士比亚后期的悲剧走向现实世界中人的悲剧性格的绘画,人的诗。①

汉姆莱特,一个纯正的人道主义者,有一颗善良智慧的心,本是“最高度地适于摄取一切生活的欢乐与美丽”(A.斯米尔诺夫),但是生在一个卑鄙奸恶虚伪的世界,而且陷在复仇的网里:父亲被害,母亲变节,又正嫁给害死父亲的篡位者。汉姆莱特是英武的,有复仇的力量,但是他是善良的,“他的意识中没有一种以个人残杀的手段来复仇的迫切感觉”,他悲痛、犹豫、审慎、准备、迟疑,决心是下了,但是不能意识地举起杀人的剑来,虽然那是复仇的剑。直到最后,狡恶的克劳第斯(Claudius)的毒手也伸到他身上来的时候,他才在一种正义的而不是私怨的愤怒中,一剑刺穿在克劳第斯的身体。这正对照着另一个复仇者李尔特斯(Laertes),在他复仇就是复仇,原是十分简单的事。汉姆莱特的性格掘发得愈深,他的人道主义者的形象也愈辉煌,他的悲痛因而也就愈深。

奥赛罗,一如斯米尔诺夫所说,“完完全全直到他的骨髓,是一个新人,在其宇宙观方面说也好,甚至在其‘传记’方面也好”。他的人道主义的形象透露在爱的光辉中,由于他和黛斯德孟娜(Desdemona)纯真地也至深地爱着,他的妒嫉和悲痛也就愈深;由于

---

① 通常,对于莎士比亚悲剧的理解,是把它和诗人的思想中心隔断了来看的。有些学者们,完全认为莎士比亚只是一个不自觉的、非意识的作家,平庸的经验主义者,一笔抹杀了他的思想。有些观念论的批评家,以为是自由意志的悲剧。进步的批评家,指出这是性格的写实的诗,这原是真实的,但是没有指出和思想的联系。莎士比亚为什么不写观念的命运悲剧、浪漫的英雄悲剧,写的却是真实的人的悲剧?是什么意旨指引着他的?这是我们希冀进一步探讨的。

他的真挚正直和英勇，奸恶才有施展毒计的援手，这在"人"，是最大也是最深的悲剧。

正由这样深远的全新的"人"的理知，才能有对现实世界整个的生活形态：王位、继承、名望、财富、虚伪的爱和友谊的否定(《如愿》二幕七场)，才会一再沉重地重复："世界不过是一个舞台，其中每一个人都扮演一个脚色。"①才有这样的识力，宣布"世界是个大牢狱"，"一个壮丽的牢狱"，"乞丐是本体，专制的帝王，高视阔步的英雄是乞丐的影子"(《汉姆雷特》二幕二场)。在《威尼斯商人》里，诗人才把给予一个基督教的小姐鲍西亚(Postia)的美德，"机智，美丽和忠诚"，同样地也给予了犹太人的女儿杰西加(Jessica)，于是那个威尼斯的商人。犹太人夏洛克，成为一个社会的典型。因为《威尼斯商人》中的"犹太人"着重不在信仰犹太教的种族，着重是在那个信仰着金钱以及由交易获得正当的利益——"利息"的阶层，于是在剧的结尾，有纯正的诗的喜剧的趣旨，"犹太人"夏洛克也变成了一个"基督徒"。

与这样的理知关联着的，是黄金的悲剧《雅典的泰孟》；是他在天鹅的歌《暴风雨》里净化的纯诗的意象；在善的国土，通过爱里尔的掇引，人与人——菲迪南(Ferdinand)与密兰达(Miranda)——作纯真的会合，这时他借冈扎罗(Gonzhalo)的口，半呆半傻地唱出自由共和国理想的歌：

在这个共和国里我要相反的
实施一切事情；因为任何种类的贸易
我都不许；没有官吏的名目；
学问不许知道；富，贫，
雇用役使，一概没有；契约，继承，
界限，地界，耕作，葡萄园，一概没有；
不用金属，粮食，或者酒和油；
没有职业；所有一切的人全都闲散；
女子也是如此，只有天真和纯洁；
没有君主——
万物自然地产生，
不用辛劳或者苦力：背叛，重罪，
剑、矛、刀、枪，任何种类的兵器，

① 一见《威尼斯商人》一幕一场，安东尼奥语。一见《如愿》二幕七场，杰克斯语。

我都不要；只让自然自然而然地孳生，
一切丰富，一起充裕，
养育我的天真的人民。
我要治理得如此完美，先生，
还超过那黄金的时代。

（二幕一场）

然而，这一切，虽然如此，却没有得到更明确的进一步社会学的结论，而且，也没有能与那些质朴的灵魂，哲学家和诗的歌唱者，由于社会的畸形，不得不"跌在愚蠢里，污损了聪明"（《第十二夜》）的傻子、小丑、市民、工匠，以更大的意义。虽然《汉姆莱特》里出现了"掘墓者"，但是空洞而且模糊，并且在加里本（Caliban）身上，听得见有责备抗争的人民的声音。[①] 这，与以罪恶者的悔改做剧的结局一同，是英国社会革命的协调性的历史的反映，也是莎士比亚的界限。

于是，这样：在莎士比亚的剧作中交织着复合的理知的光和影，在剧作过程上起伏着剧与历史、剧与生活、剧与诗的结合形态的波动，以及深入的思想性的特质。

从《维纳斯与阿东尼斯》（*Venus and Adonis*）到《罗米欧与朱丽叶》《仲夏夜之梦》《威尼斯商人》，到《如愿》；到《汉姆莱特》《奥赛罗》《李尔王》《马克伯斯》，到《暴风雨》，现出诗人在时代的阳光与风雨中发展的过程。

诚然，在莎士比亚的早期作品中满盈着欢乐，到后期就显出忧郁与哀伤，但是这决不是说诗人从生活退却了才写他的悲剧，反而是，更深入也更深藏了。"这——那句名言'与生活协调'，一般资产阶级莎氏研究所乐于称道的，而在我们的眼中看起来无非是一种相当的妥协"，实际上，不管社会情况的转化怎样重大，"在莎士比亚著作全部领域

---

① 关于加里本（Caliban），狄纳摩夫（Dinamov）在苏联版《莎士比亚全集》的序里，提到高尔基在一封回答青年问题的信里说到加里本，"加里本的性格使我想起了泰勒（Walter Tyler），他是英国的拉辛。加里本又叫我们联想到一些专门叫老爷们食不甘味的捣乱鬼来。"狄纳摩夫觉得："高尔基认为莎士比亚创造这个人物是对英国人民为自由斗争的敌视的表示。可是莎士比亚是英国人民底诗人，而不是英国人民底反对者。他底伟大就正在于虽然对人民底争斗抱了否定的态度，依然却表现了时代的前进的思想，不甘心做一个旧的封建的英国底撒谎的辩护者"。高尔基的见解和狄纳摩夫的解释，都是真实的。加里本，诚然是英国的拉辛，不过，这个加里本是一个女巫的儿子，这个"两眼发绿，作恶多端的女巫"，大约也是《马克伯斯》里女巫的姊妹之类，所以她的儿子是这样一个愚蠢、无知、粗野、奇丑的怪物。在诗人，这怪物很可能是当作一个代表愚蠢无知的欲望的化身来看的，所以才有那么严峻的痛恶是声音。莎士比亚在他的剧里，向来都以温情的微笑来写工、小丑等人民形象的。就是在这个怪物身上，我们也看到有人民的勤劳、忠诚与朴质，在他高歌"自由呵，美哉！美哉，自由呵，自由……"的时候（二幕二场），我们觉得也有同情的微温在的。当然，这里有非常之大的历史与社会观点限制，诗人让加里本做了普劳斯勃罗的奴仆，斥责他的抗争，却不知道他原来应该是主人。

中，在其所有三个时期中，他的宇宙观的基本特点及其风格始终没有变动。这便是战斗的革命人道主义的特点……”（A. 斯米尔诺夫）

诗人的剧，那是从思想的海中，更深地，从争战的现实生活的海中升起的诗，正如浩瀚无涯的海洋，汹涌冲击着，说着永恒的语言。

通常“学者们”仅仅认识莎士比亚是深广的，这是不够的。在莎士比亚的时代，本质上他是战斗的，唯其他是战斗的，他才能够深广。观念论的学者们肯定莎士比亚悲剧的中心意识有两种，一种是“命运的悲剧”（fate tragedies），如《罗米欧与朱丽叶》，另一种是“自由意志的悲剧”（free will tragedies），如《汉姆莱特》《奥赛罗》《马克伯斯》《李尔王》等，剧中的人或因意志的薄弱（如汉姆莱特），或因意志的错误（如李尔王、奥塞罗），或因良心的负咎而意志颓落（如马克伯斯），演出他们的悲剧。但是在实质上，诗人既不相信命运，也不相信自由意志的。意志并不是超然独立的存在，意志是属于人的，人则生活在一定社会之中；意志有它自身的活动，但是它总是人的意志。所以在《罗米欧与朱丽叶》里，如果有“命运”，那就是封建社会中被决定人的命运。而马克伯斯的残酷，李尔王的专横，以及他们的不安与苦痛；这是在一定社会生活中被决定了的形象的人的悲剧。

莎士比亚的悲剧中心决不是神性论的“自由意志”（free will ），以自由意志做人格中心，这是中世纪遗留的基督教的观念[①]。莎士比亚如果只是一个资产阶级的作家，很可能接受这个理论，写点市民道德的伦理剧就满足了。但是以莎士比亚对人物性格绘写广大与深度看来，显然是超出这种庸俗的主题之外的。在伟大的人道主义者，他的悲剧是人的诗，他的人的理知的憧憬是——全新的人性论的“意志自由”（freedom of the will ）。基督教的自由意志是上帝授予的，一切都可以假上帝之名而行，实际上宣传维护反动的封建统治的定命论思想，意志自由要人在善克服恶的世界里才能达到，包含着民主主义者“自由意志是大自然的自由”，乃至社会的自由的思想。正如巴尔扎克在二百多年以后所说，“欧洲，特别是法国，用了两世纪来争论自由意志，为了到达引起摆脱宗教的信仰自由。信仰自由通到了政治自由”。而“自由意志、信仰自由、政治自由。它们的表现就是革命”（“杂论”之四：“自由意志”）。莎士比亚的这一憧憬显示着与封建统

---

① 法兰西斯派的（Franciscan）哲学家约翰·斯考特斯（John Dnus Scotus，约 1265—1308）第一个发扬这个观念。约翰·斯考特斯认为人有自由意志，其根源在于上帝有自由意志。上帝创造这样的宇宙，这样的人，这是上帝的自由意志。即以人的道德标准而言，上帝也有自由更改的力量。如赎罪券（indulgence）可以免罪，也是一例。至于人的意志，是上帝授予的，上帝授人以完全自由的意志，可以任意选择一切，而人因受情欲的蒙蔽，在善中选择许多道路，又在恶中选择许多道路，所以人类当对自己的行动负责。意志是人格的中心。——但是，在这种主张人的自由意志的哲学里，主要的却在肯定上帝的意志，人是附庸的；并且辩护了教会的罪恶。

治教会信仰斗争的意旨，是具有社会学内涵的诗，闪耀着莱奥纳多·达·文西和米开朗基罗画幅中的光。

正以理知的非常的诗的深度，莎士比亚才能出自玛尔罗(Marlowe)①而又越过玛尔罗，成功一个"无比的更深湛而成熟的人道主义者"，以"明确与贤智"对立玛尔罗的"盲目自发的冲动"(A. 斯米尔诺夫)，以更巨大的宽广与锐利的目光，更深入客观的真实之中，以人的悲剧盖过玛尔罗的英雄的悲剧。

正是这样，诗人越过资产阶级意识的范围，展开非常广阔的界线，与我们的现代有了交流的可能。

在当时，当诗人在资产阶级世纪和封建世纪争流的海，汹涌的英国十六世纪中，被激荡的思想的波涛洗洁白了生命，带有黎明的天宇的彩色和深广，还有暴风雨的清新，从喧嚣苦暗的时代的海上升起，这时候，在人间笼罩着昏黄的光芒，这光芒不但掩映着诗人所来自的海，甚至也映照在诗人的身上。然而诗人的大智慧的深奥的眼睛看到，这不是人的世界的太阳，黎明。所以诗人歌唱的，是争战的大海的歌，而不是弥漫资产阶级世纪的黄金的光芒的歌。

一九四四年十二月

① 玛尔罗(Christopher Marlowe，1564—1593)，英国无韵诗及悲剧的创造者，如斯米尔诺夫所说，"早年夭寿的英国文艺复兴期的绝世天才，在其著作中表现了初期资本积累时代正成长起来的英国布尔乔亚的伟大憧憬"。他的悲剧都是"具有强烈性的激情的"英雄悲剧。

第八编

莎学书简

莎学书简(7)

杨林贵　李伟民　戴丹妮

【编者的话】

《中国莎士比亚研究》(《中国莎士比亚研究通讯》)已经连续五辑刊登出《莎学书简》。2023 年,杨林贵、李伟民主编的《云中锦笺——中国莎学书信》也已经由商务印书馆出版。但在这之后,我们仍然不断收到、发现一些"莎学书简",故我们仍将继续刊发这些"莎学书简"。

"莎学书简"刊出后就得到了很多学者的好评,纷纷撰文予以肯定和好评,强调《莎学书简》这些第一手资料的出版在外国文学研究界、莎学学界本身就是一个具有承前启后性质的创举,以及含有的重要的文献历史价值。《莎学书简》的出版已经在莎学界、外国文学比较文学研究领域引起了很好的反响,许多读者表示从这些珍贵的书信中可以领略到中国莎学顽强、卓越跳动着的脉搏,从中看到莎学前辈为了中国莎学的发展呕心沥血拳拳之心,特别是他们那创造有中国特色的莎学,在世界莎学领域发出中国学者的声音,使中国莎学在世界莎学之林中获得应有的地位学者之心。

随着历史的演变,人们生活、通讯方式的巨大改变,可以说在当今和未来的时代,那些纸质的传统的书信会越来越稀少,也愈来愈珍贵。历史最终也会证明这一点。从这些纸质书信中,我们感受到的是历史的温度和真实而有情感的人;是普通人的喜怒哀乐以及学者的思考与思想;是鲜活而真实的人。从这些书信中,我们感受到历史沉重的足音,触摸到历史烁金的温度。为历史留下记录,为当下留下真实,为未来留下今天,为中国莎学璀璨的星空留下真情的记录和那些已经定格的远去身影,这就是我们编纂《中国莎学书简》的初衷。这些"书简"表面上看是写给某个人的,但是联系起来全面地审视,我们认为这些"书简"的文学研究价值、莎学研究价值、史料研究价值绝不仅仅局限于此,因为从这些"书简"中我们能够清晰地感受到 20 世纪,特别是 20 世纪 80 年代以来中国莎学顽强有力跳动着的脉搏。

刊发这些"莎学书简"本身就带有抢救莎学研究史料的意义和学术价值。需要特别说明的是，由于这些“书简”均为手写体，“书简”的提供者提供的又是“书简”的复印件，即使是原件，由于时间已经过去了30多年或10多年，有些字迹已经很难辨认，凡是一时难以辨认的字迹均以“□”代替。感谢“书简”提供者无私地为莎学界提供了这些信函.据本书编者掌握的材料来看，还有大量的“书简”没有来得及录入，相信假以时日，我们还会陆续刊发这些书信，为21世纪中国莎学的进一步繁荣与发展做出我们应有的贡献。

武汉大学外语学院英文系①：

欣闻武汉大学外语学院英文系即将于11月中旬召开莎士比亚学术研讨会，举办一次莎士比亚戏剧表演，谨致以热烈的祝贺：莎士儿亚的伟大既建立在他的作品的思想深刻性上，也建立在他的戏剧艺术的普及性上，我们演莎剧，要尽量忠实于莎士比亚，防止取貌伤神。不要用中国戏曲的现成手法表现文艺复兴时期的形象，改编一定要严格忠于原著的精神，艺术形式上要有民族特色，不随便增添情节和人物。要通过演出实践和不断进行的论争来提高改编和表演莎剧的水平。中华莎学的一个最显著的特色就是在发展中进行论辩并在论辩中取得进步。敬祝你们的学术研讨会取得圆满成功！

中国莎士比亚学会 方平

2008年8月

① 2008年5月，武汉大学的戴丹妮博士指导武汉大学学生演出的《哈姆雷特》获得了“中国大学莎士比亚戏剧节”金奖、最佳男主角奖和最受观众欢迎奖等多项奖项。按照组委会的规定获得“金奖”的参赛团队，由组委会出资，可以受邀前往英国伦敦、牛津大学、剑桥大学和莎士比亚的故乡斯特拉福等地访学。当我们在上海国际机场转机时，专程去看望了中国莎士比亚研究会会长方平先生，听取他对中国莎学研究和莎剧演出的意见。我向方平先生请教了有关莎学研究与莎剧演出中，如何既反映文艺复兴时代的人文主义精神，又能在中国文化的语境中展现中国艺术特点等问题。在匆忙的拜访中，我们与方平老师相谈甚欢，方平先生那平易近人的学者风范和学术大家的谆谆教导回荡在我的胸间，至今还令我久久难忘。同时我也诚挚的邀请他能够拨冗参加2008秋季由武汉大学主办的国际莎学研讨会，方平先生非常遗憾地说，因为身体的原因，他已经不能参加我们的国际莎学研讨会了。但是，为了表示对会议的支持，他马上动手给我写了这封信，对我们即将召开的会议表示祝贺。在信中表达了他对中国改编演出莎剧的态度，“我们演莎剧，要尽量忠实于莎士比亚，防止取貌伤神。不要用中国戏曲的现成手法表现文艺复兴时期的形象，改编一定要严格忠于原著的精神，艺术形式上要有民族特色，不随便增添情节和人物”。这封信表明了老一辈莎学学者对改编莎剧所持的严谨态度以及对某些改编的批评。仅仅一个多月后，2008年9月29日方平先生就溘然长逝。这封信也许就是方平先生留下的最后一封信了。谨以此信的发表纪念方平先生诞辰103周年。（戴丹妮、李伟民）

李伟民老师：您好！

您的邀请函收到了，我立即找我们系的主任和系总支书记汇报。他们俩都很支持本人到贵地去参加莎士比亚与英语文学研究学术研讨会。本人是83—84年去厦门大学文学院作为访问学者学习，主要学习 Richard Poser Chaoe 教授开设的《莎士比亚作品选读》和 Hellen Stanley 教授开设的《英国诗歌欣赏》等课程。在国内第一次接受有关莎士比亚作品的教育，开始学习莎氏作品，我从此一发不可收，回本院后。就孜孜不倦地学习《莎士比亚全集》原文，它是我外甥从美国寄到中国的 *The Complete Works of Shakespeare*。从此以后，我写的论文都与这两门课程有关，例如《莎士比亚何以对"黑色"有种特殊感悟?》《世界文学艺术的两座文峰》《青出于蓝而青于蓝》《战胜死亡的强光》以及英国诗歌欣赏的论文，例如《白朗宁(夜与晨)赏析》《济慈的(夜莺颂)和(希腊古瓮颂)赏析》等，并且开设了十二年的《走进莎士比亚——莎士比亚戏剧精解选读》，共培养了十二届学生共821人。让这些学生走近莎士比亚，了解莎士比亚。

我把《莎士比亚何以对"黑色"有种特殊感悟?》寄给中国莎士比亚研究会常务副主席张君川教授，他老人家很仔细阅读后，给我回信。狠狠批评我，教育我，要好好研究莎士比亚，而不要轻易地对莎士比亚说三道四。我又寄给他老人家两篇论文:《青出于蓝而青于蓝》以及《战胜死亡的强光》。收到这两篇论文后，他回信鼓励我说:"在社会上较少人研究'阳春白雪'之际，你却孜孜不倦钻研莎剧，实在佩服。"他说现莎剧研究后继者少，如你能承认他是老师，他愿教我继承我们的事业，为了扩大眼界，将介绍我参加中国莎士比亚学会，他还说如能在福建成立莎士比亚研究会则更好！我于1989年10月加入"中国莎士比亚学会"并且联合厦门大学、集美大学、华侨大学以及各地区9个师范学院的外语老师组成"莎士比亚研究组"。我任组长，厦门大学的蔡师雄以及泉州师专(现师院)郭景云为副组长。

我还在课余时间研究莎士比亚十四行诗，并于1999年10月出版了《莎士比亚十四行诗专论集》，是由中国国际广播出版社出版。并把十二年来培养821个学生走近莎士比亚的教材内部出版为《莎士比亚选读》发给学生使用。序言是由厦门大学原研究生院院长、哈佛大学博士后、杨仁敬教授写的(内部使用没有公开出版)。据杨仁敬教授指点，此书不可以《莎士比亚作品选读》的书名出版，而应该改成《走近莎士比亚——莎士比亚戏剧精解选读》，因为我编著的书的内容没有莎剧原文，而只是戏剧精解而已。与会时，我会带几本《莎士比亚十四行诗专论集》《莎士比亚作品选读》带到会议上给您等人，供您等批评指导！

我还给会议带篇论文《莎士比亚十四行诗研究综述》，我第一次发表在《喀什师范学院学报》2001 年第 3 期里。后来我的英文版发表在中国香港、泰国首都曼谷举办的世界华人艺术大会及泰国/香港国际交流会上。

这篇论文在那届国际交流评选活动中，荣获国际优秀论文奖。并得到世界华人交流协会、世界文化艺术研究中心颁发的奖状与证书。(顺便把其复印件以及邀请我与会的请柬复印件)寄给您，到时请查收！由于我每周要上 10 节课的“走近莎士比亚——莎士比亚戏剧精解选读”，因此，不可能参加那次会议。

但这次会议。我一定不会错过。现在把这篇论文的中英文版，也寄给大会参考，到时也请您查收！

《走近莎士比亚——莎士比亚戏剧精解选读》现在已经被院领导批准准备正式出版了，现在本人正在紧锣密鼓地作准备，估计年底会对外公开出版。由于原来的《莎士比亚作品选读》是内部使用，所以我在里头附加了一系列插图，但一旦公开出版后，可能这些插图，就要毫不犹豫地删掉了，不然就会犯侵权的错误了！先此搁笔

此致

敬礼！

愚友　苏天球敬上

2006.3.8

伟民兄：

钟老师告诉我：专家意见主要从“学术价值、文化价值和出版价值”几方面来写。

麻烦您了！

陈才宇

2016.10.15

关于朱生豪、陈才宇译《莎士比亚全集》

朱生豪先生翻译的莎士比亚戏剧，是译学的经典，浙江工商大学出版社出版以朱生豪译文为底本的《莎士比亚全集》，具有新的意义与价值。全集的校订和补译工作由陈才宇教授一人完成，有效地克服了以往多人参与校补所导致的风格不一致的现象；全集直接根据朱生豪译莎手稿进行校订，修改和补译部分用不同字体显示，既维护了朱生豪译文的权威性与真实性，也为莎学和译学的研究提供了便利。

陈才宇教授是一位治学严谨的古英语文学专家，又是一位优秀的译者，对莎学研究已有20年的积累。他的译文取法朱生豪，也以明白晓畅见长。由他完成朱生豪译文的校补工作，使朱译经典得以完璧，在我国翻译史与莎学研究史上不失为浓墨重彩的一章。浙江工商大学出版社严谨的编辑、精良的校对、典雅的装帧，也是值得赞许的。

本人由衷推荐朱生豪、陈才宇合译的《莎士比亚全集》参加第四届中国出版政府奖图书奖的评选！

中国莎士比亚研究会副会长　李伟民

2016.8.30

伟民同志：

你六月十六日手书阅。惠赠"莎学"研究成果两部，亦同时收到，深表感谢，定当认真拜读。拙作只是为保留一点地方戏材料，谈不上什么价值，能为你用，则不胜荣幸矣！

不知你和刘鸣泰同志联系上没有，他的剧作选（其中有据《威尼斯商人》改编的《人肉案》）寄你没有？另你还可与演出此剧的湖南省湘剧院艺术室负责人黎女士联系，她可以为你提供《人肉案》的说明书和剧照。最好写封信，只说是我介绍的，她会支持的。

我想拜托你一件事，因我在校注原中国戏曲研究院资深研究员黄芝冈先生日记（1938—1970），记的主要是戏曲和民俗学方面的内容以及1938—1946年他在重庆参与的人文方面的活动（如毛泽东到重庆谈判会见各界人士，黄先生是被邀之一），都记有地点；另外，由于日机轰炸，常住郊区小镇。因此，我想得到一张重庆地图作参考，如文化旧市场有老地图买则更好。此事不在急上，便中帮我就是，先致谢忱。黄先生是长沙人，与田汉同学，和我有师生之谊，故揽了此事。

老朽痴长几岁，说不上什么"前辈"，我们交个朋友吧！望时相联系，我们也可在网上交流（邮箱号码见上信所附名片）

专此，并祝

编祺！

范正明谨致2011

伟民先生：

您好！

拙稿承蒙考虑发表甚感！

附上我的简介：中国莎士比亚学会会长、国际莎士比亚协会执行委员、香港翻译学会荣誉会士、上海译文出版社编审、(曾任)上海作家协会理事、北京大学客座教授、青岛大学客座教授。

贵刊经费如不够充裕，拙稿稿费请移作订阅贵刊，聊表支持。

编安

方平

2004.7.24

李伟民先生：

十分高兴收到大作《梁实秋与莎士比亚兼谈梁译本》，以及附寄的一些资料。

我是梁的不才学生，有幸蒙他提携，以致能成长还能在海内外做了一些事。他一生不做官，无政党支持，但慢慢见到他的努力与才华，得到敬重。(您所写的论文就是明证)，让我终于觉得放心(七十过了的人总有一些离去前想要见到或完成的事。)我终于有机会去沙坪坝一行，结识你等。您认识华东师大陈子善，我出过相当多梁在1949年之前发表的“佚文”(都在台北出版了)，是梁师在当代的知音。在我和他联络之后，我自愧，一定要他参与编刊“二周年纪念”的集子，如果您有意，我们竭诚欢迎，说不定您的“贡献”会是最多的，这也会是(如果成了)明年我在四川的重要收获。

我在墨尔本和香港都不常在家，但重心将慢慢转回墨尔本(我一生住得最长久的地方是墨尔本)，香港中国语文学会是我的老地盘(我们在参与《语文建设通讯》的编写)，邮、电等寄来，本会转到我手中的(我已定12月14日回墨尔本过圣诞及新年)。匆此即祝。

安好

胡百华敬上

6/12/2003

李伟民先生：

谢谢寄来两文，我上星期四刚从墨尔本回来，即忙于编务，到现在才回复您寄来的文字，请原谅。

筹印小说的工作并不顺利，我打算依靠的陈子善教授，由于种种原因，未按照预期的展开拉稿和筹稿，我现在只好用别的办法弥补我个人想进行的一些事。不过，这次的构想得到您及美国周策纵的支持，也收获极好。

谨此匆复

安好

胡百华

2004.3.3

伟民兄：

感谢您的承诺，言出必行，可敬！

寄来的《柔蜜欧与幽丽叶》以及《光荣与梦想：莎士比亚在中国》已经收到了，再谢。

关于版权问题，我想演出时也不用麻烦，因为我只是拿来参考，提到我的著作吧？很失礼，我是空白的，没有出版过任何作品。请原谅，很高兴认识阁下。我深信在未来的日子，我们必会在戏剧世界里再遇上的，请保重。

祝新年进步，身体健康。

愚 麦秋 字

2011.01.19

伟民兄：

近好！

大作《中国莎士比亚批评史》收到，谢谢。兄笃于莎学多年，治学勤奋，笔耕甚勤，时有佳作见于报刊，让我等一睹为快。今去高校，天时地利，又连出专著若干，可钦可佩。

今年，我亦换了单位，与兄同为教育界同行矣。此后，更望多多联系，多多关照，多多交流。

即颂

文祺!

李祥林

2006.11.2

伟民教授仁兄:

您好!

寄来《中国莎士比亚研究通讯》2011 年第 1 期已经收到,刊物编得太好,内容充实,信息量大,值得保存,谢谢您的辛劳。贵刊已成为全国莎学研究者的唯一刊物。

我已搬了新址:杭州市 xx 北路 xx 号(浙大西溪校区 xxx 苑)

邮编:310012

宅电:0521-8883xxxx

来此函谢,并祝

大安!

任明耀草复

2011.9.13

李伟民教授惠鉴:

大函及介绍四川外语学院莎士比亚研究所小册子均已收到。捧读之余不由对你们研究莎士比亚的成果,敬佩不已。

对你的大名早已如雷贯耳,觉得我们曾在武汉大学莎士比亚研讨会上见过面,你在中国研究莎士比亚领域是实力派的研究专家,学术研究的丰富和质量之高,是站在最前面的,从年龄上讲你正是中年,精力充沛,活动能力、组织能力之强得到大家的公认,你的前程灿烂,值得庆贺的,也是我们学习的榜样。

想我研究莎士比亚,时间不长,过去"左"的路线,严重束缚了我的手脚,不敢写论文,不敢发表自己的独立见解,等到粉碎"四人帮"以后,我已垂垂老矣,改革开放以后,我想急起直追，但已经来不及了，那时我在杭大中文系开设外国戏剧和莎士比亚的选修课。我只想在莎士比亚的领域有所成就，可是岁月不饶人，我虽有很好的规划，可是我被一道命令退休了，退休以后我仍想继续研究，但毕竟只是夕阳余晖，“夕阳无限好，只是近黄昏”，我已 93 岁高龄，终将就跨入 94 岁高龄，来日不多。我的精力不够，只好封笔养生了，我寄你的《求是斋文存》是我最后一部著作，其中也选用了少数几篇代表性的莎学论文，蒙你给予好评，实不敢当。青出于蓝而胜于蓝，这是正常现象，今后我要多多向你们年轻人包括中年人学习，拜你们为师了。有人对我说能将钱锺书、李健吾等大师的书稿保留下来，也就功德无量了。由于工作关系，我和一些著名学者有一些书信往来，向他们请教。我爱好收藏名家的书稿，即编文稿“关于书信那些事儿”，已经表达了我的观点。现在年轻人不写信了，只发 e-mail，这样下去，如何得了，我面对现实，无可奈何！

我随想随写，文迹潦草，语无伦次，请你见谅！专此函复，并祝

羊年大吉，著作丰收！

关于浙江工商大学出版的《莎士比亚全集》我不打算买了，我已无能力翻阅了，该校党委书记蒋承勇教授（杭大中文系学生）是著名外国文学学者，著作很多。

93 老人任明耀草

2015.2.11

李伟民先生赐鉴：

上次收到你的新文，十分高兴。你在莎学研究方面作出了不少贡献，令人赞扬，我当即给你写了回信，谅早收到。

你在前信中提到准备为商务印书馆主编一本《中国莎学文集》，这一设想非常好。中国学术研究也应走向世界，让世界也了解中国莎学研究，成绩辉煌，不可小觑。你拟将我拙作关于《驯悍记》收进去，使我感愧不已。关于《驯悍记》的确是莎剧中的名著，值得重视。国内学者，极少提及。因此我将本喜剧的论文收入拙作《求真斋文存》中去。可见我对《驯悍记》的重视。希望出版时寄我二本样书，以扩大影响。

《中国莎学文集》以后条件成熟，可以再出二集、三集，这对中国莎学研究人员，将是极大的鼓舞。你们为中国莎学研究走向世界，迈出重要的一步，值得称赞。

现在国家对复兴民族文化十分重视，复兴民族文化有许多，其中也包括中国对外国

经典著作的研究。

你正盛年，精力充沛，著作也多。我们曾在杭州晤面，十分荣幸。我已年高 94 岁，精力日衰，难以有所作为，希望寄托在中青年学者的身上。

余不多言，敬祝

羊年大吉，身体健康，再创辉煌。

94 老人

任明耀上

2015.3.9 于浙大

李伟民老师：

你寄来的邀请函早收到。一来不知道能不能写一篇文章，二来不知道是否让我去(因我要参加桂林广西师范大学的比较文学会，社里只允许一年参加一次)，就一直拖着没有回信。后来罗益民来电话，说他和你接了头，他们学院也参与，让我最好参加。这些天，写了一篇文章，一并寄给你看看，行不行，需要怎样改进，以便为你们的会议增点贡献，希提意见。

说来很不好意思，我这样学英语又编辑莎士比亚译著的人，关于莎士比亚写的东西太少，不像你那样勤奋，专注，写了一大本书，《光荣与梦想》，名字都这样好。真应该向你好好学习。

前几天又收到电子科技大学寄来的邀请函。

随信寄去我的一本小书，欢迎你批评。

编安

苏福忠

2006.5.20

伟民同志：

寒假结束，你回校了吧？

寄来的材料收到了。非常感谢。来信说立即去成都，所以到今天才回信。

北海莎会你大概也是设计人之一吧？我打算去，文章（不是论文）已经写成，e-mail史璠同志了。

专此即致

敬礼！

孙法理

2008，元宵后一日

伟民同志：

回执寄来。

论文踌躇不定。身边有别的工作，一时抽不出时间细想。想问一个问题：

通知称：大会的主题是“莎士比亚与英语文学研究与教学”。

但议题里完全没有英语文学研究。我在思考的可能的题目里有可能不涉及莎，而只谈英语文学。

请回答一下。是否还会有别的人搞非莎话题。

专此即致

敬礼

孙法理

2006.6.12

伟民同志：

您好！

《中国莎士比亚研究》征稿函与“专辑”早已收到，并于六月初复函，暂拟选题：“选择、综合、超越、创新——讲授莎士比亚研究课程的感悟”。估量近日你可收悉此函。

关于“广告”，我明日送交编辑部，并催促聂刊发于《外国文学研究》2006年第1期。

嵩此布复　顺颂

近祺

王忠祥

2006.元.14

李主编：

如晤！

大作《中国莎士比亚批评史》收到，谨表祝贺和感谢！

您赐予我校学报的论文，我已关照编辑部尽早刊登，可望明年三月份出刊，今后还望不吝赐稿。祝

事业顺达！

安徽大学

华泉坤　敬上

2006年11月25日

李老师：

您好！

惠赐大作，已经收到，十分感谢，并当仔细拜读。大著将莎学研究汇于一册，实属难能可贵，向您好好学习。

这些年来，虽每年都为研究生讲些莎剧及十四行诗，但没有像样的文章发表，正是这原因，我愧于您主持、组织召开的莎会。后曹老师（上戏）来信，寄了些材料给我，得知贺祥老等多位前辈参加，很是抱憾，失去这一相聚的好机会，下次再争取吧，但愿下次会议将在嘉兴市开，那一定会参加的。也欢迎您有机会来校玩。

即颂

大安！

朱炯强

2004年10月26日

请代向蓝仁哲老师问好！

伟民先生：

大札悉，祝您学丰力健！

田蔓莎已调任上海戏剧学院之戏曲学院副校长。有机会时我将你的意转告，如能到则更好，为会议添彩。

我的手机 1398057xxxx

严福昌

4.29 草

伟民先生赐鉴：

惠书及大作已仔细拜读，深感先生对白屋诗人的研究，颇有成果，既钦佩，又感激。

对于把先父列为“学衡派”的诗人，有些人还具不同的看法。如贺远明先生就认为先父与雨僧伯父在诗歌创作上有不同的主张。他还准备写篇论文，阐明其理由，这个问题，的确值得研究。

不久前，得泾阳马富明先生来信，告知“陕西吴宓研究会”基本陷于停顿的状态。他未说明原因，而对成都“吴研会”则倍加赞赏。这与先生的大力支持和宣传也是分不开的，谨此向先生表示感谢。

匆此，即贺

撰安！

吴汉骧敬上

2004 年五一节于家

伟民先生：

通告已收到。谨此向先生表示最诚挚的祝贺。

调来川外，正是施展先生才华的好地方。

先生是国内研究莎翁的著名学者，在此可获得更多的资料，还能更上一层。爱好莎翁著作的同事，对进一步更深层次的钻研定有帮助的。

西南师大外语系的孙法理先生（先生曾在西安会见过）也是研究莎翁并翻译莎剧的学者，不久前受到重庆市文联的表彰和奖励，先生可同他多联系。先生虽调来重庆，仍希先生对成都“吴研会”给予最大的支持，我是非常感激的。

匆此，即祝

撰安！

不知夫人同来否？

向她问好。

吴汉骧 敬上

2003 年 3 月 20 日于永川

伟民友：

您好！

谢谢惠赐《光荣与梦想：莎士比亚在中国》。仅读目录与后记，已觉受益匪浅。上月因突患高血压、脑出血住院救治，所以出院后才收到您的大作，连自己获“首届中国戏剧奖理论评论奖”也不能亲往海口市领奖。

对于莎学研究，我仅仅是通过您的一些文章，会能通过您的大作系统地有所认识，实为一件幸事。我想，对于我的川剧剧种研究也会大有裨益。

结识您非常荣幸。待我身体完全康复以后，一定细读并学习您的成果。

遥祝编安！

周企旭　敬上

2006.11.10

伟民先生：

收到大作《中国莎士比亚批评史》论著，十分感佩！我只知道您对莎氏有研究，发表了许多论文，而现在居然捧出如此煌煌专著，着实吃惊，你对莎氏作了系统研究之后的成果，我粗略浏览，获益匪浅。惭愧的是，我虽学戏剧，但对莎氏粗浅了解，实对你悉心钻研表示钦佩！一定抽时间为之拜读学习。

上次莎研会，十分不巧，我回家处理家事，让曹树钧向你请假表示歉意。

有机会来蓉时一见。我 8 月份去了重大，为我校的一个电影物色该校电影学院学员做演员。你校与重大不远吧？

顺颂，教安，编安！

严福昌

2006.10.23

李伟民兄：

您好！2003 年 3 月 12 日大函收悉，因忙，迟复为歉！

首先，恭喜您调入我的母校——川外工作！恭喜您孜孜不倦地在研究莎士比亚的工作中所取得的成绩和巨大进步！

其次，感谢川外院刊编辑部多年来给我邮寄院刊，使我倍感亲切，深受教育和鼓舞！我于 2003 年 12 月退休，请以后转寄院刊至以下地址：

100013 北京和平里 xxxx 园 xx 号院 x 号楼 xxx 号 周陵生 收

我依然很忙，帮商务印书馆编辑加工《牛津高阶英汉双解词典》等类图书。

欢迎到北京来找我！十年未见面的老朋友、老乡、老校友！

最后，祝工作顺利、身体健康、万事如意！

周陵生

2004.8.30 于北京

伟民兄：

寄来的两册《中国莎士比亚研究通讯》收到，十分感谢。兄把我这篇序文放到头篇刊出，令我有些惶恐，但也足见兄鼓励莎译与莎学创新之意。我也希望能不断听到中国莎士比亚学者传出独特的中国声音。我注意到，这也是伟民兄这些年大量论述中不断呼吁的莎学研究方向，也是兄在此期《通讯》中所说的“中国气派，中国形式和中国风格”的方向。您的“莎学书简”栏目创意十分地好，让我了解到老一辈莎学家的莎学情怀和治学精神。

必康

2018.3.10

必康兄好！

收到《中国莎士比亚研究通讯》总七期，我就放心了。老兄的见解很独特，采用仿词的形式翻译莎士比亚十四行诗，也特别有新意、别具机杼、别开新生面、别具新形式、别具新方法，让读者别生新感觉。试想，如果仍然按照原来的形式翻译，在已经有十多种十四行诗译本的基础上，跟进，意义会大打折扣；创新是艰难的，需要学习、研究的地方很多，甚至也可能是不成功的，但是，是非常有意义的。我甚至以为，我们对老莎研究作出贡献，也要为我们自己的文化的传播作出贡献。而这种贡献跟在别人后面跟跑是一种方法，有时也是必须的；但弘扬我们自己的文化，利用我们自己的文化长处，从另外的方向到达目标也是好的方法。英美人士甚至也是在这一点上佩服我们的。正如毛主席所说，你打你的，我打我的，都是使莎学更为丰富，也在这种研究中建立了对我们自己的丰富灿烂具有五千年优秀文化的自信。

伟民

2018.3.11

敬爱的李教授，您好：

1. 附上我1999年在英国曼彻斯特完成的戏剧博士论文的中文译本，想请您为《莎士比亚在台湾》的出版写序，出版时会再加上一篇《台湾莎士比亚童书翻译史》论文，还有一篇我在九〇年代访问台湾当时制作导演、莎剧导演的访问稿，是第一手资料，有些导演已离世，是非常珍贵的档案，请您务必考虑为此书的出版写序，谢谢您！

2. 敬爱的李教授：我是1993年考上公费留学“戏剧学门”全额奖学金第一名，1994年去英国曼彻斯特大学攻读戏剧博士；我毕业时英国曼彻斯特大学的指导教授本来也帮我在英国找好出版社要出版，并答应要帮我写序，是我自己发生了一些事情，错过那么好的机会！其实英国的教授也是很看重我，在我求学期间（1994—1999）整个戏剧系只有我拿到博士学位，英国学生也没能顺利毕业，更别提其他国际学生，求学期间，虽然我有台湾的奖学金，但每年指导教授又给我系上的所有奖学金，这只是要说他看重我的程度！

3. 这本书对台湾莎剧的贡献是全方位的研究：莎剧演出（京剧，话剧，小剧场，前卫剧场等等）只是其一，还有莎士比亚翻译，莎学研究（中国到欧美影响），论深度与广度，从未有一本论著如此兼具，也开启《莎士比亚在台湾》的书写规模与面向！

谢谢您的提携与鼓励，第一篇投稿就被录用，谢谢您！

陈淑芬

2018.3.11

陈老师好！

收到改了称谓的信。首先祝贺你的大著即将出版！大陆对台湾莎学了解不多，你能完成这个艰巨的任务，可喜可贺！得以使中华莎学补成全璧。我愿意为你的大著写序，不知时间是否有要求，我也要认真把您的发来的材料读了，消化消化。

李伟民

2018.3.11

陈老师：你好！

昨晚及今天早上匆匆翻阅了大著，有些疑问，我以涂黄的形式供你参考。

1. 书中谈到，1865 年莎氏的名字进入中国，恐是笔误，老说法是 1856 年，戈宝权先生的说法；后来我及别人，提出：林则徐组织人翻译《四洲志》1836 年出版，就已经出现莎氏的名字。

2. 文中提到张常信的名字，而且引证较多，说他翻译了《好事多磨》，引证他的翻译观点，不知从何而来，张常信，是否是张常人之误，我研究过张常人的译本，错误不少，已经发表好几年了；或是两个人；因为我看到后面引用了他的硕士论文。

3. 李修国，可能是李国修之误。

4. 夏承焘缺一字。

李伟民

2018.3.11

李老师好：

彭镜禧教授和我合编的豫莎剧《天问》（改编自《李尔王》），应邀参加中国豫剧节，将于9月3日（日）7：30—9：30长安大戏院演出。敬邀　莅临指导。

若您刚好在北京且有空观赏，烦请　赐覆需要一或二张贵宾票，我们会请剧团准备。届时请提早至戏院前台取票，我们也会在现场恭候。

期待您的光临！

敬祝　平安喜乐！

陈芳

2017.8.2

李老师好：

非常谢谢您！

年初我去美国UCLA宣读了一篇论文，若不嫌弃，现在稍作修正，可以提供给《四川戏剧》。但有一点须先说明：该文虽然并未正式发表于期刊，但其中第一小节讨论“误读理论”者，与另一篇拙文《创造性误读：凝视清代“葬花”戏》（见《红楼梦学刊》）相同。因为若缺乏这一部分的论述，也说不清楚“北梅南欧”的“葬花”戏。请您酌审是否适合刊登？若可，我再把word档传过来。不论如何，都很感谢您喔。

敬祝　平安如意！

陈芳　敬上

2016.6.25

李老师：

您好。

彭教授和我合编的莎戏曲《天问》(from _King Lear_)11/27—29 即将在台北戏剧院首演，援例我们同步出版中英合体剧本书(如图示)。届时再奉寄，请指正。

这次承蒙北大电影艺术所总监 Mr. Joe Graves 作序《绝望之歌》，不知可否刊登于《中国莎士比亚研究通讯》，以分享同道？谨附上中、英文稿，以备清览。若蒙选录，不胜感激。

敬祝　教安

陈芳 敬上

2015.11.5

台大彭镜禧教授与台湾师大陈芳教授合著的戏曲《背叛》，系改编自 Professor Stephen Greenblatt 和 Charles Mee 的美国话剧《卡丹纽》(*Cardenio*)，属于哈佛大学"卡丹纽计划"之一环；也是一出关于"失传"莎剧的 12 个不同国家之改编演绎与诠释。2013 年台湾莎士比亚学会(TSA)成立时，曾由文化大学国剧系首演。2014 年第一届亚洲莎士比亚国际研讨会在台北召开，由荣兴客家采茶剧团推出客家大戏版，并于同年 10 月 17 日，配合全球客属恳亲大会，在开封河南大学演出。今年 8 月，荣兴客家大戏版的《背叛》荣获"传艺金曲奖"最高奖项"最佳年度演出奖"和"最佳传统表演艺术影像出版奖"。能从数千件作品中脱颖而出，非常难得。评审一致认为：演员表现成熟，唱作俱佳，戏剧张力足够，为近年改编国外剧本演出之佳构。舞台、灯光、音乐、服装设计，及演员利落的身段与传统唱腔的运用，对于来自西方名剧之诠释相当完美。

陈芳

2015.8.4

伟民兄：

好的，应该支持一下期刊的莎学兴趣，特别是人家向你约稿，但我现在手头没有现成稿子。他们打算什么时候出？我看看是否能及时改出一篇。

《中国莎士比亚研究通讯》编辑很好！你费心啦！可以考虑给日本学者发，起到一定对外宣传作用，不过那个所谓的亚洲莎学会通讯只发一些简短的消息。

我这边事情结束，周五回德州。保持联系。

林贵

2016.6.15

林贵：你好！

感谢回复，确认。这两天我又有些犹豫了，因为去英国开会，手续繁杂，资金也要准备一些，我有些犹豫，因为想到，对我个人来说，可能收获有限，总之还有一些考虑的时间。北大会议的时间也已经出来了。今年有关老莎的会，吾国实际上已经有 4 个了，遂昌、你那里、上戏、北大，看到老外演莎剧有机会，我个人在国内研讨亦可发挥长处。以愚见，中国这样的阵势，可说是在英国之外，掀起了纪念老莎的又一中心，当然我信息不灵，不知其他地区是否还有这样的阵势。前段时间亚洲莎协发来一组活动文字图片，我正让学生看。有何信息，还望及时告知。

伟民

2016.3.3

伟民兄：

你在这样重要的时间代表大家为中国莎学说话，莎学同仁都要谢谢你！

上次发给你的"总编序言"除了你指出的几处需要修改，还需要加一句话：第六段，倒数第七行，加一句话："辜正坤得到特别邀请，与一位英国学者共同主持关于莎士比亚十四行诗的研讨会。"

这里说明一下为什么需要增加这句话。在我写前言时，国际莎士比亚学会还没有决定让辜正坤合作主持。关于莎士比亚十四行诗的研讨组是国际莎士比亚学会的保留题目，所以小组主持也必须是学会执委推荐并经过大会组委会全体讨论决定最后人选。我推荐的初衷是出于增加中国莎学在国际莎学圈可见度的考虑。我还不是国际莎士比亚学会执委时，也是被推荐在第九届大会(2011 布拉格)主持了一个研讨会，到那时为止我是唯一一位在这样的会议上应邀主持的中国学者，孤军战斗。但这届大会我不能主持，因为我也是大会组委，参与研讨会提案的审议和主持人的推荐，是服务员和"裁判员”，就不能当“运动员”了，所以不能主持。但我希望中国学者的队伍壮大，除了已经认可的两位青年学者北大的郝田虎和清华的刘昊（他们是自己提案，我帮他们修改并推荐合伙人，讨论入选时我把他们从边缘推到了前面），我觉得还应推荐更多中国学者。现在这个主持人的任命经过几轮讨论已经公布，所以应该在我的序言相应提到。特此说明。

上戏方面从不同渠道跟我联系，希望我来搞定国际院团和报告专家的事，既然戏剧节的计划已经定下来，我就尽力玉成，毕竟对中国莎学是好事，而且反正我也要搞一次国际莎学论坛，正好资源共用。我正着手动员国际专家。

春安！

林贵

2016.6.8

林贵：你好！

来信收到，是的，北大的会议可能有变化。上戏宫老师那里的会议时间是 9 月 11—18 日，但正式消息还没有。届时他们那里还有一些上戏自己的活动。与他们的时间同步很好。会议通知还来得及刊载在《中国莎士比亚研究通讯》上，《通讯》我打算 4 月份出版后，带到遂昌会议。你的会议可以和上戏的会议分别通知，因为合起来协调就比较麻烦。我这里有一些人的地址，到时可以转他们，让他们直接与你那里的组委会联系就是了。你那里组委会再通知一些，估计就差不多了。当然，作为活动，可以与上戏协调的，就是各自的通知上都包含双方的内容也可行，不过就要看上戏宫老师的意愿了。

昨天给你发邮件后又看到，戚叔含、颜元叔的名字有误，我已经涂黄。

伟民

2016.1.29

李老师您好！

转眼已是四月天，看您在西湖惬意品龙井，真是让我羡慕不已。我最近刚刚完成了一篇关于台湾莎剧百年历史的文章，不知论述得是否恰当，还请李老师多多给予指导！

我报名参加了五月末在马尼拉召开的亚莎会年会，这是我第一次出国参加国际会议，在丹麦错过了2016年的莎会，很是遗憾。这次去体验一下亚莎会，我本来提交的论文摘要是关于莎士比亚戏剧表演与中国英语教育的，在联系到陈怡伶之后，我换了一篇莎剧改编的论文，想参加她和日本学者一起组织的莎剧改编小组讨论，结果会务组毫无理由地给我分到了莎剧翻译讨论组。这也许是我最后一次参加亚莎会了，真无奈。回来之后我会进一步向您汇报此行的收获与感受。

祝李老师身体康健心情好！

学生：孙宇

2018年4月7日

李老师好！

感谢老师的夸奖和建议，我会继续努力的。在写这篇论文的过程中，我有幸得到张冲老师的指点。张老师这学期在厦大做客座教授，讲授莎士比亚课程，我每周都去听课，受益匪浅。张老师也给我讲述了亚莎会的成立始末，并对杨林贵老师在国际莎学所做的成就给予高度评价，并指导我写论文一定要注意表达立场。我此行去参加亚莎会的目的就是想去看看他们都在做什么和规模如何，其实我最想了解的是陈怡伶和两个日本学者对于莎剧进行的日本漫画式改编，她现在也在组织撰写台湾莎剧史专著。台湾莎学资料在大陆很难找，只有深入台湾莎学内部才能拿到第一手资料，好在我的论文也得到了彭镜禧老师的认可，并且得到他一直以来的支持。

感谢您对陈淑芬老师的支持，她现在对于向大陆期刊学报投稿很感兴趣，说明她已经完全倾向于与大陆莎学靠拢，但愿在她的积极投稿下可以提升大陆莎学界对台湾莎学的研究兴趣。希望我此行能有所收获，到时再向您汇报！

祝好！

学生：孙宇

2018.4.9

【书信提供者】杨林贵，东华大学外语学院教授，博士，中国外国文学学会莎士比亚研究分会副会长，主要从事莎士比亚研究。

李伟民，四川外国语大学莎士比亚研究所教授，中国外国文学学会莎士比亚研究分会副会长，主要从事莎士比亚研究。

戴丹妮，武汉大学外国语言文学学院副教授，双剧影视文学博士，中国外国文学学会莎士比亚研究分会副秘书长，主要从事莎士比亚戏剧与演出研究。

【作者更正说明】《中国莎士比亚研究》第6辑中《文艺复兴时期作品的编辑出版与〈浮士德的悲剧〉的版本变迁》一文第69页两处“琼生编辑的对开本”表达错误，特此致歉！正确的应为：“琼生作序的”或者“约翰·赫明斯(John Heminges)和亨利·康德尔(Henry Condell)合编的。”

简　讯

莎士比亚、中世纪与文艺复兴文学研究国际研讨会召开

浙江大学　邵慧婷

2024 年是莎士比亚诞辰 460 周年，朱生豪逝世 80 周年。为了纪念中西方交相辉映的两位文豪，2024 年 9 月 20—22 日，经批准，莎士比亚、中世纪与文艺复兴文学研究国际研讨会在浙江大学紫金港校区召开，由浙江大学外国语学院中世纪与文艺复兴研究中心（CMRS，Zhejiang University）和中国外国文学学会莎士比亚研究分会（简称“中莎会”，The Shakespeare Association of China，SAC）共同主办，由浙江大学—耶鲁中世纪与文艺复兴研究合作计划、浙江大学社会科学研究院、浙江大学外国语学院等共同资助。本次研讨会聚集了英国、美国、加拿大、日本、新加坡、中国等海内外顶尖莎学家、知名学者 110 余人，汇集了英国、韩国、中国、马来西亚的硕博研究生约 70 人，其中不乏来自英国剑桥大学、伦敦国王学院、伯明翰大学、开放大学、美国耶鲁大学、哥伦比亚大学、乔治·华盛顿大学、日本杏林大学、韩国成均馆大学、新加坡科技设计大学、马来西亚博特拉大学、台湾大学、香港中文大学、香港浸会大学、香港恒生大学、澳门城市大学、北京大学、清华大学、浙江大学、复旦大学、上海交通大学等多所世界顶级名校的学者和研究生。会议成果丰硕。

21 日上午，莎士比亚、中世纪与文艺复兴文学研究国际研讨会开幕式在浙江大学外国语学院董燕萍院长的主持下正式拉开帷幕。董燕萍院长介绍了与会嘉宾，包括耶鲁大学戴维·卡斯滕（David Kastan）教授、伯明翰大学迈克尔·多布森（Michael Dobson）教授、哥伦比亚大学艾伦·斯图尔特（Alan Stewart）教授、乔治·华盛顿大学亚历克莎·艾丽斯·朱宾（Alexa Alice Joubin）教授、日本杏林大学 Yoshiko Kawachi 教授、英国开放大学妮古拉·沃森（Nicola Watson）教授、厦门大学乔纳森·麦戈文（Jonathan McGovern）教授、台湾大学邱锦荣教授、南开大学/南方科技大学王立新教授、北京大学黄必康教授（中莎会会长）、北京大学辜正坤教授（中莎会前会长）、东华大学杨林贵教授（中莎会副会长）、四川外国语大学李伟民教授（中莎会副会长）、西南大学罗益民教授（中莎会副会长、重庆市莎士比亚研究会会长）、河北师范大学李正栓教授

(河北省莎士比亚学会会长)、南京大学从丛教授、上海外国语大学王岚教授、河南大学高继海教授、中央民族大学朱小琳教授等。浙江大学发展委员会副主席兼国际联合学院党委书记何莲珍教授发表致辞,她简要回顾了从马可波罗到司徒雷登等西方文化名人与杭州的因缘,以娴熟的英语和诗的语言展示了"人间天堂"杭州的魅力,并诚挚欢迎海内外来宾莅临美丽的西子湖畔共话莎翁,研讨学术,将中外文学发展推至新的高度。中莎会会长黄必康教授在致辞中指出,本届研讨会主要探讨中国的莎士比亚研究,未来的莎学研究将带有中国文化印记,"中国的莎士比亚"汤显祖将与莎翁携手并进。他期待和与会代表一起,在美丽的杭州和绽放的大自然中共享盛会。

紧接着迎来六位海内外著名莎学家的主题发言。首场主题发言由南京大学从丛教授主持,她介绍了三位英美莎学家的简历和著作,并对发言进行总结。国际权威莎学家、耶鲁大学戴维·卡斯滕教授率先发言,他提出"(为什么)我们关心莎士比亚?"的问题,虽然莎士比亚在文学界像泰勒·斯威夫特(Taylor Swift)一样流行,但很多政治家并不关心莎士比亚。莎士比亚切切实实地出现在我们的生活中,引导我们对很多问题进行多元思考。国际著名莎学家、伯明翰大学迈克尔·多布森教授则通过观察世界各地万神殿石柱、学院楼、图书馆、名人居住地建筑物上的雕塑、公园雕塑等,总结列举了与莎士比亚同样重要的各界杰出人物,例如但丁、歌德、席勒等。他特别提及了浙江工商大学、广东外语外贸大学的莎士比亚雕像、上海鲁迅公园中的莎士比亚及世界文豪等,尝试探索莎士比亚在其同时代人中的地位和影响力。哥伦比亚大学艾伦·斯图尔特教授的发言主题为"莎士比亚以前的戏剧",探讨莎剧中的"戏中戏",参照《仲夏夜之梦》《哈姆雷特》《托马斯·莫尔爵士》中的场景,重新探讨商业剧院产生之前及莎士比亚诞生前的戏剧模式。

黄必康教授主持了第二场关于"全球和中国莎士比亚"的线上主题发言。乔治·华盛顿大学亚历克莎·艾丽斯·朱宾教授发言的主题为"全球莎士比亚的终结"。她运用福柯提出的"异托邦"(heterotopia)理论,探索莎学研究和莎剧表演在跨文化中的另一空间。台湾大学邱锦荣教授回顾了百年来"莎士比亚十四行诗的中译",试图探讨在中、英两种截然不同的语境里如何转换、演绎十四行诗,译者如何维持诗句的韵律和意义之间的平衡。北京大学辜正坤教授讨论的是"中国莎学研究理路框架",提出"莎士比亚研究的玄—元—泛三领域",探讨"什么是学术研究的大格局?"。他指出玄—元—泛三个研究领域构成一个互根、互构、互补、互彰的莎士比亚研究理论和方法系统性框架。

21 日下午,22 场分论坛顺利开展,议题丰富多彩,从莎学研究方法、翻译研究、跨文化研究、莎士比亚喜剧、悲剧、历史剧、莎剧改编、莎剧中的政治、莎士比亚教学与表演、中世纪与文艺复兴诗歌戏剧研究等角度进行多层次、多维度、高水平的学术报告，其中不乏诸多新颖议题。与会者在分论坛报告了他们最新的学术成果，得到同领域杰出学者的点评，促成与会者高参与度的学术对话，达到学术交流的目的。

22 日上午，又迎来了两场主题发言。第三场主题发言由西南大学罗益民教授主持。英国开放大学妮古拉·沃森教授的演讲主题为“物化莎翁”，探讨莎翁为什么四百年来名气不减，列举了江西抚州、艾冯河畔斯特拉特福镇、威斯敏斯特教堂等地的莎士比亚文化遗产，回顾了“莎士比亚”文化遗产发展史上的四大重要事件。英国皇家历史学会会士、厦门大学乔纳森·麦戈文教授探讨了《一报还一报》中的请愿问题，指出莎士比亚利用“请愿”完善他的戏剧情节主线，从而阐述了“法律”和“正义”的主题。浙江大学沈弘教授分析了《亨利五世》中亨利向法国公主凯瑟琳求婚时的双语对话，展示出莎士比亚的语言魅力，反映了英语史上英语取代法语成为上层语言的历史背景。

最后一场主题发言由幽默风趣的李伟民教授主持。南开大学王立新教授回归到欧洲文学渊源，探索希伯来神话的特质、文本、观念与意义。河北师范大学李正栓教授介绍了邓恩的生平，分析邓恩诗歌中“圆”和“三角”的意象，解读邓恩的共同体思想，阐明诗人对整体统一和内部和谐的追求。中山大学王瑞雪副教授对 16、17 世纪最流行的古希腊作家欧里庇得斯传记书写《生平》与其他来源做出比较，以折射罗马帝国至拜占庭时期欧里庇得斯的接受状况。

研讨会闭幕式由浙江大学高奋教授主持。中莎会副会长、东华大学杨林贵教授在总结发言中指出，作为主题为“新时代国际传播背景下中国莎学的发展方向”的中莎会年会，本次盛会让我们了解了中外莎学最新发展动向和研究成果。最后，本次会议主要组织者、浙江大学郝田虎教授发言。他认为，本次研讨会参会热情高、协作程度高、学术水平高、国际化程度高，内容丰富多彩，他还表彰了本次大会的会务组成员和志愿者。

20 日晚，中莎会在浙大外院青荷咖啡吧举行了理事会。随后，“与莎翁相约”烛光诵读会由武汉大学戴丹妮副教授主持进行。诵读会笑声迭起，世界和中国著名莎学家欢聚一堂，共同演绎莎翁和中西文学片段。教授们变身演员和歌手，献歌、献唱、献演、献诗，他们自创诗朗诵、莎剧表演、莎版“鸿雁”、hip-hop 版十四行诗等表演形式，无不激情澎湃。诵读会现场精彩纷呈，高潮迭起。

21 日晚，第二届“友邻杯”莎士比亚学生戏剧节决赛在临水报告厅展开激烈角逐。大学组和中学组演员都呈现了精彩表演，《麦克白》剧组穿着具有科技感的现代服装，也有不少剧组将中国元素融入戏剧中，如中国戏剧中的帷幕、厅廊和服饰等，在鲜活的表演中重新解构又建构了“莎士比亚”。

本次国际研讨会汇集海内外莎士比亚、中世纪与文艺复兴文学研究领域近200位学者，协同中莎会、南京大学高研院、友邻优课、北京大学出版社、外语教学与研究出版社、译林出版社等多方力量，在浙江大学中世纪与文艺复兴研究中心教师、学生及浙江大学多个学院志愿者紧锣密鼓的筹备工作下、与会者高度的参会热情中、各方学者在台风天“暴风雨”也无法阻挡的学术赤忱里迎来圆满成功，得到参会者的热烈响应、认可、感谢和赞誉。大家期待在“海内存知己，天涯若比邻”的情谊里迎来中国莎学研究、中世纪与文艺复兴文学研究的学术新发展乃至世界莎学的新进步。

复旦大学外文学院“今日中国莎士比亚研究”学科周特邀论坛顺利举办

复旦大学　金小盟

2024 年 4 月 23 日，复旦大学外文学院“今日中国莎士比亚研究”（“Shakespeare Studies in China Today”）学科周特邀论坛在外文楼隆重召开。本次学科高端学术论坛由复旦大学外国语言文学研究所所长、特聘教授桑德罗·荣格（Sandro Jung）组织筹备，英文系青年研究员拉塞尔·帕尔默（Russell Palmer）、英文系讲师陈文佳主持。

此次论坛邀请到四川外国语大学教授李伟民（中莎会副会长、《中国莎士比亚研究》主编、国际莎学通讯委员会委员）、西南大学教授罗益民（全国英国文学学会副会长、中莎会副会长）、东华大学特聘教授杨林贵（国际莎士比亚学会执委、《世界莎学文献》国际编委），以及来自校内外的专家学者、出版机构 60 余人参加了此次莎学研讨。

会议伊始，复旦大学外文学院院长、英文系教授高永伟向到场专家学者和师生表示热烈欢迎。高永伟表示，复旦大学素有莎士比亚研究的传统，一代代复旦外文人励精图治，致力于莎士比亚作品研究，成绩斐然，在中国莎学界具有重要影响。

随后，桑德罗致欢迎辞。他表示，此次论坛旨在了解中国莎士比亚研究现状，展望未来开展英国剧作家研究的方向。复旦大学外国语言文学研究所在已有资源的基础上与国内外莎士比亚学界建立了强有力的联系，未来，将在莎士比亚历史和理论研究、作为媒介和文本现象的莎士比亚表演研究等方向继续推进。

桑德罗的开场发言分享了对 18 世纪莎士比亚丝绸纪念画的研究。当今学界对于 18 世纪莎士比亚纪念物品的研究多集中于纪念性公共建筑，而对于经过视觉强化和转化的家庭纪念物品（比如说绘画、其他家用物品）的研究还尚不充分。18 世纪 80 年代，随着文学图片的大量出版流行，许多由女性手工艺者制作的丝绸刺绣作品开始大量出现。桑德罗着重介绍了在当时销售并流行一时的一组由女性手工艺者设计并制作的丝绸刺绣画，皆从安杰莉卡·考夫曼（Angelica Kauffman）的绘画作品《莎士比亚的坟墓》中获取灵感。考夫曼 1772 年的画作亦出现在 1782 年的家具装饰画中，并与约翰·吉尔伯特·库伯（John Gilbert Cooper）所创作的莎翁纪念诗《莎士比亚之墓》（The Tomb of Shakespear，1755）一同出现。这幅刺绣画所选的诗句被赋予了与原始、文内语境不同的意义，因为它们被考夫曼改编，用以描述想象之神芬希（Fancy）在她心爱的莎士比亚墓前撒花的场景。桑德罗表示，考夫曼的绘画是最常被改编成丝绸刺绣画的作品，并介绍了该设计在丝绸画中的跨媒介使用和文学刺绣画如何嵌入物质阅读的性别历史。

李伟民分享了对当代中国的莎士比亚戏剧研究。李伟民首先介绍了莎士比亚戏剧进入中国的时代背景和当代中国莎士比亚研究现状。他指出，在所有的域外文学家、戏剧家之中，莎士比亚是被中国人研究最多的外国作家。随后介绍了当代中国舞台上的莎士比亚戏剧演出，尤其是其从20世纪50—60年代至今的变化与发展特点。特别指出，包括话剧、京剧、昆曲、川剧、越剧、黄梅戏在内的24个剧种排演过莎剧，出现了包括京剧版《哈姆雷特》、黄梅戏版《无事生非》、藏族话剧版《罗密欧与朱丽叶》（《格桑罗布与卓玛次仁》）等具有中国文化特色的莎剧改编，这在外国戏剧改编为中国戏曲的实践中可谓是绝无仅有的卓越范例。

罗益民从哲学意义上身份的概念出发，分享了莎士比亚和英国国家身份建立的关系。罗益民指出，莎士比亚通过多种方式塑造了英国国家身份：其作品描绘了栩栩如生的文学画廊和民族身份形象的众生像；莎士比亚通过规模宏大、历史阶段完整、连续的英国史描述对英国进行了创新性的重构和重塑，形成了具有普适性和广延性的文学地图；其本人无与伦比的文学艺术形象亦成为可与“荷马”比肩的伟人形象。

杨林贵分享了对莎士比亚人文主义在中国的术语化研究，表示尤其是在20世纪80年代，中国曾掀起一股“莎士比亚热”，对所谓人文主义吟游诗人艺术产生了空前的热情，莎士比亚业已成为文学批评人文主义的热词。杨林贵指出，尽管社会转型所发挥的重要作用不可忽视，但亦存在其他突出因素影响着中国的人文主义观念和莎士比亚人文主义的内容构成，比如本土化的马克思主义思想及俄罗斯影响、中国传统哲学（如儒家和道家思想）以及各种西方文学批评理论和趋势。

“今日中国莎士比亚研究”学科周特邀学术论坛圆满结束。桑德罗以“视角、奉献”为关键词总结本次研讨会，鼓励青年学者对莎士比亚研究保持热情，不断更新，持续研究具有丰富内涵与意义的莎士比亚及其作品。本次论坛充分展示了复旦外文学院在莎士比亚研究领域的地位。未来复旦外文学院将通过积极调动共同兴趣、集结各方专家力量，打造一个跨文化、跨语境、跨媒介的莎士比亚研究平台。

重庆市莎士比亚研究会第十六届年会召开

重　莎

重庆市莎士比亚研究会第十六届年会于2024年4月19—21日在重庆邮电大学召开。本届会议由重庆市莎士比亚研究会主办，来自海内外多所高校和相关研究机构协办。数百位专家学者和莎学爱好者齐聚樱花盛开的美丽南山，就年会主题“莎士比亚：后现代之后的文本到文化”进行深入探讨。

4月20日，重庆市莎士比亚研究会第十六届年会正式拉开帷幕。开幕式由重庆邮电大学外国语学院刘世英副院长主持。在开幕式上，重庆邮电大学党委副书记许光洪致辞，重庆市社会科学界联合会潘勇副主席肯定了莎士比亚研究的学术发展。中国外国文学学会莎士比亚研究分会会长北京大学黄必康教授代表中莎会向本届年会表示了祝贺。最后重庆市莎士比亚研究会会长罗益民教授讲话，介绍了莎士比亚研究会近年来取得的耀眼的成绩。

会议邀请复旦大学教授桑德罗·荣格、美国北伊利诺伊大学杰出荣誉教授威廉·贝克(William Baker)、南京大学教授莱昂纳多·内多夫(Leonard Neidorf)、澳门大学教授尼古拉斯·格鲁姆(Nicholas Groom)、中国外国文学学会莎士比亚研究会副会长李伟民、中国外国文学学会莎士比亚研究会副会长杨林贵、上海戏剧学院教授俞建村、重庆市莎士比亚研究会秘书长史敬轩等作了精彩的主题报告。

复旦大学教授桑德罗·荣格报告的主题是《莎士比亚戏剧：阅读视觉元文本及其模式》，介绍了莎士比亚早期印刷版本中的插图文化；北伊利诺伊大学杰出荣誉退休教授威廉·贝克通过线上方式讲述了莎士比亚对历史剧中对于语气词的使用和价值；澳门大学教授尼古拉斯·格鲁姆就莎士比亚剧作中的哥特风格与大家做了精彩分享；南京大学教授莱昂纳多·内多夫分析了莎士比亚作品中的日耳曼神话元素；中国外国文学学会莎士比亚研究会副会长四川外国语大学教授李伟民追溯了江家俊教授、孙法理教授和朱达教授对重庆莎学所做的贡献；中国外国文学学会莎士比亚研究会副会长东华大学教授杨林贵讲述了莎士比亚作品中国化及中国莎学走向世界的历程。上海戏剧学院教授俞建村介绍了上海戏剧学院的莎士比亚戏剧演出的发展历程，及其背后可能存在的问题。重庆市莎士比亚研究会秘书长重庆邮电大学教授史敬轩论证了莎士比亚时期炼金术的情感生产及贸易制度。

年会专题研讨会分别就莎士比亚与古典研究、莎士比亚与理论研究、莎士比亚、国家和社会、莎士比亚技术与艺术以及莎士比亚的传播研究为主题分别进行深入探讨，来自全国各地的老师和同学们在各自感兴趣的专题中畅所欲言、交流心得体会。

作为下一届重庆市莎士比亚研究会年会的承办单位代表，重庆师范大学张军教授发言，热情邀请各位专家学者、同学们下届年会齐聚重庆师范大学。

本届年会期间，还举办了大学生莎士比亚戏剧展演及竞赛，自 2007 年首届演出以来，重庆市莎士比亚研究会大学生莎士比亚戏剧展演已举办了 16 届。展演以其个性鲜明的特色、别具一格的演出形式、精彩曼妙的演出、引人深思的戏剧内容，已经成为全国瞩目的莎剧著名赛事。本次大赛来自重庆大学、重庆师范大学、重庆邮电大学、河北工程大学、四川外国语大学、厦门理工学院、西南大学和浙江工商大学等 8 所大学的 9 个学生剧团，为全场的观众贡献了一场绝妙的视听盛宴。最后，西南大学天鹅剧社、河北工程大学毛遂剧社、重庆邮电大学戏剧社、重庆大学学生英语戏剧社荣获三等奖；浙江工商大学莎剧社、厦门理工学院厦理巴人话剧队、四川外国语大学博艺莎剧社荣获二等奖。四川外国语大学英华萃剧社演出的《麦克白》和重庆师范大学莎翁剧社演出的《温莎的风流娘们儿》力拔头筹获得本次大赛一等奖。

河北省莎士比亚学会2024年年会召开

冀　莎

2024年7月6—7日，河北省莎士比亚学会2024年年会在石家庄学院成功举办。来自河北师范大学、河北工业大学、河北工程大学等省内十多所高校的八十余名师生参与年会。

石家庄学院副校长李娟代表学校对与会专家学者表示热烈欢迎。河北省莎士比亚学会会长李正栓教授（河北师范大学）对我校举办年会表示感谢，就学会学术发展情况、莎士比亚教学与研究推进情况向与会代表和专家作了介绍。随后，中国外国文学学会莎士比亚研究分会会长黄必康教授（北京大学）、中国外国文学学会莎士比亚研究会副会长李伟民教授（四川外国语大学）、中国外国文学学会莎士比亚研究分会副会长李伟昉教授（河南大学）、中国外国文学学会莎士比亚研究分会副会长罗益民教授（西南大学）分别从中西文化比较视野下的莎学研究、新时期中国莎士比亚戏剧批评、莎剧的素材来源与创新、莎士比亚历史剧等崭新的视角为大会奉献了精彩纷呈的主旨报告。在分论坛上，国内38名莎士比亚研究学者带来了包括《莎士比亚戏剧与教学》《莎士比亚戏剧创作的场景分析》等内容的精彩报告，涵盖了莎士比亚戏剧、诗歌、作品翻译、莎剧与河北地方戏剧的对话研究以及莎剧的中国视角与中国话语等方面。年会期间还举办了莎士比亚戏剧表演比赛，来自河北师范大学、河北工程大学、石家庄学院、石家庄42中学的5组剧团参加了比赛。

附　录

《中国莎士比亚研究》征稿启事

为了进一步推动中国莎士比亚研究的发展，《中国莎士比亚研究》，面向海内外莎士比亚研究专家、莎学爱好者征求原创性的莎士比亚及英国文艺复兴时代文学艺术研究稿件。

《中国莎士比亚研究》主要集中于以下研究方向：世界莎学研究、马克思主义莎学研究、莎士比亚总体研究、莎士比亚戏剧研究、莎士比亚悲剧研究、莎士比亚喜剧研究、莎士比亚历史剧研究、莎士比亚传奇剧研究、莎士比亚十四行诗及长诗研究、莎士比亚戏剧改编研究、莎士比亚舞台、莎士比亚翻译研究、莎士比亚与同时代作家研究、莎士比亚宗教研究、莎士比亚教学研究、中国莎学家研究。

为了保证《中国莎士比亚研究》本着“宁缺毋滥”的原则，以学术质量为第一前提，请勿一稿多投。来稿格式请参照本书“注引格式”撰写，并请作者仔细校对，尤其是对文中的“参考文献”和“注释”（应区别“参考文献”和“注释”，并在页脚和文尾分别显示）。

文稿包括中英文标题、中英文内容提要、中英文关键词、正文及参考文献。来稿请附作者信息，包括：姓名、性别、籍贯、单位、职称、学历、主要研究方向和主要成果。以及联系方式，包括：详细通讯地址、邮政编码、电话、手机、电子邮箱，以便在编辑文稿时随时联系。来稿可控制在15000字左右。本书不向作者收取任何费用。

联系方式：文稿撰写完成后请以姓名＋文章标题，发送电子邮件（用附件形式）到：zgssbyyj@163.com。

《中国莎士比亚研究》编辑部

《中国莎士比亚研究》格式

一、稿件构成

(1)标题:中英文题目。

(2)摘要:200 字左右,中英文摘要内容要求严格对等。

(3)中英文关键词:3—5 个。

(4)正文。

(5)参考文献(具体格式见下文)。

(6)附录(如果有)。

(7)基金资助文章应注明基金项目名称与编号。

二、正文格式

正文章节结构编排顺序应全书统一,层次分明。一般来说,一级标题用"一、二、三……"标示,二级标题用"(一)(二)(三)……"标示,三级标题用"1. 2. 3.……"标示,四级标题用"(1)(2)(3)……"标示。三级标题以下各层标题不单占行。

三、文内引用和文末参考文献格式要求

1. 注释

重要文献引用均须校核,并以最新版本为准。旧时作者的著作或文章结集出版,可依当时的版本。一般文献,遇有表述问题时,亦须校核,不可随意改动。如果作者引用文字有改动(尤其是引用译著文字有改动时),需要说明理由。

注释是对书籍或文章的语汇、内容、背景、引文作介绍、评议的文字。注释原则上采用当页脚注带圈字符,每页用阿拉伯数字重新编号的方式;一般不采用书后注及夹注。

脚注中引证文献标注项目一般规则:中文文章名、刊物名、书名、报纸名等用书名号标注;英文中,文章名用双引号标注,书名以及刊物名用斜体标注。

责任方式为著时,"著"字可省略,用冒号替代,其他责任方式不可省略;如作者名之

后有“著”“编”“编著”“主编”“编译”等词语时，则不加冒号。如作者名前有“转引自”“参见”“见”等词语时，文献与作者之间的冒号也可省略。责任者本人的选集、文集等可省略责任者。

注释一律采用基本格式：

①吴宓：《吴宓诗话》，商务印书馆2005年，第66页。

②[美]艾米莉·狄金森：《狄金森诗选》，王柏华等译，四川文艺出版社2020年，第19页。

③郑敏：《世纪末的回顾：汉语语言变革与中国新诗创作》，《文学评论》1993年第2期，第xx—xx页。

2. 参考文献

参考文献一般在书稿正文后。其标引次序一般应为：著者（译者），书名，出版地，出版者，年份，版次，页码。对于外文参考文献，其书名和杂志名要用斜体，文章名用正体加双引号。

中外文参考文献分别以字母顺序排列，中文在后，外文在前。格式如下：

（1）期刊类：作者名（姓前名后，列前三名，后加“等”）：文章名，期刊名 xxxx 年第 x 期，第 xx—xx 页。

（2）普通图书类：作者名：书名，出版者出版年份。

（3）会议论文集：引文作者名：论文名，论文集编者名，会议论文集名，出版地（会址）：出版者，出版年份（会议年份）。

（4）文献汇编：引文作者名：引文题目，汇编论文编者，论文集名，出版地：出版者，出版年。

（5）学位论文类：作者名：论文名称，作者单位，年份，第 x 页。

（6）报纸文章：作者名：文章名，报纸名，出版日期，第 x 版。

（7）电子文献类：作者名：电子文献名，发表日期，原刊载网址。

（8）网上公开发表文章：作者名：作品名，编者名，电子版权信息（日期、版权人或组织），引用时间及网址。

四、注意学术规范

若有科研项目，请在论文首页标明具体的项目名称和项目编号。例示如下：

基金项目：国家社科基金重大委托/重点/一般/青年项目“项目名称”（项目编号：12345678）

请在文章末尾附上作者简介、联系方式等信息。